中国散文
年度佳作
2016

ZHONGGUO
SANWEN
NIANDUJIAZUO

耿 立

主 编

GENGLI
ZHUBIAN

山东人民出版社
全国百佳图书出版单位 国家一级出版社

图书在版编目（ＣＩＰ）数据

中国散文年度佳作 2016 ／ 耿立主编 ．－－济南：山东
人民出版社，2017.3
ISBN 978-7-209-10375-6

Ⅰ．①中… Ⅱ．①耿… Ⅲ．①散文集－中国－当
代 Ⅳ．① I267

中国版本图书馆 CIP 数据核字 (2017) 第 006404 号

中国散文年度佳作 2016

耿　立　主编

主管部门　山东出版传媒股份有限公司
出版发行　山东人民出版社
社　　址　济南市胜利大街 39 号
邮　　编　250001
电　　话　总编室 (0531) 82098914
　　　　　市场部 (0531) 82098027
网　　址　http://sd-book.com.cn
印　　装　山东新华印务有限责任公司
经　　销　新华书店

规　　格　16 开 (170mm×240mm)
印　　张　19
字　　数　343 千字
版　　次　2017 年 3 月第 1 版
印　　次　2017 年 3 月第 1 次
ＩＳＢＮ　978-7-209-10375-6
定　　价　38.00 元

如有印装质量问题，请与出版社总编室联系调换。

目录

时空中的一个坐标

陈启文

一

北京东城，府学胡同 63 号，听起来有某种阴森的神秘感，像一座深藏着无数秘密的王府。当我问路时，哪怕是老北京，一下也反应不过来。一个坐在小板凳上的北京大爷朝我翻了翻眼皮，以一种近乎警惕的神情问，您说的那是啥地儿？

但顺天府学很多人都知道，不知道府学的也知道孔庙。去那儿，先要穿过一条苍老而瘦小的胡同，这条胡同只因有一座顺天府学而得名。岁月中有太多的阴差阳错，而偶然又往往变成必然。顺天府学的前身据说是元末的一座报恩寺，寺庙刚刚盖好，连佛像还来不及安放，明军便一举攻入元大都。报恩寺僧人在兵荒马乱中生恐寺院被明军强占。而和尚出身的朱元璋对佛庙之类满不在乎，却特别在乎孔孟等圣贤的庙堂，严令明军不得擅自闯入。众僧在惶急之中便将一尊孔子像置于庙堂，一座佛庙由此而变成了孔庙，再也改不回来了。永乐元年（1403 年），在燕王朱棣以其"圣武神功"夺得天下后，升北平为顺天府，孔庙又成为顺天府学，而一条府学胡同，穿越六百年岁月，从明朝一直贯穿至今。

我来这里，不是来拜谒一座孔庙或府学，而是来拜谒一座比府学还早一百多年的建筑，一座几乎处于被遗忘状态的土牢。在宫殿、王府和大夫第此起彼伏的老北京，眼前出现的是一座看上去很不起眼的建筑，一座寂静的门楼连接着一座坐北朝南的老宅院，土灰色的墙，土灰色的瓦，连北京深秋的阳光看上去也是土灰色的，愣愣地照着这土灰色的一切。它的表情是安详的、自在的，仿佛天生就是这个样子。

我瞅了瞅那个门牌号码，如同历史的指证，就是这里了。

没有丝毫震惊，也没必要仰望。走进大门，一目了然，远没有我想象的那样阴森神秘、深邃复杂，在一棵枣树向南倾斜的稀稀疏疏的树影下，大门、前殿、后殿，以安稳的节奏不紧不慢地展开。穿过一道狭长的过厅，如同穿过一个人的一生一世。这是一种设计，人类真是充满了智慧，他们可能连想也没想就这样决定了，用这样一道过厅来展示一个人的平生，这让一个人和一段历史有了一条不再拐弯抹角的捷径，也让一个人走进历史的途径变得直接而简单。然而，走过这段历史的过程还是比我预料的要漫长得多。

除了我，这院子里几乎没有别的人。这其实很适合一个历史旁观者在这里旁若无人地游走与遐思。回忆中的岁月如同倒流，与其说是回忆，不如说是想象。但无论如何想，还是难以想象，这里曾经是一座一半在地下一半在地上的土牢，这土牢隶属于元朝兵马司，又称兵马司土牢。一个王朝的开国皇帝，就是用这样一座土牢来囚禁另一个王朝的末代丞相，这让一座土牢成为时空中的一个坐标，既是历史的开端，也是历史的结局。但要找到那座兵马司土牢已经不可能了，连一座当年的元大都如今也只剩残余的土城遗址了。不说元代建筑，哪怕要寻找一座能完整地保存下来的明代古建筑也是一件奢侈的事。但我还是情愿相信，一个王朝最后的守望者，他生命的最后岁月，就是在这里度过的。

二

文天祥被押解到元大都的确凿时间，是至元十六年（1279 年）十月。当他从广州上路时还是春夏之交，抵达大都时已是深秋，秋风拂过枯败的黄叶，连同那薄如叶片的时光，从一个俘虏身上纷纷掠过，犹在我走过来的这条胡同里无声地飘飞。一个王朝灭亡了，这个秋天多么寂静，但还有一些前尘往事并未尘埃落定。

接下来的历史，只能按元朝的纪年来进行。这意味着，又一个由北方少数民族入主中原的王朝，已被中华民族奉为了一个正统的王朝。对文天祥而言，这无疑是一件非常尴尬的事，而他接下来的存在，事实上已是时空中的一个悖论。从胜利者的角度来看，在征服了一个王朝之后，接下来要征服的是人心，而要征服南人之心，最好的方式就是从一个人心所向、众望所归的代表性人物开始。这其实就是文天祥最后剩下的利用价值，而眼下，他们俘虏的还只是文天祥的躯体，若要利用这个俘虏，还必须俘获他的心灵。

换一种视角，从文天祥的角度来看，一个王朝已经灭亡，一个忠贞不渝的忠臣事实上已丧失了忠诚的对象。这样一个事实，在文天祥被押到广州时，那位俘获他的元将张弘范就及时点醒过他："南宋灭亡，忠孝之事已尽，即使杀身成仁，又有谁把这事写进国史？文丞相如愿转而效力大元，一定会受到重用。"但文天祥却执迷不悟："国亡不能救，作为臣子，死有余罪，怎能再怀二心？"张弘范微微一笑，不复再言。按张弘范的想法，他是不想带着这样一个累赘上路的，从他与文天祥打交道的过程中，他也知道这个人的愚忠已到了无可救药的程度。既然留着他没用，那就不如干脆杀掉，兴许还能让南宋那些依然心存幻想的人们，在绝望中死心塌地归顺大元帝国。但张弘范还没有权力擅自杀掉一个亡国的丞相，决定文天祥生死的是元世祖忽必烈。忽必烈在灭宋之后突然变得仁慈了，慨然道："谁家无忠臣？"他命张弘范对文天祥以礼相待——这实际上又反映了统治者的另一种心机，善待前一个王朝的忠臣，说穿了也是对本王朝忠臣的一种激励。

有了元世祖殷切的关照，一个走在穷途末路上的亡国丞相一路上都受到了优待。抵达大都，他仿佛不是一个俘虏，而是上宾，他被安置在朝廷专门接待宾客的会同馆里。当然，接下来便有人来劝降招安了。第一个来劝降的是留梦炎。此公和文天祥一样，也是状元出身的南宋丞相，他于景炎元年（1276 年）降元后，命也保住了，官也保住了，从礼部尚书迁为翰林承旨，后又拜相。从南宋丞相到元朝丞相，可见这个人是何等的识时务，识时务者方为俊杰。而他也的确为元朝立下了汗马功劳，在宋元交战之际，他为元朝招降了一大批"弃暗投明"的宋臣宋将，让元朝大军兵不血刃就占领了大片大宋江山。现在，他现身说法来规劝文天祥，很谦恭，很真诚，很有说服力。但文天祥一见留梦炎就没有好脸色，搞得留梦炎只好"悻悻而去"。紧接着吕师孟又来了，此人原为南宋兵部尚书，德祐二年（1276 年）正月，文天祥奉命与元军谈判，双方在谈判桌上正相持不下，吕师孟竟提前向元军献上降表。这让文天祥还怎么谈呢？回朝之后，文天祥立马上书请斩吕师孟，而吕师孟却干脆投降了元军。此时，作为降将的吕师孟穿着一身元朝的官服，大摇大摆地走到了文天祥的面前。他就没有留梦炎那样谦恭了，一开口就挖苦文天祥："丞相请斩叛逆遗孽吕师孟，现在我来了，丞相为何不杀了我呢？"文天祥厉声呵斥："你叔侄都做了降将，没有杀死你们，是本朝失刑。你无耻苟活，有什么面目见人？"吕师孟讪讪地说了声"丞相骂得痛快"，便转身走了。

眼看着一个个降臣降将的现身说法都未奏效，忽必烈又把一个投降的皇帝请出来了。文天祥不是南宋的忠臣吗，宋朝灭掉了，但皇帝还在。应该说，在对待南宋君臣上，元世祖忽必烈还真是表现出了一个胜利者足够的仁慈，只要投降，一律予以善待。文天祥尊敬的谢太后在归降之后被封为寿春郡夫人，文天祥所效命的天子宋恭宗（或称宋恭帝）赵㬎也被封为瀛国公。在宋元交战的最后几年里，这老太后与小皇帝也被屡屡恭请出来，以规劝他们的臣民放弃抵抗，让天下归心，而天下自然是元朝的天下。这样的劝降很有效果，与其说是来自一个老太后、一个小皇帝的号召力，弗如说是让那些在降与不降中挣扎的臣子们有了一种伦理上的解脱。既然太后和皇上都归降了，他们的归降就不能说是叛国投降，而是对太后和皇上的忠诚追随。从后世对谢太后是非功过的评价看，也并未把谢太后简单地看成投降派卖国贼，并且对她最后下诏降元抱有情有可原的体谅。从历史的实际出发，对于南宋末年那样一个孤儿寡母式的残破危局，这位太皇太后选择降元实在有太多的无奈，后世也实在不能苛求她抗战到底。又从历史大势看，汉民族可以接受异族的统治，却不能接受分裂，谢太后能舍半壁江山，求一统天下，与其说是投降，不如说是主动接受国家的统一。这就不是什么投降卖国了，这是一种政治智慧，有着更深远的历史眼光。谢太后在灭国之后又活了七年，享年七十四岁，也算是寿终正寝了。

宋恭宗五岁随太后降元，元世祖让他来劝降文天祥时，他还是一个七八岁的孩子，又知道什么呢？他甚至连自己当过皇帝都懵懂无知。但在文天祥眼里，这孩子却依然是天子、圣上，一见赵㬎，他便北跪于地，痛哭失声，又深深地叹了一口气，对赵㬎说："圣驾请回！"——关于赵㬎，还有一段后话：他十八岁那年，忽必烈忽然赏给他许多钱财，叫他去西藏萨迦寺当喇嘛，法号合尊。他很有悟性，也很有佛性，在萨迦寺学会了藏文，还曾将《百法明门论》《因明入正理论》这两部汉传佛教经典翻译为藏文，在藏传佛教中影响很大，他也成了藏传佛教的高僧。据说，直到至治三年（1323年），他年过天命时，才知晓自己从前的皇帝身份，在悲哀与惆怅中赋诗一首："寄语林和靖，梅花几度开？黄金台下客，应是不归来。"然而，一个人知道了自己天命中的秘密，也就天命将尽了。他这首对自己的命运颇有些不甘心的绝句，很快就成了生命的绝唱。其时已是元英宗当政，英宗读了他的诗，遂下令赐死。赵㬎死时五十三岁。关于这位亡国之君的结局，在正史中没有记载，但在汉文《佛祖历代通载》中有这样一句："至治三年（1323年）四月赐瀛国公合尊死于河西，诏僧儒金书藏经。"

从南宋的灭亡到宋恭帝最终的命运，说穿了也是一种难违的天命。换句话说，这是历史大势之下的一种必然宿命。用长远的历史眼光看，当忽必烈从一个入侵的强寇，成为君临天下、为天下人所尊奉的大元帝国开国皇帝，当蒙古人建立的大元帝国被汉民族视为一个正统的王朝，当中华民族甚至因这样一个在开疆拓土上表现出巨大能量的王朝而倍感荣耀和自豪时，文天祥的忠诚和坚守是否还有意义？他忠诚的对象又到底是什么？对文天祥的忠诚是非常有必要解读的，这其实也是解读中国历史上那些爱国英雄、民族英雄的一个难解的症结，又正是这样一个难解的症结，一直支撑着文天祥。我等后世，也只能基于历史事实来揣测他当时的心理。从士大夫的伦理看，摆在第一位的是忠君，宋恭帝投降前，他起兵勤王，可以说是忠君的具体表现。而宋恭帝投降后，他没有跟着投降，坚持"君降臣不降"，又追随一个南宋小朝廷而赴汤蹈火，这就不是忠君而是效忠于朝廷了。而当南宋小朝廷在大海里沉没，他所有的忠诚对象都已丧失，他忠于的又到底是什么呢？按照孟子"民为贵，社稷次之，君为轻"的正统儒家信仰，此时他效忠的应该是社稷了。一个王朝灭亡了，但国破山河在，社稷还在，只是改朝换代了，如果他效忠于元朝，并没有改变他对社稷的忠诚。经过这样一番推理，他所忠诚的对象，就只剩下民族与人民了。而当宋朝的臣民一变而为元朝的臣民，也不会改变他对人民的忠诚。而最后剩下的就是对民族的忠诚了，这也正是他最后忠诚的对象——汉民族。他忠贞不渝的唯一意义，就是对汉民族的绝对忠诚。这就是他的历史意义和历史形象，他是一位民族英雄，一位汉民族的坚贞不屈的英雄。而当中华民族成为一个包括了蒙古族等众多少数民族组成的伟大民族，一个汉民族英雄也就失去了伟大的意义，而文天祥也就完全沦为一个狭义的汉民族英雄。

历史逻辑严谨而残酷，但我不想做模糊处理。基于这一历史逻辑，重新审视这一历史形象，我不得不问，他对历史大势是否出现了误判？文天祥被俘时才四十出头，若能归顺元朝，还大有出头之日。而以元世祖对他的敬重和器重，甚至三番五次要拜他为丞相，而以元朝的天下之大，作为一国之宰相，也有足够的空间让他来施展自己的政治抱负。若按他为南宋设计的政治思路，他非常有可能成为一个利在当代、功在千秋的政治家，而这样的选择，是否比成为一个狭义的民族英雄更有政治家的远见卓识，对天下百姓更有实用价值？他的历史意义乃至接下来的整个历史是否可以重新改写？但在文天祥的坚守之下，历史注定已经无法改写。

由于多次派人劝降不成，元世祖终于忍无可忍，对文天祥"遂用酷刑"。文天祥从会同馆原本还算优待的软禁状态，带着一身受刑后的伤口与血痕被关进兵马司监狱。从此便被囚禁在这一半在地上一半在地下的土牢里，而他生命的最后一段岁月，也就处于这种半活埋的状态。对七百多年前的那个现场，我只能根据历史的残片来拼凑还原。那是一间如同墓穴般的土牢，冬天冷得像一个冰窖，春夏又潮湿闷热，由于不通风，空气恶浊，臭秽不堪。一个囚徒，戴着沉重的枷锁和脚镣手铐被狱卒呼来喝去，还要经受住一次又一次酷刑的折磨，哪怕一个铁打的汉子，也经受不住这炼狱般的痛苦。这样你就理解了，为什么他要一心求死，实在是生不如死。他在狱中绝食过，自杀过，然而，一旦一个曾经主宰天下的宰相沦为囚徒，就连死也不能自己主宰了。

只要文天祥一天不死，元朝统治者就不会放过他。在经历了一段时间的折磨后，文天祥又被押到枢密院大堂，这一次是大元帝国丞相孛罗亲自审讯他。此时他已经一身是病、形销骨立，却依然昂然而立。进门时，他只对孛罗抱了抱拳，就算打过招呼了。孛罗这次是来硬的，他喝令左右强迫文天祥跪下，他拼命挣扎着，哪怕被按倒在地，他也没有跪下。而经历了这样一番折腾，被折腾的好像不是文天祥，而是孛罗，那故作高深的一张脸，此时连青筋都暴出来了，他用低沉而疲倦的语气问："你现在还有什么话可说？"

文天祥平静地说："天下事有兴有衰。国亡受戮，历代皆有。我为宋尽忠，只愿早死！"

孛罗立马露出一副强盗般的凶相，咬牙切齿道："你想死，我偏不让你死！"

对这样一个认死理的人，无论是丞相孛罗，还是元世祖忽必烈，还真是无计可施了。一个看上去那么文弱的书生，他的骨头、他的脑袋，竟然比岩石还硬。你越来硬的，他越是坚硬无比。忽必烈只得下令解除了他的脚镣手铐，过了半个多月，才给他卸去枷锁。又一轮优待开始了，狱卒奉命给他端来了香气扑鼻的饭食，文天祥已有很长时间没有吃过一顿饱饭了，一个饥饿的囚徒，痴痴地望着那精心烹制的鱼肉，拿起筷子忽然又放下了，"我不吃官饭数年了"。这下，轮到那狱卒痴痴地望着他了。在一个狱卒眼里，这是一个他永远也难以理解的囚徒。

文天祥在这间土牢里被关押了四个年头，从劝降、逼降到诱降，元朝君臣备感让一个囚徒俯首称臣，要比让一个王朝俯首称臣难得多。他们为此而绞尽脑汁，几乎把各种软的、硬的，能够想出来的手段使尽了，无论是参与劝降者之多、威逼和施暴的手段之狠，还是许诺的条件之慷慨优越，都远远超过了其他被俘或投降的宋臣，如此无所不用其极，达到了一种令人惊叹的地步。从囚禁的时间来看，还没有哪个王朝有这样长久的耐性，居然把一个誓死不降的人关押了三四年之久。时间也是一种逼人就范的力量，很多一开始誓死不屈的宋臣，后来纷纷被时间打败。这其实也是最狠的绝招，很多人可以在某个瞬间壮烈献身，却难以忍受这长时间的、缓慢的、如同凌迟的身心折磨，而一个人在长时间的孤独中感受着自己时，又会蹿出多少各种各样的念头？而人生也好，命运也好，往往就在一念之间决定了。

三

此时，我依然在一条狭长的过厅里踟蹰，窗外依然是北京灰霾密布的天空，我的脑子里也有各种念头频频闪现。在历史的背后，还有多少我们看不见的存在。当暗淡的阳光在土灰色的墙壁上照出我恍惚的身影，我的眼光下意识地瞟向了那个看不见的深渊，不止一次蹿出一个疑问：文天祥是否动摇过？又是否对自己的信念产生过怀疑？

我相信有过。这让我充满了道德的焦虑感。我一直在寻觅，又一直在排除这种发现的可能，而一个载于《宋史·文天祥传》的证据又是难以排除的，其中记载了文天祥的一段自问："国亡，吾分一死矣。傥缘宽假，得以黄冠归故乡，他日以方外备顾问，可也。"所谓"以黄冠归故乡"，也就是回故乡当道人。当时，一些降元宋臣也曾奏请忽必烈，在生死两端之间给文天祥第三种选择，恩准他回庐陵当道士。又有史载，在文天祥被囚期间，曾有一个叫灵阳子的道人来狱中跟他论道，这也勾起了他对三十多岁时那段隐逸生活的忆念。"谁知真患难，忽悟大光明。日出云俱静，风消水自平。功名几灭性，忠孝大劳生。天下惟豪杰，神仙立地成。"——这是文天祥写给灵阳子的一首赠诗，让我们看到了时空中还真有两个文天祥的存在，一个是以一曲《正气歌》抒发其舍生取义之凛然正气的文天祥，一个是在佛道中徘徊的文天祥。设想一下，如果忽必烈能放文天祥归山做道士，让他重返隐逸林泉的生活，从此一生不问政治，他也是能够接受的，也是情有可原的。这是一种寻求解脱的囚徒心态，也是中国士人"邦有道则仕，邦无道则隐"的传统，而佛道就是最好的隐逸之境。然而，在文天祥对道士表示"可也"的同时，紧接着还有一句"他日以方外备顾问"，这个意思很明显，也很危险，他若答应将来以"方外之人"来充当元朝顾问，对他忠贞不屈的形象无疑是一次重创，这虽不是投降，但至少有变节之嫌，一个完美的英雄形象，至少有了瑕疵。当然，这一切都是假设，忽必烈最终也没有给文天祥第三种选择，那个第一个来劝降的留梦炎及时点醒了他："文祥出，复号召江南，置吾十人于何地！"就是这句话，彻底了断了文天祥在生死两端之间的另一线可能的生机，把文天祥的命运推向了生死抉择，一端是投降归顺以求生，一端是坚贞不屈而就死。而无论有多少种选择，我深信文天祥只有一个前提，那就是无损一个士人的大义与名节。

从文天祥留下的诗文看，他在内心里挣扎过，也在选择上彷徨过，但他从未动摇自己的底线，那就是他恪守的大义与名节，他将它们看得比生命还要重。这也正是他超越了一切的信仰或信念，"人生自古谁无死，留取丹心照汗青"的担忧，就是他给历史留下的证词。但对此，他也同样有过疑虑。当他被押到大都后，就在另一首诗中发出了对自己的疑问："亡国大夫谁为传，只饶野史与人看。"他以自问自答的方式，表达了自己选择舍生取义却未必就能"留取丹心照汗青"的担忧，这种担心其实是他在理智上表现出来的另一种清醒。所有历史都是胜利者写的，成者英雄败者寇，而作为胜利者的元朝又会公正书写一个誓死抗元的志士吗？他们很可能会篡改和歪曲事实，是故，文天祥断定自己身后"只饶野史与人看"。而劝降者对他这种"留取丹心照汗青"的信念也一再予以打击："国亡矣，忠孝之事尽矣。正使杀身为忠孝，谁复书之？"他们以为，这是文天祥唯一的信念，只要把这一信念打消，文天祥自然就豁然顿悟了。那个熟谙"良禽择木"之术的宋降臣王积翁，还苦口婆心地写信劝解文天祥。但文天祥的回信却未给他留下任何余地："管仲不死，功名显于天下；天祥不死，遗臭于万年。"从"留取丹心照汗青"到"只饶野史与人看"，再到"天祥不时死，遗臭于万年"，一步一步地让后世看出，文天祥在一步一步地设想之后，对所谓青史留名已做了最坏的打算。这既表明了他誓死不降、时刻准备殉命的意志，也表明他已清醒地意识到了历史的另一种评价，如此坚守，不一定是青史留名的结局，也有遗臭万年的可能。这也澄清了后世对他的误解与偏见，以为他最后的坚持只为身后名。好在文天祥以异常坚定的方式提前回答了："殷之亡也，夷齐不食周粟，亦自尽其义耳，未闻以存亡易心也。"他是为信仰和信念而殉命，而绝非为了博得一个名垂青史的身后名。

当一座土牢将一位孤臣置于与世隔绝的绝境，在漫长而孤寂的囚禁生涯中，最考验一个人的还是骨肉亲情。文天祥膝下有二子六女，原本是一个洋溢着天伦之乐的大家庭，后在"毁家纾难"中家破人亡，只剩下了夫人欧阳氏和柳娘、环娘两个女儿。当文天祥率勤王之师奔赴临安时，两个女儿还只有十来岁，一别之后，从此永别。三年里，他给两个女儿写了很多诗，不只是悲切的思念，还有不尽的愧疚。如《二女第一百四十八》："床前两小女，各在天一涯。所愧为人父，风物长年悲。"就在他思念着妻子女儿时，他竟在狱中收到女儿柳娘的来信，得知妻子和两个女儿也被元军掳至大都，如今都在宫中为奴。而柳娘的信能到他手上，自然也是元朝统治者使出的又一招数。他知道，只要他一句话，哪怕点一下头，一家人就可以重新团聚，然后过上一个士大夫之家应有的生活。但肝肠寸断的文天祥却又心如铁石，他在写给妹妹的一封信中倾诉："收柳女信，痛割肠胃。人谁无妻儿骨肉之情？但今日事到这里，于义当死，乃是命也。奈何？奈何！……可令柳女、环女做好人，爹爹管不得。泪下哽咽哽咽。"当一个人连骨肉亲情都能割舍，除了等待死神降临，他已没有了任何牵挂。他只是从容地等待着死神，却没有主动扑向死神。他没有自杀，而是一直安顺守命地在这土牢里读书、写字、吟诗，或透过一线微弱的天光辨认着南方的季节……春去秋来，季节深处已经历了七百多载轮回，当年的土牢之上，如今已是一座隔世的祠堂，当往事化为虚空，便有了一种禅意——空和静。这让我谛听到了来自另一个世界的声音，那是一个囚徒在纸和笔之间发出的声音，如同那时间深处发出的隐秘的回声。当一抹斜阳或一盏青灯勾勒出他的侧影，他又在伏案疾书。在这元朝的土牢、明朝的祠堂里，还保留着文天祥的一些遗物和手迹，他的《指南后录》第三卷、《正气歌》等，据说都是他在这土牢中写的。不看别的，只看这些文字，这些墨迹，就能理解，为什么忽必烈那样敬重他的人品与才学。我深信这样的敬重是真实的，也是真诚的。

历史没有遗忘这样一个细节：某日，忽必烈忽然问左右大臣："南方和北方的丞相，谁最贤能？"他这样问，其实是明知故问，而群臣心中似乎也早有答案："北人无如耶律楚材，南人无如文天祥。"这个答案，似乎也是一生杀人如麻的忽必烈，一直对文天祥迟迟下不了杀手的原因之一。在文天祥就义的前一天，忽必烈决定再做一次努力，他要亲自劝降。他知道，这是最后一次了。文天祥也知道，这是最后一次了。文天祥依然是彬彬有礼，对元世祖长揖而不跪。元世祖倒也没有强迫他下跪，只是说："你在这里的日子久了，如能改心易虑，用效忠宋朝的忠心对朕，朕可以在中书省给你一个位置。"这已不是转述，而是元世祖对一个俘虏的当面许诺，所谓中书省的位置，不是丞相就是枢密使。但文天祥又是淡然一笑："我是大宋宰相，国家灭亡了，我不当久生，但愿一死足矣！"元世祖摇了摇头，又挥了挥手，随即下了处决令。一个不可一世的帝王，可以战胜一个王朝，甚至可以征服大半个世界，但他最终却无法战胜一个手无寸铁的南宋士人，这让忽必烈多少有些悲哀。在经历了三四年的较量之后，那即将喷溅的鲜血，最终将见证一个帝王的失败。在忽必烈叱咤风云、纵横捭阖的一生中，还很少有这样的挫败感。

四

北京东城，府学胡同63号，那被土灰色的背景衬托着的两扇厚重的朱漆大门，关不住一棵苍老而遒劲的枣树，传说此树为文天祥手植。所有树木都会朝着天空生长，但这棵树的枝干却向南倾斜，一根根硬得像黑铁一样。我小心翼翼地看着它，谛听着，这北国的枣树仿佛听见了来自遥远南方的召唤。然而，哪怕真的还能听见七百年前的马嘶、三千里外的潮汐，那也是非常渺茫的消息。又想，当一个王朝的丞相，被另一个王朝的皇帝囚禁在这里，他用了多少年时间才能栽活了这样一棵树，又是否看到了一棵枣树开花、结果？我情愿相信，他曾亲口品尝过自己亲手种出来的枣子，这该是一个生命最后咂到的滋味儿。然后，就在忽必烈劝降的第二天，他以一个士人的优雅姿态擦擦嘴，穿上一身宋臣的官服，迈开一个宋臣的脚步，一步一步地走出这囚禁了他多少年的院落，沿着这枣树的枝干指引的方向，在元朝的天空下去完成一个大宋国士的献祭。

那是一个必将被载入史册的日子，至元十九年十二月初九，公元1282年1

月9日，一个王朝最后的丞相，被押到府学胡同西口的柴市，那里将成为他的祭坛。那一天，兵马司监狱内外，布满了戒备森严、如临大敌的元兵。数以万计的市民听到文天祥就义的消息，早早就伫立在胡同两侧。从监狱到刑场，文天祥走得神态自若，如同最后一次上朝。行刑前，文天祥再次辨认了一下南方的方向，随即向着空茫的南方拜了几拜。

监斩官问："丞相有什么话要说？回奏尚可免死。"

文天祥淡然一笑说："吾事已毕，心无怍矣。"

这个人一直到死都文质彬彬，他没有像岳飞那样发出怒发冲冠的呐喊，也不像辛弃疾那样血脉贲张地仗剑疾呼。作为一介书生，他似乎一直缺少这样的英雄气概，只有永远的微笑和一身的书卷气。他以一个读书人的形象，完成了一个民族英雄的另一种造型，一个引颈就戮的过程，对于他，仿佛是一次深呼吸。当一颗头颅坠地，一腔热血飞溅，瞬间让你觉得，这个人的生命能量是在最后一刻爆发的。又一次验明正身，刽子手在身首分离的血腥中翻检着一个士人的身躯，在他被鲜血浸透了的衣服中，有一片如同偈语的《衣带赞》："孔曰成仁，孟曰取义。唯其义尽，所以仁至。读圣贤书，所学何事？而今而后，庶几无愧。"这是一个大宋国士以四十七年人生书写的一段生命偈语。

三年前，当文天祥被押往大都途经故乡吉州庐陵时，有个曾追随他起兵勤王的庐陵人王炎午深受他器重，本拟留军重用，但此人以父死未葬、母又病危辞谢而归，既当了逃兵，还博得了一个至孝的好名声。当他听说文天祥被俘后将押往大都，便在他的必经之路上张贴了数十张《生祭文丞相文》，这是历史上少有的活祭，每一张祭文都在催命，催促文天祥舍生取义。文天祥何尝不想死，死是他铁了心的念头："惟可死，不可生。"他一路上服毒，绝食，却又怎么也死不了。在一种求死而不得、欲逃又不能逃的状态下，他只能一步一步走向自己最后的归宿。如今，文天祥终于死了，那个像催命鬼一般的王炎午终于如愿以偿了，又从活祭变成了死祭，而一篇《生祭文丞相文》也变成了《望祭文丞相文》。他赞颂文天祥之死使"山河顿即改色，日月为之韬光"，此举又让他博得了一个"忠肝义胆，凛然如秋霜烈日"的英名。而王炎午自己却在大元帝国的天空下一直活到了七十三岁才寿终正寝，并于明嘉靖年间，受祀大忠祠，至今仍与文天祥一样作为庐陵先贤享受着后世的祭祀。若这样的人也可以作为爱国志士、民族英雄，文天祥也死得太不值了。

在文天祥死后四十年，他终于魂归少年时代瞻仰过的吉州学宫的先贤堂里，在"庐陵五忠"之列又多了一座肃然端坐的国士，他与欧阳修、杨邦乂、胡铨、周必大、杨万里合称为"五忠一节"，一个少年见贤思齐的意念，从此化作永世的祭祀、永恒的存在。在他死去一百多年后，明洪武九年（1376 年），一个隔代的王朝，又为一个隔代的丞相，在当年的土牢上建起了一座文丞相祠。而后世对他的评价，一种是比较低调但也比较公正的："事业虽无所成，大节亦已无愧。"他一生的意义，其实不是作为一位名相，而是以名相而成为烈士。对此，还有一种更崇高的评价："名相烈士，合为一传，三千年间，人不两见。"

在一个囚徒远逝七百余年后，我突然想来这里看看，来了之后我才发现，这是一个由来已久的念头。那个一半在地上一半在地下的土牢，我已无从进入，我能走进来的，是一座模棱两可的老宅院，既像是一座宅院，又像是一座祠堂。而一个被捆绑住了双手、戴着枷锁和镣铐的囚徒，已经冠冕堂皇地端坐于庙堂之上。看着他，像他，又不像他。

天下有太多的文丞相祠，但我觉得北京这一座最有纪念意义。毕竟，这是他最后的归宿。而每一个王朝的最后，都会有这样一个绝望而忠诚的守望者来为之送葬。这个人，既是一个王朝的最后守望者，其实也是一个王朝真正的尾声。一个王朝虽已灭亡，一个亡国之臣最终以血祭的方式化作一座永生的大都之魂。

从大都到北京，改朝换代风水流转，在一座京都的骨骼与经络之间都不能缺少这样一个灵魂，而时空中的一个坐标，也从此成为一个灵魂的坐标。在这里，北京东城，府学胡同 63 号，一个日渐丧失自身、越来越看不清自己的游走者或旁观者，在这里寻寻觅觅，又能寻觅到什么呢？

秋风骤然猛烈起来，我突然感到了自己的多余。

《北京文学》2016 年第 1 期

梨花堆雪

习 习

一

小六儿写字时，把手往怀里使劲钻，他写出的字很内向，笔画缩成一团。老师要他注意，他的字儿内向得更厉害了。和字儿形成反差的是他右手拇指上那根小树杈，他越是把手往怀里藏，那根小树杈翘得越高，看上去有种狼奔豕突的欢快。"小六儿"是绰号，就因为那根显眼的六指儿。

先天的缺陷总给人带来掩藏不了的殊异，由外向内。小六儿的奇怪之一是，你叫他的姓名时，他会听而不闻，而你叫他"小六儿"，他才抬起头看看你，然后答应你。他装作了然无事，对一个十五岁极度敏感的孩子来说，其中的况味太复杂了。复杂的纠结表现在他对那根小树杈的态度上，起先，他用卫生纸把它缠住，纸很快窸窸窣窣破成一缕缕的，那根树杈因为挂满了小白旗欲盖弥彰。之后，卫生纸变成了纱布，并隐隐透出疼痛的红色来。我赶紧背着他请他母亲来，他母亲说他太想割掉六指儿了，但那不是树杈，怎么说割就能割掉，说撅就能撅折呢？他们家在山洼深处，她说家里没有考虑过给他做手术。村子里头上长犄角屁股后面长尾巴的都有，多根指头算什么呢？他母亲笑着说。

我从未定睛看过他的六指儿，我知道这种孩子身上满是眼睛，即使上课时站在他身后，他也会知道我目光的下落。那根树杈儿，那个无事生非发育不全的丑陋的小东西、老天爷粗心大意的算术作品，它孤单、自卑、伤心。身体先天特殊的学生，几乎年年都有，我记得，有一年，一个孩子，红褐色的胎记像一块儿布幔挂满多半个脸庞，从早到晚他让身体佝偻；还有一年，一个孩子，因为声带发育不全说话囫囵吞枣，他选择了失声。

除了若无其事似的答应"小六儿"这个称呼，更多时候，小六儿紧张蜷缩。

像一只竭力把头塞进羽毛的小鸟，他躲避人、喜爱角落。光天化日下的晾晒，对他是刑罚。所以，在课堂上，与他的交流，更多的是目光，当他沉浸在课堂中时，你会看到他的眼光安谧澄净，无须用提问做印证，便可知他的聪慧远在很多学生之上。目光和心灵的交融在课堂上会带来春天般的温暖，给他也给我。

我一直相信先天不足背后会隐藏不寻常的优长。我在很多身体孱弱的人身上，看到了内心的丰盈盛大和对这个世界的敏锐善感，有时我想，与那些粗鄙的行尸走肉相比，我更喜欢这种异样的丰盛，但得有疼痛做代价，这也许是公平法则，所谓异禀，与之对应的，大抵是有某种缺失。

小六儿成绩优异。他的细腻敏感多思，还体现在他的作文中。在从我打小就沿袭过来的一篇以平庸的《我的学校》为题的考试作文中，小六儿劈头写道："我的学校坐落在梨花沟的肛门上。"

二

我们学校确实位于一条大沟的沟口，这条揳入群山的长长的大沟可以直通外省。梨花河在沟内蜿蜒，年长日久，这条名字美丽的季节河，越来越细弱，中途就消失得没了影踪，到了沟口，校门外不远，梨花河的河沟已经成了城乡接合部密集的居住者倾倒污水垃圾的臭水沟。

"坐落"这个词显然是小六儿有意地美化，山坡上一个简易的三层小楼，面向篮球场大的操场局促而立，教学住宿合二为一，楼的结构很像父亲先前常用的三角直尺，直尺的一短一长除了互相支撑，构成的直角刚好可以让人站在任何一处都能对整个楼道一览无遗。楼上几乎没有死角，这种缺乏私密的外部空间，叫那些情窦初开懵懂爱恋的男女孩子无处躲藏，常常是在晚自习后的一小段时间，在昏黄灯光的阴影里，他们佯装没事似的目光纠缠一番。这些大都来自大山深处的害羞的农家孩子们，女孩子多是香的，红扑扑的脸蛋和粗壮的麻花辫飘散着雪花膏和洗头膏的香味儿，而男孩子多是臭烘烘的，头发里散着汗气，脚上是臭球鞋脏袜子。不过，无论怎样，全校师生都知道，三楼过道窗户那里，是小六儿大部分课余时间的私人场所。毕竟像小六儿这样，手上长着小树杈、极度内向、行为又十分怪异的学生在全校没几个。

离群索居的小六儿在那里做什么呢？

要说说春天。

那段我的教学时光中的每一个春天，现在看起来都像梦幻一样，仿佛梦幻的极大原因是校园身后那一片雪浪起伏的花海。

　　这条长长的山沟，周遭自古生长一种梨树，树上的梨子我们称为冬果梨，它皮薄、肉细、汁液甘甜，与别的地方出产的冬果梨的滋味迥异。梨子，已是现实主义的物质，橙黄的果实已经很好地与周遭的土地吻合，而其年轻时代的梨花，则超凡脱俗、充满理想主义气息，梨花沟也因着这满山满洼的梨花而得名。一场壮阔的大雪，可以让干坼悲情的黄土高原完全变成另一番模样：柔软浪漫情意绵绵。与大雪相似的，最是梨花。杏花粉嫩喧嚷、桃花热闹抢眼，而盛开的梨花则有着洁白、冷静的绚烂。梨花一开，一切都变了。

　　常常在四月的某一天，校园身后的果园一夜间醒了。褐色的枯树杈上繁花绽放，长冬的灰调子上终于撒开了烂漫和明媚。教学楼是最佳观测点，在二楼，你的目光与梨花比肩，视线在花朵中穿行，你与一朵朵花儿相遇；而在三楼，你高过了树，你看到树与树枝叶交通，花儿堆叠，面前是一片浩瀚的花海。美妙覆盖一切，包括你所有的内在。但这样饱满深厚的雪白并不会长久，花瓣儿在树上很快就长不住了，树开始下起大雪，雪连下几天几夜，之后，树出落成了翠绿。飘零的寥落之感会惹起心头深深的忧伤，我那时常会想到一个词：伤春悲秋。不知为何，后来的时光中，这个词不多见了。我不知是人不易感伤了，还是自然的春秋离人越来越远了。

　　梨花叫内心纤细、恬静，叫枯燥的生活变得湿润、充满温情。

　　几乎可以确定的是，小六儿也在三楼的窗户边凝视着这些雪白的梨花，我不知道对一个十五岁的少年而言，这样的景致会唤起他怎样的想法。

　　"我的学校坐落在梨花沟的肛门上。"小六儿语出惊人，别的学校来轮流阅卷的老师大笑着在办公室朗读了这个开头，然后，这个孤独的开头飞出窗户，飞遍了校园。那时正是暑假将来的七月，果园里满树的冬果梨已经长得十分结实，农人们在树中间扯上绳索，以防止压折它们的子嗣繁茂的老树。"学校""梨花""肛门"，三个意象相距甚远的词语一起被小六儿组合，形成的句子有了种奇怪的力量，它叫人大笑、叫人猜忌、叫人唾骂，最主要的是叫一些老师失望和伤心。但他们忽视了小六儿的"坐落"这个词对我们这个促狭的学校的美化。小六儿可能没想到，他制造的这个句子像小刀子一样划伤了他，他甚至顾不上遮掩他的六指儿了，现在暴露在众人面前的是整个儿的他，他藏不住自己了，于是，学校里再也看不到他了。他的母亲到学校拿走了他的铺盖，说小六儿终于想通不来上学了，圈里的羊儿们都咩咩叫着等他呢。

三

　　站在楼台上，望着远方，陷入冥想。有人说我像只鸟儿，这说法很准确。校园外，沿着梨花沟有一条通向远方的公路，我的目光经常徜徉于路的尽头。我一直记得小六儿作文的开头，那句话极为准确和形象。学校外，垃圾堆成小山，沟里的臭水熏得人睁不开眼睛。周末放学后，师生们踩着一溜溜从人家院墙下流出的便溺，一边屏着呼吸疾步穿行，一边挥打成群的蚊蝇。这里不是肛门是什么？矫饰容易沁人心脾，有些话语叫人不适但直击真相。

那时，我是语文老师，那些年是我最好的年岁，但我一直不够愉悦，我觉得很累，梦里总是行走在荒原或者沙漠。可怕的繁文缛节，无奈的应和，连篇累牍的无效劳作，潜在的抵抗使自己很辛苦。现在我知道了，作为那些年的老师，我和很多人都很失败，我们太想站在台前夸夸其谈了，我们看不见面前的一个个人，也没有自我，我们提供给别人思索的事太少了。我们没法儿教给学生更好地认识世界的方法，因为我们本身就对这世界欠缺正确的理解。

　　不必说碧绿的菜畦，光滑的石井栏，高大的皂荚树，紫红的桑葚；也不必说鸣蝉在树叶里长吟，肥胖的黄蜂伏在菜花上，轻捷的叫天子忽然从草间直窜向云霄里去了。单是周围的短短的泥墙根一带，就有无限趣味。油蛉在这里低唱，蟋蟀们在这里弹琴。翻开断砖来，有时会遇见蜈蚣；还有斑蝥，倘若用手指按住它的脊梁，便会"啪"的一声，从后窍喷出一阵烟雾。何首乌藤和木莲藤缠络着，木莲有莲房一般的果实，何首乌有臃肿的根。有人说，何首乌根是有像人形的，吃了便可以成仙，我于是常常拔它起来，牵连不断地拔起来，也因此弄坏了泥墙，却从来没有见过有一块根像人样。如果不怕刺，还可以摘到覆盆子，像小珊瑚珠攒成的小球，又酸又甜，色味都比桑葚要好得远。

十几年后，在江南，我步入鲁迅的百草园——先生儿时的乐园，蹒跚于百草园的每个角落，我眼中所见耳中所听，全是那些年课堂上学生们学习《从百草园到三味书屋》中这段文字的情景。天光还未亮透，早自习上，学生们声嘶力竭背诵这个段落，背诵课文时，孩子们各自有着奇怪的表情——那种将深陷脑海里的某种东西竭力往外抽拽的表情。学生们要将这段话熟记在心，因为试卷上可能会出现下列考题：

填空题。填入这段文字里，在句子中承担定语、状语的修饰词——鲁迅笔下紧锣密鼓的形容词或者副词；填入这一段中准确生动的动词以及承担了拟人化修辞的动词；填入鲁迅表述百草园不同事物时所使用的关联词。

简析题。鲁迅先生在这个段落中使用了哪些修辞手法，各有什么作用。

理解题。结合课文，谈谈这段文字表达了鲁迅先生怎样的情感。

——教学将文本肢解，情味盎然浑然一体的美感破成碎片，学生脑海中拥挤的是一堆干巴巴的语文零件。多少年来，这一直是语文教学的悲哀。

> 曲曲折折的荷塘上面，弥望的是田田的叶子。叶子出水很高，像亭亭的舞女的裙。层层的叶子中间，零星地点缀着些白花，有袅娜地开着的，有羞涩地打着朵儿的；正如一粒粒的明珠，又如碧天里的星星，又如刚出浴的美人。微风过处，送来缕缕清香，仿佛远处高楼上渺茫的歌声似的。这时候叶子与花也有一丝的颤动，像闪电般，霎时传过荷塘的那边去了。叶子本是肩并肩密密地挨着，这便宛然有了一道凝碧的波痕。叶子底下是脉脉的流水，遮住了，不能见一些颜色；而叶子却更见风致了。

今天，我尚记得《荷塘月色》这个段落在某页课本上的位置。因为反复抽查学生的背诵，这一页总是被卷折得厉害。精雕细刻的文字镶嵌了无限的考点，好像它们天生为着考试而存在。繁复的排比、比喻、拟人、叠音词，外加一个主观性极强的修辞手法：通感。早先，给学生分析朱自清的《绿》时，我已对他的这类文章厌倦，"这平铺着，厚积着的绿，着实可爱。她松松的皱缬着，像少妇拖着的裙幅；她轻轻的摆弄着，像跳动的初恋的处女的心；她滑滑的明亮着，像涂了'明油'一般，有鸡蛋清那样软，那样嫩，令人想着所曾触过的最嫩的皮肤"，同样铺张的洛可可风格的文字，浮夸密集的修饰太过折磨孩子们的感受。而其过度阴柔黏稠的描写，让人腻歪。但在语文课本中，凡以经典面目出现的文字，都势必强加给学生大批量的机械劳作。而最让学生绞尽脑汁难以内化的，是大批意识形态化的课文中隐藏的"象征""寓意"，它们更像厚厚的墙，承载着文以载道的使命，沉沉地堵在学生面前。

形式总是大于内容，技术大于情感。语文大于人了。

> 我剥我的皮，我食我的肉，
> 我嚼我的血，我啮我的心肝，
> 我在我神经上飞跑，我在我脊髓上飞跑，
> 我在我脑筋上飞跑。
> ……

我熟记郭沫若这首《天狗》诗，并非因为我喜欢，而是因为学生们集体朗读这首诗时奇怪的节奏变化，像被谁在后面撵着似的，朗读总会越来越快、越来越快，当最后一个字音戛然落定时，大家不约而同相视大笑，我也会笑，课堂上充满怪诞的快意恩仇。

教师的任务是传授确凿的知识，而非怀疑游离挑剔和心不在焉。我于是不断眺望公路的尽头，那里有一座大山，有一次，小六儿告诉我，那山叫戴帽山，如果云雾像帽子一样缠在山顶，天就要下雨了。

戴帽山雨了，果园雨了，梨花也雨了。春天的一节语文课，窗外又一次梨花堆雪，春雨淅沥，雨水一滴滴挂满花瓣，我突然失神，忧伤难禁，有一小段时间我甚至忘了几十个孩子正好奇地不眨眼地看着我。我说，大家看看窗外吧，这么美的花儿、这么好的景致，对它们视而不见，这是春天最大的失误。

小六儿选择了逃避，我和小六儿一样，无时无刻不在内心谋划着逃离。的确，关于教书育人，对它的感情和热情，我永不如蛙老师和山老师。

四

孤立于沟口的我们的学校，远离市区，师生们每周回一次家。单调乏味的生活，狭小逼仄的空间，孕育出老师之间种种不长久的爱情。而蛙老师对学校对教学，几乎怀有一种殉道般的情感。我叫她蛙老师，因为在她跟前，我第一次知道了蛙类传宗接代的秘密。她原是物理老师，但在学校师资紧缺时，她勇敢承担起了生物课教学。那些年，作为一门副课中的副课，生物课在很多学校只出现在教学大纲中。那是很多人羞于说出交配和性交之类词语的年代。蛙老师挑着水桶摇摇摆摆从远处的河滩担来河水，把河水倒进走道里一字儿排开的花花绿绿的塑料盆，盆里漂浮着藻类一样暗色的带状物体。蛙老师的课堂就在走道里，她对兴致勃勃的学生们说，看，这就是青蛙的受精卵，这些看起来粘连在一起的轻轻的小泡泡，过些时候就会变成一个个活泼的小生命。学生们叫道：蝌蚪、蝌蚪。那么这些青蛙的卵又是怎么来的呢？蛙老师神奇地展开几张不知从哪里搞到的大幅挂图——一只蛙紧紧趴在另一只蛙的背上。一只母蛙，一只公蛙，你们知道它们在做什么吗？蛙老师用指头一一指过这两只蛙。学生们害羞了。它们是在抱对，抱对是蛙类特有的产卵方式，类似于交配和性交，当然也有区别。学生们更害羞了。大家不必难为情，生命的传递方式其实很相似，蛙老师神情庄严地说。这是我第一次在看似非正常的教学秩序中感受到的教学的庄严。在我们那个默默无闻的偏僻的学校里，我以为学校应该为有蛙老师这样的老师而骄傲。

但蛙老师的学生课业成绩一直差强人意，她对此并不在意，因为需要种种教学实物，课里课外，蛙老师都很忙碌。她的办公室摆满各种瓶瓶罐罐、虫虫草草。为简化生活，她甚至剃光眉毛。有时，她会忘戴胸罩，夏天，风吹过，衬衣下会激灵出两粒乳头。她全然不理会这些生活琐事，穿着不分季节的老式皮鞋，她风一样大步流星。她是学校第一位采用田野方式进行教学的老师，我也被她的教授吸引，混迹于学生中间，看蛙卵，看青蛙如何抱对，一直看到那些轻盈的小气泡变成一盆盆黑油油的欢乐的小逗号。有一天，临睡时，有人发现蛙老师的被子里竟有一窝小老鼠，女老师在宿舍里大声尖叫，蛙老师没事似的将小老鼠一个个捧出来，放进纸盒，这是她的教学用具，她对它们关护备至。

小六儿辍学后，唯有她，这个看上去性格粗粝的蛙老师，在办公室黯然落泪。

离开学校后，我时常会想起蛙老师，有一年，听说在一个天色未明的冬日清晨，在回校的山路上，蛙老师遭遇劫匪，她的头被打破了，满脸是血，但她硬是护住了没装几个钱的钱包。我听说后，长笑出了眼泪，能做这样勇毅事情的人，非我们的蛙老师莫属。

蛙老师终日忙碌不迭的时候，另有一个老师也在不停做事。我后来回忆起他们，心里总是充满忆念，他们的所为，弥补了我内心深处对自己的期望，也因为他们，我想到，任何时候、任何地方，都有温厚慈祥心怀大爱的老师。

与大张旗鼓的蛙老师相比，教美术的山老师是静的，他静静地做这做那，不停地叫人吃惊。

首先，山老师让学校长高了，这完全是他的创意。有一天，老师们惊呼着从办公室跑出来，一起眺望三楼楼顶。山老师正在给学生们上写生课，学生们相向坐成两排，山老师在学生之间来回走动。山老师个子奇高，小山一样，我因而叫他山老师。兀立于楼顶的山老师，在那一刻显得更为高大，几片云落在他的肩上。山老师似乎在楼顶让学生们摆了一个神秘的阵局，一会儿，两排学生又背向而坐。我明白了，这时候，一排同学的面前是楼下的果园，另一排同学面前是长长的梨花沟。果园绿树掩映、矮壮的褐色树干撑着形状各异缀满果实的树冠；这一面，逶迤的小山侧立于梨花沟两边，远处的戴帽山云起云落。山老师让学校长高了，学生们高瞻远瞩，目光越过围墙到达远处，在寸土必争无法给树木花草留一点儿位置的校园，山老师把山野和果园拉进学校，他让学生们在轻风和阳光中学习。

山老师沉静细腻，他话少，但很幽默。一天下午，学校食堂的厨师望着楼顶急得团团转，饭菜都凉了，山老师的美术课迟迟不下。厨师到楼顶找他，山老师捋起袖子，说，我以为还早，原来我的表停了。学生们大笑，厨师则哭笑不得，原来，上课前，山老师在手腕上画了一个表，告诉同学们，现在，时间就停在他的手上，谁都不能急，要安安静静画一张好画。

学校三楼，有一间安放闲置桌椅板凳高低床的教室。一天，学生们请老师去看一个展览，大家狐疑地被带到三楼，进到这间教室，所有人发出了惊呼。这里变成了一个奇异的世界，墙上挂满学生们装裱的自己的画作，教室中间，桌椅板凳搭成的一个错落有致的高台上，摆满学生们的手工制作：色彩缤纷的风铃、千纸鹤、城堡、公园，甚至还有我们的微型校园。老师们不敢相信，这些精致的作品，全部出自我们的山里的孩子，山老师笑盈盈地环顾他的学生，不断解释，是他们的、他们的。就在那一天，我第一次听到小六儿咯咯咯的笑声，不知道山老师对着他的耳朵说了一句什么话，他笑得止不住了，他手上拿着一串天蓝色的泡沫纸风铃，说回家时带上，要给他家刚出生的小猪娃儿看看。

我十几年的教学时光，我曾经当老师的学校，每每回想起它的模样，眼前总有一处在晶莹闪亮，它和山老师有关，仿佛一顶明丽的头冠，它静静地镶嵌在我们简陋素旧的教学楼上。若干年后的一天，我乘坐公交车路过梨花沟沟口，一眼瞥见了高高的山老师，时光恍若从前，他的腿还是太长了，走路时，他要前倾着身子，拖拉起他的长腿。若在那时候，看见他这样子，我会叫他长腿蜘蛛，他会腼腆地低声回我：瘦猴儿。

五

一个人，一生中遇到好的老师，被光辉沐浴，是一件多么幸福的事情。

我和小六儿一般大时，遇到过怎样的老师呢？

每个学校都有自己的氛围，上中学时，我所在的学校，大部分学生和我一样，野草般疯生疯长。我们的父母多是学校周围几家工厂的大老粗，我们的家里鲜有书籍，和父母一样，我们满嘴脏话。那年，我们班来了一位新班主任，姓丛，不知为何，我一直觉得她的姓氏有着植物的美丽。一天，在学校的大操场上，我一边上气不接下气疯追一个女生，一边在她身后大喊一句下流话。丛老师喊住了我，低声问，你知道这句话的意思吗？我仿佛知道一些，但又从未深想过。丛老师说，这话很不好。我非常羞愧。那天，丛老师给我一小袋零食，告诉我，里面是鱼皮花生。那是我第一次吃鱼皮花生，因为要改过自新，丛老师用它激励我。花生裹上鱼皮，花生想做鱼还是鱼想做花生？花生和鱼纠缠，它俩结交成了鱼皮花生。我后来总喜欢吃鱼皮花生，边吃边这样咬文嚼字。丛老师带了我们两年，我上高中时，变得文雅了些，家里有了我自己的小书橱。那时，我遇到一位很特别的语文老师，他姓瞿，常常身着暗色的长袍，满嘴文言，风度儒雅。他是一位老派的老师，但他给予我最新颖的引导。有一次，在课堂上，他讲到课文中的一个词："嫩绿"，他突然叫起我，问，你知道嫩绿是怎样的吗？我说，那种带点儿鹅黄的绿。那鹅黄的绿为什么就是嫩绿呢？我说，因为鹅黄是一种嫩黄。老老的瞿老师忽然十分开心，荡漾开满脸笑意，当着全班同学，他送我一个厚厚的日记本，他说，喜欢写作吧？每天往上面写点儿吧，想写几句就几句。瞿老师怎么知道我爱写作呢！在我更小的时候，在小学的油印小报上，我发表过一首四行小诗，我把报纸压在毛毡下，每天临睡前拿出来看看，母亲把这张小报打进了袼褙，我知道后大哭，母亲说，想想看，袼褙做成了鞋子，你每天不就可以穿着你的诗歌走路了吗？我的没文化的母亲，也是个可爱的老师啊。我热爱着写作，我的老师们让我茁壮生长。

对老师的依恋，很类似对母亲或者父亲的依恋。记得我有了弟弟后，每天都不想上学，就想围着弟弟转，我的班主任到家来接我，我俩一起笑笑地看我襁褓中熟睡的弟弟，然后，他用自行车载我去学校，像父亲一样。后来我成为老师，我的身上已经有了他们的影子。

所以，我一直在想，能与蛙老师和山老师相遇，梨花沟里的孩子们多么幸运啊。

"我的学校，坐落于梨花沟的肛门上。"我终于决意离开这个我待了十几年的学校时，几乎带着满心的落寞和悲凉。升学考试的压力越来越大，管理制度流于形式，而且越来越严苛。那时候，我备课时戴着耳机，耳机里唱着声嘶力竭的摇滚歌曲。对抗已经在内心白热化，但备课本上的字儿依然要安静茂密。备课与上课完全脱离，备课字数必须达到严格的要求。时间在白花花流淌，震耳欲聋的摇滚帮我呐喊，我要呐喊什么？

那一年，有两件事决定了我的去意，一是蛙老师的教学成绩因为始终落在全区各学校最后，她被调派到了梨花沟深处的一所学校。另有一件事，一位安静少语的女老师突然间发病，住进了医院。原因是参加了连续几周的教学竞赛，她夜夜不能入睡，有一天，一进办公室，她就姿态端庄地喊：上课！再喊：同学们好！这是老师讲课前必需的程序。后来，她每到一处，总要先严肃地喊出这两句：上课！同学们好！

果园的梨树打满了芽苞，雪白正从花苞中星星点点渗出，春天总是来得如此纯真。蛙老师背着她的行李大步流星头也不回地走出了我们的学校，正是小蝌蚪就要游满梨花河的季节了，山野草长树幽、蛙鸣鸟叫，我忽而有些为她高兴。再过几天，雪白的梨花也将铺天盖地地盛开，但我要告别那里的春天了。

《天涯》2016 年第 1 期

土地四种（之一）

石绍河

黄豆地

> 莫讲大话莫耍猫，是我怀中丢姣姣；
> 黄豆牵藤去不远，芭茅路边长不高。

——桑植民歌

一位辗转去了台湾的竹溪老兵，几十年后回到竹溪探亲，他给乡亲提出的唯一要求，就是要品尝一下竹溪的和渣和油豆腐。老兵念念不忘的竹溪这两样吃食，都是用竹溪土地上生产的黄豆做成的家常食物。大豆在竹溪叫作黄豆，不管是黑大豆青大豆黄大豆，一律叫黄豆。黄豆适应性很强，什么土地都能长，但它跟花生一样，最适宜的还是沙壤土。竹溪的黄豆地不成块不成片，东边窄窄的几厢，西边长长的几垄，坡上零星的几块，溪畔孤立的几蔸。虽然规模小，但随处可遇，举目可见，是大人小孩都十分熟悉的农作物，随便叫一个两三岁的伢儿指认，都不会出错。

种瓜种豆，竹溪人眼里的瓜就是南瓜，豆则是黄豆。春天里，竹溪人从往年留下的豆种中，把圆润饱满的种子仔细挑选出来，趁春雨歇脚土地温润的当儿，及时播种下去，然后盖上草木灰粪和细土。过不了几天，种子吸足水分，顶破豆衣，拱出土地，细嫩的茎撑着两片豆瓣，如一群大头娃娃，憨头憨脑地站在春风春光里，有点力不可支的样子。不用担心，没多久，豆苗伸几个懒腰，打几个哈欠，蹦几个跟头，转眼就舒枝展叶，长成一株株虽矮却茎粗的黄豆树，密密匝匝，摩肩接踵。到一定高度，顶端会牵出细藤，互相勾连缠绕，如卿卿我我的情侣。

黄豆太普通了，以至普通到令人熟视无睹。竹溪人没有不认识它不和它打交道的，却很少有人细心观察特别留意过它。比如，我曾有意问过竹溪一些人，黄豆的花是什么形状？什么颜色？真把有些人问住了。我专门观察过，黄豆在夏秋时，就会开出一丛一丛的细花，很小且不起眼，大多是白色的，也有略带紫色的，像一只只小小的蝴蝶，高高低低栖息在植株上。植株下部的好多花成双成对长在叶腋间，花萼深深裂开，像张开的两张小嘴，做出亲昵的情状。竹溪盘歌里有几句："什么开花红满山？什么开花两夫妻？桃树开花红满山，黄豆开花两夫妻。"倒也生动贴切。黄豆结的荚果，有的像弯弯的镰刀，有的似直直的葫芦，肥实下垂，黄绿相间，常常留住过路农人的脚步，勾住他们的眼球。他们矮下身子，拨开叶子，抚摸豆荚，掂量轻重，脸上像开着一朵花。

竹溪缺田少地，竹溪人很早就懂得集约节约利用土地。他们把黄豆和苞谷、洋芋一起套种轮作。房前屋后溪畔沟边有点空地，也会刨开点上几粒豆种，任其自由生长。曲曲弯弯长长窄窄的田埂，也要顺势种上一两行黄豆。就这样，秋天收割的时候，东扯几把西捋几兜，归集到一起，就有不小的收获。

金风送爽，豆叶泛黄，豆荚摇铃，有声有色，是诗是画。"种豆南山下，霜风老荚鲜。"黄豆成熟了，把秸连根拔起，成捆颤悠悠挑回吊脚楼，晾挂在排枋或横梁上。这种劳作法谓之扯黄豆，与东北等地收豆有很大区别。著名作家肖复兴曾到东北插队劳动，他在一首诗里有"大豆摇铃后，挥镰向好秋""未割一垄地，月上柳梢头"等句，可以看出东北收黄豆是用镰割的，不会胡子眉毛一把抓。东北的黄豆地一望无涯，一垄地十里长，从早到晚还割不完一垄。那才叫壮观。不过，现在东北应改镰割为机收了。黄豆秸晾挂一段时间，主妇会选一个好天气，把它从排枋横梁上取下，铺晒在场坪里。随着温度的升高，豆荚爆裂，豆粒蹦跳，那声音似农家小曲，很动听。太阳西斜，主妇找来连枷，上下翻飞，起伏有致，不紧不慢地反复捶打，直到豆粒全部从豆荚里蹦出来，把豆秸抖净分开码放，用竹筛筛去渣子，只剩下滚圆黄灿的豆粒，再晒一两天太阳，就可收仓储藏了。

《诗经》里说"中原有菽，庶民采之"。这"菽"就是今天的黄豆，与黍稷麦稻一起并称五谷，是我国重要的粮食作物。"民之所食，大抵豆饭藿羹。"用豆粒做的豆饭在当时是主要膳食。但竹溪人并不把黄豆当粮食做豆饭。他们在小小的黄豆上动起脑筋，变着花样，玩魔术般弄出好多可口的食品。七弄八弄，黄豆变成了炒黄豆、豆酱、豆腐、豆汁、豆豉、豆芽，最有名的要数和渣、豆腐和油豆腐。和渣是将泡好的黄豆用石磨磨成浆，倒在锅里和上菜叶一起煮熟，即可食用，制作方法简单。既可盛着当饭吃，又可作下饭菜。过去，竹溪缺衣少食，很多人家靠苞谷充饥。苞谷饭干硬难咽，往往就用汤汤水水的和渣拌着吃，无油无盐也吃得清甜。

竹溪沙壤土里的泉水清冽纯净，不带杂味，此水此豆做的豆腐，滑腻细嫩，宛如凝脂，滋味鲜美，老少皆宜。鲜嫩的豆腐再加工，可制成豆腐干、霉豆腐、油豆腐、臭豆腐等数十种副食品。豆腐和其他食材搭配，又可制作很多诱人的菜肴。如泥鳅钻豆腐、砂锅鱼头豆腐、韭菜拌豆腐、白菜豆腐汤，一报出菜名，食客们无不馋虫蠢动，一品为快。《清异录》记载，青阳丞戢"洁己勤民，肉味不给，日食豆腐数个，邑人呼豆腐为'小宰羊'"。豆腐便有"植物肉"的美称。

竹溪的油豆腐用本地产的茶油煎炸，以其金黄柔软、油而不腻、清香扑鼻、入口生津而声名远播。做油豆腐需用生石膏，即把石膏在砂岩上磨细成泥，用清水调和成卤水，把煮熟的豆浆从铁锅里舀入木桶，掺凉水至手肘探进不感觉烫人为宜，再缓缓加入卤水，边搅动边观察。卤水到一定量后，豆花翻腾，迅速凝结成块，就要立即停止添加，否则过量，油豆腐成色口感差远了。做油豆腐点卤水最为关键，水温、卤水性烈性疲、加入的速度快慢都会影响油豆腐的质量。我曾暗暗揣摩过做油豆腐的技巧，并付诸实践，结果很成功。每年春节前，家里推豆腐，都要等我放假回家时，让我来点卤水。我还被村里操办红白喜事的人家请去帮厨，当作油豆腐的师傅。现在，竹溪豆腐和油豆腐成了家乡的一大品牌，经常有人托我们捎带。有人开起豆腐作坊，用真空包装，销到很远很远的地方。

过年是竹溪最隆重的节日。其隆重的标志，就是腊月里，家家户户要杀猪宰羊打粑粑推豆腐。临近年关，乡邻见面寒暄，往往就问：年猪杀了吗？粑粑打了吗？豆腐推了吗？有了这几样，就是一个殷实祥和开心快乐幸福如意的年。

竹溪人虽然贫困，却不乏生活智慧。不仅把一粒粒黄豆加工成美味的食品，还从中悟出许多人生道理。他们夸奖有主见会来事办法多的人，是"黄豆地里种芝麻——点子多"。讽刺某些人胡搅蛮缠，往往来上一句"歪嘴巴吃黄豆——斜嚼"。批评一些人说话不中听没道理，就不客气地说这是"脑壳上倒黄豆——不入耳"。表扬他人办事干净利落，顺口就是"竹筒倒黄豆——利利索索"。说明做工作要摸清情况对症下药，张口就来"卤水点豆腐——一物降一物"。担心某人做事不牢靠，就会形容"豆腐砌墙——不稳当"。听到这些话，自然忍俊不禁，佩服起竹溪人的睿智幽默来。

黄豆在我国食品史和文学史上地位很高。有人称豆酱、豆腐、豆浆、豆芽是中国食品史上的四大发明。美国人朱利安有一篇著名的演讲，题目是《大豆——中国的奶牛》，把豆浆誉为"绿色牛奶"，称在贫穷的中国，保障人民的健康，大豆功不可没。曹植作《七步诗》"煮豆燃豆萁，豆在釜中泣。本是同根生，相煎何太急？"借燃豆秸煮豆粒这事，喻兄弟相残之现实。朱熹曾赋诗描述种黄豆的艰辛："种豆豆苗稀，力竭心已瘁。"明代诗人苏平作诗咏豆腐："传得淮南术最佳，皮肤褪尽见精华。一轮磨上流琼浆，百沸汤中滚雪花。瓦缸浸来蟾有影，金刀剖破玉无瑕。个中滋味谁得知，多在僧家与道家。"袁枚在《随园食单》里记录了豆腐的九种烹制方法。1959 年，毛泽东回到阔别三十二年的韶山，看到家乡田野里水稻和黄豆苗壮生长，丰收在望，充满喜悦和豪情，挥笔写下"喜看稻菽千重浪，遍地英雄下夕烟"的诗句。邓小平在法国留学时，为了解决留学费用，曾在巴黎开过"中华豆腐店"，闻名一时。党政机关接待客人的就餐标准曾规定为"四菜一汤"，其肇始者就是毛泽东，那一汤就是白菜豆腐汤。

入夏以来，我们单位的食堂添置了豆浆机，早餐开始供应豆浆。去往食堂的路上，我忽然记起苇岸的一句话："看到一只在田野上空徒劳盘旋的鹞子，我想起田野往昔的繁荣。"喝着新鲜现榨的豆浆，我也想起竹溪黄豆地的前世今生。

《散文·海外版》2016 年第 1 期

下脚湾人

王　爱

一

午后燥热，下脚湾的红苕地里，藤萝纠缠蔓延，满畦鲜碧。小虫子收拢翅翼，在草茎上晃荡，摇须屈腿，得意非凡，以为整个天地都是自己的。这个秋天，很多人哀叹年成不好，日子艰难。我妈说，都是因为一场雨迟迟不下。天空把云朵收进口袋里，焐得滚烫，却不愿意撒手，一场雨忍了多久，连盼雨的人都忘了。

跳尕子在绿波中弹跳飞跃，追逐嬉戏。若无人惊扰，它们便隐伏暗处，同苕叶混作一色，口齿有力，咀嚼有声，沙沙作响，终日饱食，一片土地被啃得千疮百孔。我妈在下脚湾持镰割藤，手掌里不时会捏着一只跳尕子。这些小怪物把自己包裹在绿萝乡里，来不及逃走，多半被挤压成一堆肉末。肥腻的身体流淌的液体同植物的绿汁一道，把我妈的手心浸染得污秽不堪。

田地遭了稻瘟，一片金黄中夹杂着黑灰的污点，十分难看。草垛一树树码下来，飞蛾无处藏身，却又贪慕人间，不肯痛快离去。在夜晚，愤怒燃成大火，群体飞出下脚湾，袭击了小镇。五颜六色的蛾子一遍遍撞击玻璃窗，奋不顾身，不死不休。人们躲在有灯光的房子里，惊愕地看着这一切，心头掠过阴影。第二天，早起的清洁工说，大街上扫出来的死蛾子，至少有好几千只。他心里难过，觉得这是不好的预兆。

同跳尕子一样，下脚湾的毛毛虫几乎是一夜之间长出来的。下脚湾两面的山坡，远远望去，火燎一样。枞树褪尽了颜色，如琴音喑哑，绿意衰减。灰枯的枝丫上面挂满同色小虫，一串一串，密密麻麻。树身臃肿，像结满了果实，让人毛骨悚然。山风失度，虫躯慵懒无力，足齿紧附树枝，逐渐松弛下来，晃晃悠悠，随着空气荡落下地。它们一律细长，青灰色，腰肢丰满，身体柔软，一落地便快速蠕动，专拣阴凉地栖息。我们在山脚下扯黄豆，土瘦豆稀。手指仿佛长了眼睛，看见毛毛虫蜷缩在豆茎上酣眠，就马上回避退缩。脚上也似长了眼睛，遇到任何可疑之物，都要连番惊跳。我只好远离了黄豆地，站在高高的土埂上，茫然无措。我妈其实也很忌惮，她弓着身子，长刀缓慢伸出，架在豆叶中，一点一拨，虫子便跌落在地。接着，我妈的动作变得十分快捷，她挖出一勺土，转身就把虫子填住了，用脚踩平，才显得如释重负。一条小虫子被埋进黑暗之国，要如何逃生，无人追究。它妨碍我们的生活，我们在伤害它时，坦然从容，不用心怀罪恶。对于下脚湾的土地，谁都认为自己才是主人，拥有不容置疑的支配权。

二

月光落到下脚湾时，我们都睡了。关在笼里的小兔子觉得自己太过贪吃，它陷入自责和惶恐之中。小兔子感到胃里装的不是甜美可口的绿叶菜，而是一大颗火球。胃在剧烈地灼烧，小兔子全身痉挛，痛苦不堪。它在笼子里打滚翻腾，它的挣扎被暗夜消声，痛苦成了哑剧。星空明亮而沉默，小兔子合上了忧伤的眼睑。只有睡在外间的姐姐翻身时低语了一句：老鼠太讨嫌了。房子阴影处，大老鼠拼命用爪子挠门，嘴里发出痛苦尖细的声音。它发现徒劳无功，便用身子撞击，一下一下，不计后果。这个让所有生灵不幸的晚上，同样让大老鼠变得悲惨，它最爱的孩子掉进了水缸。这完全是小老鼠咎由自取，它贪玩、喜欢一切危险刺激的游戏。为此，它把母亲的警告当成了耳旁风。小老鼠在水缸上面的顶棚里嬉戏，在横梁上来回奔跑，最终落入绝望的深渊。深夜里，就像无人知道小兔子的命运一样，也无人知道老鼠母亲的痛苦和疯狂。这些情景，只出现在梦里，我坚信它真实无比。可等我醒来后，我又忘记了这一切，包括这位可怜的母亲。

黎明之后，天色大亮。枇杷滴翠，芭蕉凝碧，天地明朗起来。仿佛下脚湾并不需要雨水一样，世间万物，一切自有安排。小兔子的死，最先被一只小公鸡发现。它第一个踱出院子，站在芙蓉树下，练习晨鸣。抬头收胸，扭腰侧颈，为了不伤害年轻的骄傲，努力模仿着成人世界。但是它的鸣声出腔后失去了力道，半道上拐弯发岔，充满了怯弱和稚嫩，并未如它所意料那样清越、嘹亮，气势逼人，倾倒天下。

小公鸡沮丧万分，它唯一的忠实听众躺在兔笼里，安静如初，姿势僵硬，没有照常额首呼应。小公鸡很快就发现了异样，慌乱地啼叫，不受控制，从它嘴里连续不断冲出来。两分钟内，一场死亡被小公鸡宣告天下。牛停止反刍和甩尾，在牛栏里凝神倾听；猪的呼噜声突然轻了几分，猪圈里出现短暂的空白。鸭子站在水田里，谷垛边；白鹅半浮在池塘里、草茎中；公鸡飞到屋檩子上，梅李树上；母鸡蹲在鸡窝里，竹篱笆下。它们一起喊叫起来：哞哞、哼哼、嘎嘎、喔喔、咯咯。为小兔子举行了一场惊天动地的豪华葬礼，就连老狗黑花都依靠门墙艰难站立起来，竖立双耳，发出苍老悲怆的叫声。

我们情绪激动，扔了老鼠那泡得发白发胀的尸体，清洗了水缸，顾不上吃早饭，就开始讨论起兔子的死因来。先责骂几个淘气的孩子，他们热衷于给兔子喂食物，若无人呵斥，他们会一直喂下去。但很快就发现，兔子不是撑死的，它中了毒。姐姐做检讨，昨晚临睡前，她给小兔子喂过几片没洗的菜叶。人的情感常因死亡变得柔软、细腻。这只兔子像云中来客，某一日突然降临，跟姐姐在四层楼顶骤然相见，它毛发干瘪，瘦小疲惫，眼神哀伤。它是家养之物，大概从樊笼里逃离不久。我们舍不得将它放归山林，它注定没有自由，住进另一个樊笼。我爸特地为它做了宽敞舒适的巢穴，我妈频繁从山中为它采集红薯叶、黄豆叶。一个鲜嫩甜脆，一个清香柔绵，一日日将它养得肥胖可掬。毛发油亮艳丽，像一簇黄色的火焰，笼子里满是灼灼夺目的光辉。惹得小公鸡心醉神迷，在它笼边整日缱绻缠绵，徘徊不去。

如今，这团火焰独自熄灭在下脚湾的月光下，无人呼救。我们望着锅里煮熟的菜肴，凛然生畏，不敢下箸。我们的胃已被驯化，变得宽容迟钝，吃进去多少残留物，罔昧不知。比较起来，小兔子的胃更加敏感纤细，它比人类活得高傲。我们坐在餐桌边，感到万分羞愧，觉得自己受到了最严厉的惩罚，浑身充满污秽之气。

小兔子的意外陨落，并没扰乱日常视线。我们把目光结集起来，暗中织成了一张巨大的网，铺下了邪恶的陷阱静静等待另一场死亡跌进下脚湾。

三

如常的日子，一些人依然显得年轻，一些人却突然老了。有些事并不听从人的意愿，而是服从另外一种神秘力量的安排。几乎所有的疾病不约而同袭击了一副倔强的肉身。听到舅公病倒住院的消息时，我们大吃一惊，才恍然发觉，这个人已经八十岁了，比我们想象得更老更虚弱。时光的流逝也是个人的损失，岁月没有优待任何人。

犹如瓜果熟透，随时会掉落，我们一旦意识到舅公的苍老，他就好像一刻也不愿在人间停留，准备着马上咽下那口气息，随时起身去下脚湾。幸好，外地的侄儿孙辈陆续赶回了家，大家打着地铺守在他身边，预备在第一时间迎接死亡。

第一日过去，第二日过去，第三日过去，那口气依然没落下。第六日，我回家去看他，多日没进食的他在床上缩成了一小截干枯的木头，已经丧失了意识。他像一个虚无缥缈的影像，我无法把他看成一个骨肉均匀，具体、有重量的人。

十多日过去，舅公的胸口始终温热，那口气一直无法落下。像这场能给下脚湾带来福祉的雨水一样，迟迟不肯降临。时间一长，人人疲乏，精神倦怠，对等待死亡失去信心。一日三餐，从集市上买来好酒好菜，分桌吃饭。为打发漫长无聊的时间，支起了麻将台，牌桌子。舅公去下脚湾的过程渐渐变成事故，这个场景充满了悖论，人们为承受悲伤的死亡，而不得不纵情狂欢。

一个堂叔精于卜算，深信自己有一种神秘的预知能力。他掐完十个指头，闭目核实一番后说，两个凶日里，舅公能打过第一个，绝打不过第二个。第一个凶日，热得难堪，人人抱怨天气和时间。我们从红苕地黄豆地回家，把饭菜摆在坪坝里吃。刚吃下几口，就有稀疏的雨粒溅落在汤盘里。紧接着，从舅公家里，传来急促的鞭炮声。父亲急忙放下碗筷说，你舅公走了。大家松了口气，雨落下来就好，地里有水了，山上的枞树复活了，死亡不再是一场悬案。舅公终于顺利地变成了下脚湾人。

为离去的人寻找归属是件很伤脑筋的事情。下脚湾不葬夭折的人。不幸亡故的孩子，涨大水时，随手扔进门前小溪，轻易就叫河水打走了。人们核算，不出三个时辰，那孩子就会漂到李家湾。做短暂停留后，在漩涡里徘徊一瞬，然后一泻千里。出了李家湾，离开故土湘西，便到了重庆地界，就再也寻不着回家的路了。万千溪水汇集成大江大河，足够容纳一个冤屈的亡灵。不知什么缘故，成年人才有资格住在下脚湾。我猜想，不是下脚湾不够宽和仁厚，而是小溪太窄了，没有能力运载这么沉重的负担。尤其现在，河水逐年干涸，连只出意外的小鸭子也无法送走。

2009 年 5 月，堂姐成为下脚湾人。那是下脚湾最下面的土地。一片苞谷地，由我父母栽种。肥壮油绿的苞谷秆儿，上面垂挂着沉甸甸的穗子，没来得及成熟，被父辈毫无怜惜地砍倒在地，准时夭折。花叶残败，汁液四溅，掺着泪水雨水，下脚湾被前来送别的人踩在脚下，遍地狼藉。人们悲伤不已，难以兼顾他者的命运。那些年轻的庄稼，突然失去生命，失去一株植物活在下脚湾的幸福。那一刻，我捂着胸口痛得直不起腰来。2014 年 7 月，一位堂兄病逝，他正值壮年，有一张极其英俊儒雅的面孔。可惜这张脸因病痛折磨，扭曲到变形，他瘦成了一副骨头。埋葬他的早晨，暴雨如注，天地不明。我躺在床上，蒙头大睡。睡梦中，人们抬着他，淋着雨水，循着道士先生的锣鼓，将他送去下脚湾。

四

一个寨子，总有一处地方令人敬畏和忌惮。那个地方就是下脚湾，下脚湾住的全是亡灵。它是一道山湾，离寨子不远不近。土丘随着坡度纵深，一级级抬高。山湾里有古老的树木和各种植物，阴郁少见天日。下脚湾里也曾经种满了庄稼，苞谷、红苕、洋芋、油菜，各种蔬菜，还有葱姜蒜。它们长得饱满，对得起福泽深厚的土壤。下脚湾每天都很热闹，适合我们毕生在此刨种日子。耕牛、农具、种子、呼吸声、飞鸟、眠虫，还有风日月，每天准时走向这里。

下脚湾的命运在一夕之间陡然生变。一个壮年汉子抛下妻儿，好端端地吃进了大瓶农药。他的家族请来风水先生，经过激烈争吵，最终决定将他葬在下脚湾。把凶死的人埋进口碑极好的庄稼地，旁人很有异议。奈何他兄弟七人，家族庞大，俱是敢怒不敢言。坟地自动多了界限，它的周围无人栽种。下脚湾从此成为亡灵的故乡。

那以后，有在路上挑担突然倒地暴亡的；有在屋上检瓦，一脚踩空，脑壳恰好磕在坚硬石头上的；还有被疯狗咬伤，得疯病的；也有好端端睡下去一觉不醒的。既然有了先例，那就不用发愁，谁家在下脚湾没有一块好土地呢。下脚湾的土地不再长庄稼，而是种亡灵。坟群林立，阴气森森。一湾亡灵，虽然老实沉默，仍然叫人害怕。飞鸟、眠虫和风按照惯例朝此集中。但牛不来了，锄头和背篓也不来了。大白天，孤身一人是不敢在此说话的，谁也没有胆量让一群鬼魂相伴。下脚湾成了没有阳光的地方，少了人的呼吸声。

对下脚湾，人们不约而同有了默契。看向那里的目光始终畏惧躲闪。黄昏以后，不应该带孩子过路。熟睡的孩子，头上要倒搭一条妇人的裤子辟邪。走夜路的人，尽量避免经过下脚湾。从我记事起，下脚湾人一直安分守己，从没出来捣过乱。不知为什么，人们不相信它们。总以为长夜漫漫，它们无事可做，会时常出来打劫，惊扰路人。两个妇人吵架。头脑聪敏，牙尖嘴利的那位开始骂出新花样，"你死后埋下脚湾"，或者"你全家都住下脚湾"。跟"下脚湾"产生勾连，那真就是世上最恶毒的诅咒。听的人无法用言语回击，当然要扑上前去拼命。两人扭打一处，扯头发、抠脸皮。叫上儿女或者丈夫，两人战争就因为"下脚湾"变成两家人甚至两族人的战争。若是打累了，又回复到骂战，能靠这字眼对骂三天三夜。

天晓得下脚湾有多大委屈。

五

夜里很冷，我蜷起身子，缩在棉被下做梦。路上人很少，大家都低头行走，抿紧嘴角，一声不吭。下脚湾如此荒凉破败，好像变了样子，又熟悉又陌生。我在路口彷徨，一眼就看到了舅公。他身形格外瘦小，拄着拐杖，在前面摸索前行，很像一只艰难移动的蚂蚁。他失明十多年了，我担心他会跌倒或者被风吹散，跑去搀扶他，劝他回家。舅公满面凄苦之色，坚持要高笋。这里怎么会有高笋呢？我心里酸涩难忍，答应一定帮他找到高笋。

梦醒时才想起，舅公几个月前住进了下脚湾。人一旦去了那边，就需要戒备和提防。冷不丁下脚湾人就会发出警示，告诉子孙，你什么地方逾矩了。于是在给家里打电话时，我说了这个梦。我妈大吃一惊，说这是舅公在托梦。舅公家门前田里的确长着一大丛高笋，前两天，刚被二姐清理掉。二姐是舅公的儿媳，有次回家碰见她，说起这事来，她显得很无奈。舅公在世时，二姐为了清理田地，几次要砍掉高笋，舅公都拦着。想不到他人去了下脚湾，还要争这个东西。最后，二姐只好又找来几株高笋补种在田边。

下脚湾人，只要有需要，就会托梦给这边。一位老妇去下脚湾三年后，女儿渐渐淡忘了她。老妇心中有气，却并不直接说给女儿，只天天梦里缠绕身体虚弱的外孙女，说自己在下脚湾受苦、受穷。直到女儿从外孙女那里知晓自己的心愿。于是，女儿买来大堆纸钱，在老妇坟前焚烧掉。纸币刚烧完，风起扬灰时，一条蛇团在其中。它抬头，朝人微微示意，心满意足地爬走了。从此，怀孕的外孙女再也没做过那怕人的梦。

堂姐去下脚湾后，伯娘反复做类似的梦。梦中，祖母牵着堂姐的手，在伯娘面前一次次走进下脚湾。祖母早亡，在父辈幼年时病逝。因此，大家都没见过她老人家。但伯娘坚称那个带走堂姐的人就是祖母，她在说起这个梦境时，既痛苦又气愤："你们奶奶当面把我妹妹接到下脚湾去了。"

堂姐美丽善良，正当好年华，在这边过得好好的，祖母为什么要接走她？伯娘说，堂姐小时候祭祖，曾站在祖父母坟前发过誓愿，许诺以后挣钱给他们修建漂亮豪华的墓园。童言无忌，做父母的听了，只是笑笑，并没将堂姐的孩子话放在心底。堂姐后来忙着上学恋爱、结婚生子，她还没来得及兑现儿时的诺言，哪里能想到下脚湾人就当了真呢。祖父母苦苦期盼，大概久等不至，心中也就充满了愤怒。

下脚湾人有的宽厚，有的小气。小气也无非长夜寂寥，无趣生闷，于是捉弄这边的人来取乐。他们躺在漫长的岁月里，肉身败坏腐烂，化作泥土，但是灵魂不朽。他们的语言具有强大的魔力，话语一旦吐出，便会产生效用。虽是鬼魂，其实有若神灵。不懂事的孩子，爬上坟头逮跳蚤子，抓土狗子，摘好看的花朵，或者围绕坟地赛跑，捉迷藏。甚至这些事都没发生，仅仅声音大一点儿，显得快活一点儿。任何一点小小的举动，都有可能触怒下脚湾人。据说，爱生气的祖先会多嘴，谁被他念叨过名字，谁就要在吃晚饭时难受，直到把好吃的东西全部吐出来。尤其坟边玩闹的无知孩童，常常遭到他们的惩罚。吃晚饭时，经常恶心、呕吐和哭闹。

下脚湾人不但小气，而且欺软怕硬。坟头上的柴草大多肥壮结实，因害怕他们不高兴，也无人砍伐。偏有泼辣蛮横的妇人，倒上半盆清水，花一早上工夫，把刀子磨得雪亮，穿上粗布衣裤，就爬上坟头。"哐当"几下，就将那些柴草全部放倒。妇人在坟头上行凶，心里也不是不害怕。为对抗这种害怕，她们一边作恶，一边大声咒骂。骂下脚湾人在世没有留下财产，去了那边也只是一味睡觉，不晓得庇护子孙。妇人心里害怕极了，因此，她们的咒骂里就带上威胁，要是下脚湾人敢降祸，她就刨他们的坟。妇人的诅咒没有下脚湾人的话语具有魔力，但下脚湾人一律屏息静气，全都不敢出声多嘴，好像十分害怕妇人的诅咒。妇人捡了大便宜，最后安然无恙地回家。

也有良善的妇人，对下脚湾人恭恭敬敬，不做任何亵渎的言行。她们每隔一段时间，就同丈夫一起，薅去坟上杂草，将下脚湾人的门面打理得光鲜亮堂。为防止坟土下滑、流失、坍塌，她们会花钱筑墓，将坟土牢牢护住。她们时常扯一把野蒿草，束成刷子，拂去石碑上的蛛网和秽迹。她们还会植几株松柏，与下脚湾人相依相伴。松柏慢慢长着，某一天开始，上面会陆续停留一些黑色鸦雀，下脚湾人就不再感到孤独寒冷。

六

对土家族人来说，除了一些特定的日子，需要打开通道，拜祭先祖，互诉思念外，我们不应跟下脚湾人有太多关联。特定的日子除了清明和忌日外，就是大年三十，这是两边团聚的时间。这天早上，父亲早早起床，背篓里装好夜里煮熟的猪头，带上香烛、白酒，有时还带上水果，连续走访下脚湾人。每到一处，摆好碗碟，点好蜡烛，浇上白酒，烧几张纸钱，手持香火跪拜下去。这时，外边的人恭敬虔诚，言辞谦逊得当。下脚湾人也一副先辈的仪容和尊严，坦然接受子孙们的跪拜和馈赠。一根平时几乎看不见的纽带发挥着神秘的作用，两边都知道对方就是自己最亲最爱最思念的人。

堂姐离世五年，祖父母的儿孙三十多人陆续回家团聚。大伯于是提议，给下脚湾人立碑筑墓，尽儿孙之孝。也同时与他们立下契约，让他们保佑儿孙康泰，万世昌荣。那天，我们在下脚湾人的坟头燃放了数不尽的烟火，烧了小山一样的纸币，然后邀请他们来吃年夜饭。年夜饭就是把所有能做成菜的东西都做成菜，满满当当摆一桌子，再盛一碗米饭，放双筷子。万事齐备后，燃放一挂鞭炮。父亲在烟火中发出邀请：太公太婆，爹爹奶奶，伯伯满满，各位老人家，都来吃饭吧。

有时候，下脚湾人不经邀请，也会跑到这边来。但是我们不许他们来。主动来的人，心不在身体里，而是装在口袋里。人走后，心会随时从口袋里跳出来，因为活着的人对他的思念和记忆。但是，这个世界已经不再有他们的位置了。为了让他们离开，活着的人必须硬起心肠，断开一切牵绊。我们会选择一个风向好的路口，烧掉他们的衣物，用过的东西；烧掉他们的言辞、音容、影子。我们的冷酷无情让下脚湾人没有任何借口返回。

下脚湾人本来是我们最亲近的人，是我们孝敬和喜爱的长辈。我们承认他们以这种沉睡的方式存在，活在我们心里。我们在讲述过往历史和家族血脉时，无法回避他们。下脚湾人的名字和称呼，时常从我们嘴里吐出来，他们无处不在。但我们跟他们之间，毕竟有了界限。这让我们在坟墓面前各自止步，不再前行。我们在说话做事时，为了不惊醒他们，就有了很多禁忌，有了很多需要规避的地方。我们继承下脚湾人的财产、土地，延续他们的生活，同时埋葬他们的一切过往和人世情感。

明亮的太阳下，我们手持长帚，一遍遍打扫坪坝。扫去烟炮碎屑，扫去冥币香火，扫去酒席，扫去聚会，扫去狂欢，扫去哀乐，扫去葬礼上留下的一切痕迹，扫去舅公留在世上的痕迹。他的衣物被褥日常用品，在一个下午全部烧掉，他跟世间的联系随着他的离去而全部擦涂。即使这样，儿孙仍然受到几次惊吓，有时听到老人用打火机点烟卷的声音，有时是挪动椅子、拐杖点地的声音。二姐坚持说深夜里，她能看到下脚湾人坐在椅子上，守着火坑里的灰烬，安详、平静，如往常一样。有人为此常常咒骂那个装殓师，怪他不懂葬礼的大忌，把棺椁里的枕头垫得过高。舅公会以为自己在睡觉，不知道自己已经去了下脚湾，他会照旧按照日常习惯在家中生活。人错失了送别他的机会，他就会在人间逗留，不愿意离开。

木房子最善于收集天地灵气和各种野生小物，跳尕子、飞蛾、毛毛虫，那些东西能顺着草木的芬芳寻觅过来，把木房子当作天堂。如果你嫌它们脏乱，嫌它们吵闹，嫌它们恶心肉麻，嫌它们妨碍生活，你可以理直气壮地驱赶它们，用各种办法设置障碍，阻止它们入内。但对纺锤娘要客客气气的。小时候，我妈就告诉我们，纺锤娘是过世不久的先人前来告别，万万不能伤害。只有完成告别，他才能成为真正的下脚湾人。我妈的话，我们深信不疑，因为这不是她故意捏造出来吓唬人的，这是她的长辈告诉她的。纺锤娘进入房间一定是静悄悄的，它出入的路径很神秘，无人知道它什么时候来，从何处来。即使门窗紧闭，它也能循着空气进入，它有自己的道路，总有法子到亲人的枕边来。

纺锤娘进入房间时，会带来一种神秘而惊悸的气息。它的个头跟螳螂、蚱蜢差不多大，外衣鲜艳碧绿，样子桀骜，神态轻慢。在房间每个角落不声不响地跳跃、飞翔，发出翅膀带动空气的声音。有时突然鸣叫，像是通过腹部鼓动而发音。缓慢、吃力，类似门轴转动的"吱呀"声，但又比那个要迟钝模糊。如从地底深处传来，原始、古老。它叫的时候，往往吓我们一跳。大人不许小孩议论它，更不许凝神倾听，最好做出不在意的样子。任何不敬的行为都可能冒犯到准备长眠的祖先，激怒他们会带来严重的后果。

从纺锤娘到来的那一刻起，我们接到最稳妥的信息，亡人的名字从此就被封存了，只在一些特定的日子，取出来用用。生死的界限如此明显，我们提起下脚湾人的名字时，变得忌讳，格外小心翼翼，也多了一些隆重的仪式。他们有他们的生活，我们有我们的生活，为了不被下脚湾人看笑话，我们就得鼓劲儿去活。

其实我们从没见过下脚湾人，他们比影子还虚幻，但他们确实生活在我们的不远处。纺锤娘来后第十五天，正是 9 月。大地中央，舅公的新坟上，野草长势蓬勃，很快吸引了各种小虫子，它们在潮湿肥美的土层里筑巢垒窝，搭建家园。阳光照耀的小山坡，亡者的气息顺着热度散发出来。软风一拂，到处都是干净的尘土，只留下灵魂发出空荡荡的笑声。我们在坟边耕种收获，忙忙碌碌，绝口不提下脚湾人的名字。

《湖南文学》2016 年第 1 期

神性的大地

草　白

一

天将欲雪的冬日傍晚，无事可做，除了窗前阅读，冥想，一辆辆疾行的车从眼皮底下滑溜过去——如日子翻过一页，后面的一页，仍是一样的。缅怀唐诗中的夜晚，雪夜对饮，"绿蚁新醅酒，红泥小火炉"，那些亲切洁净的名字如酒上微绿浮动的泡沫，在我脑海里散发出玫瑰色的芳香。

艾米莉·狄金森。古板瘦削的脸，素白连衣裙，女尼的气息。二十五岁之后，几乎闭门不出。坐在开花的温室里烘焙，写诗，思考死亡，以自己的方式几次坠入情网。世界如此喧闹，她要远离，退避到灵魂的天地里。那里，有花，有树，还有月光。

在艾默斯特镇，她更多地作为园艺家为人熟知，而不是诗人。当他们在隔壁以响彻之声谈论神圣之物时，她以略显伤感的口吻说，没有人认识这朵玫瑰。

她搜集的植物标本有四百多种，还将玫瑰、银莲花、洋槐、枯萎的花木写入诗中。那些被她写过的花木顷刻间占领了两个世界。一个是由蚯蚓和定期灌溉组成的真实世界，另一个是由溶解和必然耗损组成的想象世界，而后者被狄金森称为"渐渐消失"的世界。

临终前，她嘱咐亲人烧毁诗集，却愿意将植物标本保存下来。

亨利·戴维·梭罗。哈佛大学的高才生，优秀的铅笔制造师。1845 年，他放弃教职，跑到瓦尔登湖隐居起来，搭建木屋，开荒种地，用玉米和马铃薯与村人交换大米。他是土地测量员，还能用眼睛估量两棵树的高度，能像牲畜贩子一样估计一头牛或一口猪的重量。他不吃肉不喝酒不结婚，热衷于长途步行，践行一种经济省俭克制欲望的生活方式。双腿走过的每一步路，都是自己想走的。眼光所留意的每一样事物，都为兴趣所在。那两年零两个月又两天的湖畔实践，不是归隐，而是探索、抗争和不妥协。在现实生计和精神探索两方面，一个生命体该如何分配他的时间、精力。梭罗发现大多数人确实将生命的意义颠倒了。

苇岸。陈冠学。这两个名字像遗落在秋日深处的野果，明亮，芬芳。一个是大地的旅行者，一个是守望者。淳朴本真的文字激活了自然的生机。他们身体力行，警醒人们那些已被忘记却真正发生在大地上的事情。

麻雀在地面的时间，比在树上的多。它们总是在日出二十分钟前开始啼叫。5月尚未插秧的稻田里，闪动着许多叫不出名字的鸟儿。冬天空旷的原野上，啄木鸟敲击树干的声音仿佛弓的颤响。麦子是大地上最优美最典雅最令人动情的庄稼。

……

所有这些，大地上发生的事，你可以全部知道，也可以一无所知。一个人选择什么样的生活，大抵是能够自己做主的。

二

泛舟遂昌乌溪江上，沿途山体秀丽，湖水晃悠，近一小时的水上航行，终于弃船靠岸，抵达大溪边渡口。渡口下来，上行颇为陡峭，山石铺路，落叶满径，林中空气清洌，有隐秘的植物香气扑鼻而来，恍若秋桂又似枫香。村舍在抬头可见处，灌木丛里露出村屋墙角，竹竿上悬着花绿的衣物，一只刚下完蛋的母鸡立在农用三轮车上"咯咯嗒咯咯嗒"地啼叫，邀功似的。菜圃里另有鸡群一声不吭，低调地觅食。菜圃洼地上积着水，照出蓝天一角。目光收回，继续前行。山路渐窄，林木高处稠密，间有瓦屋木窗，竹林茅舍，终抵至高处一平地，似有人工改造自然之迹象，未及深度留意，但见木制长廊两边林木萧疏，红白两色茶花，花开荼蘼。昨日有雨，落红委地，难归枝头，睹之让人伤感。不想前头迎接我的竟是一幢白墙灰瓦的书院，院门上悬一匾"躬耕书院"，两侧对联井然，上书"躬践农桑知国本，耕耘经史识心源"，如此典雅古朴，毫无落魄之相。深山藏古宅，这山不深，也非名山，这宅也不古，是仿古如新。在我有限的乡村经验里，这种书院建筑的出现着实让人诧异。好似于荒郊野外中，不慎闯入一富贵温柔地，一切似梦，一个绮丽短暂的梦。

阅读《红楼梦》里的某些章节也有类似感觉，甄士隐梦见一僧一道对谈因果之事，贾宝玉梦游太虚幻境，都是通过未来之镜提前窥透命运玄机。类似于点一把柴火，照一照黑暗里的去处，火光熄灭后，万物回归，百花凋残，而心里什么都有了，看懂了，悟透了，但天机不可道破。

那，这个孑遗乡野的躬耕书院，它要向世人言说什么，言说过后，又能给人留下什么警示？

院门进去，绕过木制照壁，是一个传统天井合围式的院落，正中间对着躬耕堂，转出"躬耕堂"的后堂，眼前所见一片田园风光。

此等整饬井然的景致，让我想起那篇著名的《桃花源记》。"土地平旷，屋舍俨然，有良田美池桑竹之属。阡陌交通，鸡犬相闻。"桃花源里的万物是有秩序感的，不提前，不违背，安静地生长，真实地凋残。在山川大地的心里，一切被纳入永恒的轨迹之中。

而在这片田园里，万物也是有秩序感的。农田高低错落，莲塘残荷枯梗，鸭在水田啄食，鸡于荫下嬉戏。枫叶飘降，麦田青青。水塘映射天穹一角，天上恰有雁行飞过。阡陌田间，风声鸟鸣，皆有照拂，呼应。

三

当初，天是瓦蓝的，地是壮硕的，人是强健的。

如今，触目所及，皆是病入膏肓之天，之地，之人。浮世千重变，越变越坏，越变越远离当初，远离本心。

可我还记得一件小时亲历的事。大概七八岁时，有一天忽发奇想，在后山废地上撒下一把西瓜籽，几天过去，小苗颤巍巍地钻出泥土，我浇了水，几日后再视，小苗开始分叉，叶上有虫咬过的洞孔，继续浇水，小苗长成幼株，叶上有不断扩大的斑驳的虫孔。日日浇水，早晚必看。有一阵子忘了去看，那幼株边上本来就有许多杂草，此刻更挤得它们越发地空间逼仄。叶子被蚜虫咬噬得经络毕现，有些讶异，伤感，不知它们会怎样。直至一日放学回家拐过去再看，赫然可见一个弹珠似的绿色小果藏匿在杂草丛里，彼时，西瓜已经上市，以它自然生长的速度，或许到了冬天也无法熟透。后来，这枚小西瓜命运如何一点儿也记不得了，可我记住了这个田野实践。西瓜籽是可以长出西瓜来的。这世上吃的东西都是从地里长出来的。土里藏着怎样的魔力，竟然可以让西瓜籽长成西瓜的样子，葡萄有葡萄的甜味，上了架的豌豆苗开的花很美，不仅美，它还是有用的，能结果子的。播种之后必有美的收获，还不出一点儿差错。

我见过许多在土里讨生活的人，他们把毕生光阴都献给了神圣的土地，只为了保持土地的肥沃。土地于他们有恩，他们也以双倍的精力去伺奉。日出而作，日落而息。年复一年，他们尝过丰收的喜悦，也饮过灾年的苦酒。

他们不去改变作物的生长规律，能做的只有等待。等月升日落，时令变迁。荒年与丰年都是轮转的。

这是真正懂得土地的人。

生命不被干扰的自生自灭的过程，是世上最自然最高贵的事。

我想到乡间的野果，自然熟透坠落至草丛中，被鸟雀、虫蚁分食，腐烂的肉质又成了土壤营养的一部分，用来涵养生长中的草木植被。如此循环往复，使大地之上能量和生命的平衡得以维持。

循环是一种美德，不浪费，不耗损，来路和去处清晰可见，万事万物都是联系和呼应的。在躬耕书院的开院仪式上，他们对这片土地宣誓，不施化肥，不洒农药，不以任何外力去影响作物生长。既是对土地宣誓，也是对月亮和太阳宣誓。古人讲阴历，也就是月亮历，今天是什么日子，抬头一望便知了。

傍晚，站在黄泥岭村坡地上，不远处的乌溪江宛如带状水银，月亮从湖的那边缓缓升起。由于乌溪江的天然阻隔，这里的一切显得干净，透明，纯粹。而在此地之外，农药和化肥被频仍地使用。

躬耕书院的创办者是这样宣誓的，也这样去践行了。可遇到的问题不少。比如，不用农药，如何防治病虫害？难道我们所有的劳作只为了填饱虫的肚子，颗粒无收是我们最终的结局？农业生产是最需要智慧和耐心的，就像等待一个生命的成长。稻子和麦子又不能像塑料制品那样可由机器成批生产而出。

他们所做的一切不过是回归，回到过去，回到人畜耕作的时代，重新运用耕、耙、耖等手段，以大量杂草作为底肥来源，油菜籽榨油之后的饼渣则作为补充底肥使用，充分利用一切草粪、苗粪、绿肥等天然肥料，去给土地追力，加油。就如一个家庭中，在一个相对贫匮的年代，总设法给重体力劳动者和那个长得最快的孩子以最好的营养保证。

他们肯定有自己特殊的制造肥料的方式。这种隐秘的手段表达的是对这片土地的爱与敬意，只为使地力常新，作物欢欣。

无疑，他们要返回的是四千年前的农夫时光，"能知时宜，不违先后之序，则相继以生成，相资以利用，种无虚日，收无虚月，一岁所资，绵绵相继"，往回走，追根溯源，离当初那条被我们轻易弃绝的道路还有多远？

四

瓦罗在《论农业》里说，神的本性创造乡村，而人的技巧创造城镇。在尚力的古罗马，农业向来是一项优雅的事业。

而在我们国家，则是毫无去处的人被拴在土地上，艰难而绝望。地那么少，又有那么多张嗷嗷待哺的嘴。当化肥、农药发明后，当大棚种植技术得到推广后，地里所结的果子增加了，所费的劳力减少了，人们高兴了，可那些土里长出来的东西完全不像是经过神圣土壤酝酿出来的，味道完全变了，包子没有包子的气味，米饭没有米饭的清香，番茄没有番茄的味道。果实的外表似乎变好看了，色泽均匀，大小匀称，摆在明亮的超市货架上供人挑选，外表无可挑剔，它们就像同一架土地机器批量生产出来的。

番茄变成这样的番茄，罪魁祸首当然是人，生生阻断作物的成长过程，在果实未成熟前便加以采摘，又运用化学原料将它催红。这样人为干预的例子，比比皆是。大家都是等不及了。慢慢地等果实熟透落地，要等到什么时候。一旦真的落了地，只能被土里的虫蚁抢先消受了。这么多年农药等杀虫剂的无节制使用，土里的虫蚁差不多已被赶尽杀绝了吧。

几千年来所保持的自然循环正在被打破，食物链被摧毁，扩大再生产是建立在对土地的蹂躏基础上。农业的从业者在大棚里钻进钻出，下雨天淋不着雨，出太阳的时候，阳光隔在塑料薄膜外面进不来，田间地头的风景早已无心观看，脑子里全是效益最大化，所有与劳动有关的歌谣、舞蹈都湮灭成了亟须保护的非物质文化遗产。

土地成了用尽则废的工具。

每当走过一片什么也不种的原野，心里的安慰感油然而生，地在休息啊，这么多年，它真的是太累太累了，是该好好休息了。

躬耕书院的早春，空气里满是清冷的气息，冬的余寒还未褪去，可梅花开了，瘦棱棱的枝条上缀着一串暴突的花骨朵。柳树萌芽了，李树，桃树，玉兰，迎春，也次第开放，争相回应着。书院后山春光普照。土地经历了一冬的休眠正把满腔希冀寄托在返青上。田畴泛起银亮的反光。麦种经一冬休整，备足了养料，正铆足了劲儿钻出尚寒的土层，迎接春晖的第一次照拂。稻草所铺的地垄上，正冒着绵绵的热气。耕牛在坡地上啃草。油菜地里一片绿汪汪的景象。

远处茶地上，春茶纷纷探出芽头，碧绿的叶，似由早春的水汽氤氲而成。最早一批的"乌牛早"茶已上市，稍晚一点儿的龙井、白茶也在雨雾中踌躇、酝酿着。

万物欣然，鸟雀欢啼，土地仍然是，永远是生存的希望所在。

五

惊蛰。这是一条虫子的节日，也是万物苏醒的日子。惊蛰的雷声响过，农具发出低语，生铁的气息在黑屋子里发出召唤声。春耕要开始了。在传统耕作中，牛的作用不言而喻。耕牛睁着温柔慈善的眼，顺从地被农人从牛圈牵到田间。早春的后山，仍春寒料峭。牵牛的二十几岁小伙子尽管自小生活在黄泥岭村，可对于驾牛耕地技术却显得颇为生疏。一牛一犁，人随其后，人不仅要扶好铁犁，还要掌握牛性，亦步亦趋。由五十几岁的老农带着，教了半天，倒也战战兢兢地学了点儿。沾染泥迹的脸上有些紧张，更透着些嬉戏的成分。

耕田可不是嬉戏，它是为严肃的播种做准备的。耕牛一笔一画犁过的田土还略显沧桑干硬，一场春雨之后，土层才会松软许多，又有土里的蚯蚓在日夜不息地翻松田土。总之，春天一到，土地不再寂寞，万物都来帮它的忙。

惊蛰过后，就是清明，得准备做秧田了。所谓秧田就是专门培育秧苗的地方，好比母体的子宫或婴孩最初的襁褓。秧田的选择大有讲究。我记得从前的秧田里都是要种一种叫紫云英的草本植物，伞状花絮，紫红色，嫩头可食。童年在紫云英的田地里打滚，身上留下草汁的腥香，是很值得回味的事。没想到它还是绿肥，翻耕后沤腐在田里是极好的肥料。想着一田的花团锦簇被翻到泥土深处，便觉得有些可惜。它是养分啊，是大地的饭食。秧田要吃饭，长力气，再把力气传递给秧苗，秧苗变成稻子，大米，再把精气神还给劳作的人。

通常，秧田不大，形状方正，设于沟渠边，便于引水和排水。

躬耕书院后山的秧田上也是种了紫云英的。他们遵循的是古老农书《齐民要术》《农桑辑要》《农政全书》里的经典做法。除了铁犁耕作外，他们还充分利用耙耱、秒这些逐级递进的农具，使秧田的泥变得绵软服帖，便于秧苗"着床"。做秧田就像搭建婴孩房。

与此同时，种子方面也在如火如荼的准备之中。浸种，石灰水杀虫，麻布保温催芽，至芽根长出，播种要开始了。

后山上，柳枝抽条了，绿草弯扭着钻出土层，青蛙啪的一声从水田跳进草丛里。

播种比耕田更具仪式感。播种人一脚踩进秧田里，便有稀烂的软泥，从脚窝、脚趾缝里冒出，凉凉的，像被一个人，用了一双极为温柔的手，挠着，捏着，摩挲着，自筋筋络络里传递开来。而那些田泥呢，在被踩着之后，在双脚的周遭蠕动着，慢慢地，紧贴在脚掌上，像敷上一种特殊的药膏。很快，脚便完全适应了这种感觉，自由的，凉爽的，一种极致的享受。

此刻，人离土地更近了，就像一株秧苗被深深插进软泥里。播种者一手怀抱匾箩，另一手抓种，沿畦沟来回挥扬稻种，种子们纷纷扬扬，各归各位。播后，用草木灰来遮盖稻种，扎稻草人来驱赶鸟雀。农人对土地的爱，在这些细枝末节中显露无遗。

这书院后山播种的一幕，与我的童年记忆不谋而合。才过去十几年时间，一切就已不可逆转。孩童再也无法体验赤脚踩进秧田里的凉适感，人与大地的融合成了梦境里发生的事，村庄零星田地的荒废已成定局，而成片的则被辟为大棚区，那是现代农业的"加工厂"，只出产"有其形而无其气"的食物。

六

土地原本是有活力的，土地上长的东西也是有活力的，土地的活力给人带来了活力。吃由土地供给的五谷杂粮长大的人，是健壮的聪慧的富有无尽创造力的。可不知什么时候起，土地的平衡被打破。

在肥料未发现前，农人对土地的爱主要体现在，当土地变得瘠薄后，他们会让其休整一两年，任其生长杂草，甚至灌木，待肥力恢复了再行耕种。

万物都有时间性。肥沃的地捧出的必是优良的食。雨后的天空特别干净。严酷世相里成长的心灵大概总是坚韧不屈的居多。地生灾害，天降雷电，都是生命成长所必须经历的。土地深处，有一条隐秘的链子，大年小年互换，丰歉轮流进行。这是土地的自我保护，也符合东方养生学的休整观。

土地里长的东西，总要回到土里。可如果回不来呢，怎么办？那它的平衡就要被打破。如今，只有以各种形式流出去的，没有回来的，回来的也只是化学合成肥料，以创收为目的的投入。付出与回报，锱铢必较，美与和谐荡然无存。

大地深处响起银瓶碎裂的声音。

一百年以前，美国人富兰克林写过一本叫《四千年农夫》的书。他考察了中国、朝鲜和日本的永续农业，发现一个普通而让他吃惊的现象。东方人在保护土壤肥力方面，对人畜粪便的利用达到极为充分的程度，千方百计使其回归土壤之中。

木心在《上海赋》里还原了此番盛况。

"粪车是我们的报晓鸡，多少声音都被它唤起……每当天色微明，粪车隆隆而来，车身涂满柏油，状如巨大的黑棺材，有一张公差型的阔脸的执役者扬声高喊'咦哎——'，因为天天如此，这个特别的吆喝除了召唤及时倒粪，不致作其他想，于是各层楼中的张师母李太太赵阿姨王家姆妈欧阳小姐朱老先生，个个一手把住楼梯的扶栏，一手拎着沉重的便桶，四楼三楼二楼地下来，这种惊险的事全年三百六十五次都能逢凶化吉，真是'到底上海人'，而金嗓子把粪车唱成'报晓鸡'，小市民未必都能领会这份诗意，恶臭冲天的粪车隆隆而去。"

遥想当年大上海红尘滚滚的街市口，大爷小姐姆妈太太提拎马桶，捂嘴捏鼻，一副嫌恶欲弃、痛苦难耐的表情，这恶臭冲天的东西随着辚辚粪车回到沪上周边市郊的农田里，兑水浇灌那菜园子自留地稻麦田，带臭味的粪气与郊外清新空气混为一体，万物在亘古的腥气中得以永继滋养，长出大白菜卷心菜黄花菜佛手瓜黄金瓜伊丽莎白瓜，择时重返沪上餐桌，喂养着张师母李太太赵阿姨王家姆妈欧阳小姐朱老先生娇贵刁钻的口味。

现在，城乡之间物质的流通是单方向的，城里的废物和粪便涵养不到乡村，又拼命地向乡村攫取生活物质。乡村负隅顽抗，顽抗不成，便只有堕落。

甜是对所有来自泥土深处天然果实的回味。甜，甘美。不仅仅是指味觉，更是心理上的感受。

我想起小时，坟头上长的一种类似覆盆子的野果，蔷薇科悬钩子属，很红，很甜。因其长在墓地和有虫咬痕迹，总让我却步。那时，我妈还年轻，而我还小。她每次路过，总要撷取几枚，串在青麦秆上拿回家洗净给我吃。

白瓷碗盛着红色圆形小果子，娇艳欲滴，那种含着微微湿润度的甜，一点点摄取自然精华积蓄起来的甜，绝不会像都市里的甜点那样让人感到腻味。

我小时候吃的番茄长得并不美，红绿不均，坑坑洼洼，可带着浓郁的番茄味，酸有酸的味，甜有甜的味。那是自然的味。

躬耕书院继承最朴素古典的耕作方式，所有的瓜果菜蔬菽谷稻麦，完全是依照《齐民要术》等经典农书里的记载培育出来的。撒锯末改善土壤透气性及疏松度，烧制草木灰加粪肥为作物底肥，茶饼粉为作物追肥，用辣椒水加茶饼水防治杀虫，点黑光灯诱蛾。而豆荚、油菜、山茶籽、各类家畜、鸡鸭鱼鹅，还有猪，都是生物循环中的组成部分，缺一不可，秩序井然。这里的生命，无论地里长的，还是圈养的，都过着与同类截然不同的生活。

夜深人静，它们的窃窃私语中似乎夹杂着对往昔被侮辱生活的抱怨。

七

现代化好比一架永动机，一旦开始，便不能停止。未来农业的发展方向是生物技术，而转基因育种是其中最被看好的一项。正常自然环境下的非转基因作物和任何脆弱的生命体一样，怕干旱、虫害、霜冻、日晒，任何一样自然环境的改变，都有可能导致产量减少，或不产。转基因技术所要解决的就是，让这些作物具有超人的能力，百毒不侵，百病无恙，在自然进化中立于不败之地。

这好像一个神话，一个无病无灾，长生不老的神话，可在今天，它竟如此轻易地要实现了。

一棵无所畏惧的作物，会长成什么样？

一个没有天敌和竞争关系的生物圈，生物的多样性如何得到保证？

更重要的是，那个习惯早起劳作的人还会有丰收的喜悦吗？当他们脚踩大地，还有血液涌动，想要拿起锄头拼命劳动一场的激情吗？他们与泥土与自然悲喜交织的关系将就此瓦解。期待、憧憬、惶恐、意外等农耕时代与天地自然有关的情愫，将转瞬即逝。大地成了生产车间，产业工人们会确保产品合格。一切都在掌控之中。无土栽培早就有了，或许连阳光和雨水都可以取消，人造的比自然的更稳定更高效，谁说不是呢？

茫茫大地，长出的尽是这些整齐模糊无味无欢的东西，由这样的东西长久地填塞我们的肉体，在我们内部进进出出，进行物质的交换，假以时日，我们的肉体也会成为一个毫无感觉、毫无灵性的存在，只在进食和排泄之间，做微弱而无谓的挣扎。

八

哈代小说《还乡》中那片苍郁凄迷的爱敦荒原，因为笼罩着与命运相关的神秘气息，让人难忘。男主姚伯生于荒原——走向繁华世界——复归荒原，女主游苔莎生于繁华世界——流落荒原——意欲逃离荒原，两人在荒原相遇，由此展开各自命运的交集。

对荒原，《还乡》中有太多神秘主义的描写，以至于让人觉得那是现代文明唯一没有染指、也无力染指的地方。

"爱敦荒原伟大而奇特的壮观，恰恰在它每晚由明入暗的过渡点上开始，凡是没有当着那种时节在那儿待过的人，就不能说他领会这片旷野。"

这句话让我想起大地上的黄昏，万物由明转暗的时刻，也是神性来临的时刻。这样的时刻，大地重归缄默，试图摆脱几千年来生产的枷锁，涵育人口的重任，重回原始社会，不长粮食，不种花果，无牵绊，零寄托，只因存在本身而存在。

人类在征服了太多未知领域之后，重新面对这片原始神秘而未知的荒野，会不会重启对自然的膜拜之心？

九

当大地上的作物完全由阳光雨露自然催熟时，土地的产出必将少了。人无尽的口腹之欲必难获得及时的满足。这一种生产方式，唯一指向的只能是：节欲，修身，过素朴本真的生活。

　　至此，不得不再次提及亨利·戴维·梭罗。当工业文明的曙光刚刚展露于西方地平线，梭罗便敏锐预示到物欲浪潮势必带来人类精神的在劫难逃，人越来越为满足物欲疯狂。梭罗的隐居实践所要证明的是，人类真正的生活必需品只需通过简单的劳作就可获得，现代人为物欲所累是完全没有必要的。梭罗此举不仅在于倡导人应归返自然，更重要的是对"人的完整性"的追求。梭罗教人简化生活，抵制金钱至上主义的诱惑，提倡过一种简朴而高贵的生活。

　　美国人梭罗对诗人海子和散文家苇岸也有"地震"似的影响。

　　海子曾经写过一首诗叫《梭罗这人有脑子》，有几句是这样的：

　　　　梭罗这人有脑子
　　　　像鱼有水、鸟有翅
　　　　云彩有天空
　　　　······

　　梭罗极简生活的背后是有大信仰在支撑着的，这才是人之为人的根本。

《文学港》2016 年第 1 期

残院之内 黄昏之后

吴佳骏

一

这是一幢旧楼。

尽管墙壁上新刮上去的石灰层洁白耀眼，却仍难以掩藏岁月馈赠的斑驳裂痕。据当地人讲，它原先是一个化工厂，倒闭后，一直闲置，荒草丛生，蛇和蜥蜴等动物时常出没其间，附近居民都不敢靠近。后来，政府搞新农村建设，便有阔绰之人将此工厂规划翻新，改造成了如今的敬老院。

或许是临近黄昏的缘故，若隐若现的光照笼罩着整幢大楼，朦胧中更添了几分幽静。院坝里几个老人拄着拐棍，伛偻着身子在慢慢移动，仿佛晚风中晃动着的几根苍老的树枝。更多的老人则坐在大厅里，呆望着墙壁上那个大大的电子显示屏。屏幕上正在播放一部时下炒得很热的爱情剧。剧中的人物卿卿我我，哭哭啼啼，甚至被所谓的爱情折腾得风生水起，惊天动地。但他们貌似深情的表演却并未使这群垂暮的观众受到感染——一个个表情呆滞，目露凄楚，有的还打起了瞌睡，如雷的鼾声淹没了剧中轰轰烈烈的爱情。

我刚步入大厅，有个银发老人忽然从人群中向我扑来，抓住我的衣袖，又打又骂。情绪的失控使她那焦黄的面孔愈加狰狞可怖。虽然，我听不清楚她到底骂的什么。只依稀从她那张漏风的嘴里，听出两个字：你滚，你滚……声音颤抖，带着某种宿命的抗争。我站在老人身前，无言以对。不知是该做一番解释和安慰，还是转身迅速离开，像惊慌失措的人逃离正在逼近的危险。正在我犹豫不决之际，老人发疯般用头朝我胸膛上撞。我用力握住她那干枯如柴的手，她几次试图挣脱，吓得我连连后退。我退一步，老人紧逼一步。我想，她一定是把我当成了自己年轻时的一个爱人，或晚年时的一个仇人。唯有爱和恨，才能让人刻骨铭心，到死都不能忘怀。我索性呆立不动，任凭老人顶和撞。那一刹那，我好似看到老人的灵魂，正在飞出她的体内。

而其余的老人则远远地看着，毫无反应，仿佛一群看客正在观看某场情景短剧。当然，他们也可能对眼前发生的一切，早已经习以为常了。麻木跟衰老一样，都是生命的腐蚀剂。最为淡定的人，要数靠左面墙壁下那两个瘫在轮椅上的老者。他们脖颈上挂着毛巾，口水不断从嘴角流出，却仍举起抖动的手臂，讨论如何延长生命的话题。人对付死亡最好的办法，大概就是不停地幻想活着的事情。想着想着，就把死亡给吓跑了。就像一个不想长大的孩子，在拒绝成长的过程中，却不知不觉长大了一样。

或许是老人的喧哗惊动了护理人员，一个腰上拴着白围裙的中年妇女火速从侧旁的小屋跑出来，将老人拽住，狠狠地吼了一声：你干啥？吼声严厉，像风中呼啸而过的箭镞。老人听到这吼声，条件反射般松开手，安静下来，变得乖乖的，像个犯了错的小学生。继而，中年妇女笑着对我说：没吓到你吧？老太婆脑子恍惚了，把外面来的男人通通认作她儿子。

我没多说什么，倒是站在身后的岳母嘀咕了一句：像这样的人，让我今后怎么伺候啊？惊魂初定，一个胖胖的男人从楼梯上走了下来。他见到我们，径直走过来说：你们是来报到的吧，我是这里的负责人。我赶忙伸手相握，并说了一通客套话。他见我态度诚恳，挺直腰板询问了岳母一些基本情况。然后，又以领导者的身份和口吻，重申了一遍纪律和注意事项，就扬长而去了。

根据护理组长的安排，我将岳母领到二楼指定的房间，帮她铺好床，将换洗的衣服放入衣柜，又去走廊尽头接来一盆凉水，用毛巾将床头柜上的灰尘擦干净。我在做这一切时，岳母的脸上始终愁云密布。看得出，她还在生她那儿子儿媳的气。岳母认为，要不是他们，自己也不会在年过半百之际，被迫来这家敬老院做护工。命运总是充满了诸多变数，你永远都搞不清楚你的下一刻钟将面临怎样的厄运。就像你搞不明白，跟自己最亲近的人，为何一夜之间，竟变成了仇人。鸦不反哺，虎欲食子，徒唤奈何？

疼痛是必然的。你只有面对，孤立无援地面对。

二

时间回转到一年前的深秋，那是个空气潮湿的午后，一场预告的秋雨迟迟不肯降临。山坡上万物萧索，时而有一阵冷风吹来，让人脊背发麻。整个村庄被一层荫翳笼罩着，几条黄狗在崖畔上来回狂吠，苍凉的声音，愈发增添了几分阴沉和恐怖的氛围。

不远处，一场葬礼正在锣鼓和唢呐声的伴奏下热闹地举行——亡人要赶在暴雨来临前入土为安。否则，他很可能被曝尸旷野，灵魂永世不得超生。然而，就在吉时已到，抬棺人正要把棺材放入圹穴时，我的岳母却手握钢叉，孤注一掷地冲向抬棺人。这突如其来的变故，使八个抬棺人六神无主，战战兢兢。要不是村支书眼疾手快，顺手操起一根竹竿朝岳母挥去，将她掀翻在土沟里，这场丧葬或许就会变成一场闹剧，使之雪上加霜。

风呼呼地刮着，地上的枯草随风摇摆。村支书怒不可遏地一边控制住岳母的咆哮，一边用眼神暗示抬棺人赶快下葬。一时间，唢呐高奏，锣鼓齐鸣，一阵手忙脚乱之后，亡者终于被一堆泥土掩盖。道士手拿引魂幡，绕坟三匝，宣布葬礼完毕。村支书见大功告成，仰头面对天空长长地舒了一口气。我岳母见此情形，感到棺盖土落，回天乏术。她费尽心力阻止这场葬礼，最终还是没能成功。这一铁定的事实，让她深感绝望，一种强烈的挫败感瞬间击中了她的心脏——一个活人被死人打败了。

喧嚣的锣鼓沉寂了，唢呐也像生了锈，发不出声响。整个山岗上，看热闹的人逐一散去。只留下阴风簌簌地刮着，仿佛来自另一个世界。村支书用手掸掸衣服上的泥土，掏出一支烟点燃，淡蓝色的烟圈像是坟前燃着的檀香一样，带着水汽向空中弥漫。岳母仍旧坐在坟堆不远处的草丛里，蓬首垢面，茅草划破了她的脸。血珠顺着脸颊往下游走，像一颗颗露珠在寻找春天的讯息。村支书挺直腰板，步履从容地从岳母面前走过，脸上流露出一个胜利者的欣喜。而且，他刚走了几步，还故意回过头来，朝岳母干咳几声。那咳声，像几个响亮的炸雷，从田野上空滚过，使岳母心尖发颤。

风继续吹。我岳母左手死死地抓住地上的泥土，五根指头，像五把锋利的刀刃，扎进大地的肉里。她明显感觉到大地在颤抖和痉挛。而她的右手则紧握着一块石头，石头都快被她捏出水了。也就在刚才，当村支书的干咳声响起时，岳母几次举起手中的石头，试图向那充满霸气和嚣张的声响砸去。那石头棱角分明，仿佛有着千金重量。若是砸出去，定会使声音销声匿迹，变成个永久的哑巴。但没想到的是，岳母只要一举起石头，石头的重量就先把她给压垮了。后来，她还是拼尽全力将石头扔了出去，朝着干咳响起的方向。这时，富有戏剧性的一幕发生了。岳母怎么也没料到，那块石头自己会转弯。她明明砸的是村支书，可石头砸中的却是走在村支书旁边的道士。其实，道士也没砸中。石头真正砸中的，是道士手里提着的那面铜锣。那声脆响，好似并不是岳母制造的，而是亡者从土里醒过来，用拳头狠狠砸了铜锣一下，埋怨道士手艺没做好。

　　岳母砸道士也许是对的，要不是道士帮忙，村支书也不会那么顺利地让他这个意外亡故的亲戚长眠九泉。而且，还是葬在岳母家的土地上。按乡村规约，只有本村人死后才能葬在本村的土地上。外乡人的骨殖若想占用本村泥地，那就像过去背叛家族之人幻想进入宗氏祠堂一样困难。可在这个人世间，即使再难的事，也有人能化险为夷，如履平地。

　　我岳母最痛恨这类人，就像她痛恨村支书的小舅子霸占了她的土地。尽管，在内心深处，她对这个亡故的年轻人尚存有几分同情和惋惜。此人死时还不到四十岁，据说是一次在县城跟人清洗玻璃外墙时不慎掉下去摔死的。本来，村支书一直对其怀有成见，只因他父母早逝，自幼被姐姐带大，作为姐夫，加之来自老婆的压力，他不得不将其尸体搬回村里安葬。起初，村支书的做法遭到全村人的反对，男女老少义愤填膺。但渐渐地，大家也都睁只眼闭只眼，只在背地里谈谈。一旦见了村支书，又个个满脸堆笑，百般奉承。

　　最有傲骨的，是村中的道士。当大家都当缩头乌龟的时候，唯有他坚持原则，要求村支书改变主意，别破坏了规矩。道士的强硬态度，让村支书骑虎难下。对其他村民，村支书完全可以置之不理，但对待道士，他不能不重视。他能管理活人，却无法管理死人。阳间的事，他说了算；可阴间的事，只能听道士的。离开了道士，他小舅子的尸体只能喂虫子。这就叫魔高一尺，道高一丈。

　　但道士也是人，是人就有软肋。真正的傲骨是没有的，有人看上去很有傲骨，其实不过是傲气罢了。村支书看穿了这一点，故能如鱼得水，左右逢源。在找道士谈过几次话之后，道士的态度大变。像寒冰遇到烈火，气球碰到钢针，转眼间就化了，泄气了。不但如此，他还转而主动答应承担安葬村支书小舅子的法事任务。欲望永远是自己最大的敌人，它比死亡还可怕。一个善于捉妖降鬼的人，就这样最终被他人降伏了。

　　道士回报村支书恩赐的第一桩事，便是为其小舅子找块风水宝地。他带着罗盘，爬坡上坎，东瞅西望，脸上带着幸福的笑容。他正在做的，仿佛不是替他人寻找归属地，而是为自己建造宫殿。那宫殿金碧辉煌，雕龙画凤，一旦住进去，便可一劳永逸。经过一天时间的奔波，道士终于找到了那个宫殿。它就坐落在我岳母的一块菜地里。

　　我岳母本也是个厚道人，良善朴实，凡事不予计较，在村里有口皆碑。但唯独在这件事上，她毫不让步。她在自家的菜地里劳作了一辈子，她爱那片土地。她在那块土地上迎接过日出，也送走过日落。经过风，见过雨。那块土地，是她的一个梦。她在上面哭过，笑过，沉睡过，奔跑过……现在，有人要占她的地，她死也不答应。她要等到某一天，把自己埋进土里。然后，变成庄稼长出来，重新守着这个村庄，守着那让她既熟悉又陌生的爱恨交织的土地。

农民就是这样，她的爱永远如针眼那般狭小，又永远如海水那般深刻。可如今，村支书和道士的合谋，让我岳母这个老农妇的爱受到了严重伤害。她唯一能做的，也许就是赤手一搏，再干吼几声，掉几滴眼泪。最后，还得让风来把她的眼泪擦干。

我岳母的儿子儿媳倒是深明大义，他们在镇上做小买卖，虽然不再干农活，但也没有脱离土地。照理，自己的母亲受了委屈，他们应该去安慰几句，宽宽她的心。谁知，他们得知此事，回乡劈头盖脸朝母亲一通臭骂。我岳母的伤口上，无故又被撒上了几把盐。疼痛像毒蛇一样盘踞在她心里。

生存素来是严峻的，谁也没有资格说我岳母的儿子儿媳不孝。对于岳母这个活了大半辈子的人而言，她可以活得不管不顾。但对于尚还年轻的儿子儿媳来说，他们这辈子还有很长的路要走。他们绝不希望看到自己未来的人生之路上布满了荆棘和陷阱，泥潭和乱石。这样说来，我岳母那儿子儿媳的咒骂，貌似也就变得合情合理。

但我岳母这个人，没想到脾气那么偏。她可以忍受别人的欺辱，忍受儿子儿媳的咒骂，可就是无法接受拉下老脸，去向村支书道个歉的结局。故当她儿子儿媳提出这个要求时，岳母宁死不屈。无奈之下，她不得不找到我这个女婿帮忙，替她在敬老院找了个差事。

一个平凡得像草一样的老人，在本该享受天伦之乐的年龄，就这样以逃离的方式，把自己逼上了孤立和绝境。

三

敬老院无疑是死亡的边界，在这里，时间是静止的。尽管那一排排看起来温馨的房间，门都敞开着，进出最多的，仿佛只有轮椅和拐杖。而作为房间的主人，他们大多数时间是沉默的。每天早晨，如果天不下雨，阳光便从窗户外面照进来，投射到躺在床上的老人们皱纹密布的脸上，有一种扭曲的沧桑感。精神状态稍好些的老人，会梳理一下头发，眯着眼盯住阳光看。那一束束光线，仿佛贯穿起了他们的一生。那稀薄的阳光，会多少照亮他们落寞的晚景。而对于另外那些神志恍惚的老人来说，哪怕再明亮的阳光，也是一匹黑纱，把他们裹得严严实实，像蚕困在自己的茧中。

按规定，每个护工照管五个老人。我岳母接管的五个老人中，有两个是一对老伴儿，膝下有一儿两女。儿子在政府部门供职，两个女儿，一个是学校的教师，一个自主创业，在城里开了家茶楼。他儿子本想让老人跟着自己过，可老两口跟儿媳妇关系不和，便主动要求到敬老院生活。而且，他们在敬老院的一切开销，均不花儿女一分钱，用的都是自己的退休金。足够的资金保障了他们拥有自由生存的权利，以及做人的尊严。还有一个老人，条件也比较好，大家叫他黄叔。黄叔的儿子是个包工头，工程做得很大，常年在外游走，很少有时间回来看老人。他解决问题的方式就是钱。他只要一次性把全年的护理费交给敬老院后，就百事大吉了，父亲也不再是他的父亲。剩下的两个老人，一个姓余，一个姓张。余大爷没有儿子，只有五个女儿。女儿们都不愿照顾父亲，便商量将老人送往敬老院，护理费一人负责一个月。情况最糟糕的是张婆婆，她是个孤寡老人，由政府送到这里来的。虽然吃穿不愁，但最难熬的是举目无亲的凄楚。一个人，当她在这个世界上，活到只剩下自己的时候，这个世界对她而言，也就没什么意义了。

岳母到底是把生活的好手，短短的时间，她便适应了这份工作。而且，干得一丝不苟，对每个老人都仔细照顾，唯恐出现纰漏，对不住这些桑榆之人。每天，除了规定的清洁次数外，她总要多拖一遍地板。尽量让房间通风，把卫生搞好。特别是张婆婆和余大爷的房间，由于他俩都大小便失禁，屋内老是臭烘烘的。岳母刚把尿不湿给他们换上，不多一会儿，裤子上还是会沾满粪便和尿液。遇到这种情况，岳母就耐心地给他们洗衣裤。洗涤衣裤的过程，也是洗涤她自己的过程。她已经深深地融入了这群老年人的生活。之前在村里发生的所有不快，早已经烟消云散。我的岳母，一个热爱土地的农妇，已经将她的注意力，从关注土地本身，转移到了关注土地上的人和生命本身上来。这群老人，打开了她生命的另一扇窗，丰富了她的情感和内心世界。

我每次去敬老院看望岳母，她都要跟我讲那些老人的故事。讲到动情处，她会热泪盈眶；讲到伤心处，她会肝肠寸断。仿佛里面住着的每个老人，都是她的亲人，或者是她生命的一部分。我猜想，岳母一定是从那群老年人的身上，体察到了自己将来的处境——忧伤与彷徨，困顿与寂寥，疾病与抗争，冷暖与眷恋，痛苦与死亡……

在敬老院里，岳母最羡慕的，是她接管的那对老伴儿。每天清晨和黄昏，他俩都要手牵手去楼下的花园里散步。老头每次下楼，头发都梳得一丝不苟，偶尔还会戴个帽子，脖子上围条围巾。看上去，仪表堂堂，很儒雅，酷似一个旧时代的知识分子。老太婆也很讲究，衣服纽扣从来都扣得整整齐齐。下楼之前，还要对着穿衣镜照了又照，好像他们不是去散步，而是去赴一个朋友的宴会。

花园里栽种了许多花草，每逢花开时节，香气扑鼻。尤其是那几株月月红和水仙花，开得煞是艳丽。老两口大概都是爱花之人，他们在花朵前流连忘返。叙旧，谈笑，回想年轻时的事情。远远看去，就像一对情侣，在品尝属于他们的爱情。岳母说，这对老伴儿是让她最省心的两个人。他们从来都把自己的生活过得井井有条。被子叠得方方正正，餐具摆放得整整齐齐，衣服洗得干干净净。岳母唯一要做的，是每晚去查两次房。有一次深夜查房时，岳母瞧见老头子正在给熟睡中的老伴儿盖被子，俨然一个老父亲，在照顾自己的孩子一样细心。

与这对老伴儿形成鲜明反差的，是黄叔。自从岳母到敬老院工作后，从来就没看见他儿子来过。时间长了，大家都忘记了他还有个儿子。黄叔唯一的嗜好，是酒和烟。敬老院禁止饮酒，他就偷着喝。有一次，他喝醉了，趴在房间地板上破口大骂。主要是骂自己，从少年时一直骂到中年，又从中年骂到老年。他试图借助酒精的力量，要对自己做一次釜底抽薪似的清算。那晚，可把岳母吓坏了。为此，岳母还被院领导扣了工钱。从那以后，岳母便将黄叔盯得很紧。

没了酒喝，黄叔就使劲抽烟。每天两包或三包。只要一走进他的屋子，就能感到里面像刚刚发生了火灾，烟雾弥漫，呛得人流泪。可黄叔喜欢这种被烟雾包围的感觉。

余大爷可以说是五个人中最幸运的一个，又是最不幸的一个。说他幸运，是指他那几个女儿隔三岔五地跑来看他。每次来，都不忘提点水果或饼干之类的东西。这让诸如黄叔那样的老人羡慕不已。只要余大爷的女儿一到，敬老院保证热闹非凡。他女儿喊爸的声音，以及嘘寒问暖的关怀之声，整幢楼的人都能听见。这时，黄叔准会从房间里走出来，朝余大爷的房门张望。尽管，他对这一夸张的声音早已心生厌倦，可依旧喜欢瞅这貌似其乐融融的亲情画面。只是，不知道余大爷自己能否真正感受得到那份亲情的存在。

说他不幸，是指余大爷的女儿每次来看望他之后，都会发生不大不小的口角纠纷。纠纷的核心，无一例外都牵涉到钱。原来，她们全都怀疑余大爷藏有私房钱。理由是余大爷未住进敬老院之前，他的三女儿一次在家为父亲擦洗身子时，发现他在腰杆上用绳子拴了个布口袋，里面装有两万块钱。此消息一出，余大爷的几个女儿就像蜜蜂一样，整天围着他转。而且，她们料定，老头子一定还藏有现金。个个都想套他的话，试图使其说出藏钱地方。可余大爷自此恍恍惚惚，闭口不语。只睁大眼睛，看着这几个自己含辛茹苦养大的孩子，像看着另一个陌生的自己。

如此看来，还是张婆婆每天高枕无忧。她饿了吃，吃了睡。没有谁想到来看她，她也不想见任何人。有时，即使岳母前去叫她换衣，她也爱理不理。仿佛她压根不是躺在床上，而是睡在时间的长河里。哪怕死，都伤害不到她。

岳母的讲述，让我有恍若隔世之叹。她的讲述呈现给我的，不仅是一个个老人的故事，而且是一颗颗活着的悲怆的灵魂。

也正是因为岳母的讲述，我每次看望她后，都习惯性地围着敬老院走一圈。我还想看看那些岳母没有讲到的老人们的状态。在这座青瓦灰墙的楼房里，总共住着一百多个老人。他们虽然来自四面八方，来自不同的家庭和环境，却最终都走到了同一条生命轨迹上来。这是巧合，还是宿命？是现实，还是梦境？

我仿佛看到了一间流动的房间，房间里关着的，不是一个个血肉之躯，而是一道由生和死构成的巨大的时光深渊。

四

我原以为，岳母见惯了老人们的喜怒哀乐，冷暖甘苦之后，可以就此消泯内心深处隐藏的恨。但哪知道，那恨就像一颗定时炸弹，埋伏在她的心房里，随时都有引爆的可能。其实，我应该预料到，这颗恨的种子，早已经生根发芽。因为，我曾听岳母跟我说，她在敬老院经常做梦。梦见自己蹲在菜地里收获萝卜和大豆，高粱和红薯。梦见有人抢她的地，还梦见儿子儿媳指着鼻子在骂她。每次醒来，她都虚惊一场，背脊上冷汗直冒。

真正使岳母恨意重生，是在她到敬老院工作半年之后。那时，张婆婆刚刚去世不久。这个睥睨死神的老人，在与死神交战无数个回合之后，终于筋疲力尽，衰竭而亡。她以死的方式战胜了死，抵达了恒久的慢慢长夜。因无后人，张婆婆的出殡显得有些草率。没有祭幛和花圈，没有锣声和鼓声。在院方人员的见证下，几个护工用毯子将其兜住，轻轻一抬，就将她那轻飘飘的躯体送进了殡葬车。殡车开走之后，才有两个胆小的护工流下几滴心慈的眼泪，为其送行。

送走张婆婆的第二天，敬老院就恢复了常态。在这里，死亡如同吃饭、睡觉般正常。最开始，护工们见到有人老去，还会议论纷纷。见多了，也就麻木了，甚至连谈论的兴趣都没有。

我岳母是个心细如发之人，张婆婆离去后，她总觉得老太太还在。每次走进那个虚空的房间，她都会产生幻觉，好似看到张婆婆还躺在床上，与时间斗争，没有丝毫和解的意思。然而，一周时间不到，另一个新来的老人，住进了张婆婆曾睡过的房间，开始了另一场更为复杂的斗争。这个老人就是前面提到的道士，那个曾受了村支书恩惠并最终使得岳母的命运发生改变的道士。我岳母一见到他，即怒火中烧，仇恨的火苗瞬间被点燃。那一刻，岳母的记忆又回到了一年前那个凄风苦雨的下午。风在天边呼啸，大雨将至未至。唢呐声搅得她心烦，手中抓住的石头，是她唯一的救命稻草……

那一刻，岳母的拳头重又攥得紧紧的，仿佛那颗被掷出去的石头，又飞回到了她的手中。道士见到岳母后，更是惊慌失措。尽管中风使他的左半边脸已经僵硬，但仍可从他的右半边脸上看出抽搐的动静。好在，他们彼此都心照不宣。

佛教里有业障之说，而我的岳母和道士之间，好像生来就彼此是的业障。在敬老院这个物质的、隐喻的"六道轮回"里，他们在彼此博弈，阻止对方消除业障，抵达"人道"。岳母无疑是兴奋的，在"服侍"道士的过程中，她心中淤积已久的仇恨终于得以发泄。如决堤之水，滔滔不绝。洗衣时，她故意不洗干净；送饭时，她故意在碗里撒上盐。总之，岳母想尽各种办法，欲让道士倍受折磨之苦。道士知道岳母存心报复他，敢怒不敢言。如今，他已是病残之躯，人为刀俎，他为鱼肉，若公然反抗，他担心会遭到岳母更为严厉的报复。

道士感到几分恐惧，又似有几分忏悔。他也曾是乡里一个风光体面的人物。自他十七岁那年，跟着师傅传承道业以来，便受到村民尊敬。他曾亲自把村里一些德高望重的老人送往西方极乐，也曾亲自把个别意外夭折的生命归还给大地怀抱。他见证了村庄的荣辱兴衰，一辈子都在跟死亡打交道，却无法参透活人之谜。道士共生有一男一女，这在乡村，算得上是福禄双全了。但他命运多舛，福禄皆薄。女儿本来嫁了个好人家，却不幸死于难产。剩下唯一的儿子，也在前几年被病魔夺去了生命。白发人送黑发人，向来是人世间最为悲痛之事。可就是这种悲痛，却相继在道士身上上演了两次。他的老伴儿不堪重负，气得疯疯癫癫。每天啥事都做不了，只知道坐在村头的槐树底下，呼喊儿子的名字。就在他决定来敬老院的前两个月，他老伴儿去镇上赶集，再也没有回来。道士拄着拐棍去镇上找过，无任何下落。回去后，他坐在院子里左思右想，觉得自己罪孽深重。他埋葬过无数的人，却最终把自己的亲人也一个个给埋葬了。有人说，道士落得如此惨景，皆缘于他接触死人太多，被阴魂所困。道士不信这种说法。他说，人死如灯灭，哪有啥魂不魂的。人死了，就啥都没有了。话虽这么说，但道士还是偷偷地在一个月黑风高的夜晚，将伴随自己一生的道袍、令牌、锣鼓等法器，挖个坑悉数给埋了。埋完后，他还念了三天的经，又躺在床上痛哭了一场。哭着哭着，就睡着了。醒来，他发现自己的嘴巴竟然歪了，左半边身子也失去了知觉。好在，他埋了一辈子的人，积攒了几万块钱。他不想把这些钱带到阴曹地府去用，于是来到了敬老院。可谁知，他到来后，却遇上了我岳母这个克星。

道士毕竟是道士，他虽然没了法器，道行却依然在。他觉察到我岳母不会轻易放过他，表面上不动声色，却背地里大肆宣扬我岳母虐待老人。很快，此事传到了院领导耳朵里，院方正式找岳母谈过话，并警告她，若再不改正，就辞职走人。

来自院方的压力使岳母心情郁闷。那段时间，她的这一复仇心理还殃及其他老人。她对黄叔和余大爷的态度也很不好。若是遇到余大爷的女儿们来轮番吵闹，她也会发脾气，言语里满是抱怨。抱怨这个世道不公，抱怨自己时运不济。而且，她对那相敬如宾的老两口，也不再心生感动。每当他们去楼下花园散步时，岳母会觉得他们是在演戏，简直是在预习死亡。一切美好的东西，在她眼中，都如水中月，镜中花。留存在她心里的，只有虚空，以及比虚空更大的幻灭感。

一天凌晨，当黄叔也在她的眼皮底下死去后，这种幻灭感更像个逐渐胀大的气球，充塞了岳母的胸腔。黄叔跟张婆婆一样，死时都无人送终。但死后的结果却霄壤之别，张婆婆上路时悄无声息，黄叔上路时却热闹异常。他儿子一接到噩耗，即从外地赶了回来。一到敬老院，不问青红皂白先对院领导一通斥责，继而骂我岳母没有照顾好老人。然后，随即请来一个响器班子，在敬老院里就吹打开了。那阵仗，那架势，仿佛要把其沉睡的父亲震苏醒过来。有钱人就是逍遥，想法也大胆。若不是有人劝阻，他竟要掏出真钱来充当买路钱，一路挥洒。可唯有黄叔置身事外，任何的热闹和喧腾都与他无关了。

我岳母站在敬老院楼上，看着黄叔被他儿子雇来的人簇拥着，哭哭啼啼地越走越远，心里浮起一股难言的酸楚。她又想到张婆婆，那个先黄叔而去的老人。虽然，她在离开这个世界的时候，没有享受过如黄叔那样隆重的葬礼，但他们到底可以在另一个世界里相聚了。在那个永恒的世界里，他们根本不需要那么大的排场。他们带走的，是人活一辈子都未必能参悟透彻的东西。

五

人活一辈子都未必能参悟透彻的东西，到底是些什么呢？我每次走进敬老院，都会引发无限的联想。特别是当我洞悉了岳母的内心世界，以及熟知了敬老院里的老人们的生存故事之后，这种联想和追问变得尤为强烈。后来，我隐约觉察到，那些让人参悟不透的东西，或许有这样一些：大地上的阳光、空气和水分；一朵花盛开和凋谢时的秘密；冬天失踪的鸟和下坠的雪花；太阳底下被阴影掩盖的部分；藏在身体里的寒冷和温暖；一个人皱纹里的记忆；唢呐和锣鼓声中的颂歌；两个老人的一次牵手；一个道士的罪与罚；张婆婆和黄叔临终前的眼神；余大爷女儿们的白天和黑夜；我岳母的爱与恨……这一切，构成了人的巨大困惑。它们像蛛网一样，纠缠着活着的每一个人。不同的是，有一部分人挣扎着从网里面走出来了，自己拯救了自己。而更多的人，则永远困在网中央，执迷不悟，越陷越深，直至筋疲力尽。

值得庆幸的是，我的岳母最终从那张网里走了出来，成了那少部分人中的一个。至于是什么原因促使她放下了心中的屠刀，我不得而知。或许是那些老人们的生老病死，改变了她对待生命的态度；又或者是仇恨本身，让她领悟到了爱的奥义。当然，也可能什么原因也没有，她突然就这样了。像一棵树，长着长着，就褪去了浮华和沧桑，成了鸟儿们歌唱的绿荫；像一条河，流着流着，就涤净了混浊和清浅，成了鱼儿们欢乐的海洋。这一转变最直接的体现，是她对待道士的态度。她不再像过去那样，处处刁难人，处心积虑给道士苦果子吃，而是百般照顾，细心呵护。岳母的突然转变，让道士很不放心。他不知道岳母唱的哪出戏，葫芦里卖的什么药。因此，他时刻提防岳母，睡觉都睁着眼睛，唯恐岳母在背后给他来上温柔一刀。就像一个长期被侮辱、歧视惯了的人，突然获得了别人的尊重，他反而会失去自我，而活在一种心惊胆战的不安之中。

我岳母见道士心存芥蒂，不知如何是好。她怨恨他的时候，道士防她；她同情他的时候，道士也防她。爱和恨都是一道难题。我不由得想起陪岳母去敬老院报到那天，那个跑出来拽着我衣袖大骂的银发老人。我想，有一天，道士会不会落得跟那个老人一样的下场。恨或者爱，都能使人发疯。岳母说：道士可怜啊，埋了一辈子的人，到头来，却无法安葬他自己。

岳母是明智的，她知道只有自己离开敬老院，道士才能彻底心安。况且，出来打工一年多了，她也累了，想回家去。她不想自己今后变成敬老院里的任何一个老人。在我的精心安排和劝慰下，岳母的儿子儿媳也原谅了她，同意其回家共同生活。到底是血浓于水，岳母收拾东西离院那天，她儿子儿媳都来了。我们一起把她接回家。

走出敬老院大门时，那对相濡以沫的老两口，竟然手挽手，拄着拐棍来送她。皱纹纵深的脸，憨态可掬。慈祥中，透出宁静。那一刻，岳母泪如雨下。我背转身，抬头看天，天上云淡风轻。秋深了，几只南归的大雁，重又飞回了久违的故乡。

《天涯》2016 年第 2 期

胡麻的天空

张金凤

在我的故乡，麻是种身份朦胧的作物。它傍水而生，高大茂密，如芦苇一般迷惑了水鸟；它在大田里阵脚威仪，把玉米和高粱棵子搞花了眼。麻是什么？是庄稼，是水草，是竹竿，抑或是什么？它在夏天里开花，从腰间一直沿着秸秆开上去，一直开到顶稍头，开成蓝天的一对对蝴蝶，开成田野上一轮轮太阳。有时候，麻常常被随意放置，麻地是边边角角，星星点点，犄角旮旯，因势就地，有一搭没一搭地点种了那么十几棵，它也风风火火，苗苗壮壮地长起来，眨眼间齐刷刷高过了人的头顶。有时候，种麻是为了当作一圈青篱笆，在菜园边，在靠村庄的田地边，在怕糟蹋的瓜地边，甚至有时候就是在田埂上，随手犁上一趟，它也青衣素搭地，成了开花的墙，成了阵脚严谨的篱笆。

村中的老先生说，不要慢待了麻，麻是跟我们的祖先并肩而来的，麻比村口的石碾更久远。我果然在古卷中遇到了它，《诗经》唱和的年代，麻就是先人的好友了。那时候人们广泛种植麻，靠着麻来燃起生活的暖，"丘中有麻，彼留子嗟。彼留子嗟，将其来施施。"（《诗经·王风·丘中有麻》）可是，麻有什么用呢，只开花不结粮食，又不像玉米秸，可以劈来当甜秆吃。在孩子的眼里，麻就是一个个傻大个子。麻不管人们的眼光，一年年迎风站立在春夏的沟坎野地，葳蕤，婆娑。

夏末伏尾，是收麻的时节了。好像这高大的植物就是为了庇护一个炎热夏天才生出那样的绿意和清凉。麻经过一夏天雨水的滋润和阳光的修饰，被四野的风淘洗沐浴，又被各色的鸟鸣装饰，长得亭亭玉立，葳蕤昂扬。一棵棵整麻，最好是连根拔起，这些苗长的植物，伸长的粗根牢牢抓住了泥土。顽皮的孩子，总是要先尝一尝麻籽，看看那绸缎样鲜艳滑爽的麻花的被窝里，藏了怎样的秘密。他双掌捂住麻的干穗揉搓，栗色麻籽脱皮而出。吹去浮皮，将麻籽丢进嘴，一嚼，麻酥酥的感觉传遍全身，像触电一样令人抖动起来。他要的就是这种刺激，要的就是这种"麻酥酥"的感觉，祖先给这类植物命名的时候，是不是也因为尝了它的种子呢？

砍倒的麻，要被沉到水湾里去经过漫长的浸泡，甚至要沉到淤泥里去。如果不经过炼狱般的沤麻，一棵麻就是生涩的没有价值的，只有炼狱之后的涅槃，麻才走到了晴朗之地，才走到了被人们使用的舞台。

"不种麦谷没得粮，不种棉麻没衣裳。"先民在很早就知道，麻是自己相依相偎的物种。古老的农耕时代，温饱是人的首要奋斗目标，生长泼辣的麻，担负着蔽体御寒的重任，《诗经》里记录着大量的劳动场景，其中包括很多种麻，绩麻，沤麻等生活细节，如"东门之池，可以沤麻。"（《诗经·陈风·东门之池》）麻在旧时代广泛种植，"我麻日已长，我土日已广。"（陶潜《归园田居》）甚至"桑麻"成了农业生活的指代，"开轩面场圃，把酒话桑麻。"（唐·孟浩然《过故人庄》）掀开一页页种桑植麻的岁月，纸张间都是岁月的沉香。

关于麻的命名，有这样的说法，说古人收获了麻棵之后，在家中或作坊中将韧皮从茎秆上剥离，再用套在拇指和食指上的刮刀把韧皮的青皮刮去，剩下白色纤维，作为那时候纺织的主要原料。由于青剥麻皮，麻皮中尚有大量液汁，恰恰那汁液有很强的碱性，可以腐蚀皮肤，使神经迟钝。所以久而久之，人被腐蚀过的手就出现麻感。人们把给了他们"麻"的感受的植物叫作麻。

沤麻是对麻的使用上的改良吧，沉入水底，将青皮等腐烂，留下最具韧性的纤维。

小时候，常常跟随父亲去水中捞麻，那已经到了秋天。父亲穿着长筒胶皮水靴，试探着下水，走进沉麻的地方，他搬掉压麻的大石头，用一柄二齿钩子将一捆捆麻拖上岸。水淋淋带着湾底泥臭气的麻在水湾岸上重见阳光。麻把积蓄了一夏天的青绿与豪情，在水底沉淀成韧性和哲思，在秋阳里重新吸吮阳光，将它们注满生命的每一个音符。

在阴雨的天气里，在农活不忙的日子里，麻棵走近农人的手指。抓一根麻秆，从根部剥开麻皮，像给它脱去一层厚衣裳，手指走过的地方，沉淀下一层岁月的陈酿，栗色的麻纤维与雪白雪白的秸秆从此分道扬镳，这叫醒麻皮。女人取过自己的桃木梳子，像给要出嫁的女儿梳头一般，仔细地将麻皮的小疙瘩梳去，将那些粗大的劈开，梳成匀匀溜溜的一叠叠瀑布，汇成一束束，一捆捆。一束束麻被挂在屋山上阴干着，等待一个集日待价而沽。麻转了一圈江湖复又回到乡村，它被束了发，修了眉，换了装束，去掉野性，长了规矩和见识，有了使命，一口口崭新的麻袋，是最不起眼的麻纤维编织物，它们奉命来收获田园的粮食。那些麻线哪里去了？父亲说，织衣去了，经过工厂的流水线，有些麻，成了衣裳，我们认不出它来，它也不回乡村了，像我们手里长大的孩子，不回来，能远远地想想你就知足了。其实，男人挂念的是另一些麻缕，那些被拧成绳索的去捆绑一些虚妄，去牵引一些迷茫，用的是麻骨髓里的韧度。他种的麻，力度强劲，他沤的麻，火候正好，他送出去的麻，不管走到哪里都经得住考验，都会不辱使命，不管是成为纤绳，成为缆绳，成为锁头绳，他的绳，即使最后被时光的牙齿咬成碎丝，也绝不会中途变节。

冬闲的日子里，女人开始梳理那些筛选剩下的麻缕，那是些不怎么成气候的麻缕，在广阔的田园里，也许它们的脚步慢了半拍，没有接受到阳光充足的抚摸，也许它们落脚在贫瘠干旱一点的地片上，它们的营养被野蛮的草吃去了一半，个子就没撺上来。不能把这些不成气候的麻缕卖出去，那将折了一个庄户人的名头，辱了几辈子的清白。女人梳理着那些麻缕，用温柔的手指安慰它们：世界上没有没用的麻。

她把那束麻吊在梁头上，麻像她年轻时的头发一样飘泻下来。她梳理出一缕麻线，打结，挂在梁头高处，用"拨锤"在旋转中将这一缕麻线绺拧成一股，然后，再拧一股，两股麻线粗细长短都均匀如双胞兄妹，母亲将两股合在一起，"扑棱棱"，拨锤旋转着，像风吹花颤，一根结实匀溜的麻绳就打好了。

那么多麻绳躺在针线笸箩里，女人将它们分工，那些粗大结实的要用来钉高粱秸锅盖垫，来蒸煮一家人的饭食，一定要最结实的麻绳钉一顶最体面严丝合缝的盖垫；那些细的用来纳鞋底，别看那麻绳细，可是韧性好，结实着呢。女人在绞线的时候，特意多绞了几扣，她知道闺女的鞋要踢毽子，跳房子，走路的时候都蹦几个高，可得结实；小子的鞋要跑山路，几里路的学堂，靠的是母亲的千层底去丈量，以后还要丈量更远呢；男人的鞋不舍得穿，下田的时候，鞋总是在田埂上盛满花香和小虫子的甜梦，但是男人的脚有力气，一步就能给山路踩出俩坑。这些都要麻绳咬住牙，跟石头厮咬的岁月，靠的是一股股麻绳的坚韧。

有一根粗壮的麻绳是留给自己的，那根麻绳不是拨锤能拨得动的，得用许多麻线，用绞绳子的木耙子，在院落里，男人和女人各执一股，他们各自努力地旋扭，任自己的汗水悄悄洇湿后背，他们的两股劲又是那么和谐，谁也不多，谁也不少，合在一起的时候才是一根活的绳子。他们不看对方，也不用数扭了多少扣，炕头炕尾的两口子，怎么会拧出两样的绳扣呢？可也有拧不在一起的绳子，永生娘年年抹着眼泪说，自己的绳子怎么就是两股合不到一起去。女人就给她一把梳子，说，先梳通了自己的结再说。

男人的背上背着这条麻绳，这是他和女人合力拧成的绳子，这根绳子勒在肩头和背上的时候是疼的，但男人知道，疼也要扛着，皮肉疼过了就成了茧，再硬的日子也抗得过去。一根新绳索，在男人的背上吸饱了汗就绵软了，生活还是那样的重量，只是，扛起它的肩膀已经更坚硬。背上，麻绳捆绑的那捆柴，那捆沉甸甸的穗子，甚至是那刚刚收下来的青麻棵，男人感觉背上背的不是草不是粮，是一轮鲜亮的太阳。

煤油灯下那个绞麻绳、纳鞋底的丰腴少妇，慢慢成了腰身佝偻的老婆婆，她身体里的丰润和轻盈，就像梁头的麻缕一样被越抽越单薄。那些坚韧的麻绳都到哪里去了呢？嗡嗡旋转着的拨锤想不明白，但是弯腰纳鞋底的婆婆明白，炕头上抽旱烟的老爹明白，他现在惦记的不仅仅是他的绳索，那些麻绳成就的器皿，那些他手里长起来的孩子，在远方……

不是谁都能种好麻，不是谁都能梳理好麻线。那些离开麻秆的麻线，最容易绞在一起，搅成一团乱麻。一些做娘的，常常将一团乱麻丢给贪玩的孩子：梳麻！掷地有声地吩咐。孩子那个恨啊，南河的水那么清凉，正是摸鱼的时候，东园的枣红脸了，望人呢，西坡里有一窝蓝尾巴雀，去慢了就叫别人掏去了。谁弄得了这一团乱麻啊。狠狠地抽，麻团越来越紧，一点儿头绪都没有。娘原是要磨一磨这毛头小子的心性的。一团乱麻面前，小子学会求助，好言讨好着姐姐，姐姐用针又挑又拨，总算给他理出个头绪。缓慢抽麻丝的过程，毛头小子慢慢悟出些道理，顺风顺水的日子过得就更珍惜起来。

沉甸甸的麻捆背下田，然后再背到水塘里去，女人心疼男人的后背，被麻棵和麻绳勒出道道血痕。男人不愿把这痛说给女人知道，她在池塘的清水里撩拨着清洗嫩藕般的身子就好，何必知道塘泥深处的苦涩呢？男人知道，麻不经过塘泥黑暗中的包裹和历练，就是一棵不成熟的麻，甚至带麻毒的麻，麻木，比疼痛更可怕。男人颤抖着手，将鞭子抽打在孩子背上的时候，他的心口血水滴答，塘泥一样的父亲，原是要锻造出一匹好麻，一套好绳索，一件可以压箱底千年的衣裳……

一年年，风吹胡麻地，吹得一轮轮花开花落，日升月息，男人那麻秆一样挺直的脊背弯下来，女人那拨锤的旋转慢下来。众多的麻绳、缆绳、纤绳去了天涯海角，去了江河湖海。想起在深入泥塘的刹那，想起在枯灯下的人……

麻离开了那片水泽，那块坡头，麻行色匆匆，四海为家。可是麻的种子偶尔站在喧闹的十字街头听听风，还遥遥地听得到，春风弹拨麻棵清脆的叮咚声，谁又在南坡种麻？又一年的新麻棵在风里长大了。

《青岛文学》2016 年第 2 期

石头、剪子、布

周晓枫

一

扬起触角，用嗅器感知神秘的前方。摔裂的果实敞开的甜，蜗牛爬过的腺液，鸟粪，敌手张开的上颚里流露出复杂的信息素，阴天聚积的水滴散发腥气……蚂蚁奔行在无尽的土粒上，以它的个头而言，每条路都是沙漠，每片草丛都是密林，每次往返都是生死。然而，每只都跟随着蚁流，汇聚成勇猛之师。

紧裹束腰的皮革，发散冷黑的幽光。蚂蚁体型微小，却有凶悍之感。它们热衷狩猎和格斗，纪律感极强。黑斗士，身披微型铠甲，沿着一条土埂爬行，仿佛秘密的出征。这支难以分清等级的队伍，身型的大小无异，面目缺少悲喜的表情，彼此相似得如同孪生，可以互为替身。是否出奇相似，它们才能在无声世界里成为步调一致的群体？

触角敲击着摩斯密码——这是蚂蚁接受信息的天线，是一支庞大军队里相互辨识的腰牌。它们走路没有摩擦，交流也没有声息，触角碰触时像在耳鬓厮磨，颚钳——蚂蚁身上携带终生的武器，刀剑入鞘，秋毫无犯。

有人恶作剧地抓住队伍中的两只蚂蚁，以拇指与食指的尖端轻捏蚂蚁束腰，突如其来的暴力，让沉着的蚂蚁惊慌失措。头颅一旦靠拢，两只蚂蚁马上用颚咬住，一旦触须相碰，警报随即解除，它们竟然尝试在恐惧中相互抚慰。假设两者的触角被蓄意剪除，则反目成仇，它们立即亮出利器，愤怒地扑向对方。颚与颚撞击、撕扯，似乎有隐隐的金戈之声。

有了军令牌就彼此相认，否则格杀勿论。混迹于集体里的蚂蚁，一旦丧失触须，丧失交流的媒介，会被视作潜伏在阵营的卧底，招致灭顶之灾。这只残蚁被群体干净利落地施以极刑，以实现集体的纯洁——铲除异己，是所有微弱者的自保之策。忠诚是第一要义，严苛的纪律，使它们不会产生由复数带来的分歧。

蚂蚁在树叶或土层，开辟隧道和迷宫。它们对付巨人般的猎物，杀无赦。蚂蚁什么都吃，吃密林中的美味，也吃宫殿里的珍馐；不放过蚊子翅根上的丁点油脂，受伤的蝉甚至还在震动胸前的盾板，就被活活分尸拖向回巢的路。

它们的巢，根系般深纵，它们在地狱的黑暗里建造无光的天堂。蚂蚁口衔泥粒，能让蚁穴达至地下四米，相当于人类徒手搬运砖石，建造一座倒置的珠穆朗玛峰。这个禀赋优异的设计师团队，既是图纸的制定者，又是实施铸造的能工巧匠，它们用盐粒般大小的头脑和游丝般纤巧的手脚，完成杰出的地穴建筑。正因这样的庇护之所，当霜雪冻结昆虫们的硬眼珠和软腹腔，蚂蚁成了其中的少数，它们能够以成虫形态越冬。

蚁穴就这样成为整个世界的基座。微不足道的蚂蚁，衔住碎小的真理、足够的道。人类愿意迷信，伟大是被更伟大的东西所消灭——多么天真的逻辑，就让他们在陷阱深处徘徊，被落下来的土粒埋葬吧。可惜，伟大，正是被细小的东西所肢解。历史上，非洲国王的宫殿多用木头建造，人们却找不到遗迹，它们几乎全部消失在白蚁的肚子里。蚊蝇可以轻易夺走哺乳动物的性命，乃至消灭整个种系。它们可以在最娇嫩也可以在最下贱的地方找到寄身所，眼皮、耳道、鼻孔、甲缝，到处都是无穷无尽的伊甸园。温驯的鹿，也会在蚊蝇肆虐的操纵下，疯狂踩踏幼鹿，直到蹄子上沾满自己孩子爆裂的眼珠和黏稠的血也停不下来。还有细菌和病毒，它们最早迎接初生者，也是最后的收尸者：最小的嘴，最小的牙，最小的食道和肠胃，最小的排泄。

不错，蚂蚁渺小，但谁敢轻视这样的卑微者？因为什么也不能对付同时从一百个方向咬来的亡命啃噬的嘴。什么都不能，包括神。人类如同挖掘众神山的蚁群，螯足间举着牺牲的残渣，像获得了教堂里分食的圣体。上帝的儿子耶稣，也不能抵挡从四个方向同时咬穿手脚的长钉——那是来自人类的铁嘴钢牙，试图将天上的神拖回凡间，拖回深如蚁穴的地狱。

二

新娘放肆交配，一个情郎之后接着另一个。周围是无穷无尽的密集交媾，是集体的狂欢。喧嚣、淋漓、无耻无惧的性爱，雌蚁终生，只会享受一次。

这只婚飞的雌蚁，翅膀就像洋葱的膜那么薄透——它穿着很快就会脱下的婚纱。在花式飞行中完成性交，雌蚁极尽诱惑，敞开自己微型的子宫。它要接受数只雄蚁的精囊；每只雄蚁体内有数千万枚精子，这只雌蚁将收集到数以亿计的精子，以供未来之需。这是怎样完美、饱满、充分、抵达峰值的交媾，足够支撑余生，此后持续数十年的未来，蚁后作为惊人的生育机器，依靠回忆不停分娩。

雄蚁是"精尽人亡"的短命鬼，恩爱过后都会死去。作为公共遗孀的雌蚁独自磨去翅膀，它将进入墓穴般的绝对黑暗，建立隶属于自己的极权王国。只淫乱一次——此前它是处女，此后它是贞妇；它曾是最淫荡的后，将是最纯洁的后。或者说，雄蚁有不要命的情欲，雌蚁似乎并不沉溺于性——它高效，只取生殖必需，它的身体是对雄蚁处以极刑的刑具，并且埋下精囊的殡葬品和纪念物。

体腔盛满精囊的雌蚁，将成为出色的独裁者，养育自己怕光照、喜爱肉荤和甜食的后代。蚁群中占到绝大多数的是工蚁，它们是卵巢几乎不发育的雌性，接近"中性"。禁欲的蚁后，把自己的孩子变成"女太监"。所有子民身上都沾满它的化学气息，并严守禁欲社会里近乎本能的铁律。众多奴隶，是它的警察、保姆、护士和建筑工，为了蚁丘酒杯形的巢口、它圆润鼓胀的发亮腹部以及诞下的细密卵粒，奴隶们情愿随时战斗，争相去死。

昆虫里的母系社会，蚂蚁很多习性与蜜蜂相似：勤劳，奋勇，强烈的牺牲精神，以及对女王的绝对臣服与忘我维护。可蚂蚁的祖先正是蜂类，科学考据的族谱令人吃惊。蜜蜂和蚂蚁，谈不上谁得道、谁落魄，空军与陆军罢了。不像人类的祖先是猿猴那样悲剧，那样导致天壤之别下的杀伐。蚂蚁个头小于蜂类，它们的演进是逐渐侏儒化的过程——也许此乃自然法则，至卑至贱，而后至勇。蚂蚁和白蚁的社会结构也相似，却并非亲戚，它们之间不是肤色的种族之别——起源迥异，白蚁是蟑螂的近亲。蚂蚁和白蚁作为叛逃者，有着叛逃者日渐微缩的脸、身形、习性和道路。

婚飞盛典，并非当事者所独享。空中，燕子翻转啄食；地下也布设频繁的死，婚飞的蚂蚁死于多刺的灌木丛，死于其他动物赴宴的口腔和充饥的肠胃。

蚁狮，身体像个生锈盾钉，一对镰刀状颚片前探。它是蚂蚁的天敌。蚁狮习惯倒退行走，像谦逊者，其实是阴谋家。蚁狮倒行逆施，擅长土遁，钻头般旋转自己的身体向下掘进，沙地逐渐出现一个漏斗形凹坑。陷阱的侧壁，陡峭而光滑，为掘墓者专门设计。

刚刚成为新娘的蚂蚁，拖着荒淫之后的身体，匆忙寻找藏匿所……失足，跌下坑穴。当蚂蚁艰难向上攀缘，试图逃脱，蚁狮继续制造灾难，扬起尘暴，让沙砾松动、塌陷、滚落，站不住脚的猎物下滑到墓室底端。死于矿难，死于偷袭者的计谋，死于小死神的深吻。这个蚂蚁新娘，来不及成为全能的小母亲，就被慢慢吸干体液……蚁狮，消灭了储存在袖珍蚁后体内那个庞大谱系。

蚁狮，多么壮观的名字。谷物有种蛀食者，体长只有两点多毫米，叫米象。

蚁狮米象，毫厘之物，却拥有气势磅礴的称谓。这并非是修辞学上的骗局，只是微与巨之间奇妙的辩证，就像袖珍的蚁后藏着壮阔的家族，就像渺小如细菌，才能对世界实施强力的报复。

蚁狮的童年和成年一点儿也不像，难以找到辨识的线索。成虫后酷似蜻蜓，甚至连名字也变得妙曼：蚁蛉。蚁蛉有着枯叶色的身体、雪纺纱的翅膀，几近仙风道骨。它的体形从矮圆敦厚，变得纤长细弱，一副伶俜之姿。吃蚂蚁的蚁狮，最终长出了和蚂蚁祖先蜂类同样的膜翅。凶手得到了奇迹的下场，仿佛暗示，罪恶才有魅力，魔鬼才有风情。似乎有什么锋利得超过锯齿或切刀的东西，让蚁狮得以彻底背叛沉重的曾经，抵达轻盈的彼岸……像放下盾牌的战士披上戒袍，像作恶者经过忏悔成为天使。

每当蚁狮在沙粒间旋转，精心布局，它的身体就像一只开始倒计时的表盘，一分一秒地靠近，靠近蚂蚁的梦境。每次杀戮，每只蚂蚁的牺牲，都沉淀在蚁狮的咀嚼和消化里，积累并蜕变成未来的美貌。

吃工蚁，吃兵蚁，吃交欢不久的新娘。

没有比死更浓烈的营养。

三

无须远行，会有什么，直接撞上摊开的作战图。

上个星期，蜘蛛吃了一只愣头愣脑的蚱蜢。这个光头的家伙，口器平面多节，像机械设备上的闸门部件，显得坚硬强悍，还穿着军绿色的骑兵制服，腿靴上有马刺。前几天，蜘蛛吃了一只珐琅彩的蝴蝶。蝴蝶翅膀快速扑闪了几下，然后把虹吸器探入蜜芯，身体呈反弓状向后伸展了一下，就像吃面条的人粗鲁地向后伸了一下头颈，或像孩子从吸管里喝到了凉沁的饮料。这是蝴蝶最后的晚餐，随即它自己成为别人的主菜。蜘蛛吃过各种各样的东西，昆虫甲丁质的外壳，就像个自带的餐盘，让蜘蛛吃得文雅体面，一点儿不担心溅到盘子外面。既不撕扯也不吞咬，蜘蛛就像法兰西深吻那样，安静又沉迷地消化对方，猎物的心、脏器、肌肉，都融化在蜘蛛口腔里具有腐蚀力的唾液之中……从固体到液体，猎物融化为稠浆，滋养蜘蛛细得几近折断的腹柄、球形的肚子和长毛的腿。蜘蛛嘴角的汤汁，散尽最后的肉荤。

新宠来了，这次是只蚁蛉。

因为身姿轻盈，蚁蛉落在蛛网上并未撞坏线丝，只是，让这张比丝帛还娇贵的弹簧床产生数度美妙的摇晃……如同被敲击的音叉在振动。蚁蛉有过低进尘土里的童年，终于可以飞时，它的薄翼上点缀着神秘的翅痣。蚁蛉在乐园中飞舞，不知道有些地图不能被游历，不知道自由里潜伏着危机。阴谋，并非像它作为蚁狮在童年所运用的那样，必然属于黑暗和地下；相反，它明亮、细若游丝，透明得像对这个世界不构成任何干扰。作为一个童年阴谋家，蚁蛉死于更高的阴谋——没有什么比看似不存在的阴谋更像阴谋，透明，就是最完美的隐身。

蜘蛛是知识分子型的学院派杀手。它已经存在了 3.8 亿年，见多识广，变幻莫测，种类超过两栖动物、爬行动物、鸟类和哺乳动物种类的总和。大的蜘蛛像只饭碗，小的像颗盐粒。尽管蜘蛛的大脑极小，却具有通常更发达的动物才能具有的复杂。

蜘蛛精通数学和物理，织网体现了完美的几何学和力学。南美洲的金圆蛛结网强韧，宽度超过一米，当场居民甚至用这种网来捕鱼。蜘蛛以出色的化学知识见长，不动声色，擅长用毒。人类一旦被最毒的蜘蛛咬中，不到一个小时就会毙命。"塔兰图拉"是种狼蛛，在意大利流传着一种说法，当人们被这种蜘蛛咬伤后会疯狂地跳"塔兰图拉舞"。人们认为唯一的解毒方法就是通过快速旋转的舞蹈，大量出汗，让毒素排出。许多蜘蛛的毒液只对自己的猎物有用，不用说，如此精确、高效的化学运用必须建立在对动植物的了解上，它熟悉生物学。无论是编织还是捕猎，蜘蛛足以拿出理科高才生的综合本事炫耀。它的身体结构，同样支持学术化的论断。蜘蛛的肺具有纤细的叶状褶皱，彼此重叠排列，就像个放满典籍的书架；蜘蛛遍布触毛，腿上"听毛"能感觉声音和气流，似以饱满的好奇心去收集这个世界的见闻……简直可以用博闻强记来概括形象了。蜘蛛连死都有知识分子的仪式感。被真菌感染的蜘蛛，常会选择坚持爬到高而孤旷之处死去——这种死法，特别，有哲学家的气质。

蜘蛛的性爱同样有名。多数种类的雄蛛要比雌性蜘蛛小得多。雄蛛因为交配，不仅被雌蛛伤害，被咬断数条腿成为残疾，还有可能被雌蛛吃掉。所以有些雄性蟹蛛在交配之前，会用纤丝将配偶绑缚，就像对待捕食猎物一样，有虐恋的刺激感。

为什么昆虫里，残暴的总是女性？吸血的蚊子，是有孕之身。边做爱边吃配偶的雌螳螂，把对方的头撕扯得残缺不全，大口咬碎情郎爆裂的眼珠。雄螳螂顺从，没了头颅，交配动作却更为激进。也许正因佐以细嚼慢咽的进食，使性交过程延长。这真是致命的享乐和贪图，为繁殖慷慨赴死。雌螳螂不仅要爱侣的性器，还要它的整个身体像性器一样全部消失在自己的体腔。侥幸逃生的雄螳螂，并不因死亡威胁而胆怯，它继续投入下一位异性的铡刀之下，乐"死"不疲，直至彻底毁灭于性爱的高潮。蜘蛛里凶狠的也是雌性。著名的黑寡妇蜘蛛，毒性极强，致死率是百分之十。黑寡妇之所以非常危险，其中一个原因就是它喜欢人类的房子，常常躲在衣柜和橱柜里，似乎对衣装和美食情有独钟。这个品种的雄性却很无辜，它们不咬人，体型极小，只是受了悍妇的连累。

蜘蛛从报警丝上溜下来，靠近靶子上的目标，对蚁蛉开始致命的吮吸。像情欲中席卷而来的亲吻，掠食者咬住猎物的脖颈或下腹。蚁蛉很快被麻醉，即将成为标本。风灌进掏空的皮壳，只有蜘蛛能让蚁蛉拥有完美的遗容，死得栩栩如生，像艺术品。为了捕获猎物，蜘蛛在拟态中不惜让自己变得丑陋、臃肿或畸形。毁容的蜘蛛随身带着神秘的纺丝器，就像童话中织布机旁边的阴郁老太婆，手腿弯曲，像患了风湿病那样严重地佝偻起来……藏在它内心的，是千丝万缕，柔肠百结。

四

羽毛插满全身，像针插满针垫。即将成为标本，这只鸟会不会感觉到了全身的疼？被捕获的山雀，再也不能飞翔和歌唱，羽毛从它的身体上折断，然后被钉回由铅丝和棉花支撑的假体上。这个刚刚完成的标本旁边，还有其他鸟类：石鸡、鹦鹉、翠鸟、树莺、伯劳、鹭鸶、蓑羽鹤。有些鸟在繁殖期才会换上艳丽的婚羽，不过只有活体上才闪烁那种塔夫绸般的光，现在无论是羽色还是姿态，都带有明显的暮气。只有鹰隼，沙漠色的眼睛，显示出冷漠或者依然凌厉的复仇与憎恨。

书橱、桌台和展柜里，到处都是固定在架子上的僵尸鸟。在自然环境中，一棵树里能惊起数百只飞鸟，就像刚刚施放了一场烟火；在标本间的斗室之内，集中了品种迥异的众鸟，像圣诞树，闪闪发光的礼物以自缢的方式拴在枝头……喜剧属于人类，悲剧属于鸟类，涂油抹蜜的火鸡躺在圣诞节炽烈的烤盘上。

一个多小时之前，这只雀鸟刚刚死去。标本师左手捏合它的双翅，右手以拇指和食指压住了蜡膜上的鼻孔，中指抵住它的颏。口鼻受阻的雀鸟，很快窒息，松垂的头耷拉在一侧。体温渐渐冷却，如果说它的身体尚存一丝热度，那是出自凶手摆弄的手。

标本制作者用棉球塞入雀鸟的喙和肛门，防止溢出的体液污染羽毛。从龙骨突的高峰点到腹底都已打开，他剥开两侧羽毛，并在敞开的缺口撒上石膏粉，使羽毛、血液和脂肪不致黏结。捏起一侧的皮，另一侧，刀刃轻巧地滑入皮肉之间……膜与筋络无声断开，赤暗的肉团裸露得越来越多。雀鸟突出的膝关节已被剪断，脱离躯体，孤零零地，它两条污暗的小腿悬坠着。

尽量弯曲头部，使颈凸出，剪断之后，雀鸟的头颈和身体就分开了。初学者剥到耳孔时容易撕裂，这个技师手法娴熟：剪开雀鸟勺型的后脑壳，弃除了脑组织和舌头，只保留喙、前脑壳、眼眶。眼球挖出，眼睑一点儿都没有刮破。镊子夹断雀鸟眼窝底部的视神经，镶嵌在油灰泥中的玻璃球，从针尖强行拨开的眼睑中露出来，冒充眼睛，冒充小粒宝石的光芒。脂肪去净后，技师用毛笔在山雀的皮和骨上涂一层亚砷酸的防腐剂。体内中毒的盲鸟，失去整个天空，甚至是暗夜里的星团。

填充棉花的胸腔里，曾经收藏着无数旋律，曾经跳动一颗豆粒大小、搏动快速的心脏……现在，它的歌喉和翅膀殉葬。所谓天使之翼，百无一用，甚至不如鸡翅拥有浸盐后的美味。一只雀鸟，再也不能表达对天空凄楚的爱意；如同作为标本的鸟，再也不会，无望地想到整个天空。标本师经过最后的整形，使这只雀鸟尽量模仿它的自然形态——他令雀鸟此般复生，不知更接近尊重，还是更接近羞辱。

几小时以前，这只雀鸟还在梦境之中。它把头藏在翅膀下小睡，利喙在羽毛中间，就像斧子落在干燥而烘暖的柴枝里。醒来后，雀鸟在丛林里飞翔。每棵松树的枝条上，都建筑着一座微小的塔果形状的教堂，松鼠品尝坚果以及里面藏着的圣经；这只鸟也模仿着神明的公平，吃掉刺苤苤的毛虫和光滑如缎的蠕虫。它在食物与孩子之间往返，这看似普通的一天。然而，撞网的雀鸟没有看到任何绳结，在它眼里，那张网就像蜘蛛编织得那样隐蔽、透明、如若无物。这是立即的报应，因为雀鸟刚刚用蜘蛛喂食过自己的幼雏。蜘蛛的复仇感强，它自身带毒，似乎天生就是要与侵犯者同归于尽的；何况，这种自己擅长制作杀人工具的蜘蛛，好像同时具备诅咒能力。

不过许多蜘蛛都是虚张声势，无毒蜘蛛即使模仿那些善战、有毒或者口感极差的品种，来躲避灾难，也难免成为雀鸟的果腹之物。雀鸟一天需要数万焦耳的能量来维持生命。印刷书本上，逗号那么大的一只蜘蛛，体内含有一焦耳的能量；五号字体那么大的一只蜘蛛，大约含有一百焦耳的能量。相对于体重来说，鸟类的进食量大，在它们发烫的小火炉一样的胸腔里，蜘蛛的节肢，可以作为燃烧的柴。这只雀鸟偶尔吃了一只蜘蛛，连同它吃下的其他，形成富有营养的混合物，——填进幼鸟因饥饿而凄厉的张大的嘴。部分蜂鸟也是用蜘蛛来喂养幼鸟的，成鸟以后它们专吃花蜜，转变为素食主义者，没有沿袭童年的肉食偏好，像是经过某种宗教的自我淘洗。

蜘蛛精确地运动它繁复的腿，像个密齿的小机械，让死亡钟开始走动……但这一次，它死于自己的倒计时。从成年雀鸟的嘴里，转移给眼皮瘀青的雏鸟——这只蜘蛛，代表母雀给予孤儿的最后安慰。

五

有些动物具有双重身份、两栖生涯。

青蛙和蝙蝠，都是跨界动物。

青蛙鼓腹而歌，它的皮肤湿润，背部的图案就像闪电、瓜纹，或者心脏的电波。从用鳃呼吸的蝌蚪变成用肺和皮肤呼吸的青蛙，它上演背叛者的变形记。植物在水面形成弯曲变形的倒影，涟漪上下，都是青蛙的伊甸园。它用饱满的大腿弹跳，用叉形的舌头卷住飞蛾，用带蹼的四肢抱着潮湿的配偶纠缠不休。

蝙蝠更奇异，是唯一真正会飞的哺乳动物，"飞禽走兽"这个词只有在蝙蝠这里说不通。母蝙蝠在飞行中可以哺乳，幼仔牢固得有如焊接在乳房上。蝙蝠有张饥饿者的样貌，覆毛的脸，冷的眼睛。这些似鸟非鸟的家伙，既无羽毛，也不生蛋，它们从不筑巢，有牙齿和毛发，骨头中有骨髓。枯叶色的翅膀，风筝般的骨撑，蝙蝠用钢琴家般瘦削的指骨，握牢自己魔法师般的斗篷，由前肢进化而来的翼，颤动着飞，像要抖落旧大衣里的皮虱一般。夜晚它们不会像盲人一样遭受危险。当整个世界被蒙上眼睛，强盗和窃贼纵横江湖。蝙蝠靠声呐，靠自己的回音定位，靠自己对自己的呼唤……对着回音壁，自说自话。它能用脚上的趾骨抓住树枝，就像猿猴那样松弛自由地垂荡，也会缩骨术，可以飞越崖壁间的狭窄缝隙，并且完成敏捷的转身。既禽且兽，甚至连名声都亦正亦邪，在西方神话里蝙蝠是吸血的魔鬼，在东方传说里它们被认为能够带来福祉，仅凭谐音，成为吉祥之物。蝙蝠的形象被绘在中国建筑的门楣、窗檐、石鼓，以及年画、丝绸和器皿上，到处是它们几何形的翅膀；甚至粪便，也被称为"夜明砂"，是中药中的宝贝。

但，大隐隐于市。真正的双面者，甚至不留名声上的痕迹。猫，不改变自己的样貌。成为惹人怜爱的宠物，或者最为危险的杀手——如果猫愿意，它在钟摆上的日子可以惬意如摇篮。双栖，即拥有家居的闲适和野外的自由。在棉窝里度过午后漫长的睡眠，猫离开家门，开始午夜的游猎。

黄昏之后的猫，从用腮磨来磨去以求主人指骨抚触的玩偶，变成漆黑中从容信步的利齿野兽。它是别样的杀手，相貌妖媚，步态优雅，肉垫之间镶嵌弦月型的利爪。猫的昼夜，岂止硬币两面，它有九条命。猫头鹰的视力，鱼的悄无声息，豹子的野心，鸟的轻盈，蛇的狡诈，羊的温驯，蝎子的毒，兔子的灵巧，狼的冷静。猫的性格魔方，还有其他组合方式。

月，亮如斧刃。夜色中巡游的猫，双目如炬，洞若观火，甚至可以听见猎物在洞穴里的跑动声。猫杏核般的美目光芒四射，瞳孔在强光下只是一条裂纹，黑暗里却放大成一个锁孔……黑天堂的门徐徐打开，将是淫逸或血腥的不眠之夜。皮毛松散的公猫，喷洒更骚的尿液，让自己的胯下之物进入荡妇的穴道，母猫因此发出高潮中有如哀号的叫春之声。为了争夺配偶或食物的格斗在所难免，参战的猫，会带着撕裂的耳朵、流血的嘴唇返回，以受害者的无辜样子，获取主人的疼惜。

猫有时不屑学习绝技以求偏宠，它只是寻找舒适的场所继续自己的慵懒，并且找到给它喂食、为它搔痒的"所谓主人"的仆役。即使多年被豢养的家猫，一旦流离失所，也不会发生他者身上的悲剧。作为流浪猫，除了皮毛略为不洁，你根本不用担心它们在野外是否成活。似乎，只有猫这一种动物，在双重身份中获得双倍好处，并无须出卖尊严与自由。

这只母猫是纯白的，针毛披光，初雪一样的皎洁。它具有的智商、体能和耐性，足够设计一场完美的谋杀。树底下的白猫先蹲伏了几秒钟，然后一跃而起，抓住纵裂的树干，利爪就像冰面上的镐，仅凭锥尖承受着攀缘者整个体重不致下滑。动作连贯，它只在过程中有几个微幅顿挫，就爬到树枝间 V 型的夹角。猫停在那里，像柔软的云停在天空那样失重；它的停顿有种谨慎的严肃，似乎在进行平静的哀悼。然后，它微弓起背脊，寻找黑暗中的方向，继续向高处轻捷地攀爬。枝条和树影交错成复杂的网，猫，技艺高超的走索者，维持着完美的平衡。

鸟，总是把巢建到高处。这些虚荣的家伙，周身披拂精湛的羽毛。它们中空的骨骼里，仿佛被充进一种比氢还轻的气体，似乎无须动力，鸟只要张开翅膀，就可以直上云霄；有时也拍动翅膀，不过是在动作上装装样子，炫技罢了。可它们的幼鸟，甚至没有长出秃秃的羽根，只是一张张糯米纸，裹住一团团滚热而荡漾的血肉。

雏鸟，皮肤光裸，有种瘀血般的青茄色，就像猫主人家里男婴娇小的生殖器。鸟崽儿们睁不开眼睛，它们盲人般地信任着，纷纷张大嘴，露出黄色的喙和赤红的腔道，准备不加分辨地吞咽成鸟带回来的食物。这回错了，这回是它们自己成为食物。等待雏鸟的，是母猫栽植着锯齿牙的下巴，以及它舌头上密布的倒刺。

不过，这谈不上什么残忍。几个月以前，刚刚生产的母猫慈爱地舔舐自己眼睛尚未睁开的孩子，它们带着甜甜的乳香，幼嫩无助。母猫用柔软的舌头，为孩子们清理身体。慢慢地，从柔软的肚子，母猫开始吃自己的孩子。小猫是肉粉色的，有着一层薄霜似的腹毛，吃起来，又嫩又软又热。一口，再来一口，母猫如同舔舐那么慢条斯理，那么温情脉脉，直到小猫像果皮那么脆的头骨也破裂了。猫吃着自己孩子纠缠的肚肠，吃它们有稳定节拍的心脏，吃它们尚未睁开的野果子那样清透的眼球。

猫吃得干干净净，心满意足。

六

也许就是那只猫，也许，是另外一只。

头部所占比例不大，仿若磨削的颌面关节，使它的脸显现几何锐角。作为一只猫，它的身体比例略显失当，似乎像貂那样有着不妥当的狭长。猫偏瘦，毛色是白的，不过，白得不那么耀眼——哑光而粗糙的白，它的腹部由于饥饿而塌陷，呈现暗了几度的微灰，像树叶形成的阴影。

猫的姿态略为低俯，四条腿半屈着前行，比匍匐更高些的步伐，只为保持基本灵活和速度。猫不是表情丰富的动物，但此时此刻，它的表情紧张，近于悲戚。它害怕。瞬间的失误，使这只猫选错了方向，跃上车辆穿梭的公路。

猫，被围困在突然放大的噪声中。纷乱的景象极为恐怖，仿若身置峡谷，壁立的悬崖切削而来。如同一个人，看到无数摩天大厦像安了滑轮交错撞击过来。猫身体全部的弦都绷到极限，欲断的极限。这是一条六车道的马路，到处是喇叭、轮胎和金属车身。猫飞快地穿过隔离带一侧的三条道路，竟然抵达中间的栅栏。这几乎是不可能完成的任务——是它的幸运，也是不幸。因为惊魂尚未缓解，这只猫穿过护栏，用它屈膝的腿继续跑过两条车道。第三条车道来了一辆即将靠站的加长无轨电车，猫躲过车头，躲过两组轰转的车轮，第三组密布凹槽的巨轮碾轧过来。

凹槽的图案并未在猫的毛丛里留下印迹。前半截的身子粘贴在地面，突然失去了体积，只有勉强形成的厚度；后半截的肢体完整，甚至饱满，奇怪的是两条毫发无伤的后腿一直在轮流蹬踏，遭受了电击似的。这只猫暂未接受自己瞬间的死，它还在持续逃跑的惯性里。没有头脸和胸腔的猫，它只剩腰下的抽搐身体。暂时看不到血迹。灾祸发生得太快了，血，甚至来不及流出破裂的血管。

驾驶无轨电车的司机毫无感觉。乘客喧嚷，车辆沉重，一只垫在后轮之下的猫，体积有限，构不成颠簸。这是日常，毫无戏剧性可言。司机不知道自己刚刚运用一件大型凶器，仅用几秒，杀死了一只据说身怀九命的猫。猫来不及发出短暂的"喵呜"声，就像一只血肉吹起的气球那样爆掉了。

司机继续观察信号灯，靠站，等待乘客，转动方向盘。日复一日，他行驶在固定线路上，就像火车行驶在轨道上那么自动。路况复杂，但司机的头脑经常放空，躲避和停顿更接近自然反应，而不是理智判断。流浪猫狗在马路上被碾轧是常事，皮毛、内脏和干透的血污，混沌的一坨，辨不清细节。有时清洁工会来清理，有时根本不需要，每辆路过的车带走星星点点的碎尸。

等红灯时，司机从保温瓶里喝了几口茶。没有任何来由地，他想起了自家的那条狗。小狗其实是给母亲买的，他自己并不喜欢。小母狗容易兴奋，啃坏了家具的木头脚，来月经时更添麻烦。可老太太没事，对它比对自己的孙女还耐心，遛弯、买菜，都带着这条颜色像是隔夜茶的腊肠犬。

那天司机回家去看望父母，看到一个老年女性坐在搬来的凳子上，手肘俯在椅背上，半埋着脸，抽抽搭搭地哭，周围站着几个安慰的纳凉者。果真，是自家的老太太。他再靠近，就看到地上那只棕色腊肠犬。第一眼，感觉异样，狗的脑袋折弯到不可思议的角度，看起来，头部完全是侧面躺下的角度；身体的后半段，姿势如同卧趴，特别的浑圆立体——好像这是一只即将分娩的怀孕母狗。也许因为胸腔里的血肉和脏器，被暴力挤压到腹腔，导致下半身失真地膨起。它被拐弯的轿车轧死了。腊肠犬的头部，被压缩成硬币上的浅浮雕，它的脑神经先死，不会体会疼痛。据说许多卧轨者愿意选择这样的姿势，颈椎突然折断，他们最后的瞬间，是否看到厚重的轮子带着死亡花纹碾向自己的眼眶？司机试图安慰母亲，徒劳。那是盛夏的黄昏，狗的尸体在闷热中被保温，长久没有变凉。老太太守着一具温暖的狗尸体，一直哭，不让儿子碰触。

……绿灯亮了，司机松开刹车。他身后的那只猫会变成支离破碎的尸块，变成隐约的毛发，变成不再可疑的斑渍，变成一团从未存在的虚无。

七

电视里正播放化妆品广告。高调的光，涂了粉蜜的模特做出既冷酷又诱惑的表情，穿诗意的长裙，肩胛骨生出信天翁那样翼展宽阔的翅膀。她的裙子不是裸肩或V领，而是像个古典钥匙的锁孔形状——似乎暗示，那是个秘密的世界；这个形状即使形如牛马佩戴的挽具，男人们也愿意让它套牢自己的一生。

不过这套对司机来说，无效。他不喜欢低温的女人，不喜欢深陷的两颊和锁骨，不喜欢她们装腔作势。不管别人怎么歌颂天使的容貌，可他依然会对一个长了羽毛的女人产生心理不适。他寻找刚才随手乱扔的遥控器，准备换台。

突然漆黑。停电了。

并非断了保险丝，整个区域都停电，不知哪里的缆线出了故障。司机百无聊赖地坐了几分钟，睡觉。明天是首班车，他本来就需要早起。有只蚊子通过旧窗纱浅锈色的网飞了起来，嘤嘤嗡。

几个小时过去了。司机之所以醒来，到底是听到异动，还是因为做了遭遇野兽的噩梦？司机的鼻腔经常不舒服，体检时医生说他有鼻窦炎。事实上，他弄不懂鼻窦的准确部位，是指鼻子内侧的孔壁，还是略带弯曲的中隔？他知道自己各个器官的大致位置，若要细究，不明白了。那些奇怪的物件和穴位，像铆钉和螺栓固定汽车零件一样把他的骨架铆死。身体的不适在梦境中会有反应，正如心脏不好的人睡觉时往往胸闷，司机梦见自己的脸被野兽撕咬，伴随着一股浓重的腥味。梦中也没有光源，他什么也看不见。忽如闪电，一只猎豹，泪腺体现出猫科动物特有的悲苦表情，凝视着自己。突然，豹子的一只利齿嵌入他的眼眶，另一只利齿正好卡在他的鼻梁位置……司机惊醒了。

立在室内那人，有着豹子样纤长的细腰。黑暗中，司机没有看清窃贼脸上闪电形的疤痕，但他判断出是个少年。两人很快扭打在一起。喘息、挣扎、你死我活。司机几乎要掰折少年的肘弯。无论是咒骂还是击打的疼痛，少年都一声不吭，司机怀疑这是个盲哑罪犯，但他暗藏无声的戾气。某种专属年轻人的戾气，孤注一掷，不计较生死。雏鸟的卵齿，是咬开蛋壳的工具；只有在很小的时候，它才有这样野蛮的破壁之力，随后卵齿就会脱落。少年手脚并用，甚至不惜用牙。

较量过后，少年居于劣势，他终于抱头，死死蜷缩在角落。司机狠踹几脚，少年不动了。司机从获胜中获得了如释重负的微妙满足，不全是伸张正义的快感，更像是男人从角斗中获得的虚荣。司机拿起电话，准备报警。他没有任何准备，没想到少年的屈服并非宣告终盘的输赢，仅是计谋。司机的放松，使少年寻找到了复仇的机会。少年准确地摸到了自己本应始终握牢的利器。梦境一语成谶，司机迎面遭受了什么东西袭击，他甚至不知道到底是锤子还是镐头，重击在自己提前疼痛的鼻梁上。

这座建筑物外墙挂了爬山虎，手掌形的绿叶子，被风吹拂，显得沉坠坠的。新生的触须徒劳地伸在空中，什么都没抓住。只剩房间里轰然倒下的人，血的流动越来越慢，慢慢地，停了。当司机眼里被灌注绝对的黑暗，停运许久的电力系统，瞬间恢复。灯亮了；充电器上的指示格闪动；电视自动开启，频道里正在播放关于北极熊生存的纪录片。

北极熊每年要吃下四十头海豹。在食物丰沛的季节，随着走动，北极熊肩背汹涌的脂肪滚动——海豹简直就是一堆堆巨型的、纺锤形状的脂肪，直接移植到它身体里。但是当冰雪融化的季节，捕获变得不再容易。

北极熊，有着似乎石化了的黑硬趾，圆实的脚掌在冰面上巡查。当发现一只憩息的海豹，北极熊以一种与体重极不相符的灵巧，飞快扑去，冲击的惯性使它的整个肩胛都浸入冰洞之中。但它失败了，潜水中的眼睛只看到海豹狭小得已然滑稽的尾鳍数秒之后消失在彻寒的冰蓝之中。北极熊向前伸着脖子，鼻头、扁下去的额与后颈几乎连成直线，它咻咻地喘着，喷出巨大的鼻息，它独自消化着失败、愤怒以及饥饿临近带来的不安。

饥饿，养在体内的鬼。在饥饿驱役下，北极熊的前肢括号般对称弯曲，形成内陷弧度，它迈着这样似乎是负重中的内八字脚，向想象中的食物靠近。幸好遇到海象群，它要无视成年海象猩红得有若罪恶的眼睛、弦月状的齿锋、皱褶而陈旧得像块破毡子的皮、肥厚的脊背。北极熊张开玩具般毛茸茸的阔掌，重击一只婴儿海豹，牙齿陷进小海豹湿漉漉的皮肉深处，然后拼命把它拖上裸露的石滩。

北极熊继续流浪，继续挨饿。为了养活自己，北极熊在无边的冷海里泅渡。最开始它还用力蹬踏后肢，后来只用两个前肢小幅运动来节省所剩不多的体力，不再健壮的后腿瘫痪了似的，既自由又不负责地拖挂在臀部两侧。又有很多天没有吃东西了，记忆里，是在许久许久以前，它除了吃了一只出生不久的海豹，还曾冒险爬上苔藓覆盖的悬崖，在嶙峋陡峭的石块间偷袭，吃下一只满是碎骨头渣和羽毛的海鸟。这不该是它的食物。但它饿极了，看到任何东西都想咀嚼……它低下头，吃下一小块略咸的雪。

登上一座陌生的岛屿，北极熊精疲力竭。它吃尸体，腐烂变臭的巨鲸，还有此时乱糟糟一堆分不出形状的什么。北极熊在这堆奇形怪状的东西前面伸直了脖子，扁平的额与后颈再次连成直线。它正常时的体重和站姿，两个肩胛会连成一个驮鞍状的拱形，现在它瘦得只支起两个局促的骨尖。经过短暂的默哀，为生存而妥协的北极熊，第一次把嘴埋进铁锈色变质的肉里……它吃下，自己的同类。

传说，生活在极地的因纽特人，将涂抹血液的匕首倒置在坚硬的冰原上。嗅到血腥的北极熊忍不住去舔舐，锋刃在熊的舌头上留下闪电般的伤口。极寒天气，冻住了北极熊的痛感，混合着陌生与熟悉的血，激起它越来越大的兴趣。舔食的速度越来越快，北极熊的两只前掌围拢刀刃，将其视作珍馐。尽管从血管奔流出来的血被努力填回胃里，但过了一段时间，北极熊的速度终于慢了下来，越来越慢，直到轰然倒塌在刀刃一侧。血，散尽最后一滴里的热气……北极熊用切割成条缕的舌头，就这样吃掉了自己。

八

到处都是吃，到处都是死……每分每秒，密集发生。

整口吞咽。锯齿下的凌迟。绞缠，勒死。喷毒，溶解。被舌头的黏液糊住，被粗鲁的嘴啃咬，被有力的腭咬碎头骨，被连皮带肉撕成条絮，掏取心肝和肺叶，被推送到腐蚀剧烈的胃酸里。

到处是劫后余生的动物。翅膀撕成条缕的蝴蝶，掉腿的蟋蟀，敲碎边缘的贝壳，被咬穿脚蹼的鸭子，失去鳍肢的海豹。到处是破损的甲壳，折断的刺，被撕扯的鬃毛，掉落的鳞甲和羽毛，带血的牙，灌脓的伤口。大动物身上，同样残留着齿痕和爪印。没有谁逃得过劫数，尾针如箭的蜜蜂会被吃。没有脚、却有八条妙曼手臂的章鱼会被吃。深海里内脏会发光的乌贼会被吃。有着东方人细长眼睛的响尾蛇会被吃。终生穿着囚服的野斑马会被吃。始终在瞭望塔上的长颈鹿会被吃。孕期漫长到二十二个月的大象会被吃。

消化了一个猎物的肢体，就消化了它的脂肪和肌肉，消化了它的蛋白质、矿物质、无机盐和维生素。当狩猎者的身体，成为某个猎物的葬身之地，内脏吸收着死者肉糜带来的养分，并从中获得热量，是否也意味着，狩猎者同时消化了猎物的情感和欲望，同时继承了猎物的杀机？这个世界，像神秘的多米诺骨牌，或者层叠圈套的玩具套娃。一个杀手杀死另一个杀手，是为它腔肠里的某只动物复仇。一个杀手杀死另一个杀手，也是为了奉献，为自己的天敌提供营养更丰富的晚餐。循环的杀戮，每一个正被捕杀的弱者，都曾是捕杀别人的强者。当我们从猫的嘴里救下一只小鸟，对无数虫子来说我们就等于制造了恶魔。这是人类的伦理困境：不救，就是纵容罪恶；救，就是延续杀戮。

也许自生自灭，正是上帝在源头的伟大设计，他为自己放弃管理的懒怠找到了被赦免的充足理由。何况恩怨交融，拯救者的形象有时恰恰是天敌或克星。如果没有狼，最弱力的羊也不会被淘汰并参与繁衍，羊群早已因食物匮乏或基因缺陷而濒临灭绝。从这个意义上说，狼的杀戮几近恩典。也许，上帝伤害众生是一种必要的作为，因为在血腥里才有他的护佑。

有个悲惨的自然界法则：这个世界的孩子，主要是作为食物生产出来的。那些卵粒、蛋、蠕动的爬虫、刚刚覆满胎毛的身体，总会被饥饿的嘴吞咽。那些微小的浮游生物，那些透明的鱼卵，那些密集孵化出来的昆虫，那些胎毛濡湿的羊和鹿……动物中的幼体多数都会死去，以喂养其他。吃了这么多东西，总要生出点什么让别人吃吧？这是基础的报偿。性，不过是在延续自己的种族，生产喂养别人的粮食。

还有些互为捕食者和天敌的例证，物种之间成为直接而终生的对手。这是立即兑现的复仇。蜘蛛吃蚂蚁，蚂蚁也吃蜘蛛。狮子可以杀死鬣狗，鬣狗也可以杀死幼狮。在某个孤远之岛，天气暖的时候，蛇吃老鼠；天气冷的时候，老鼠吃蛇。蜻蜓幼虫吃青蛙幼虫，即水虿吃蝌蚪；青蛙成虫也吃蜻蜓成虫，维护公平。昆虫之间，手足相残是常事。蜘蛛必须独居，它们会吃掉自己的同类。如果人类捕捉的若干螳螂如果没有及时从广口瓶里放出去，它们会在有限的空间里挥舞镰刀，撕开兄弟姐妹的身体大快朵颐。草蜻蛉的一个卵粒成为另外一个卵粒的杀手。因为生产中的母亲将卵产在叶片上，当它饿了，就暂停生产，转过身去，一个一个将卵当作营养品吃掉；然后接着生，饿了接着吃。杀戮因为平易而变得亲切，兄弟相残，新娘吃掉新郎，母亲吃自己的幼崽或者幼崽吃自己的母亲……珍贵的蛋白质营养不供给他人，只用于家族内部的喂养。

什么使万物结盟？是立约的血。吃和被吃，没有道德和伦理，只是日常与必然，是分外公平的交易。没什么不公，不公只是局部观念。从宏观角度来说，公正，本身不是由无数细小的公正所累积；恰恰相反，大公正，是由诸多零零碎碎的不公所构成。

来到这个世界时，都是完美的孩子；离开这个世界时，谁也无法再像婴儿那样白璧无瑕，都是伤痕累累的幸存者和杀戮者……指纹神秘，完成死神的最后封印。所有物种被困在时间的琥珀里，通过吃与被吃，接近永生。

九

三天前，少年从网上买了蚂蚁养殖箱，店家附送放大镜、喂食管、挑逗棒，还有若干粒幸运草的种子。容器灌注着蓝色的透明凝胶，既可当作蚂蚁的食物，也是它们穴居时的建筑材料。不知道它们如何散发身体的热量，蚂蚁皮革质地的衣装，看起来，和封闭的蚁箱一样憋闷。

在蚂蚁城堡远端的觅食区，少年放了腰果的一粒碎屑。探险者很快发现了坚果，但这只蚂蚁侦察兵不具备书本上歌颂的美德，它没有返程通报团体，而是独享美味，整夜它都没有离开这个既有食物、又有水源的区域。严守领地，这个守财奴不像是在看守集体财产。第二天早晨，少年把一小片桃子放进觅食区，并非看守蚁的情报，而是浓郁的甜味诱惑着，陆续赶来两三只蚂蚁，其中一只饱食之后，返程，与沿途的蚂蚁交换信息，通知它们前往蜜源地。

本来，少年按照说明，用塑料棒在凝胶上扎出几个孔洞，希望蚂蚁选择这些天然的凹陷，尽快开始挖掘地洞。据说蚂蚁一般在搬迁数小时后动工，可少年等了三天，这些蚂蚁毫无举措，继续在地表游荡。多数时间，蚂蚁消极，一动不动，并非勤勉的劳动者。因为胶管中的蚁群在转运过程中，就有三分之一阵亡。少年隐隐怀疑，团队中的建筑师在转运过程中没能幸存，剩下的蚁众缺乏隧道的设计能力，只好任由尊贵的母后和自己一起暴露在危险的平面。蚂蚁并非少年以为的那么忙碌，多数时候它们一动不动，只是受到震动时才行动——以蚁后为中心，蚁群的腭对着圆周的各个方向，放射状散开，警惕任何方向的来犯者。

抑或，这是个灰心的女首领，体型硕大的蚁后指挥工蚁保持尊严，无须为囚禁它们自由的人表演挖掘隧道的技艺。仅靠身体释放的化学元素，蚁后就能使臣民至死捍卫对它的忠诚。陆地上最小的动物和最大的动物，采取了同样的政治策略，蚂蚁和大象，社会统治者都是"女王"。

蚂蚁对自己的母亲言听计从，这对少年来说，是遥远到陌生的经验。自从母亲出家，他已彻底失去护佑。他已有两年时间不吃肉了，是严格的素食主义者，并非信仰，他觉得所有的肉都让他恶心。由水果和蔬菜填充的身体里浆汁饱满、气味清新，可少年的内心并不平静，好像有什么肉食者的焦虑并未得到缓解。当夜游的少年回到空寂的家门，他感到了惊悸和疲倦。地上爬着一只不到两厘米的千足虫，像圆珠笔里那截小弹簧那么长，它有那么多只脚，爬起来像要跳错乱的芭蕾。少年一脚踩死了它，然后将这条新鲜的尸肉投进了蚁箱。

当少年观察蚂蚁的时候，也许就在他的背后，命运中的影子巨人也在观察他；星球一样的神明，观察巨人；宇宙一样的无限，观察神明……所以，蚂蚁在秘密涡流的中心，搬动一个比芝麻还细小的残渣。人类不会关注蚂蚁的胸腔，如同人类的悲喜早已习惯被神灵忽略。没关系，离开神的眷护，人类依然可以相濡以沫，到了枯竭的最后，依然可以相互哺喂自己的血。

整夜未眠的少年没有脱鞋就歪倒在床上，尽管他很小心地选择角度，才能让枕头避开自己疼痛肿胀的脸，他挫伤的手指也难以解开鞋带上复杂的绳结。疲惫和恐惧没有让他失眠，少年很快睡着了。

他梦见一个生着手蹼的人，依稀，不能判断性别。这个人抚摸他的时候，因为没有指肚的凹凸起伏，显得不够专心，少年感觉自己被块抹布潦草地擦拭了一下。他隐隐觉得，那就是自己失去的母亲。他曾经的守护天使，猫一样生着肉垫，来去无声，利爪藏在肉垫里……拳头里，可以突然变出剪子。

十

对于母亲的手，少年最深的记忆，来自童年做过的游戏。母亲做出的手势，总是赢过他，神灵一样准确预测他的计谋。

这个游戏的名字多么奇怪啊，由三种东西组成：用拳象征石头，对称打开的食指和中指象征剪子，摊开手象征布。石头、剪子、布，它们的共同特点，既是工具，又可以当作凶器——用来砸、捅或者捂，都能够制造死亡。这是手的变形记，变出数种形状，就像同样的一个人包含了天使、魔鬼以及匿名者的多重身份。既天真又野蛮……是游戏，又像隐藏命案。石头、剪子、布，由一只手完成的循环杀戮——只有圆，才能抵达这般物理意义的绝对完美。儿童从成人那里学习这样相互消灭的法则，并使之成为最为普及的游戏。

少年入睡的手，垂在床外。手上有着玩单杠留下的旧茧，以及新伤。除了左手拇指是簸箕，剩下的，是九个以近似同心圆荡开的涟漪，如同旋转的陷入虚妄的星系。这是一双灵巧的手，这是一双恩威并施的手。这双手，曾把火柴别进蜻蜓干燥的有着裂隙的腹腔，或者用针线把许多蜻蜓缝缀在一起，造型就像农村挂在檐角的辣椒串，那么轻盈的身体累积成死亡的重量，它们的膜翅如同堆叠的落叶层，赛璐珞的复眼里全是虚光。这双手，曾经忘我地拨弄和取悦自己的性器，身体的发条绷紧，就像玩具上满了弦；这双手曾沿着两条光洁的小腿，伸进百褶裙，从少女对称分开的肌肤进入她猩红的内部。这双手曾制造工具、弹奏乐器或携带利器，曾进入天堂和深渊——看似万能，其实，不过人类之手的普通作为。

直立行走的人类，解放的核心意义是：给手自由。世界的动物都是用嘴来杀，唯灵长类，可以用手——与众不同的杀戮方式，象征扩大在食用目的之外的施暴享乐。手，人体唯有这一个器官能完成如此丰富的表达。看看它能干些什么？拣选。缝纫。锻打。种植。收割。挖掘。敲击。折叠。研磨。拴系。切割。梳理。筛选。清扫。转移。盛纳。抚摸。演奏。埋葬。指认。暗示。比喻。消遣。拒绝。勾引。猥亵。求乞。挑衅。惩罚。奖赏。羞辱。欺骗。偷窃。损毁。祈祷。拯救。还有，灵长类独特的杀戮。扣动扳机的手，同时也满怀柔情地抚摸爱侣或孩子的头发。身体其他部分无法拥有同样的作为，手，随时可以变成另一类语言，另一种表情，另一副面孔，另一个叛徒。人类之所以主宰世界，正因为能制造工具、自身同时也能变成工具的手。

少年无意识地握了握拳头。他的梦，一个套着一个，像食物链有着神秘的秩序。他曾被视作神童，但时至今日，他并未显现自己天赋的异秉。也许未来和梦境一样辽阔，他可以在自由中无所不能。比如五十岁开始写诗，像阉伶的春梦，花开锦簇。比如衰老时才开始学习游泳，江河渡他，如渡万千的草木和鱼虾。比如，他可以死后开始杀人，就用这双无辜而万能的赤手空拳。生者被杀了以后进入黑暗，假设他们在黑暗中再次被杀，亡灵是否就得以再次返回尘世？而少年，在地狱里再次获罪而被处以再次的极刑，他将跌入更深的深渊。他继续杀，杀更冤的冤魂，让他们得以踏上为自己昭雪的归程。少年在地狱无恶不作，比天堂里胆怯的天使更为勇敢。因为他的每一次沉溺，都有其他溺亡者因此溢出冥河，露出被鱼虾吃尽的眼眶。

作恶，就像做梦那么频繁。难道不成立吗？这是古怪而充满游戏精神的逻辑：惩罚罪恶也是罪恶，杀掉一个无辜者也是无辜的。所谓真理，不过是圣徒身上直接撕下的皮。所谓拯救，不过是教堂的钟召唤信徒，同时那也是罪罚的重锤——

每一次铿锵之声里，都有谁死于自身的碎骨之中。因为每次杀戮貌似偶然，其实都符合严格而复杂的逻辑链条。生，是偶然的草率，死才是绝对的精密。

月亮的半片圆锯慢慢隐去踪迹，像被销毁的凶器。天空，像刮过胡子的父亲的脸那样泛着青白色……严肃面孔之下的暴力，正在酝酿，生成。少年沉入梦境最深的沙床，他的手像溺水者那样彻底松弛。他不知道自己喂食虫尸后，忘记关闭巢室的透明盖板，蚂蚁奴隶们正逃出牢笼。并非溃逃：每一只张开腭钳，都是全盔满甲的角斗士。潮涌而来，这并非洪水中的逃难者，是洪水般的灾难即将到来。

暴雨过后，大地清凉。像洗干净的手，摊开无辜的掌心。

《十月》2016 年第 2 期

陕北记

阿贝尔

一

对于一个从未涉足过北方的南方人，陕北只是一个想象，借了电影的镜头和民歌的曲调。

在南方的淫雨里待久了，陕北会成为想要叛逃的地方。它干爽、旷阔、辽远，比南方的烟雨与霉绿更适宜安放灵魂。

看腻了南方的园林，再去想象陕北的窑洞，审美完全是两样。甚至连死亡也是两样，南方的死亡会当即转世，转成蛆虫和飞蛾，而北方的死亡则是一张兽皮和一挂干肉，接近一种唯物的永恒。

二

陕北人的嘴巴、喉咙、声带和胸腔都是为信天游和兰花花生的。为信天游生的部分朝着天空，为兰花花生的部分对着个人。不管是向天向人，中间都隔着沟壑和黄土塬。

也可以倒过来说，陕北人的声道是在唱信天游和兰花花的过程中形成的、完善的，两者属于绝配。信天游是辽阔土地上的产物，天地间的吆喝与唱播，它发生的关键不在海拔而在旷阔。它不同于青藏高原上藏民的长声和高音。青藏高原海拔极高，人与歌声都要更接近天空，带了佛的特质，同时也较黄土高原滋润，声音里有足够多的电离子。

黄土高原上的心，黄土铸就的心，也不同于南方的心和青藏高原的心，它干裂、饥渴，从来不曾被填满过，就像布满沟壑的黄土高原本身。声音代心表达，就是信天游，就是兰花花。信天游表达存在，渺小的个体在广大的高原上的存在；代表了人，也代表了人以外的其他生命，包括白杨和沙柳。兰花花表达人欲，表达爱，它是想象中的快乐与满足，直接中有缠绵，缠绵中有直接。干烈且透着火焰的曼妙，有抚爱又不止于抚爱。

陕北人压抑的人欲做了民歌的模子，每个人都是模子，表达就是创作，说唱就是创作。有的喷射，有的弥散，有的流淌，乐曲的形式完全取决于压抑的程度和角度。

三

没有到过陕北北，会觉得陕北南也有那么一点儿荒凉。陕北南不缺植被，不缺土壤，宜君、黄陵、富县、甘泉和宜川还有森林，但与我们朝夕相处的南方比，还是像缺了什么——缺水域，缺空气的湿度，缺苔藓地衣一类的东西。

陕北南的地表仍是极富生机的，不然生长不出像黄帝手植柏那样古老的树木。五千年的古柏，简直就是神奇。不同年代的人站在手植柏下，几个镜头轮换，五千年光影隐现、日出日落。五千年的古柏至今还在丈量黄土的厚度，测试空气的湿度。厚土也保存下了文明，不是靠了对废墟瓦砾的掩埋，而是靠了黄土养育的世代子民，靠了他们的生活方式。这样的保存也是活承传。

我伫立在轩辕殿的古柏下，感觉到了古柏施予的吸力。每一棵古柏的背后都有一个非现实的深远如旋涡的场地，亦可以说是一个极高密度的时间场，它深深地将我吸附过去，把我的想象力吸附过去，让我在草坪和水泥地上看见水波一样漫开的夏商周。再看一棵棵古柏，看树身和树枝展现的风和时间的扭力，一点儿不逊色于改变历史进程的原动力。历朝历代都灰飞烟灭了，这些古柏却活得上好。

从黄陵到洛川到富县和甘泉，看见的地貌都大气磅礴。山原，构成山原的黄土塬和沟壑，足以瞬间把每个人的心胸拓宽。山原可以包容的，你也可以包容；沟壑可以舍弃的，你也可以舍弃。山川没有尽头，天没有尽头，心胸也变得没有尽头。想当年共产党来到这里，心胸即是这样被开拓出来的，喊出了民主自由的口号。

被地貌拓宽的还有审美，宏大的气势浩荡的审美，包括对裸土和干壑的认可，它修正了我南方审美中的细腻、娇艳与润泽。

从崂山原始森林经过，一棵棵并不起眼的树格外打动我，它们质朴的样子酷似从窑洞中走出的陕北人。它们坚实，不招摇，一棵棵都极可靠。木质可靠，美感也可靠，好比陕北妹子，不需要衣饰来装扮。或许崂山原始森林是一片古森林，陕北北和陕北东的古森林都在地质变迁中变成了煤炭和石油，它却幸存了下来。

延安以北是最典型的黄土高原，但还算不上荒原。比起陕北南，荒是多了点儿。陕北南的荒还仅仅是在黄土与空气的湿度上，而陕北北的荒落实到了地表，落实到了裸土和单调的颜色。冬天成雪原，是另一种荒。我看见的是五月绿色点缀的荒，白杨树、榆树、柳树，绿极为有限——覆盖面有限，色度有限；再大的树再多的枝叶，也达不到南方的湮绿。绿灰灰的，透出艰难。绿树灰灰的，更多的山原和耕地也灰灰的，河谷也灰灰的，成片的灰调和各处映衬的灰调贴着地表，在天光中弥散着一种悲苦，即是北方题材的油画中常见的那种悲苦。

悲是调子，苦是空气和柳叶与白杨树皮的味道，不是生活。生活，无论在窑洞里的热炕头还是在窑洞外的莜麦地里都是美的，却也是淡而无味的。

从延安到横山，回程从靖边到延安，目睹的都是这样的悲苦。它是安静的，甚至是寂寥的，时而在浑圆的黄土塬，时而在兀立的、长着稀疏的白杨树的黄土崖，时而在开阔的、有序地生长着老柳树的河谷……即使在阳光灿烂的上午也看得见，像一群麻雀。这灰调是文学的热炕头，已经产生过杰作。古老的陕北民歌也是由这灰调孵出，一声兰花花，一声信天游，再干烈亮净的阳光里也有层布。这布是过不去的人性。黄土里过不去，热炕头过不去，干烈的日照下更是过不去。怎么滤，都滤不掉压抑。

四

过了靖边，过了横山，进入榆林，海拔高了，地貌变了，由黄土高原又上了个台阶，到了内蒙古高原的边缘。

黄土塬、黄土坡和纵深的沟壑没了，耕地也没了，铺开的是一望无涯的荒野——只能表述为"荒野"，说"旷野"并不恰当。荒是贫瘠，是植被给人的稀疏感，是沙化，但还没落到戈壁荒漠的境地。在河西走廊和嘉峪关外看见的戈壁寸草不生。戈壁透出的荒是火星般的空无与死寂，是燃烧的、蒸腾的。黄土高原与内蒙古高原过渡带上的荒是携带了生命表征的，绿与裸土裸沙的灰与黄色交错，生命与死寂参半，它是一个生态进程，也是一个时间进程，呈现的局面是人类活动的结果。地质变迁发生在有人类活动之前很久。人就像上天的棋子，或者宇宙中的星流，任命运推演。上天不接触大地，不接触空气与生生死死，不接触草原与沙漠。上天让人来接触，把人推到一个不可逆转的进程当中。

荒在沙化的地表呈现为块状，在植被的茎叶则呈现为暗淡，在绿色中呈现为枯萎与黄斑。我在下午四点遭遇的沙暴中看见了荒的暴力，它从黑云流泻到百米开外的旷野，卷起沙砾击打着已经扎稳根的绿化树，击打着我们乘坐的大巴车的窗玻璃。

旷野里没有一个人，黑云神出鬼没，不按规矩出牌，这大地的荒忽东忽西，叫我们这些从南方来的人摸不到方向。

左手边再远些就是内蒙古高原。汽车停在灰惨惨的高速公路上，四野茫茫。下午四点，时间完全不同于它在南方的状态，它干燥，弥漫着沙尘，铺展得很开，不再是停留在岷山深腹的样子。下午四点，即使坐在汽车里，即使有高速公路穿过，我感觉中的时间也是很接近原生的，它的样子，它的形体，它的味道，它的柔软度，都像是秦汉时候的。如果出现一个人或者一队人在旷野里，那这旷野就是《史记》，这个人和这一队人穿越的就是司马迁在某一刻捕捉到的某个东方史的截面。

我不知道人在这样的地表活得怎么样。如果他们没有选择，没有选择地深入到了基因，那么他们的感觉便会如同我们所有的人各自在这颗星球不同地表的生存感。就像我们无法选择父母一样，我们有爱有恨，只能认命。不过，我注意到了那些植物，白杨和沙柳，种类单一的草，以及人工栽种的叫不出名字的树木，它们活得极艰难，顽强到了每一片小叶每一根短枝。每一片小叶都是紧咬的牙齿，每一根短枝都是紧握的拳头。

五

榆林的早上，5月，不到五点天已大亮。起床煮咖啡，点一支烟。平生第一次在北纬 36 度东经 107 度上醒来，没有天桥让我从窗户直接去到荒野，我只好请出内米·洛夫斯基来读。我把她带到了陕北。她不知道这个地方。我读她，会觉得离陕北特别远。她把我带去了。她的小说是个坑，读不了几页就会掉进坑里；或者是一座桥，边读边走过桥，去了东欧平原，去了塞纳河畔。不只是两个洲两种地理，更是两种迥异的审美。临窗朗读她的《星期天》，我感觉到了中间千万里的空。我不曾探究过从内蒙古高原到多瑙河、到涅瓦河的地理宽度，所以无法填补当中的空；想必只有成吉思汗知道这一切，他的想象力，他的征服欲，他的跑得比火车轮子还要快的马蹄，它们清楚榆林与欧洲的距离，清楚鄂尔多斯第二台地与内米·洛夫斯基的距离。

其实，昨天傍晚一到我就看见，榆林这座城已经很现代化了。高楼，马路，豪车，酒店，烟囱……很西化的自助餐，电梯的速度，红酒的味道，酒店的咖啡杯和床单的洁净程度……倘若你只待在酒店，不走到城外的旷野里去，你压根儿感觉不到城市与大地的反差。荒野中的现代化，有着贫瘠甚至沙化背景的现代化，这几乎就是现代文明的特质，也只有现代文明才可以呈现这样的面貌。我很享受，喝着咖啡，读内米·洛夫斯基，发出北京话的声音，罩在经一夜过滤干干净净的晨曦里。无意间撩开窗纱，看看晨曦，它的中央有着粉色和桃红色。我不敢肯定是它固有的，还是我从内米小说中的人物身上带去的。

神木也是这样一座现代化的城。它的河枯败得不成样子了，但城很气派，很坚实。我不知道城里的文化如何，软性的、由人性引发的审美如何，想必还是空缺吧。今天很多城都是这样，现代化只是它的外观，只是它工业、商业的部分。文化没有到位，文明还停留在野蛮阶段，现代化仅仅是强行插入的贵金属。它结合的文明都是周边农业的，比如信天游和兰花花，比如唯物的价值观。写诗的塞北最能代表这座现代化城里软性的东西。他能说会道，民歌唱得好极了，脑壳也好使极了，但这些都不关乎真的现代性。真的现代性里应该有焦虑，有危机感。我知道他的油滑是苦难炸出的，但却没有提炼出真正有价值的精神，比如独立、自由与普遍的人性关怀。一座荒野中的现代城，房价高到每平方米一万多，可以想象这座城里人的生活。

陕北高原上的现代城不可能来自农业与自由贸易，也不可能来自畜牧业，是黄土下面的煤炭和石油垒起了这些城。它们是淘金的地方，跟农牧业关系不大。榆林、神木的富裕程度是我们这些说起来也算富裕的南方人不敢想象的。黄土下面就是黑金子，就是液态金子，有的地方徒手便可以挖出煤炭。然而，这些黑金子对于一个牧羊人或者种地的人，意味着什么？

旅行大巴开进神木工业园，看着工业园区一根根画了彩圈的烟囱把乳白的烟雾吐进碧蓝的天空，我感觉到了一种悲剧的极端的美。细长的画上彩圈的烟囱很美，蓝天很美，烟囱与蓝天的搭配很美，烟囱吐出的烟雾慢悠悠弥散很美……但在美的背后，我想到的是原本就极其脆弱的生态，以及生存艰难的土著民。

传说神木是两棵唐松。那是过去，开采煤炭之后，"神木"的意义被提升到了亿万年前。它或许是榆林，是白杨林，或许是松林。神木被埋到地下，沤成了煤。

在清晨还不怎么干烈的光照中，由神木县城去店塔，一路看见的是黄土丘陵上的河谷景象。不缺植被，缺的是南方植被的碧绿。稀疏的绿，艰难的绿，永远是神木展现给我的审美背景。店塔的绿树较县城多出很多，却不是原始生态，而是煤矿花大价钱人工种植的。人工的绿，工业的绿，总不能让我产生好感，它们有种明显的作态，排场大，根扎得不深，草坪也好，绿化树也好，总是给人一种吊不上气的感觉。

由店塔去红碱淖，汽车行驶在黄土高原与内蒙古高原接合部。汽车一直向西、向西北，我却生出错觉，感觉是向东、向东北，我甚至想象着眼前马上会展开的晋北风光，展现的黄河。黄土高原，有一些起伏不大的丘峦，即使隔着车窗视线也很好，能见度极高，可以看见天地的尽头。尽头也是起伏不大的丘峦，丘峦的弧线把天际线变得弯弯曲曲。在岷山中，我不曾有过这样辽远的视线，不曾看见过这么广大的天地。在川西坝子也不曾看见过。广大辽远，但并不是田畴河流，也不是果林湖泊，而是干干的黄土荒原。水干涸之后，线条又被风修改过。稀疏的浅浅的草，罕见的灌木和白杨树，不见有更多生气。

那一刻，我感觉内心、身体，隐隐地被震撼，裂开一条口子，裂开无数条口子，无数条缝隙，战栗之后慢慢吐出氤氲。我身体的内壁生出纵横的沟壑，生出一座座黄土塬，疼痛，随后慢慢熄灭。这片高原距离现代城也就是几十公里，但在我的感觉与审美中却是相隔洪荒。我知道这硌肉的疼痛是时间的洗礼。朔风加上黄河水，还有冷兵器的杀戮。

午后一点，阳光烈焰，静静燃烧，没有风沙，洪荒寂然，这样的时刻是从侏罗纪传真过来的，没有丝毫信息流失。

六

我看见的靖边是风沙滩地貌。由黄蒿界往北，穿过四五十公里梁峁涧地貌，便是风沙滩。风沙滩不适宜人居，却有人世代居住。风沙滩适宜审美，你站在高地朝北眺望，视线一寸寸北移，眼睛捕捉到的不是沙柳、白杨和野草灌木，而是有着天地本来弧度的时间。坦荡、广阔，农耕文明到此为止，一直往北就是毛乌素沙漠，就是贝加尔湖，都是游牧民族的天地。

白城则村有匈奴人的统万城遗址。站在遗址上往北看，耳畔便自然会响起马蹄声。匈奴人的长发飘逸，面庞俊朗，骑马犹如乘时光之车。很多年，从历史的起点到历史的边边角角到历史的褶皱，靖边都是中原人与北方游牧民族交战的地方。战时交生死战，和平时交文化战。风过之后，耳边是一阵阵的喧嚣声；一座都城（下城子、上城子和边城子）六百年，可以想见生生死死的方方面面。匈奴人败走，中原人进驻；中原人败走，党项人进驻；党项人败走，宋太宗迁民毁城。

我注意到统万城遗址有一种花，粉红带白，每一朵花都由十个以上的花瓣簇拥构成。匈奴人时代这花一定也开，被男女采进城表达爱情。今天它照开，趴在沙地上，静默地表述着我们不曾注意的时光，也表述着过往中逝去的美好，包括丰盛的水草、肥美的牛羊和那一曲敕勒歌。

从统万城回靖边，一路又看见农耕地和村落。人还是那么渺小，窑洞和泥巴房子还是那么不起眼。孤立的被圈围的学校，简简单单，国旗升在旗杆的顶端。用废砖头砌的篮球场，黑风臊脸像是在赌气的白杨木篮板。不见学生。纵向和横向的防护林，晚风吹来，翻起白肚皮的白杨树，不好看，也未得到自由生长，但有种骄傲，有种不凡的精神，好像在说："你看，我可不同于你们南方的树，我生长在沙滩，可以一年不喝一口雨，我扎根的深度，你们想象不到！"耕地中一棵棵柳树，已经很老了，树干粗壮，树干都被砍成一个个树桩，桩上再发出枝条。枝条长得婆娑、茂盛。我注意到这些柳树，思量着，明白了把它们砍成树桩的道理：这里缺水，砍成树桩有利于扎根，更耐旱；树桩上每年长出的枝条，正好砍下当烧柴。

环境造人，环境也造文明。人总是依赖地理，不同地理逼着居民创造不同的文明，只有符合一个地方的自然的文明才可能拯救这个地方的人。人定胜天是妄言，也是危言。

在月黑中歇脚无定河畔的靖边城。它的现代化只呈现给我们路灯照见的很小的一部分。像榆林、神木一样，靖边也是座能源城，现代化也是能源现代化，不关乎文化。文化也不是千百年黄土高原和内蒙古高原融合的那种传统，而是在唯物拜金的观念冲击下碎裂、崩溃的流冰流沙。金钱扶持不了信仰与美，人性只能从确认人的价值、从自然美的属性中获得滋养。

康若文琴说靖边的晚宴是这一行最有特色最丰盛的。她的话让我想起了纳税人，并像暗箭一样伤到我。我们这一行走马观花，吃住都由各地政府接待。我们去的都是风景区和国营厂矿，没有机会走进窑洞和泥巴房子去接触农人，去吃他们的盘中餐，去睡他们的炕。离席时桌上的碗盘里剩下很多美味佳肴，这让我羞愧难当。每一地的晚宴都是佳肴美酒伴歌舞，靖边也不例外，它是文化延伸至日常生活最粗俗的部分，因为镀了政治的金，也是最不真实的。

夜深了，起风了，我总会去想风沙滩杨树林窑洞中的人，他们睡得可踏实？他们的子女在身边还是在外地？夜风刮起沙尘，栅栏里的羊是否慌乱？还有那些念书的娃，他们正发育的身体，他们从课本里萌生的理想，是否还是信天游和兰花花的原唱？

包茂高速、青兰高速、青银高速、榆商高速纵横陕北，越来越多的人来到陕北。然而，外来者不理解陕北；除非在黄土高原上住上三代，否则你不可能理解陕北。那些钻石油的，挖煤的，建化工厂的，做房地产的……不可能理解陕北。他们把陕北话说得惟妙惟肖，把陕北民歌唱的跟原唱一样，也还是模仿。那些搞革命的，一住七八年十几年，就是和原住民同吃同住同劳动，他们也不可能理解陕北，陕北只是他们的根据地。那些当知青的，住上三年五年便离开了，更不可能理解陕北……不是陕北人——陕北原住民，你就不可能懂得陕北，你没有根扎进黄土、扎进风沙滩，不只是扎点须根、毛毛根，是要扎下主根、大根，几百年不离开，几千年不死。

只有风沙滩泥巴房子里的原住民理解陕北，只有黄土塬窑洞中的老陕北理解陕北，他们从未听说他们另有故乡，他们相信他们就是上天用他们脚下的黄土捏的。能理解自己，理解自己的骨头，理解自己的饥渴，理解自己唱信天游时的宽阔和唱兰花花时的酸楚，就理解了陕北。他们就是陕北，他们是陕北生命最本真的部分，就像那些沙柳，那些白杨树。

靖边文人霍竹山，高大威猛，相貌堂堂，在西安的酒桌上初见就"电"到了我。他条脸，面色红润、粗粝，马鬃般的披发带一点儿深棕，眼珠子带蓝。陕西人叫他"最后一个匈奴"。延安作家史小溪在电话里告诉我，霍竹山就是个匈奴人，尽管五十六个民族里并没有匈奴一族。行程中这个"匈奴人"坐在我后两排，我看不见他的披发碧眼，却听得见他的声音。他说陕北话，他的声音厚重，有种万马嘶鸣的轰响。他保留了匈奴人的特征，威猛只在外形。他就像他的祖先遗留下的一个酒瓮，还看得出早先的格，里面装的已是汉人今天的东西。

霍竹山是原住民，他当然理解陕北，他就是陕北的一棵白杨。他随便说一句话，就说到了陕北的心窝窝，说到了陕北的疼。无须去懂话的意思，只听声音，陕北的风，陕北的蓝天，陕北的地貌，就都在耳膜里了。甚至比陕北更早，早到了周秦。

七

城市在哪里都是一个样子，凸现在地表，像一块伤疤。人群簇拥，欲望流溢，藏污纳垢。

城市把生最大化集中，把物质和享乐最大化集中。只有郊外的殡仪馆能够震慑住城市的欲望，震慑住生的不死的假象。

榆林、神木、靖边和延安在卫星地图上的处境，较之南方城市多了一层悲怆。南方城市跟周边欣欣向荣的景象相对融洽，茂盛的植被和绿尚可遮蔽、掩饰城市不协调的现代性，尚可让城市柔美一点儿。丰沛的降水和潮湿的空气可以让城市内部生出青苔与水葵，与城外的乡村呼应。陕北的城市是孤立的，现代性与物欲都是孤立的，它们跟周围环境有着强烈的硌人的反差。

我不曾去考察陕北人与城市的关系，比如霍竹山进城，史小溪由一个乡下娃变成一个城里作家，他们是否比一个南方人进城要更难——更难适应，他们是把更多的乡下的东西带到城里还是更多舍弃？如果把更多的黄土的东西带进城，是否会排斥外来的现代性？我更倾向于认为今天城市的现代性多是物质的、科技的，而城市的内心远没达到现代。但城市的内心也不是乡村的，而是一种乡村的东西掺了工业添加剂催化发酵后的状态：有毒，危险，却又依赖。

与广大的乡野比较，城市还是很小的，但我断定它们正在扩散为这颗星球上的毒瘤。

陕北的乡野广大，地厚天阔，人与房舍都显得很小，窑洞也小。树稀少，再高大的白杨也显得矮小。人在旷野劳作，很容易被忽略，或者被当作吓唬鸟兽的假人。在去统万城的县道上，陕南作家王小云就把一个戴着面巾在沙地里劳作的农妇当成了稻草人。陕北提供给人的空间相对平面化，不像南方有山脉、河流、湖泊、森林标识，人与房舍在大地上的比例很小。颜色也显单调，绿又少又稀疏，且显得暗淡，裸土裸沙更是灰暗荒凉，人在这样的背景中得不到衬托。个人得不到凸显，房舍、村落也得不到凸显，历史乃至文明都小、都得不到凸显。

死亡也得不到凸显。土地和空气干燥，死尸不易腐臭，死亡不如南方恐怖。死亡在干燥的黄土和沙漠里，渺小如一棵白杨树的枯枝。南方的空间是局部的、具体的，它由每一件具象的东西标识出来，比如山坡、树木、河谷、岩崖，它的天空有时只现一绺，死在这里很大，一具死尸腐烂发臭，整个溪谷都闻得见。

在靖边与安塞交界的乡野，我对陕北这种人与大地的关系感觉最明显。人，以及住人的窑洞、房舍，以及白地上突兀地展开一面国旗的学校，清晰又渺小，它们不是站立在地上，而是贴在地面。感觉中，它们的历史也是这样，文明也是这样，不是南方常见的耸立、矗立，而是呈现坍塌、湮没的状态。

八

延安无记。在午前的烈日与高温中，延安有种烦躁的情绪。延河几次出现在视线里，被各地作家隐喻、打趣。我对延安的感受，已在第一次访问时释放了，有《延安硌人的浪漫与真实》三千言记。

延安有自己的历史，只是被猩红遮蔽了。猩红像一卷封口胶，封住了通往历史的巷子。它也像地膜，把黄土的颜色都改变了。不过，这也符合物理学的镜像成焦原理，等距离拉大到足够远，便不会再那么醒目。

2013 年 6 月 4 日于四川平武

《芒种》2016 年第 3 期

守住一块地

左中美

一

我家有一块大地，这地的彝语名字，汉语直译意为"地母"。"母"，在这里以其"母亲"的原意，被延伸为大、居首位的意思。大块的地称为地母。大块的田称为田母。在一院房子当中，主房称为房母，家里的祖先牌位一定要供在房母的楼上。家里的大锅称为锅母。村中最大的井称为井母，节日里享受香火祭奠。最大的树称为树母。头上的天空称为天母——天母是最大的"母"。

这块地是我家最大的一块地。相应地，村庄里许多人家也都有自家的地母、田母，人们在讲述中，根据需要，会以谁家地母、田母这样来区分。除了这块大地，我家另外的几块地都比较小，一块叫一亩三，一块叫一亩五，这称呼里遗留着集体生产时代对土地丈量的精确印记。还有一块地在村东头早前专门埋夭折孩子的小山脚下，这地的名字就叫"埋娃娃处"，有两亩多。此外，我们家还有两处山田，一处在村庄下面，一路下坡往下；一处在村庄的东面，都离得比较远。

我不知道这块大地起始于何时，这么多年，竟没问过奶奶或者母亲。在这块大地的西侧，有一院荒落的旧墙院。在我年少的记忆里，院墙大体还立着，上房的屋心里长出了一棵红椿树，绿绿的树尖高过了墙头。院心里长满了野草，较低处的豁墙头上长出了仙人掌。朝东的之前应为大门所在的地方被两根木头交叉拦起来，外面再栅了篱笆刺。关于这旧院墙我倒是问过母亲，问她这里早前是谁家的房子，母亲或许是因为觉得我还小，只囫囵地回答了我一句，不肯对我细说。我跟着母亲在这地里劳作时，有一两回好奇往这旧院墙里探看，母亲看到了，赶紧把我叫开，说别看，有什么看头。

后来，不记得是母亲终于说起点滴，还是家里别的长辈说起的时候被我听到的，才约略得知了这一围旧院墙，是整院房子被火烧毁后留下的遗迹。又隐约地听得，房子被火烧毁前，谁在主屋的房梁上上了吊，言语中似乎还暗示出，烧毁这房子的大火，其实是一场人为的纵火。大人们在提起这些话题的时候，总是神秘而隐晦。又或许，大人们并不是故意把一些旧事说得神秘和隐晦，而是因为有些东西我们尚不懂得，故而听来觉得神秘而隐晦了。

我甚至记得听到大人们说过，说这院房子被火烧过两次。第一次被烧之后，房屋在原址上重建起来。之后，过了没有一辈人，一院房子第二次在大火中毁于一旦（且不管是意外，还是人为）。一处屋基，两度遭火，人不能抗这一方窄窄天地之厄，主人只有放弃了这里，搬到了上面的大村里。从这大地一路上坡，约半里是一处头上林木翁郁的水井，从水井再斜上坡，约一里半到大村。

在隐约听得一些关于这方旧院墙的往事之后，我对这方旧院墙，从之前的好奇，变成了一种恐惧和疏离。有一回，我哥在这里犁地，我去给哥哥送响午饭。哥哥在吃饭喝水休息的时候，把牛放开，叫我在地边上放一会儿，让牛吃点草。不想，我稍不注意，我家的大牛周平角跳过那旧院墙口的篱栅，跑到院心里面去吃草了。我急坏了，拼命吼它，要它出来，可是周平角它根本不把我这小孩子当回事。那院子里因为平时没有牲畜进去，草长得特别好，周平角贪婪地大口卷吃着草。我见吼它不管用，又从地上捡石子丢它，它一次一次避开我丢过去的石子，然后继续吃草。在我急得额头冒汗、不知所措的时候，我哥过来了，朝周平角大吼一声，周平角这回怕了，赶紧又卷吃了几口草，跳出了篱栅。

在旧院墙的下面、连着我家大地的西南角，有一块大约半圆形的地，叫月亮地，是村里另一户人家的，横向的地口就接在旧院墙下屋的后墙根下，旧墙根上还留着半人高的淘粪洞——畜圈后墙脚正中留淘粪洞，挖粪的时候可以不用从圈口上背出来，而是直接从粪洞口往外出粪，可以省好多力。

紧靠着我家大地的下面也有一块地，与我家的大地几乎等长但比我家大地窄许多，这块地叫金豆地，是我大妈（我母亲的四姐，因为母亲和她同为招婿，所以叫大妈）家的。金豆籽相近于绿豆，但没有绿豆圆，为长椭圆形，颜色比绿豆稍黄。金豆不挑地，能在贫瘠的土地上生长，产量还好，所以村庄的人们往往把缺肥的薄地拿来种金豆。这金豆地和旁边的月亮地就是这一片地的下缘，从这往下，就没有别的地了。

我曾听母亲说起，说早年，常常有猴子成群地到地里来（那时候，母亲应该也还是个孩子吧）。尤其是苞谷成熟的时节，猴子们在附近的草木间候着，守地的人一离开，它们就来掰苞谷。正如故事里猴子掰苞谷那样，猴子的可恨处是，它掰两个吃不算，有时候把一片苞谷地都掰得一片狼藉。母亲形容猴子来时的情形：一个跟着一个，鱼贯地从月亮地的地埂上过来，像人一样。而猴子一旦听到人声吆喝，就乱了秩序，啸叫着一哄而逃了。

——那时候，就有这块大地了。如村庄里的每块旱地那样，在这块大地里，每季大春铁定地种上苞谷。雨季来临，苞谷"唰唰"地往上长（那时候，雨水总是依时序降落，不像现在，三年两头地就遇上干旱）。农历六月二十五火把节前半个月，苞谷出天花了；火把节，苞谷挂红缨了；火把节后二十天，到七月半节，苞谷熟了。猴子们欢快地来了。

再往前，也就有这块大地了。那方旧院墙，朝东开的大门就正对着这块大地。庄户人家，自然把房前屋后的地方都要开辟成地，种上苞谷，种上豆子，种上果木，在汗水里收获一年一年沉实的日月。我记得在那方旧院墙后西北的草坡上，有两座老坟，那坟里躺在时光深处的旧人，曾经生活在这方院子里，在这院子的屋檐下吃饭，睡觉，走路，做事，夜里在这院子里看过月色或者星星。不用说，他们一定曾经在这块大地上劳作过，依着节令，依着雨水，日出而作，日落而息。

二

这块大地里种一季苞谷，需要十个人种一整天。十个人，每两个人分成一组，一人种苞谷，一人种黄豆，一行苞谷一行豆子地种，苞谷和豆子的窝相错着。十个人站成一排，先从地底的东头开始往上种，一路种到地头，再在边上重新站成一排，倒退着从上往下种，那场面，仿佛缓慢涌动的潮水，涌起又落下。

因为地大，这块地不论是种、锄，还是收，都要请工帮忙，把活儿在一天之内集中做完。往往，请到种地的都是女人，男耕女种，这在村庄形成了一种久远的传统，女人手巧，动作快，在种地这活儿上比男人占优势。种地的人，在侧腰上系一个小竹兜，将种子装在里面，右手里抓着半把种子（抓太多则握不住锄把），挖一锄，就从指间漏下去两三粒种子到挖好的浅坑里，这期间，手不用专门放开锄头把子。种子漏下去，再轻挖一锄把土盖上，一窝苞谷或是豆子就种好了。

我初学种地时，手里抓着种子就握不住锄把，为了握稳锄把就抓不住种子，抓在手里的种子从手指间直往下漏。把握点种的数量也是个难题，熟练的人，每次要点两粒或是三粒种子，指间能把握得很准确，而初学习的人，指间漏下去的种子不是少了就是多了，为此，拿着种子的手不得不专门地放开锄头把子，以把握点种的数量，这样一来，速度就比熟练的大人们慢了许多。

也有时候，请到帮忙的人加上母亲和嫂子不足十个人，又或是由于中间这样那样的原因，这地没能在这一天里种完，那剩下的部分，母亲一个人再去把它补种完。母亲是这样做的：腰上系两个小竹兜，一边装苞谷种，一边装黄豆种，上来的时候种苞谷，退回去的时候种豆子，又或者反过来。

秋天收获苞谷的时候，这大地要二十个人忙活一整天。二十个人，十个人撕（村庄的人们把掰苞谷叫作撕苞谷），十个人背。从地里到村庄都是上坡路，自然地，男人负责背，女人负责在地里撕。撕的人其实也很艰辛，为了怕收回的苞谷带了潮气会捂坏，收苞谷往往要选在晴好天。太阳下的苞谷叶子，因为干而边缘越发地锋利，把人脸上、脖子上划出许多难以察觉的细痕，汗水淌下来渗到里面，到处腌疼。

记得那些年，家里的腊火腿或是大公鸡，总是要留着大地里请工做活儿那天才吃。家里平时吃苞谷饭，请工做活儿这天，即使没有条件全部煮米饭，也要做到米面两掺。不论是种、锄还是收，大地里的活儿做完了，家里这一季的活儿大头就算完成了。

每年，在苞谷收获之前，差不多一个半月的时间里，我总会有一项重要的任务：每天早晚去大地里赶雀。依着节令，农历七月半前，苞谷就初熟了。苞谷一熟，每天早晚，就会有成群的鸟雀飞到地里来吃苞谷，母亲便派我去大地里赶雀。这个时间刚好是暑假，我早上起来，带上竹嗒，带上一盒火柴和一把引火的松明，一路上，小路两边深草上的露水绊湿了半截裤脚。

竹嗒是一种吓鸟的工具。一段一米五左右长、直径七八厘米的生竹子，从上往下小心剖开成两半，只留底部一尺左右不剖开，这里需要借助一个竹节，若不借助于竹节，刀子从上面一剖，竹筒很容易一裂到底。在这节子的前面，左右各挖一个拳头宽的方洞，作为使用时的抓手，那剖开的两侧竹面上，也要各自削去约半厘米厚。竹嗒做好后，在剖开的竹面中间夹一段楔子，直到竹筒自然风干。使用时，手抓着下面的抓口，上下使劲打，两片竹口间打出响亮的"嗒嗒"声，用以吓唬和驱赶鸟雀。

竹嗒吓唬鸟雀的作用其实不是很大，与竹嗒相比，弹弓对于鸟雀的威慑作用要大得多，还有一种专门用来甩石头的长鞭，鸟雀往往闻声而逃，可惜这些我都不会用。我在地头上，唯有一次次地打响竹嗒，驱赶成群的鸟雀，并且不断大声地"喔喔"呼赶。与清晨相比，傍晚的鸟雀似乎要更密集一些，一群跟着一群，不断飞进地里来。地头上有一块灰白色的大石头，我捡来干柴，在大石头下面烧起一堆火，烧苞谷吃。升起的青烟对鸟雀也有一些警示作用，青烟升起，鸟雀就知道有人在这里，不敢太靠近。另外，母亲也在地中各处高高竖了几个穿旧衣服、戴旧草帽的稻草人，和我一起守护这片大地。这片地里的苞谷，是我家一年里大半的收成。

地里的黄豆已经收回家了。苞谷初熟之后约半月，黄豆的叶子开始变黄，标志着可以收获了。这时节，母亲早上就会来这地里拔黄豆。我也跟着母亲一起拔，只是每次，我拔的黄豆，总是不到母亲的五分之一。我们像这样大约要拔一个星期，才能把黄豆拔完。每天早上拔的黄豆，除了母亲背一大背、我背一小背回来，母亲还要赶着在吃饭前再去背一趟。这块地里拔回去的黄豆，能挂满主屋楼上用来晾挂豆子的全部木棱。

小春季种豌豆。冬春季节雨水少，豌豆比较耐干，只要趁着秋末地潮时种下，出苗后再有一两场雨，一季的豌豆就有收获了。豌豆火巴不火巴，很讲究生长的土质，沙质地上长的豌豆，炒煮时容易火巴，胶泥地上长的豌豆则相反。母亲有一个例子讲述胶泥地上长的豌豆有多顽固：豌豆和腊猪脚一起煮下去，腊猪脚都煮到火巴烂了，那豌豆还是不火巴。

这块大地，东南角以及靠地底三分之一的部分比较沙，上面的部分则是胶泥。豌豆收获的时候，母亲把沙地上的豌豆和胶泥地上的豌豆分开，沙地上的豌豆以后煮来当菜，胶泥地上的豌豆则磨了做豆粉。

后来，这大地里小春季也常常种红花。红花是一种中药材，耐旱喜阳。红花长得好的年头，一两个人去采红花，站进地里，人就像没入了一片绿色的海。无数橙红色的花朵，有若落进这绿海里的无数红色的星子。

麦子不像豌豆和红花能耐旱，除非是雨水特别好的年景，这块大地里便很少种麦子。就是整个村庄里，一向种麦子也不多。

记得上初中的一个寒假，我放假回家，母亲晚上带我去守地——那一年，这大地里难得地种了麦子。麦子快要成熟了，怕兔子晚上来吃麦子，母亲在地头搭了窝棚，在这里守地。我们去到地里，母亲在窝棚前烧起一堆火，我们一边烤火，一边闲聊着。天上有淡淡的月光，地里的麦子在月下随风涌动如波浪。

那一年的麦子长得真好。

三

在我开始记事的时候，我奶奶已经年近八十，不能干种地、锄地这样的重活了。然而，奶奶还是常常要到大地里去，割草，摘豆子、拔豆子。苞谷成熟时掰上一小篮青苞谷，剥好后磨成浆做苞谷粑粑，蒸出来又鲜又甜。一年两季犁地的时候，我哥在这里犁地，我若是在家，奶奶就做好了晌午饭让我去送给我哥，外加上一军壶开水。我若是上学不在家，奶奶就自己去送给我哥，送到地头上，手搭凉棚往地里看，对着我哥喊："阿务，吃晌午饭了！"

"阿务"在彝语里指老大儿子。在这个称谓里，同时也寄予了一种庄重的使命或者期待。在村里，但凡有儿子的人家，几乎每家都有一个阿务，后面的老二、老三、老四分别称为阿来、阿巴、阿切。我二姑的四个儿子从老五开始排行，那是因为上面的几个儿子都夭折了。我母亲她们只有四个姐妹，听说头上有过儿子的，夭折了。四个女儿中，我二姑、三姑出嫁，我四姑和我母亲老五招婿在家。我爷爷去世得早，听说四十九岁上就走了，那时候，我母亲才只有九岁。母亲是老小，奶奶后来跟着我母亲过。我哥和我，都是奶奶一手带大的。

由于母亲婚姻不幸，我哥很早就担负起了家里每年两季犁地的重任，这是一年到头的农活里最重大最苦的活儿，必须得男人来承担。村庄的人们，对于一户人家最大的怜悯不是贫，不是病，不是家有憨聋痴哑，而是一句话：木单子（可怜），没男人犁地。女人生了孩子，若是个儿子，家里人是这样给人说的：生了个犁地的。

这块大地，将它犁完一遍需要五架牛。多数时候，我哥会请一位表兄或是他的朋友来帮忙，两架牛犁两天，剩下的由他一个人再犁一天。若是不请人帮忙，我哥一个人，得在这块大地上犁五天才能犁完。

犁地要唱牛歌，内容主要是鼓励牛，道它的辛苦，夸它的勤劳。"阿务牛你辛苦了，我们一起来努力，快快把这地犁完。"村庄的人们，把对孩子的排行称谓也用到了牛的身上，许多人家都有阿务牛，阿务牛常常是一圈牛里的顶梁柱、掌杠牛。我家的大牛"周平角"平时不叫阿务牛，但在犁地的牛歌中，通常把牛一律地都称为阿务牛，类似于山歌对唱中男的通称为哥、女的通称为妹那样。一户人家，有一对能干的犁牛，就是最大的资本。

我哥唱牛歌唱得很好听。我去给哥送晌午饭，在还离着好远的上面的地埂子上，就能听到他唱的牛歌，婉转悠扬，高亢辽远。我加快脚步往地里走。大地的东北角上有一棵黑涩子树，从根上分开成两叉，一年一年从这大地里捡出的石头都堆在这树下，是大人们在地里做活儿累了时休息歇凉的地方。我去到树下，把东西卸下来，大声喊我哥吃晌午饭。我哥从地的那头远远地犁过来，头上戴一顶草帽，一架牛在前面努力地拉着，我哥手掌着犁把，犁头一路紧擦着上一道犁沟，哗哗地把土地像细浪似的又翻过去一道。

那些年，我哥是一个活泼的青年，吹一手好笛子，我哥吹的《敖包相会》，我至今记忆犹新。干一天的重活回来，我哥从井里挑一担水，把自己涮洗一新，换上干净的白衬衣。我哥有一台收音机，晚饭后，村里的许多同龄人都喜欢来跟我哥玩,他们听收音机,吹笛子,闲聊。

我哥二十二岁结的婚,嫂子那年十八岁,也是同村的。在村庄里,一个姑娘,嫁进了一户人家,同时也就嫁给了这户人家的所有田地。自此,对于我的嫂子,我家的大地变成了她口中的"我家大地",而她之前跟着她哥哥嫂子劳作多年的娘家的地,于她变成了"我哥家地"。在这之后的人生,她将和我哥一起,一年一年,在我家的土地上耕作,而当中有一大半的时间,他们将在这块大地上劳作,一轮又一轮地播种,一遍又一遍地收成。

是在多年之后,我才恍然发现,与土地相比,岁月真是不堪犁。像是一转眼的工夫,我哥竟过了五十了,当年十七八岁吹笛子穿白衬衣的青春小伙儿,已悄然翻进了他人生的第五十篇章。常年劳苦的他,身板瘦削,头发日渐稀少,额头往上竟秃了一小片。

母亲已经年过七十。去年农历六月二十六、火把节后第二天,母亲过了她的七十一岁生日。母亲自从六十四岁那年做了一个手术后,她的腰很快地弯了下来,这一两年,越发地弯得厉害了,弯成了一个小人人。母亲的一生,是在土地上老去的,是在从未停歇的劳作中老去的。记得我小时候,每天奶奶做好了饭,我们就等着母亲回家。可是,在地里做活儿的母亲却从来不知道饿,每天,只要她眼前计划好的活儿没做完,她就不肯回家,为此,性急的奶奶没少生母亲的气。村庄的人们是这样形容我母亲的:背的篮子比谁都大,编的草绳比谁都长,背一背豆子或是草捆远远过来,只看见背子看不见人的那个一定是她。

辛劳了一生的母亲,劳作早已成为她生命存在的方式,要是一天不劳动,她就没法安放自己。一如我奶奶年老时那样,一年三百六十五天,母亲仍然有许多时光要在这大地里度过,割地边草,拔豌豆,看苞谷,采红花,把地侍弄得干干净净,把这大地里的收获,一点一点搬回家。这地里上半部分胶泥地上收获的豌豆,母亲磨了做成豆粉,切片晒干后,油炸成豆粉泡皮带来给我。

奶奶已经离开我们二十多年。我的侄儿几年前娶了媳妇,侄媳妇是从上千里外的昭通来的,没见过红花。采红花的季节,我嫂子带着她去大地里,教她怎么采红花。

我侄儿的孩子这时候四岁了。等过了五岁,这孩子,他就能认识去大地的路。

四

这块大地的形状大约呈一个梯形,只是靠东北角上长了一个"角"。这角里是一片浅浅的凹槽。凹槽头上,隔着一丈来高的地埂上长着一棵老桑树,桑树往上的那片地是我大妈家的，两边高中间低，地的名字直接就叫凹槽地。夏季遇上暴雨，汇集的雨水顺着中间凹槽往下冲，轻则冲倒苞谷，重则把苞谷连同凹槽间的"地肉"（就是可供耕作的熟土层，人们把它称为"地肉"）全都冲走，只剩下地底上的板土。洪水经过桑树下面，漫过地埂继续往下，冲进我家地里，从"地角"那里一路往下走，带走长长一沟苞谷和"地肉"。地里每遭遇一次这样的情形，那些红色的"伤疤"，需要经过至少两年的耕作，才能慢慢恢复到原来那样的"地肉"。

凹槽地的东面是一个小岭岗，岭岗上的斜坡地，上面的一大块也是我大妈家的，下面靠近我家"地角"的一块是我同伴阿四妹家的。紧接着这块地的下面、几乎挂着我家地头的黑涩子树，有一小片大约三角形的缓坡地，也归她家。再往下，一大片斜坡地一直种到下面的大箐旁，这片地的彝语地名，翻译成汉语意为"狼吃骡马的地方"，从这片地到过了箐的那一片地方，都叫这个名字。

凹槽地的西面，隔着路的那一片横幅地是同伴小贵家的，地的西面一直延伸到了草坡间那两冢老坟的身侧。这是一片赭色的沙质地，适宜种豌豆。从这片地往上有三丘窄长的田，从下往上分别是我家的、我三姑家的、我大妈家的。

西南角上是月亮地。在我大妈家的金豆地下面，有几年，小贵家也开种了一片和金豆地一样长幅的地，大季时潦草地种着苞谷。

那些年，村庄的土地上到处长满了庄稼。间种在苞谷地里的向日葵在夏天里开出灿烂明媚的花，爬蔓的四季豆攀着苞谷秆，结出一串一串的豆子。苞谷初熟的时节，一片一片地里都是看苞谷、赶鸟雀的同伴，"嗒嗒"的竹嗒声和"喔喔"的呼赶声此呼彼应。一缕缕青烟从一片片地头缓缓升起。

未曾预料的转变是从20世纪90年代初开始的。从那时到现在，在二十多年的时间里，村庄的土地，经历了先是大开挖，之后又大丢弃的苍凉历程。

20世纪90年代初，村庄开始种烤烟。烤烟需要不断地轮作，以减轻病虫害的发生。同一块地，连续种烤烟一般不能超过两年以上。新地上种出来的烤烟尤其好，几乎没有病虫害，叶面清秀，卖相好。因为种植烤烟，村庄的人们不断大量开挖新地。另一方面，由于村庄里我们这辈孩子多，大多数人家都有五六个，在这个时段上，娶的娶嫁的嫁，都陆续进入了成家、分家的阶段。在这些年里，村庄不断向周围扩开，村庄的近旁，许多原本的山林、草地不断被开挖成耕地，放牧的人只好不断地把牛羊往远处赶。烤烤烟需要烧大量的柴，山林和植被为此遭到严重的破坏，村庄周围许多原本有水的地方都渐渐地绝了水迹。

之后，从大约十年前开始，村庄的人们开始陆续外出打工——中国大地上的打工潮，在整整奔涌了三十年之后，终于涌进了这个中国西南边陲的小山村。初时的一两年，出去的人还不多。过了五年，在经过了试水一般的摸索之后，村庄的年轻人包括一部分中年人，开始大量地外出打工，这一方面是由于外面世界的影响，另一方面则是由于气候变坏，种烤烟和庄稼越来越难，有种无收的风险日益增加。到了这时，村庄的土地开始被大量丢弃，许多土地都不再有人耕种，在上面，重新长满了野草和灌木。我的同伴小贵，两个哥哥和一个弟弟都成家分出去了，留下母亲和他过。前两年母亲去世后，小贵便外出打工去了，甚至就连过年也没有回来，他的土地和他的两处房子一起，荒在了这村庄里。

因为种作艰难，风险又大，我家在包产到户时分得的两处山田也早就不种稻了。育好了秧苗，雨水不来，迟迟栽不下去。等啊等啊，终于等得雨水来了，好不容易把秧栽下去，却因为错过了节令，极有可能种出一片枯草，颗粒无收。甚至于有时候，栽下去的秧苗在半道上又枯死了。在两片原有的山田荒弃之后，我哥哥嫂子曾重新开了几丘山田，还专门请推土机推了一个塘子蓄雨水，只是，在勉强地种了三五年之后，终于还是荒弃了。雨水一年不如一年，育好的秧苗和人一起等雨水，人和秧苗都熬不过天。

哥哥嫂子在村庄后面我家的自留山上种了一片核桃，有一两百棵。核桃都还不大，里面大季种苞谷和烤烟，小季种些豌豆。核桃地旁盖了守地的庄房以及畜圈，哥和嫂子多数守在这里，嫂子白天放羊，割草，哥哥在地里劳作。

我侄儿结婚前就在外面打工，结婚后不久又出去。这孩子，因为有我哥哥在，他二十几岁了还不会架牛犁地，好在如今大家都改成了用巡耕机。他的妹妹在之前就出嫁了，嫁在村里邻近的一户人家。哥和嫂子两个人，侍弄着那一片核桃地，没办法，家里另外的两三处路较远而又比较贫瘠的地块也都陆续丢弃不种了。

唯有大地仍然一年一年地种着。在大地的周围，下面和上面我大妈家的金豆地、凹槽地和岭岗上的斜坡地都已经不种了。小贵家的两块地早就荒芜成了野草地。东面阿四妹家的地里种上了核桃，里面不再种庄稼。下面箐边的斜坡地、"狼吃骡马的地方"，也早变成了一片野草坡。

一条公路斜斜地从我家大地的上半部经过，在大地上犁出一条刺目的伤，地头上的那个"地角"也被割断了。公路通往大箐那边，那个"狼吃骡马的地方"，村里的一户人家几年前从上面大村搬到了那里。从那里再过去一个小箐，还有另一户人家。

因为干旱，种烟越加艰辛，今年，我哥没有再在家里种烤烟，而是年前就打工去了。过年回来了几天，年后又去。

大约是5月中，我有一天给哥哥打电话，他说在家里。"专门回来犁地。昨天刚把大地犁完。"哥哥在电话里说。

我知道，这块大地是永远不会丢弃的，只要家还在村庄里一天，一家人，就会一代一代地把它守下去。挂掉电话，我在心里想起这块大地旧时的样子，苞谷在雨水里哗哗生长，在不断前来的时光里，深情地迎风歌唱。

《山东文学》2016 年第 3 期

我与星辰

玉 珍

一

每当我看着星空，就觉得有些事物永远不会死。

在黑而巨大的幕布上那些繁华静谧的光，就像云湖闪烁的粼波那样清灵动人。我坐在门前或屋顶，抬起头以最适宜的角度仰望它，四处皆是无法捉摸的黑暗。那黑向着看不见的更黑的边缘延伸，而星光令人从坚实无比的黑暗中发现什么，那画面庞大而神圣，光点令黑暗更饱满柔和。

在黑暗和光芒之间，万物沉静地安放于夜的神坛。我的家乡，那古老村庄和连绵群山深沉地酣睡，猫头鹰和青蛙的叫声突出了夜晚的静谧，就像星光突显了夜的深黑。与之更相密切和契合的是夜风中安详的气息，恍如远古时代夜观天象的圣洁神女，星光下面庞端庄，目光温柔笃定，显现着万物的清净自由。

古往今来大地饱经沧桑，唯有星空有幸远离伤害。我们的土地翻来覆去，草木几经荣衰，生死离别硝烟炮火在大地不曾停歇，唯有星空保有寂静安宁，令仰望之人充满希望。那里的光芒隐约透露出只能用永恒来修饰的直觉和感知，那些光遥远而又迫近，高冷而亲切，绝不仅仅赋予视觉以想象，更多给心灵以慰藉，给灵魂以信仰，那是遥远的来自童年或最初最光明璀璨的感知和开释。我从那群星中看到粗俗的人世间看不到的景象。

在我整个的童年，经常经历这样一种清澈又温馨的场面：我和我的奶奶，我的邻居们一起坐在门槛上看星星。我的奶奶在春天喝着自己做的花茶，夏天摇着破旧的棕扇，秋天嚼着自己晒的红薯，冬天，寒星的光芒下她纳着鞋底，一边熟练地穿针走线，一边跟我的三婆聊天，偶尔将那双枯老的眼睛望一望天际。

她在看什么呢？除了星星还有什么？那时我不曾思索农人与星空的关系，也不曾思索过人是否需要星空，以及星空与花朵对于农人和富人的意义。我知道诸如星空和野蔷薇这样本身绝世的美在他们眼中显得异常平凡而熟悉，也知道很多生活在最美星空下的农人从不曾认真仰望过星空，更不曾从那永恒静谧的星光中体悟到什么。

"昨夜星辰昨夜风，画楼西畔桂堂东。"星辰之美用经验也无法解释。它远远不止是无数和无限的星星，在那里，包括了时间、爱、光明、人间忧欢和一切。

它们使我产生的教养和共鸣不亚于任何一个交响曲。在这一点上，几乎与雕塑、美术、音乐、诗歌、哲学给人的共鸣达到一种共通。这其中带来的想象与情感不亚于一本教科书喋喋不休的文本阐释，自然的隐性之美给人的教育在长期的隐性熏陶中将能在漫长未来年岁里给人精神与灵魂以支撑和养育，这无异于人类生存中的社会良知与家国责任给人的精神性引导。那纯粹美好的形象给人透露出无限的抽象与复杂，譬如真实的虚无，破碎的扎实，抒情钢琴、小提琴协奏曲的温柔感觉，泪的形状，心脏的形状，梦的形状，手的形状，英雄的形状，大海的形状，波浪的形状，我们将一生中真实诚恳和最宝贵最自我的影子藏在那里。

如果让我举例这世上无论在任何时候任何地方对待你都始终如一永恒不变的事物，我首先会想到星辰，其次是爱。

二

我热爱我家的屋顶，那是我常拿来看星星的地方。屋顶空阔，巨大的树冠在夜色中隐现，树顶与我齐肩。远处灯火若隐若现，脚下是看不见的黑夜，在这样的情形下，小小村庄变得无边无际地大，那感觉就像站在云端或树顶。山峰在四周耸立成雄狮和骆驼的暗影，在北面群山的尽头，最清晰的一颗星永远在那里，它似乎总是最早升起，最为明亮，那是北极星。

每天的傍晚我都会在门前看一看北极星，当它升起来时，就代表黑夜即将到来。因为它的存在，我永远知道了天空中的方向，知道哪里是北哪里是南。

几年前我家盖了一栋房子，我跟爸爸说，房子不管你怎么设计，一定要留下个宽阔的屋顶。因为在乡下，很多人家的屋顶都有隔热层，屋顶用精致的瓦片盖着，可让房子冬暖夏凉，但我多次向爸爸表达了要留下屋顶的决心，因为我喜欢站在屋顶上看星星。那个时刻的我似乎离天更近，又离喧嚣更远，那个时候我更像自己，更接近我自己。

画家弗里德里希曾说："我必须形孤影单，而且我必须知道我是独自一人，以便全面地观察与感受自然；我必须沉溺于我周围的一切，必须同我的云块和岩石融为一体……因为同大自然交谈我需要这种孤寂。"看星星的时候我内心就是这样的感觉。

不曾有一种眼神如望向星空时那样清澈。一个人看星星和很多人看星星是不一样的，在高处和在低处看星星感觉又是不一样的。一个人看显得寂静而清晰，在高处看更显得寂静和清晰。

我见过不同情形下的星辰，晴朗夜空的星星，阴天云层边的星星，挂在树梢的星星，窗帘布上的星星，睫毛、鼻尖和额头上的星星，水桶里的星星，水井里的星星，大河中的星星，水田里的星星，雪天里清亮的星星。它们姿态不一，稀疏或密集，温暖或清冷，如此永恒不灭如影随形，镶嵌于黑夜也如黑夜般坚定而不可动摇。

除了屋顶，我还有更多拿来看星星的地方，门前的草垛、柴垛，甚至床上。在草垛、柴垛上看星星很美好，但不及屋顶高旷，偶尔还会有小虫顺着草丛和柴垛爬上衣服，因此母亲不允许我长时间坐着。

我的书房有个很大的窗户，床就在窗边，在晴朗的夏夜或春夜，我不拉窗帘，甚至打开玻璃窗户，因为那能让清凉而带着森林香气的轻风吹进来，还能更清晰地看到星星。我看到星星们在窗户中像被相框框住一样，细细看了几分钟，感觉星群就在脑门儿之上，如此近，如此清晰。如果是夏夜，青蛙的叫声此起彼伏，跟星群一样密集可爱，它们搭配在一起如此和谐，轻柔。看着星星睡觉是美好的，我在星空那无数个温柔眼睛的注视下睡着，梦见星光和飞翔是并不稀奇的事情。

在这无边忧悒的星空中，我脑海中呈现一本巨大的沉思录，从我懂事时开始，每天阅读不曾落下一页。在望向星空时，往事花瓣般、云朵般，清晰又恍惚，那些事物都具有神秘、自然而深沉的象征。从我远远望去的疏淡星光中，一切变得如此强大。

三

我的父亲从我懂事起就是建筑工人，每天披星戴月早出晚归。早是在太阳出来之前，晚是在太阳下山之后。从收工到回家这段太阳落山后的短暂时间，我父亲在长长的村路上行走，有时是一小时，有时是半小时，后来有了自行车代步。但无论寒暑，父亲从没带过手电筒出门。是星光一直照耀着他，他是借着星光回家的。

星光也是我的兄弟，是的。

我对父亲说，爸爸你还是带着手电吧，天黑看不见不安全啊！父亲说，就这么个小村庄，我闭眼也能走出来啊！他说尤其到了村头，更是凭着感觉闭眼都能走回来。

我信。因为我也常这么干。小学时我担任过班里的学习委员和班长，那时因为要帮老师督促同学们背诵课文，拖延到很晚才回家。往往才刚到村头天就黑透了，我全是靠着星光回家的，这几乎成了山里长大的孩子不以为然的一种能力。

我相信人身上具有这种直觉，那是一种近乎与自然心有灵犀的能力。如果我跟我持有神论的奶奶讨论此事，我想我会说，这是神的指引，未知力量和神秘力量的引导。在常识和物理现象之外，但属于精神和经验。我常常因为找不着牛而在山野间转悠到天黑才回家，全是凭借直觉和星光找到路。

很多年前春夏的晚上，我们那里的水田中会有很多的泥鳅和黄鳝。奶奶和婆婆们在门槛上拉家常，我和邻居的小伙伴们一起到门前的谷坪上玩，草丛中会有萤火虫，我们捉来，放进玻璃瓶里，睡觉前熄灯了，萤火虫一闪一闪，就像屋子里的星星。

晴天时有星光或者月光照耀，地上多亮啊，村路都能被照见。我的父亲在这样的晚上总是提着火笼，背着竹篓，带着钳子到水田里捉泥鳅。火笼是个小小的铁笼，里面放着点燃的松柴。我们在门前玩儿，有时跟在父亲后面，又被父亲赶回来，因为脚步声会把泥鳅惊跑。春天晚上的水田里，泥鳅都在睡觉，我常想它们何以睡得如此沉以致等着被捉呢？我们能看见父亲的火笼越来越远，远到如一颗星星，然后到了坡头的丘陵，再然后又回来了，我们雀跃地围上去看父亲的收获。父亲把泥鳅倒进水桶，还捞出最大的一条跟我们说："看看这个，这条最大了，很大吧！明天做给你们吃。"真的是一条很大的泥鳅啊，比集市上卖的大很多。我们可从来不用买泥鳅和黄鳝，父亲每次出去都有收获，多的时候会有好几斤。父亲眼中星光般的喜悦让我觉得清贫的生活也如此幸福美好。

我的父亲将我和妹妹照顾得很好，很让在外地打工的母亲放心。但我常常想念母亲，我常在窗前给母亲写信，告诉她最近家里的情形，比如父亲又收获了多少的泥鳅和黄鳝，我在哪里采到了什么野果，比如我又参加了什么比赛和考试，获得了第几名拿到了什么奖励，甚至我会用诗一样的语言表达对她的想念和夜晚坐在门前看星星时的心情。我的信大概每周或每半个月寄一次，因为要省下邮票钱，我买了薄得几乎透明的白纸，没有格子，想到什么写什么，想到哪写到哪。

我一边写信一边看看窗外，想母亲这个时候在做什么呢？她也在想我们吧？母亲抽空也会回信，那些信现在还被父亲珍藏着，我读过父亲和母亲写的信，语言那么美！一点儿也不像在田野里摸爬滚打半辈子从不读书看报的语言粗糙的农民。他们的语言胜过我那时读过的唯一一本《格林童话》，像天上的星星一样温柔隽永。

我常觉得星空如一卷圣经，而星子是那卷布上的文字，熠熠生辉。

四

我十三岁那年，母亲还在广东东莞樟木头纺织厂打工，那时我家还没有电视和电话，爸爸和奶奶打着手电，带我和妹妹到四爷家看新闻，新闻上说广东的"非典"尤其严重，爸爸看到此处泪水横流。他是个多愁善感的男人，我见过他失眠时坐在门前的板凳上望天，一根一根抽旱烟的样子。有一天晚上妈妈下工早，往小爷家打了电话，父亲放下手上的菜铲拉着我和妹妹就往外走，奶奶拿着她那发出微弱电光的手电筒跟在后面。

那一幕快得我来不及反应，只感到风清凉凉的，在耳边刮着，可走着走着，扑通一声父亲掉进了路下边的水田里，他挣扎了很久也没有起来。我们什么也看不见，只有微弱星光在天上，照着白白的田中水和父亲模糊的身影，奶奶跑过来，三个人费了很大的劲儿才把父亲扶起。他太焦急了，一个走了十几年夜路，靠直觉都能回家的人，在熟悉的门前小路上居然摔跤了，那是我第一次见到父亲摔跤。

我们接电话花了几十分钟时间，母亲声音很疲惫，说他们都在抢盐，抢口罩，抢白醋，白天夜里都不敢随便出门，说"非典"太可怕了，又感染了多少人又死了多少人了，父亲听着母亲的声音几乎要哭了，他们只能相互安慰和鼓励。我因为紧张和害怕，几乎说不出话来，那是种怎样的恐惧和担忧，我说不清楚。那时的我多么勇敢，从山坡上摔下去摔得衣衫破烂摔出五六处血口子也没哭过，但我坚硬的内心依旧有来自某些苦难和悲伤的软肋，我知道我对抗不了，只能忍耐。我跟母亲说我们都很好，家里也很好，让她保重身体，说完就哽咽得无法再说下去。我看见我父亲身上的泥巴，还在滴着泥水的裤脚和袖子，看着他额角的伤口，看着他忍着悲伤安慰母亲。

在回去的路上，父亲又摔了一跤，这次更严重。

他在离之前摔跤不远的地方，又摔了一跤，再次掉进了路下面的水田里。什么也看不见，继而水田里没有了动静，我喊了几声："爸，爸爸！"

毫无动静。我以为摔出重伤了，就这么跟着跳下去。父亲一半的身子跌在泥水中，我用力拉他，喊他，终于感觉到他在动。我们费了很大的劲儿爬上小路。在微弱星光下，我发觉我的父亲刚毅的脸上有了一种近乎绝望和死心的铁青，悲凉覆盖着眼睑和脸庞。我不敢多看一眼，那种任何时候都屹立不倒的气质显现出某些破碎的景象令我惊恐和害怕。他似乎跟我一样遇到了一生中最大的软肋，那就是对至亲至爱的担忧和牵挂，以致扰乱了心神，连平时黑夜中可以健步如飞的道路都充满了精神的荆棘和阻碍。

我的父亲从未如此狼狈地摔过跤，从未如此失魂落魄地走在曾伸手不见五指也能走出的村路上。我们四人在小小的微弱的手电筒光芒中互相搀扶着回家，只有头顶的星光温柔光明。我望着天空，觉得那里也有一条道路，觉得那是天空的灯泡。我被奶奶牵着手回到了家里，父亲的眼睛因哭泣而有些泛红，一身泥水显得悲凉而狼狈，从那依稀泪光中透露出早春星辰的清凉颜色。沧桑的父亲又失眠了，抽着外公种的老旱烟，坐在门口看天，眼睛发出严肃清冷的光，那情景如同祈祷和问天的神圣悲凉的仪式。我不认为他多么热爱星空，他与我不同，我热爱星空因为纯真贪玩和对美好的好奇与向往。

我多么想念我的母亲，我多么想念，无法形容。那种极限像无限的星空，充满了惆怅。但那时我还小，不清楚惆怅和悲伤来自何处，不知如何化解。我在窗前看着月光给我的母亲写信，纵然那悲伤令我觉得信纸如此虚无和单薄，那信中的言语会令母亲更思念我们。我年幼的妹妹在安稳地睡着，非常均匀的呼吸，像天真柔软的婴儿，我那时觉得我是个大人。我知道我的父亲仍然在门前抽烟，那五瓦的小小灯泡发出微弱灯光，远看甚至不及星辰的色泽。初春的深夜有虫鸣，我似乎还听见夜莺和杜鹃鸟的歌声。

从那低矮门楣的方向传来父亲的咳嗽，那咳嗽很响，却因嘴角叼着烟而受到克制，因害怕惊醒谁而得到克制。我推开窗户让风吹进来，风中有着松脂和玉兰的香气，还有桃花和梨花的香气，风是温煦的，带点深夜的清凉。我永远记得那个夜晚，我看见群星在天空安稳如我妹妹的沉睡，我端详它们长久沉默静谧的样子，内心竟变得宁静踏实起来，这踏实比父亲的烟圈更有效和健康。我想我那一边抽烟一边望向星空的父亲也许也从星辰中获取到了部分平静的力量，哪怕那力量微弱而虚幻。

年底的时候，母亲回来了，当然她一点儿也不知道父亲两次摔进水田里的事情，更不知道父亲大病了一场，她只是看着父亲更瘦了更黑了更老了。我不知道那整整一年我的父亲母亲是怎样艰难而煎熬地度过了那悲伤担忧甚至绝望痛苦的日子。我见过我的父亲在犁田插秧时因为太累坐在田埂上，偶尔会抽一支烟，偶尔望着天空，偶尔到溪边喝几口水。他一语不发，走过那些杂草丛生又开着小花的村路，在工地和农田之间来回忙活。

那时的我不知道什么是绝望，或者，我因为内心强大如精灵，希望远远大于绝望，我觉得我内心深处有一个神，那神光星辰般不可磨灭，因此我总相信一切苦难都将过去，哪怕瘟疫中的我的母亲也不会有事。我内心一直是这样预感的，或者说，在遇到任何困难时我都是这样想的。梦想皆有神助，善者皆有光明，那光明和神就有如星辰。苦难终将过去，而我们一切都好。

五

只要回想起当年那些令人忧心难过的往事，就令我想起一句话："天上掉下来一颗星星就是有个人要到天上去了。"这是句伤感的话，其语境蕴含的生死哲学和残酷美与我父亲坐在门前看天那紧皱的眉头和沧桑的脸如此相似。

但我极少看见流星。

多年来我养成了这样的习惯，回到乡下就爱看天，这在童年是属于条件反射，现在是属于珍惜，十八岁以来，多年待着的城市不曾见到星辰，天空也常被雾霾笼罩，几乎是不见天日，我意识到多年前那看似平常的抬眼可见的星空如此珍贵。我喜欢在每天的傍晚和吃完晚饭后到屋顶上坐着，看星星，听钢琴曲，读书，或者围着屋顶的边缘慢慢走动，在屋顶中央跳舞，我坐着的时候像一块化石一样舒坦而踏实，像星群中某一颗星星一样自由而踏实。那种恒定的波澜不惊的自我感和踏实感，对一个曾被起伏的生活惊吓过的人来说是种鼓励和抚慰，但我明白人并非恒星，因此人向往恒星的心情变得格外真实可感。在屋顶中央跳舞时就像在银河中，星光在眼前随着旋转、跳跃、舞动而动起来。

后来我的母亲不再外出打工了，她终于可以不再像当年那样艰难和疲惫，不再饱受生活的拮据和煎熬。我内心深处认为她是热爱文学的，她的言语有时如此温柔和正确，如此朴素而优雅。她能读我的诗，甚至能给予我部分的指点，那种对语言的直觉连我也信服。她常常背着凳子坐在我身后，我写作，看星星，听音乐，阅读，她就在旁边陪着我，一语不发，有时我突然回头发现她站着或坐在我身后，微微笑着，她为了不打扰我竟然可以一直沉默着坐几个小时。

我问："妈妈你在干吗呀，去客厅看电视吧，屋顶有什么好玩的？"

她说："我陪着你呀，顺便看看星星呀。我刚刚还看到流星了，在那边。我还许愿了，就这样，把一个衣角卷起来打个结许了个愿。"

我看着她打着结的衣角感到无比惊奇，多少年了，我见过母亲看星星，但不知道她真的喜欢看星星，更不知道她还会对着流星许愿！

她那一刻的神情和语言一点儿也不像个农民，她这样的举动更像个诗人，像个艺术家！

在我的童年曾经历了许多的苦难，比现在多多了，贫穷窘迫天灾人祸经常发生，但我从没有感到真正的绝望，我一到内心悲伤无望的时候就在晚上看星星，还盼望天上掉下流星，因为我需要对着流星许愿，愿星辰保佑我的家人。

星辰之美对一个脆弱的人来说，其实很具伤害性，那种美极其深刻和无限，有时我宁愿接受些粗糙的、简陋的、丑的事物，这符合我的心境，我是个内心过于柔软的人。我受不了美和善的过度震撼，我会激动，会哭。

因此我必须一个人看，这样我内心的变化所带来的表情和情绪才不需要担心被人看到。

我经常会在心里跟星星说话，因为我觉得星星知我心，对它们说话有时比写日记更能抒发我内心的感情。它们点缀或布满于黑夜的苍穹和灰暗的荒野，令人内心充满希望与想象。在我整个的童年，那些看似浅而幼稚的思索都与星空产生着重大的联系。

那是我精神的寄托。

六

在我并不漫长的美好童年中，星空一直如沉默的伙伴陪着我，那时我根本不知道什么是霾。我忘记了是什么时候注意到这个字，那应该远在我童年之外了。在我出生直到少年，直到出了山，才知道这个世界还有个大字叫"霾"，还如此坚硬而可怕地霸占了曾经干净的天空和大地，我跟他人说，在我的家乡，不要说白天，就是黑夜，在晴朗的黑夜都可以看见天空中的云层，因为有月光和星辰，哪怕下雨天，雨一停，天地就变得清朗明亮。

十七岁那年，当我离开连绵的群山到达城市，我并没预感到我已经长久或永远告别那能在任何时候给予我内心慰藉的高远美好的星空。在这之前我一直认为大地上任何地方的星空都存在并璀璨着，只是因情感投射的不同与故乡略有出入。

我并不知道不是在任何城市都能看到那样的星空，我已经多年不见那么清朗的灿烂的静谧美好的星辰了，我不知道在一座发达而繁华的城市，一座只要有金钱就能买到任何商品的城市，一个看似应有尽有的城市，看上去如此纷繁错杂高厦鳞次栉比的城市，却唯独找不到我要的星辰。在它的上空呈现出如此彻底的匮乏和贫瘠，它的上空有什么呢？雾霾，一片庞大又结实的灰或黑色的空洞。从那什么也看不见的视觉中，我时常感觉到压抑和孤独，我拥有无数大地上的朋友，却无法拥有天空的朋友。这种近乎悲凉的失衡令人沮丧。

古往今来，我们人类是否曾有过这样昏暗阴霾的天空？是否曾有如此众多的人长久地面对灰暗而糟糕的星空？人无法知道未来之事，哪怕可以预测也是无用的预测，因为预测并不是感同身受。我们的星空未来会是什么样子？

我不知道在未来人生中这种对星辰的感情将会遭遇怎样更大的挫折，我们的天空在眼睛中会呈现什么样子，我只相信我的星辰永远在那里，它足够遥远永恒，在我记忆中，你们无法伤害。

春去秋来乾坤变幻，无论你何时何地仰望天空，星辰永远在那里。它永恒不变。

是的，如果让我举例这世上无论在任何时候任何地方对待你都始终如一永恒不变的事物，我首先会想到星辰，其次是爱。

《西部》2016 年第 4 期

手卷和散帖

冯 杰

驿 马

铁驴，铜骡，纸糊的马。

——北中原民谚

结尾或引子（可略去不读）

在时光隧道里，穿行着许多匹驿马，它们飘起的鬃尾擦着时间，让时间的碎块簌簌落下，发出青铜或金石之声．驿马从甲到乙，从 A 到 B，从乡村到城市，从开始到结束，从生命到死亡。用嗒嗒的马蹄去剥开一层层时间的皮肤，一匹匹，缩成夜空流星或晚秋落叶。

世上所有的驿马最后都消失在一管浅浅芦苇里。让时间溶化。

我捡拾几块遗落的马蹄铁，有厚霜裹着，却依然散出新鲜气息。有的已成化石，贴耳，听到里面敲响一团散乱的嗒嗒蹄声。一个驿人，一匹驿马，在里面叫。

第一匹 白马 梅雨之后

我是自雨中启程。

自南方之南，在梅雨交织的季节。我的白鬃与雨水，让整个南方如披一面蓑衣开始飞翔。驿吏带着圣旨和秘籍，把一方精致的竹篓放在我的背上。然后，贴上三根染色的鸡翎，封好火漆。这可是十万火急的符号，从驿吏那里我知道，只有告急时才使用这样的符号。一根是一般，两根是紧急，而用三根则是八百里加急。

国家驿站共分陆驿、水驿、水陆驿兼办三种。全国有一千六百五十处。我只是其中之一。每个驿站都设有"急递铺"，每个铺里都有驿吏铺丁。一铺接一铺传递。昼夜四百，日行八百。

在月光或阳光里，我曾送过国家放入的许多机密，送过阳谋和阴谋。虎符，令箭，竹简，木牌。它们都代表一种巨大的象征与隐喻。如送辣椒代表遇到麻烦。送火药是告诉对方情势紧急，马上开战。送一块结晶的食盐说明困难已妥。今天送的是一方竹篾，这是国家的另一种机密。

照驿马的标准，每天须吃上好草料十斤，黄豆三斤，豌豆一斤，胡椒半两，拌细麸食盐，由驿吏伺候着。可别以为驿马是如此滋润，远远没有野马自由。我来自西域，我梦里也思念苜蓿草在大地勃动的姿势。无边无际的苜蓿啊，吐露青嫩与乳牙。一吸鼻子，我就在梦里怅然醒来。

我已到达下一个驿站。交换公文后，那方竹篾验过后又随下站的一匹青色驿马，沉入更青的月光深处。我可以返回马厩上一个中断的梦里，去回忆我的苜蓿香草了。

第二匹　青马　莲花

与我交替的是一匹南方的白马。

我眼睛为之一亮。这就是我梦里期待的那匹。那双眼睛温润，闪出温和之光，一见如故就是这种感觉。它的马语带有一种南方之韵，像被雨淋湿一般。

竹篾，在月光里像一块青玉。中午到达"莲花驿"。我的主人每次都准时到达莲花驿。准确得不错一炷香。看见一个素衣女子远远伫立那里。一袭单衣像朵风中莲花。

那女子对驿吏说，我都在此等了三年，还要我这样一直待下去吗？

驿吏的鞭抖落下来。他没料到事情会是这样，口中喃喃道：本来是一句话吗？那朵莲花咬出血了。驿吏却把那方竹篾在我背上按按，然后，挥起马鞭，又要启程。

前面就是栈道，峭壁尽头，那一颗冰冷的寒星如一枚棋子，斜斜地悬挂在我的额头。驿吏急急往我后背加了一鞭，我无意往后一望，背后，仍有一枝莲花。

第三匹　黑马　蓑衣

我是国家的传递者，因为及时到位，使国家黏合而不碎落，京城要立塑像应立几匹驿马，"昭陵六骏"应换成"驿站六马"才对。只是我们死在驿道上，瘦成白骨，那六匹马死在皇帝边，进入了浮雕。

一同上路的驿吏一路默默无言。他腰下挎一把刀，认出那是把好刀，刃上走风。一个劲儿催我前行，四蹄生风，脚下踩着一棵棵苍耳、红蓼、飞蓬、青蒿。听到它们被踩疼得叫唤。

转眼进入山道，隐隐听到一只箫在吹，和其他驿马不同，我是音乐之马，曾在京城教坊里待过，我听到这是《十面埋伏》。此曲多荡漾京城灯红酒绿之中，如何散落民间？

听到松针一羽羽正在落下，溅落起阳光。忽然，松林里跳出一个戴蓑的黑衣人，我在京城说书场上知道，那是侠客。

"大胆！敢劫国家驿马。"驿吏拔出腰刀。

"看看此物，就知道三年前所约。"戴蓑之侠用长剑挑给驿吏一个匣子。

驿吏失色，披蓑侠像只刺猬，唰地削断我的一束马尾，钉在树上，驿吏在我后背加上一鞭，我四蹄生风，一气跑到下个驿站。

驿吏摸一下我后背竹筐，重物还在，才长舒口气。

第四匹　棕马　驿壁

过了端午，我在这个驿站已满三年啦。

要接替的那一匹驿马还没来，这时，我看到驿路上穿行着一个人，宽衣长带，这种人经常在这里出现，大都是京城失意者。

驿吏也有诗人情怀，能在自己驿站见到心仰的文化盟主，令他兴奋。非要缠着诗人写一首诗留下。诗人被缠得没法，说"我是新文化运动倡导者，就写自由体吧"。便提笔在驿壁上龙飞凤舞一首"原生态"诗：八月十五驿门开，大 XX 小 XX 端上来，狗 XX 细，猫 XX 短，马 XX 长得能刷碗。

驿吏喝一口酒连声喝彩，好诗！哈哈，在赞扬我，调侃，颠覆，还说我能刷碗。

就想起前一年，也有个诗人从这里路过，一脸的黄昏都倾泻在他深深的皱纹里。诗人皱着眉，在这里写过《三吏》，消失在驿道尽头，缩成一枚飘落的枯叶。

这时，驿道上滚来一团墨，是上驿的一匹黑马来了，我得替它。竹篓怎么那么轻？像眼前这位诗人的一句诗。我开始上路。

一路想着刷碗的事，蹄子踩着一颗铁蒺藜，我一下子跌倒在地，驿吏一声惊叫，却没忘记扶一把我背上那方竹篓，那是我和驿吏的命，坚持到下个驿站，我就可以刷碗了。

第五匹　褐马　时间之外

我接的是蹄子有点瘸的那个伙计，别看腿瘸，在我交接的时候，看到我，停止咀嚼，又看着我的胯骨，一脸坏笑。

作为一匹驿马，一直往前跑，总有一天能跑回故乡，回乡的方式并不是只靠方向，还靠时间，时间够了，就到达目的地，驿马之路永远是归乡的小道。

我和所有的驿马一样，都是来自西域，不同的是，我一直想念故乡的气息，马的生命里也充满不可捉摸的偶然性，我被限制在这种轨道里无法超越，驿马跑得再快，也跑不过更快的时间，我最终也将消失在时间深处，在时间里，前头永远飘着自己雪白的马骨，像海中的雪珊瑚漂浮，一个人也像驿站的马，永远都在途中，落后在时间之外。

你所看到的只是时间摇摆的钟，而不是我背后高扬的鬃。

第六匹　红马　荔枝荔枝我爱你

我是最后一名驿马，踏上京城青石。驿马所梦想的也就是此时。铃声叮当，碎落青石之上，穿越京城大道时，僧侣、士官、尼姑、胡商，纷纷驻足让道，有的兵士远远为我行礼。

果然是京城，气势恢宏的局面是我在寂寞驿道上无法想到的，高楼耸立，市廛贾区，鳞次栉比，各抱地势，钩心斗角，可仰视，还可鸟瞰。

我来到皇宫的马厩里，驿吏把我背上的那个竹篓捧下，验了火漆，交了公文。驿吏长叹口气："我终于能上翠华楼里，那里有个胡伎会扭露脐舞。"

我也有三天休息时间，可以在京城吃到来自西域的干苜蓿。七千里路，用时七天，日行千里。用驿马十四匹，累伤三匹，累死一匹，跌伤二匹，寄存一匹。

临离开京城前夜，吃苜蓿叶能吃醉！从一个惹事的诗人那里，我闻到一个关于驿站关于驿马的秘密：一路与我同行的竹篓里，装的只是熟透的荔枝。

大帝国的皇帝打开时，颗颗如玛瑙，新鲜如初，上面沾着欲坠的露珠，像我们驿马的透明精液……

乌鸦口语词典

> 周围，二十座雪山
> 唯一动弹的
> 是黑鸟的眼睛
>
> ——史蒂文斯

宫　寒暄

哇，哇——哇——哇，哇——在我的乡村版乌鸦口语记录中，这是最常听到的声音。寒暄，是北中原乌鸦使用最多的口语之一。在人类的喉音牙音舌音齿音唇音五音之中，喉音近似乌鸦的喉音。一个乌鸦站在树梢对另一只树上的乌鸦发出信息。此语调特征是声音浑厚，中间有短暂停顿。接着，再发出另一声音，是两个相同的单词，相当于我平时写文章用的顿号，或情人电话中间的"嗯""啊"。元曲的"枯藤，老树，昏鸦"是最佳的寒暄写照，元代的乌鸦最会聊天。徐悲鸿早年画的彩墨乌鸦《四喜图》(我经常与鹊混淆)，实际上就是一幅近距离的《寒暄图》。双方在宣纸上拱手道好，若两岸对话。

口语是有时代色彩的。后来，两只乌鸦再见面，会先问好：吃过否？喝汤否？

可想而知，乌鸦在饥荒年代，一定有对历史时光深刻的记忆。口语的声音之上也有时光的印痕。宋代曾有"唱喏"习惯，《水浒》里多有"唱个肥喏"。宋代的乌鸦大都会"唱喏"。而今天我们退化成 OK。

再以后，两只乌鸦见面，开始这样问：离婚否？

再以后。上网否？持卡否？博客否？出散文集否？

信息太快，再以后你就该去问乌鸦……

石涛一向主张笔墨当随时代，就是说墨汁得随着风向跑，而乌鸦的口语亦当随时代。

商　闲聊

我在乡村大地上考察过乌鸦的口语，通过录音、记录、分类、比较，得出这才是最常用的一种。此口语唯一特征就是"啰唆"，近似政府公文报告。在秋后大地之上，无数乌鸦在聒噪，相当于人类当下创造的一个聒噪世界。聒噪博大深奥，奥妙无穷。

对于鸟，人或者鸟人来说，这是一个闲聊时代。学科上有青铜时代，白银时代，到黑铁时代，然后就是今天的闲聊时代。"不说无聊之事，何以遣有涯人生？"这就是闲聊的魅力与其博大妙处。世上的女乌鸦和男乌鸦都同有这一嗜好。如同我这变相的乌鸦志。

秋忙过后。农闲之时。阳光像花朵一样在大地之上一览无余地开放。乌鸦们成双成对，或三五成群，开始闲聊。一派和谐的景象。其实所有的鸟都知道：鸟生如梦，何不闲聊？

在乌鸦的口语世界中，闲聊已几近神聊。因为神聊，能进入忘我之境而忘记周围的事物，同时也失去了警惕和戒心(其实乌鸦的肉是酸的，并不好吃，连我们北中原乡村的猫都不屑与乌鸦打交道)。

我没有考察过其他鸟类(其他鸟声可能也有自己独有的规律)，在五年的时间里，我只记录了乌鸦的方言，知道乌鸦与人类互相感染，通感，一样聪明。和人类唯一不同的一点是：乌鸦不是一边嗑瓜子一边闲聊。乌鸦不看晚报。

　　我比较过，它们在闲聊时，城市乌鸦的口语和郊区乡村乌鸦的口语是不一样的，仔细对比，竟让我有点儿发笑：城市乌鸦的口语显得急躁，有点儿不安，急于匆忙表达；乡村乌鸦的口语相应低调，温和一点。像方言，有地域关系的划分。口语也受着环境的影响。莫非城市的乌鸦有前瞻性，也议论环保和大气臭氧层？

　　那一天，听着风中乌鸦的口语穿过，我坐在田间地头，便假设：一只乡村的乌鸦来到城市，面对汹涌而来的统一的普通话，它的方言土语该是如何表达？乡下的乌鸦一定口吃，腼腆，黑脸膛发红。

　　我知道，语言有着霸权性，也欺小。人能使方言伟大。在荧屏之上，大人物们永远从容地在讲他们的方言和口语，旁若无人。小人物得讲普通话，便于人听懂。

角　嘲笑

　　表达嘲笑的只有一个单词：哇！哇！

　　乌鸦的基本口语之一。

　　一只乌鸦在别的乌鸦衔食漏掉之后，在别的乌鸦被狗撵之后，在捉虫子不小心跌足之时，会用这一口语表达心情。声音与寒暄大致一样，声音较短促，显得兴奋，还有一丝得意。在乌鸦口语词典中，它使用的时机和环境相连。

　　有一年下雪，大约三尺深，比小便洞都深。我出门时扑通一声滑倒，忽然听到枝头一只乌鸦发出哇的一声，我知道那一定不是问好。我这时竟想到鲁迅小说的结尾，就有乌鸦的一声啼叫。乌鸦在嘲笑整个人类。

　　对于乌鸦来说，嘲笑是释放压力的手段之一。乌鸦只会嘲笑别的乌鸦，它永远不会自嘲，这一点，乌鸦就不如人略显高明一筹。

徵　谩骂

　　一个人一生中如果不找点谩骂之事，就好像好日子里没有高潮一样，晚年自传订数会有下降。必须有阶级斗争。尤其是文人与政客，历史上不记录一些风花雪月的琐事，就等于一生白活。一只乌鸦也有同样的感觉，每一只乌鸦都有事业心和使命感。一只乌鸦的寿命一般五年左右，英年早逝的不说，已是高寿的乌鸦则老骥伏枥，志在千里：均想指点江山，安邦济世。于是，一只乌鸦与另一只乌鸦对骂是乌鸦生活之中的自然快事。像文坛政坛鸿篇巨论的一来一往，显得有作为。而有作为的乌鸦大都有一副有为的嘴巴，习惯叫乌鸦嘴。

　　乌鸦的谩骂是要找场合的，田间不行，地头不行，时代背景显得不空旷辽阔。时势造乌鸦。这种口语的表达一般在饱食之后，适合站在方圆十里都能看到的最高树梢来表达。适合站在城市的最高楼之顶。实际上是两个村的乌鸦最善谩骂，它们各自站在自家的村头。以农村包围城市。

也有站在纸上的，不过那是另类乌鸦。近似知识分子。八大山人用一泊水墨养的几只乌鸦，也是纸上的另一种非口语式谩骂。我扯远了。

哇哇哇，哇哇哇。三个口语并列。是三只带动词飞翔的乌鸦。

羽　争论

与谩骂口语的风格大致相同。但显得短促激烈。

乌坛自然也有主流与非主流之分。一只乌鸦争论不起来，一只乌鸦只会独立觅食，思考，冥想。两只以上乌鸦才会产生意识形态方面的问题。五年一届，我在村中一棵大杨树周围观察过数群乌鸦的争论，有时它们是力量对等时才争论，必须百花齐放，百家争鸣。这种大规模的活动对于争论双方，充满着热烈性，持久性；对于一边的旁观者，也有浓厚的可观性。

有时争论的情景则是一只乌鸦对四五只乌鸦，这种状况的结果悬念不大，我在田野只见过三次。最后一定是大打出手。拥有真理的乌鸦落荒而逃。

第二天，我早早起来，还想继续观察，太阳已经照常升起来，太阳每天都是新的。官应老病休。那一只落魄的乌鸦迟迟没有露面。可能在出席另外的会议。

五音之外　抱怨

抱怨是常有的。如人间层出不穷的冤案。

在乌鸦的生活中，抱怨多数在做好事被误解的情况下。如衔一块好肉送给另一只乌鸦被认为是过期的腐肉，往一只瓶子里丢石头被认为是想喝水耍小聪明，更怕的是送肉给女乌鸦被别的乌鸦视为调情和性骚扰，等等。最大的误解则是人类说乌鸦的鸣叫是不祥之声；好心未必好报，这些都是可制造出抱怨口语的前提。

一般是只有独只乌鸦在抱怨，很少有两只乌鸦的。营党结社的乌鸦顾不上。这有点像闺中怨妇，姿态很低。怨妇词的产生多与孤独的乌鸦有关。唐宋明清，在不少画卷里，我看到一只乌鸦在无边的哀怨里低低飞翔，大于落款。

五音之外　警告

面对腐败的乌鸦，面对错误的乌鸦，哇！哇哇！哇！声音比较激烈。两边是单词，中间连贯。多是在一群乌鸦对单只乌鸦的情况下发生。大有党同伐异之势。

有一次，我把录下的乌鸦之声放给一位音乐家听，这位朋友听到后点头，赞许说：

听懂了，听懂了，你这是四季刮风的声音吧？

还是五音之外　歌唱

世上的乌鸦最终要回到歌唱。

张继的"月落乌啼霜满天"就是说的乌鸦在歌唱。月光小夜曲的前奏，不，是狂欢之夜的前奏。一只歌唱的乌鸦超越一座寒山寺。

乌鸦是歌唱大地与黑暗的歌手，它们歌唱黄昏与大地，咏叹子夜。这是乌鸦最欢快的口语，且使用频率最多。一只乌鸦一天平均要发出五百次叫声，而歌唱之声则占三百次靠上。占比在60%还强。

有一年，我在内蒙古昔日皇家围场的一片大草泽上发呆，夕阳西下，看到成千上万只乌鸦在歌唱，像一团团黄昏的泼墨落下，溅起无数朵黑色的荷花。这是雄壮的大地合唱团，壮观之中让我还有一丝感动。这是大地黑色的歌手，尽情抒情的乡村大地歌手。我就往前走，想接近融入它们，我前行，它们却后退，我前行一米，它们后退三尺，我进一尺，它们退十寸。在最欢乐的时候，乌鸦也不忘防备人类。

我奇怪：著名的奥地利音乐会，为什么不引进中国乌鸦，让乌鸦与人类一同尽情同声歌唱呢？

曲终　叹息

乌鸦是黑的。

水做的一条绳

——读井记

井水，没有骨头

现在，如果问孩子水从何而来，大多回答是来源于天上或大海、瓶装水或自来水公司，很少有人再知道"井"这一概念。两横两竖，再简单不过的一个汉字，就搭建一座井。在成千上万片甲骨文里，你即使不识字，也会从形状上第一眼认出。它幽静深邃，沉默不语。不分白天黑夜，它都垂落下飞鸟、麦田、云朵、月光、鸟鸣和树木的影子。井水把大地上的事情接纳，然后照自己的方式稀释解读。

一个没有井的村子和城市是不可想象的，就像一个人没有血管。一口井，它是水做的，没有骨头，却支撑着一个村庄，支撑一座城市，甚至说支撑一个国家。

井面清澈，映照世间喜怒哀乐、人间聚散离合。井还是一条通往地心的草绳。将一眼井深挖下去，通过这条水做的草绳，能抵达地心，你会听到大地肺腑的呼吸之声。一如神赐。

坐井观史

井与天空与大地与人密切相关，天上有以井命名的星宿，地下有以井命名的十二经脉，每一个人都携井穴而行，身上水声涟漪。人们像形容人来形容井，用量词"口"。井还是一个村庄的眼睛，井的量词在我们那里又用"眼"来装饰，不说一口井，而说一眼井。它是乡村之美目。

故乡井名目繁多：老井、双眼井、鸳鸯井、三眼井、梨花井。单听那些好名字就想跳。通过一口井可以穿越历史，有一年我到江南歙县，在一民居闲聊，主人说他家平时吃水的井是明代的，让我心生羡慕，那是和董其昌李自成陈圆圆喝的一个年代的水。可写字，可造反，可撒娇。我尝一口明代水，晚上肚子就开始造反。在开封，我从一条叫三眼井的胡同穿过，主人说有一口宋代井，我就喝上一碗井水，恍惚间，与苏东坡或李师师打个照面。

我少年时代生活的黄河大堤小镇，只有一口独眼井，叫大笨井，青砖垒砌。它日夜望天，独有情深。父亲挑着沉沉的柏木桶去担水，供母亲洗衣，做饭，每天要来回担四五趟，木桶里摇荡着灰暗的天空，颠覆着倾斜的飞鸟。那副柏木水桶后来闲置不用，我在里面种萱草花。母亲去世，萱花上流淌水声。痖弦先生有一年寄明信片，上书：萱草是中国的母亲花。

井在北中原有四千年历史，姥爷说，天下最早那一口井是"黄帝穿井"。《滑县志》载，滑之韦城，舜时有豢龙井，专门供龙饮水。养龙不同养猪养猫，龙这东西更挑剔，不饮可口可乐，只饮井水。我故乡井水口感甘洌。

全村里对井充满敬畏，我姥爷每到春节，给牲口棚贴上"槽头兴旺"春联，还要给村里井边那棵槐树贴上"龙王吐泉""清水长流"。正月十五早上，姥爷要围着那口井转圈，嘴里喃喃有词"转转井，不腰疼"。井专治腰肌劳损，成乡村液体的药引。有一年打井，让我姥爷写井铭。"泽披全村，金井梧桐，汲之不尽，惠之无穷。"

姥姥不许我们从井上跨过，说，跨井减寿。过去有个县长把马在井边饲养，粪尿流于井里，后来养马者和马都瞎了。井水不可亵渎。小时每当我害眼病，姥姥就取村里井水让我擦眼，感觉顿时清凉。夏天怕食物腐坏，姥爷用一个箩筐悬空井壁，第二天再取出。井成了童年时代的天然冰箱。姥爷还说梦见井水大涨，是将拜相的喜兆。可是有一年我尿炕，怎么也梦见掉井里，井水也是大涨？

乡村再洁身自爱的水井，里面也要漂浮两三只身如苔色的蛤蟆，水桶下去，蛤蟆匆匆躲避水下，看着空中飞翔的吊桶。蛤蟆知道，世上所有的水桶都是匆匆过客，只有自己才是井底永恒的主人。井底虽小，可以观天。

井边的青苔

井还有五官，井边青苔是井的眉毛。

最有耐心的是井壁那些贴着水面的青苔，青苔顺着井壁向上爬到井沿，然后，谦卑地伏贴，倾听大地上的事情。井的故事青苔知道一半，另一半沉入井底。

因对井奉若神明，就有许多关于井的忌讳：忌在井边磨刀，怕惊动水神或龙王；忌在井畔种桃，桃避邪驱鬼，桃花落入井中，岂不有诬陷龙王明主之嫌？姥爷说井有神奇之能，上通天地，下达黄泉。发卡、分币等小物品掉入井中是不祥之兆。取水的器物被打碎或掉入井里也属不祥，可是从我记事起，家里水罐大都是在井边碰碎的。只有一方陶罐例外，是二大爷两口子吵架摔碎的。

我们村打井，一直奉行古法选址。水源决定水的甜苦。一叫气试法：看上面有无水汽。二是盘试法：掘地三尺，置一铜盘，盘上盖草，放在离地一两寸的木架上，看盘底是否滴水。有时也置一方陶缶来试。三是火试法：燃火，烟气上升，婉转曲折，则有水。以上的道理都带着乡土元素。人们面目庄重。打井淘井时，禁止女人靠前。二大爷说过：会冲撞神明，打的是瞎井，即使出水，也是苦的。

每年定期淘井，会让我兴奋不已，除了意料中的淤泥，还有出淤泥而不染的铁桶、钢笔、钱币、马蹄铁，甚至子弹、手榴弹。简直打捞出一筐传奇。一方井里装着乡村黑夜的全部秘密。

有时水井还会成为超越苦难到达天堂的一条通道。有人投井自杀。但这是留骂名的。因为每跳一人都要淘一次井。直到认为晦气淘净，清澈见底。

少年时代的一天早晨，我还在梦里，街上一阵喧嚣，说公社书记跳到井里了。我跑去只看到井里漂浮着一块白色影像，像云彩沉底。全村淘了三天井。队长穿着黑雨靴，骂着，一边吸着"前进"牌香烟，一边要后退着下井。

有一年，一个寡妇在井边徘徊，为了喻示清白，用暗夜的一声"扑通"，来回答全村的污言。第二天，全村人看到井畔只有一双绣花鞋，整齐地摆在那里。鞋面上有一对刺绣的布谷在飞。

沉落在井里的语言

那么多方言口语都簌簌掉落井里。一口井储存多少语言、文字才可满盈？

"井中求火"被喻示为找错对象或愚昧不明事理。我以为这是禅意盎然，周梦蝶有诗"谁能于雪中取火，且铸火为雪"。井中求火亦一样能求到。"井底之蛙"喻见识浅陋之士，但那是独立王国，起码自己可以出书印报，发表言论。与井蛙谈海，犹如对牛弹琴，可没有禅心不能为之。"十五个吊桶打水——七上八下"讲的是人生悬空术，数学必须好。"井水不犯河水"喻示阶级立场。"担雪填井"则需要信仰和执着。我还看到余光中有本评论集，名字竟叫《井然有序》，恰是一口过滤文字的井。装有天空、自信、序言。

姥爷说："只有桶掉井里，没有井掉在桶里。"我少年时代逃课，竟听到阎婆惜在《水浒》里叫道"好呀，我只道吊桶落在井里，原来也有井落在吊桶里"。往下再揭一页，听扑通一声，果然，宋江就掉在《水浒》底上。这时，远方上课铃声响起。如一阵透明紧张的雨水。

少年时代，还学到另一个有"野狐禅风格"的文学公案：说李白那首名诗"床前明月光"里的床不是睡床，而是一口井，是"井床"。诗的背景是在室外而非屋内。我这样一想，豁然开朗，全诗就解释通了。过去总觉得李白在床头挖了一口井。夜半梦游或撒尿，岂不危险？

中国诗史上与井有关的诗汗牛充栋，我认为最好的井诗是一首打油诗："江上一笼统，井上一窟窿。黄狗身上白，白狗身上肿。"大地唯有井口不存雪，注视着雪，含情脉脉。

可见诗人后面必须有一口井做靠山。世上任何一位诗人都拥有一口属于自己的井，让他用一生时间能汲清澈的语言之水。无论杜甫、李白、白居易，无不是用一条条语言的绳子在"后园凿井银作床，金瓶素绠汲寒浆"。我还读到爱尔兰诗人希内的诗《自我的赫利孔山》："小时候，没有人能阻止我去看水井／还有那带桶的老抽水机和绞绳／我爱那深沉的黑暗。那陷在井中的天空，那／水草、真菌和潮湿苔藓的气味。"井让我找到证据：天下诗人小时候都在外祖母家看过水井。从那里吸取最早的灵气秉性，然后成诗。

世界有井无数，只有姥姥家的那口最甜。

井下天地大

人事如烟似水，只有井是固定的。《易经》有"改邑不改井"。井地、井水、井市、井邑、井陌、井肆、井屋、井栏……这些元素因井而生。我们村里有句话："有本事你不吃一口井里的水。"在有井的年代，"背井离乡"是一种最后绝望。在中国人意象里，井是家园的象征。那么多人为故乡一口井而厮守终生。万里归来，也仅仅为那一口漂浮在月光里的井。

有一年在洛阳遗址，我看到井成了明器，陪葬品里有一部陶井，包括井的全部构成：井壁，井栏，井亭。一个人死后的夙愿是要把井带在身边。

小时候读到陈子昂诗句"三军叶庆，万井相欢"，我不解，就问老师，回答："就是万井之蛙，日夜齐鸣。"三十年后还觉得情景壮观，气势恢宏，一口井放一只青蛙，就是一万只。不容易。后来方知古代制度是八家为井，三百步为里，曰井田。原来"万井相欢"相当于现在全民同庆，是在天安门广场或莫斯科红场上检阅陆海空三军。

我们村里的那口井贯通江河，传说有一个人刻着名字的碗掉落井里，半年后，在五十里外的黄河找到。井有一种穿越时空隧道的魅力。我还知道，世上每口井下面都有一个通道，连着乡音。

村里中医孙半仙还把水视为一味中药，叫井华水。怕我认为空穴来风，让我看《本草纲目》"井水新汲，疗病，利人。平旦第一汲为井华水，其功极广"。我学书法时抄敦煌经文，抄到"人面欲得如花色，以井华水。女服七日，男服四日。"止笔，大惊：这不是可以美容吗？现代明星去韩国整容岂不是南辕北辙？后来看《蒋介石传》，委员长"丰功伟绩"皆忘，只记着他每天早上空腹喝一杯水，才有其长寿。

苏轼对井华水崇拜之极，称为"水中金"。陆游还写诗"金丹九转太多事，服水自可追飞仙"，最长寿的诗人和我的看法一样，最好的养生就是空腹饮井水，饮我故乡老井里的水。

我问姥爷王安石"爆竹声中一岁除，春风送暖入屠苏"里，屠苏为何物？答，就是井水酒。

井里的另类

一口井里面有时还住井的另类，井口管理不严，偷工减料时，譬如石板露缝，譬如环境恶化，里面就会住有井鬼。

井里的鬼五花八门，《史记》里说有人挖井得一动物，问孔子，老孔说是坟羊。以致后来井怪都穿着羊皮似的白衣，在井边走动、散步。像披着羊皮的狼，不断友好地邀人下井。宋人《夷坚志》里有个单方：黑豆可以治它们，"咒黑豆下井。怪乃绝不至"。我后来学物理课，分析豆属碱性，鬼一般体质属酸性，酸碱中和，鬼自然消失。但最怕的是怪鸟在井里做巢，明代有一个秀才属唯物主义者，不信，他借着酒劲，向井里扔石头，忽然有金雀自井里飞出，带着火焰，一下子就把知识分子的胡子烧个精光。

小时候，听姥爷讲，说有一人掘井，比通常多挖一丈还不见水，忽然听到下面有人语、鸡鸣，喧闹嘈杂，一如隔壁。于是停锹，不敢再挖。我在一边只喊可惜：如果再挖，那不就可以作地心旅行记？姥爷说，挖井有时能打到地脉。水涌出能把一个村庄淹没。

井绳·井史介入者

和一口井关系最近的就是井绳。井绳上通下达，一半可以传达井外面的信息，一半可以入井与水密语。井绳的身世是湿漉漉的，上面结满记事。无论出世和入世，井绳一身都是泪痕。最后都要瘦成一把月光。

确切地说，井绳不是井史的主题，它只是井的介入者。井绳与蛇有通感，我们故乡有谚："一朝被蛇咬，十年怕井绳。"这里说的是年老眼花或年少近视。出售花镜近视镜的商店可就此打广告：戴上此镜可以迅速分辨井绳与蛇。打一条井绳需要拧入麻、棕、方言、月光、闲言碎语。而造一条毒蛇则需要动用国家机器，仿生学，生物学。

井绳的雅称是"素绠"。李商隐把井绳雅称为丝，井边辘轳雅称玉虎，"金蟾啮锁烧香入，玉虎牵丝汲井回"，他是写人生怅惘。

一条完整的井绳打磨到最后的细瘦，需要时光、毅力、坚持，一条井绳的寿命长过百只瓦罐，有时还长过主人。一段井绳最后鞠躬尽瘁了，可以入井消失成纹，还可以飞走无影无踪。

泪眼干枯

现实里平均百人在折腾一口井，到现在，时光终于超越了井，短短十来年时间，人们废掉了井，宣告它的无用、滞后。从此大地布满枯井，它们最后像熬干的油灯，再也发不出亮光，许多井都睁着一个个干枯的眼睛，注视着天空，它知道，世上每一口井原本都是可以在天空飞翔的。

现代化的负面是消解资源，地面沉落，水源枯竭。大地上一口井无论前世多么幽深玄妙，最后结局都被土填平，被垃圾填平，被时间填平，被风填平，井上会长满蒿草和高过荒草的时间，大地归于平静。飞鸟掠过，不溅水影。

现在，无数纷至沓来的脚步，无数喧嚣豪华的车辆从上面走过。没有人知道，在十米、五十米地下，曾垂落过一条水做的绳子，一条清澈会说话的绳子，它一生透明，结满心事……

《花城》2016 年第 4 期

钓　鱼

塞　壬

　　古老的狩猎，让人着迷的是彼此陷入互猎的深渊。

一

　　父亲年纪大了，腿有风湿痛，踩不了单车去外面的湖钓鱼，他只好在家门口的池塘钓。这池塘原本是家里的菜地，很多年前父亲请人挖出了这块池塘，因为我说了句，喜欢门前有片荷塘这样的景致，父亲最初就没有养鱼，放藕进去，让它长成了一片荷塘。多少年后，父亲退休了，我在外面读书，继而离开家乡去了很远的城市，这池塘才真正养了鱼。从初春到深秋，父亲就在这池塘边把自己坐成一个孤寂的圆点，像一个坐标，醒目地标记记忆中村庄最初的那个点。他把钓到的鱼，从钩子上取下来，然后又随手扔进池塘。如果有人在这个时候跟他说，黄师傅，莫扔，舍给我么？父亲闻言，头也不抬，径直将鱼扔在那个人跟前。

　　人说，钓了放，放了再钓，这不是做无用功么？我微微一笑，也不辩，拿竿坐在父亲对面，直坐到日头偏西。这样的光景愈发地少了，我在广东，难得借休年假回一趟家。就这么坐在父亲对面，有鱼咬钩了，好大力，直把线往水深处拽，懒得提竿，任它咬。我一直定定地看着他，眼里满是泪花花了，父亲老了。时光从不说谎。他再也不是哼着歌子，敞着褂子，轻快地踩着单车载着我在暮色中穿过一个又一个村庄，一道又一道田埂的那个人了。忽然听见母亲喊我们吃饭，父女两个收了竿，空手进屋，我拧开水龙头让父亲先洗手，我后洗，饭桌上有鱼，两条红烧大板鲫。我们一家人爱吃鱼，但几乎不吃鲤鱼，不吃两斤以下的鲩鱼。鲤鱼似乎是具有神性的一种鱼，它跟很多传说有关，成精的、跳龙门的都是鲤鱼。我们用它来祭祖，或是让它出现在年夜饭的饭桌上，意喻年年有余的那个"鱼"。至于两斤以下的鲩鱼，在我们看来，它还只是鱼苗。这吃鱼也是有讲究的。比如做的时候切不可让一条鱼无头无尾。

我自幼经常随父亲四处钓鱼，休息日、暑假，从初春到深秋，从五岁到十五岁。当然，也有我与同伴一起去的时候。从偏僻的野塘子、私人承包的大湖到有大排闸发出巨大轰鸣、阴森寒凉的水库。我有玫瑰紫的脸蛋和唇，结实的屁股墩子，一头被风吹乱的长发，肉乎乎的小爪握着一根两节的竹钓竿，手掌黏腻腻的，它散发着已经干了的鱼腥味和蚯蚓血的腐臭，盯着浮标的大黑眼睛几乎不容他物入帘。我赤着脚，或者让它浸泡在水里，矮小的竹凳被我摇松了，它嘎吱作响。鱼腥味引来了苍蝇，这些苍蝇也会停在小腿几处被芦苇叶割破的伤口上。我有老练的坐钓姿势，小模样显得煞有介事、英武不凡。双膝放平，腰挺直，握竿的右手在前，左手在后，右拇指压着竿身，像架着一挺机关枪般优雅沉稳。父亲说，有这个姿势我是能坐稳的。让一个野惯的少女坐稳实在是一件不可思议的事情。父亲他不知道，就是这钓鱼让我学会了专注。现在想来，专注是一个人多么宝贵的特质啊。当然，在漫长的钓鱼时光中，父亲不知道的太多了，太多了，以至我偏离到另一个方向。我读懂了"饵"这种东西，还有陷阱，以及那些拨开层层烟雾背后的真实信息。比如，那条从父亲手中逃走多次的大青鱼最终被我钓到了。我用几只翠绿的蝗虫肉钓到的，尽管当时我虚伪地笑称是运气好，还确信是因为识破了那条大青鱼频频释放的烟幕弹。但很多年之后，我才真正了解父亲，那种淡然、从容，他对小伎俩、小聪明不屑一顾。

我的父亲在钓鱼这个事件上，已经抵达某种禅境。他从来都心静如水，即使是等候已久的大鱼出水的那一刹那。以他的纯良与智慧，他从未将钓鱼应用于人生当中。毕竟，我们都知道钓鱼最本质的行为是欺骗。可是，年少的我，对猎物本身的获取有着太大的热情，处心积虑，步步为营。他常常笑我，眼里却是满含深意的勉励："你提竿早了，要沉住气。"多年后，我托朋友在日本为他买的碳素台竿，他似乎只用过一两次，母亲告诉我，他只是拿去向钓友们炫耀那是女儿买给他的。我听了鼻酸。父亲老了，钓鱼沦为他打发时光的游戏。他从来都不在乎鱼，钓鱼于他，已然失去了狩猎最本质的意义。

父亲和我，都特别瞧不起电鱼，炸鱼，以及网鱼。赤裸、直接、粗暴。在我们看来，这是屠杀。水面突然出现一片银白，皆肚皮朝上，周遭无一幸免。他们只是要鱼。

有的时候，直到下午太阳渐渐偏西，我和父亲依然一无所获。"听说前两天有人拿炸药炸了的，鱼都受惊了，恐怕不会上钩。"父亲淡淡地说着，又望望弱下去的日光，他开始收竿，准备收拾行头回家。而我岿然不动，父亲看了我一眼，把饵料留下，扔了句，别太晚，就一个人走了。我家的饵料是自己做的，把蚕豆炒熟，磨成细粉，掺上糠麸，再拌上白酒，压紧，装在一个大搪瓷缸子里，用的时候抠出一团，捏成球，然后扔向浮标附近的位置。我把最后的饵料甩向湖面，那一瞬间，我仿佛看见水下的鱼群闻着香味儿在向鱼钩上面的蚯蚓靠近。不，我深信是这样。

这就是我跟父亲的区别，我不认为徒劳是毫无意义的。虽然我的动机不排除在他一无所获之后我怀有实现奇迹的野心。虽然最终在伸手不见五指的夜色中，我也一无所获，只得收竿。但是，在那等待的每一分钟，每一秒钟里，我是怀揣着希望的，对下一秒满怀期待，深信很快就会出现那激动人心的一刻。我因此还虚构了水下世界争先恐后的画面，鱼群为了要上钩相互排挤。我甚至虚构了一条大青鱼，它拥有与我不相上下的智慧，它围着蚯蚓饵打转，它在试探我。因为感应到它的存在，我握竿的手仿佛一直有电流接通——它一直紧连着心脏，我的心跳得如此有力、清晰，以至我有点慌乱，为了使它相信虫子是活的，我还有意识地拽动了几下鱼线，就在下一秒，那条大青鱼就会中计。我的目光几乎把浮标点着了。在那样一段时光里，我的肉身消失，唯一的意念系着那根竿，与一条虚构的鱼博弈，我的激情，还有那不可思议的幻觉让我深深着迷。谁能说那种极致的愉悦是虚构的呢？

渐渐地，我不再因为两手空空地回家就满怀遗憾。父亲不知道这其中的秘密。在徒劳的等待中，我似乎发现了一个陌生的自我，我喜欢她。钓鱼，自始至终，我也许仅仅迷恋的是遭遇那样的自己。奇怪的是，那个时候，我对我是一个女孩，我应该知书达理，应该是一个淑女，应该美……这些东西毫无意识。我能熟练地把蚯蚓拍扁，把它穿进鱼钩，如果钓到的是甲鱼，我能迅速地把鱼钩从它的嘴里取出来，我不怕蛇，时常坐在水边生吃螃蟹，把田螺一个一个摸上来，然后把它们扔在岸边，让烈日活活把它们晒死。

在十五岁那年夏天的一个下午，我决定不再钓鱼。那是中考结束的暑假，我就是以一幅令人羞耻的模样出现在一个男孩的面前。玫瑰紫的脸蛋和唇，头发蓬乱，褪色的工装改制的无袖衫，那黑黑的胖膀子裸露在外面。我赤着脚，裤腿卷到膝盖，脚丫子都是泥，小腿肚上有几处伤口，几只嗡嗡的苍蝇围着我打转。我并不知道父亲的朋友会赶到这么偏僻的野塘子来见他。父亲喊我的时候，我就毫无防备地站在了那个男孩面前，并把身体那股浓烈的腥气带给了他，我说的腥气并非仅指的是鱼腥，而是我自己，那种无法遮掩的野生腥气——我的身体，每一个毛孔都在呼吸、吐纳、生长。而他，有一张苍白虚弱的脸，嘴角略带笑意，一双安静的、看世界不奇不怪的大眼睛，仿佛一切都不在他的意料之外。这双眼睛里，有我从未企及的世界。干净的贴着头皮的短发呈现出他好看的头颅弧度，那种难以言表的高贵数学比例。他那天穿了件白色长袖衬衫，袖口扎得紧紧实实，牛仔裤，棕皮凉鞋是穿了袜子的。手里卷着一本杂志。他走动，衣裳晃荡他瘦弱的肢体。他站在离我不远的木棚子旁边，一起来的还有三五个人，他们都在木棚子旁边说着话。可是因为他站在那里的缘故，周遭仿佛被施了魔法，风也止了，湖面、脚下的土地归于一片宁静。所有的声音都被吸走了。这个少年，他存在于我的世界之外。

父亲向我介绍了他的朋友，以及这位少年——他朋友的儿子。他向我伸手问好，我注意到那白皙细长的手上面蓝色的脉络。一阵淡淡的麝香味飘过来，他向我微微扬起唇角，目光恳切，我感受到被鼓舞的力量。然而我依旧瑟缩着手，往后退。大人们都笑了，我无地自容，恨不能钻地缝。我一定是被某种东西羞辱了。虽然我说不出它是什么，但它是公开的，且无处躲藏。我立即找到了一样东西来掩饰：愤怒。太有效了，我突然对着他大吼：你们把鱼全吓跑了！有一种东西在我内心深处醒来，就在那一瞬间我告别了成长的混沌时期。

这一见，终止了我少女时代的钓鱼生涯。我开始拿起了书，阅读，画画，不晒太阳，穿泡泡袖连衣裙，穿丝袜，洒花露水。我居然就此一头扎进了书里，深陷其中，任时光在身上飞驰。当某天我从书房走出来，看到眼前依然坐钓如同塑像一般的父亲，回首往事。啊，当时的野少女在面对那个斯文白净的家伙时实在是没有必要感到羞愧啊，野少女难道不应该是更胜一筹吗？我被所谓的文化、教养洗礼之后，才真正明白我已然远离了一种极为珍贵的美和品质。

二

我在钓鱼中学会了沉潜，在持久的耐性中保持激情并跳出肉身，于无人之境进入另一个精神的维度。我发现，女人是天生的钓者，她们无师自通地懂得了"饵"，更可怕的是，她们以自身为饵，去垂钓命运，她们把人生拴在男人身上，以押宝的方式去赌那个目标猎物能够带给她们幸福。你看，"物色"这两个字，"钓得金龟婿"这个说法。我也身在其中，把自己变得优秀，潜意识里，究其根本还是为了获得更高的筹码，进入有更大猎物的视野。然而，人生不是钓鱼，毕竟，钓鱼除了征服之外还包含着欺骗，是一个陷阱。我不知道，最终钓到猎物的人是否得偿所愿，是否称心如意。

读高中、大学的时候，班里都会有那样一种女生，美貌，聪明，家境一般，但她们的父母却省吃俭用把她们供成公主。只有公主才有可能嫁给王子，或者可以走进王子的视野。那美丽的纤手伸出来，懒懒地晃一晃，幽幽说道，我妈不让我干家务，说是会做粗了手。读《红楼梦》、张爱玲和村上春树，吃西餐，听古典音乐，练瑜伽。她们熟悉所有世界名牌的标识和它们的故事，她们得体，善于微笑，听父母之命弹钢琴，学英语。文艺优雅，一颦一笑，身段婉转，说话的腔调，眉眼，性情皆有一个可以参照的成功范例。这样的美女最终会有一股浓浓的塑料气息，像流水线批量作业的成品。她们待价而沽，她们是名副其实的人生之"饵"。然而现实毫无戏剧性，我所相处的这类女生没有一个挣脱了那种预定的人生轨迹。她们全都走向了目标的钻石王老五。本来就是猎手，目标准确，难道还期待这里会有意外？

我对这样的女生丝毫没有批判的意思。因为没有谁规定嫁给有钱人就一定不是出于本心。忠于钱和忠于爱情，没有高尚与低俗之分。在"钓鱼"无处不在的人世间，更大的阴谋，更大的陷阱究其本质就是一场钓鱼。我身在其中，且并非别无选择。2004年，我经历了一场更大的人生羞辱，彻底告别了我的钓鱼人生。如果说少女时代的那次钓鱼经历让我蒙受来自文化、教养以及审美方面的羞辱，那么2004年的那一次钓鱼，让我看清了自己是一个什么样的人。同年底，我开始了写作。

那时我受聘担任一家时尚生活杂志的客户总监。啊，三十岁的客户总监，我大概有一张自作聪明的脸，还有一种让人心寒的所谓来自职场的冷漠与果断气息。我洒着香水，穿修身的职业套装，黑丝袜，擦明艳的玫红唇膏，整个人看上去有一种笃定，胜券在握的自负。杂志的营运靠的是广告，广告的效用靠的是发行量。然而，任何纸媒的发行量都是一个见不得光的秘密，说到广告的效用，那几乎是一个笑话。2004年，纸媒广告市场还没有像现在这样这么令人绝望。我的所谓营销策略无非是我在混迹低端媒体时所学到的一个骗局。其实非常简单。我疑惑的是，这么拙劣的一个局，总是会有人屡屡中招。我醉心于一次又一次的得手，觉得蠢人的世界太有意思了。

杂志广告最大的问题是本地大客户已放弃续签。只要能稳住大客户，就能保证杂志广告的可信度。我先让自己的业务员伪装成订货商用异省的座机打客户的订货热线，并声称有意去贵公司做一趟实地考察。当然这种电话不能打得太多，三五个即可，不然就会让对方起疑。其中一两个电话要声称是看了我们杂志上的产品广告。

紧接着，我们马上着手做订货商去厂家实地考察的事情。印名片。名片上的那个异省电话，我们预先设了一个女孩在那里接听，所有的说词她了然于心。我们是XXX贸易公司，专业分销商，负责供应零售终端。然后我会挑选出业务素质好、性格沉稳且有商务气质的男业务员组成一个三人的阵容，开上从外省朋友那里借来的大奔，径直开往厂家去实地考察产品。当然，领头的那个业务员也配上异地手机，他在跟厂家沟通的时候时不时地飚上几句英语，他还充分地了解市场上同类产品的定位、产品内涵以及广告策略，甚至，他还对这家公司的产品在某一区域的销售了如指掌。

专业，是保证计划不露破绽的基础。为此，我还罗列了一系列客户为了压价而抛出的产品不利市场销售的种种因素，并且还要好心地提醒厂家要记得根据市场的应变进行整改。做一个局，要让人彻底信服，除了专业，还要提供厂家认为很重要的市场信息。对，这个东西要做足。

这显然不是为了要达成这桩买卖。时隔半月，再换另一拨人炮制一次，基本上，厂家会对杂志广告的传播到位深信不疑。那么广告的续签就有很大的胜算。结果，我上任两个多月就稳住了四家大客户。我们老板的那张丑脸一直挂着难以置信的笑容，仿佛时刻准备发问：黄小姐，你是怎么做到的？我沉迷于这愚蠢的表演，看着那帮蠢货一个一个地上钩，快慰无比。

有一次是我带一个三人行的阵容去了一家工厂。我做的局，所以我应答如流，绝不会出错。然而当时我并没有代表老板，而是代表订货商那一方的业务经理去的。厂方接待我们的是他们的市场部经理，我们一起参观了工厂的厂房、车间，然后去看了企业的宣传录像，最后我们去了产品陈列室。接下来厂方安排的晚餐、卡拉OK都非常圆满，我对他们的产品赞不绝口，也深切认同他们的企业文化。我明确表示有合作的机会，下个月还会来拜访。

这位市场部经理姓张，工厂是家族式管理，他是老板的堂弟，四十多岁年纪。此人眼泡浮肿，目光混浊，一脸贪欲之相。第一次他用他滚烫的胖手紧握我的手半天不放，交流间，他言辞油滑，趣味低俗，但相当精明。第二次拜访我们就会直奔订货的主题，按照常规，我会以各种理由列出产品的劣势，最终婉转推掉，毕竟，我的目的是让他们相信广告传播的到位，而不是真正去订购他们的产品。

我做梦都没有想到我会陷入自身设计的困局中。这个意外的插曲让我不知所措，我陷入了某种慌乱，在一瞬间看清了自己。那天，那位姓张的市场部经理趁单独与我会谈之时，公然推给我一个鼓鼓的黑色皮包。说，黄小姐，按规矩，这是给你的回扣十万块，请你收下。我一下子蒙了，直愣愣地望着那个包包，完全想不出任何话来应对。这场戏怎么会有这样一个剧情呢？对方见我不作声，又加推出两叠捆扎好的百元币送到我跟前，说道，知道你会嫌少，黄小姐，明人不说暗话，只能这么多了。

我的内心戏从来就没有这么复杂过。我，这个叫黄红艳的女人，在进行了这么多次钓鱼行骗后，此次面对这么一大堆钱，居然完全没有拿了钱就玩消失的想法。太奇怪了，难道我所做的一切不是为了钱吗？我这是怎么啦？

　　然而，在那一刻，我非常清楚这笔钱必须收下，否则，这个姓张的经理一定会怀疑。在他历经的所有订货商中，绝对是没有人会拒绝回扣的。绝对没有。这就是圈内人不必说破的潜规则。如果我收下了钱，又不打算逃走，那我就得订他们家的货。可是，老天，我的真实身份只是一家杂志社的广告经理啊。我陷入了无法抉择的两难中。但我面上却带着尴尬的微笑，那微笑是在说，您这么直接，真叫人不好意思。大概是女人的微笑包含着多重的含义，我对面的男人居然站起身绕到我身后用他的双手抚着我肩膀，低首在我耳边说：黄小姐，我们太有缘分了，你说是不是啊……

　　我恶心得顿感到怒火涌向了太阳穴。然而这实在是一个绝妙的机会，我终于找到了一个摆脱困境的出口。我一下子站起了身，用力挣脱了他的双手，将满腔的怒火爆发出来：姓张的，你真不是东西！说完，我以一个受到侮辱的愤怒女人的样子顺利地逃离了现场，结束了那场会面。让那无耻的家伙悔恨去吧，是他自己毁掉了订单。我再一次用愤怒摆脱了困境。

　　回到公司的第一件事就是辞去这份工作。我看清了自己，在越陷越深的泥潭中，我首先要变成一个真正意义上的坏人。黑心、贪婪、无耻，没有底线。在仅限于游戏的层面上，我从来没有想过要成为那样一个人。我为自己那拙劣的营销游戏感到羞耻，我为什么要这样活着？

三

　　我开始长久地凝视自己，像凝视一个异类。在此之前，我对自己一无所知。也许，我会不断地感知真实的自己，我开始了书写，这样的书写类似于一种毫无意义的时光游戏。然而，在这样的书写中，我发现了一个全新的自我，热烈、多情、伤感，既脆弱又强大，既无畏又婉转，我很容易就快乐，很容易就流泪。我找到了一份整理图书的工作，每天上班打卡，吃食堂，下班骑电动车回家。我，和我整个生命都变得清澈如水。然而，我还是能够一眼看穿那样一种人，身陷自己做的局里沾沾自喜。本是池中物，自己也会沦为他人的猎物，不论输赢，他们首先要面对的是灵魂的异化。这是一场必败的人生游戏。即使是这样，我依然看到它遍地开花，无数人趋之若鹜，忽然发现，此时的我，虽不再是猎手，而已然也不再是猎物。我不禁打了一个寒战，魔眼瞬间与我对视：即使是邪恶的，互猎的博弈也有致死的诱惑。

四十年前的那条棉被

乔忠延

　　棉被事件的起初很让人恶心。

　　把恶心和棉被放在一起，实在是对棉被的亵渎。棉被何罪之有？事情已经过去四十多年了，我还真找不出棉被的任何过错。那一床棉被是新的，形容它的模样，我看《朝阳沟》里的唱词甚好：新里新表新棉花。表里如一的新，新透了。铺好了，人往里头一钻，贴身的绒和，入微的温暖。即使窗外大雪纷纷，檐前挂上百丈冰，也与自己无关。然而，若是寒冬没有棉被，那就惨了。蜷缩成一团，也止不住浑身颤抖，牙齿磕打。棉被是庄稼人家境宽裕的一种象征。在晋南乡下，棉被叫作被子，被字不发"被"的音，大家说的是"庇"。被子常覆盖在人的身上，就被乡亲们尊称为"庇苫"，大有上苍庇佑草民的意蕴。在农人眼里，棉被快要神化了。

　　但是，却因为发生了那么一件事，突然间棉被身价大跌，竟然和恶心这个下贱的词语厮混在了一起。

　　事情发生在 1968 年。回忆当时的情景，应该说像恶心这样的词语本来就不应有存身的地方。早在两年前，"文化大革命"一开始就大破"四旧"，大立四新。"破四旧"就是破除一切旧思想、旧文化、旧风俗、旧习惯，荡涤一切资产阶级的污泥浊水；立四新当然就是反其道而行之，树立新思想、新文化、新风俗、新习惯，建立一个红彤彤的新世界。这四新如何建立？就是用战无不胜的毛泽东思想占领一切阵地，首要的当然是武装头脑。具体的办法经过锤炼已经形成固定模式，即每日都办四件事。第一件事，首先敬祝伟大领袖毛主席万寿无疆！祝林副主席身体健康！第二件事，高唱："东方红，太阳升，中国出了个毛泽东，他为人民谋幸福，他是人民的大救星……"第三件事，学习一段最高指示，也就是毛主席语录，经常齐读的是像白求恩那样"做一个高尚的人，一个纯粹的人，一个脱离了低级趣味的人"。最后一件事是向毛主席行三鞠躬礼。这四件事办完了，工人才能上班，学生才能上课，农民才能下地。

办四件事不难，难在还要个场所。现在看来那场所也不复杂，就是竖立一座照壁，画上毛主席的光辉形象。可在那时的乡村这不是一件易事，要有钱买砖买灰垒照壁，还要有钱请人来画像，没有五六十块钱下不来。试想，每到年底分红，一个生产队几百口子人，也就是百八十块钱，这垒一个照壁等于踢踏众生一年辛辛苦苦的血汗光景，所以，我们那个队里迟迟没有动手。

这一来，人民公社的领导可急坏了，唯恐在政治上打了败仗，遭到批判，慌忙派人下来催办。所幸，催办的人很有头脑，一席话说得大家云开雾散，立马动了手。时光过去了四十余载，我还清楚记得他那精彩的动员。他说："过去敬神都有庙，敬了多少年咱还不都是穷光蛋？毛主席给咱分了地，分了房，还不比神仙强？不让你们建庙，盖个照壁，画个像还不应该？"大家都痛快地说，应该，应该。就干开了。

照壁盖成了，才发现画像比盖照壁还费钱。雇人画一平方尺少了一块一角钱人家不干，算下来就要近四十块钱。别看答应领导画像很痛快，真要花钱还是心疼。我就是这时候出场的。我读初中时上过几节图画课，见画像热火成风，就试着在纸上画了几张。众人知道了，就鼓动我站到了画像的脚手架上。这神圣而光荣的使命落在了我肩上，我当然不敢亵慢，一笔一笔精心描画，三天以后红光满面的领袖就高高冲着大伙儿笑了。于是，我们队里的男男女女，老老小小，都虔诚地朝着我笔下的领袖祝福鞠躬，然后再去下地。

我没有想到就是这神圣而光荣的使命，让我错过了见证把棉被和恶心捆绑在一起的事件。画完我们队里的像后，我成了红人，被请到附近的生产队去画。不是我的画技有多高，而是我不图挣钱，仅要些颜料费就行了。我在脚手架上忙碌着，我的乡亲就在我忙碌过后虔诚地礼拜，真诚地齐读语录："做一个高尚的人，一个纯粹的人，一个脱离了低级趣味的人。"这一切让我听到棉被事件后惊诧不已，甚至觉得破四旧任重道远，做一个脱离了低级趣味的人十分艰难。因为那棉被事件已经低级到令人恶心的地步。

事情是在秋深天凉时发生的。那日阴沉沉的，大伙儿都在山麓平田整地。广播上说学大寨干得热火朝天，你追我赶。从后来的实际情况猜想，这多少有些夸张，要真是那样就不会有棉被事件。

起因很简单，政治队长老关看见年轻的小六干得慢慢腾腾，就说："看你那少腰没胯的样子。"

这里要补述的是，为提高大家的思想觉悟，每个生产队不光有队长，还配备了管思想工作的政治队长。政治队长老关的话音一落，小六就反驳："你才少腰没胯的。"

政治队长说："不少东西就快干。"

小六打个哈欠说："夜黑里没睡好，没精神。"

政治队长说："没精神？咋，你和枕头摔跤啊！"

众人听得哈哈大笑。摔跤谁都知道，可放在这儿是两口子在炕上劳动的意思。小六二十好几了还打光棍，好不容易说下个媳妇，还因为缺被子少褥子，娶不过门。政治队长一嘲弄，小六不好意思了，赶紧解释："夜黑里冷醒了，你给我个被子，我保证好好干！"

政治队长瞪他一眼，说："我凭啥给你被子？"

小六说："那我凭啥好好干？"

事情若是到此为止，棉被也不至于和恶心有任何瓜葛。偏偏政治队长生气了，也就赌气地说："你吃我厕下的，我就给你个新被子。"

他是想镇住小六，不能丢了政治队长的权威。岂料，小六不是省油的灯，接口就说："你是说话，还是放屁？"

政治队长说："说话。"

小六说："说话算数吗？"

"算数！"

事情到这儿也还只是拌嘴，顶大也就是抬杠，最不该的是有人把棉被和钱绞在一疙瘩起哄："吃得，一条被子十几块钱哩！"

小六此时还没动心："你去吃！"

那人就说："我有被子，要不真敢吃！"

还有人说，哈呀，合算，吃泡屎顶干半年活。这话有煽动成分，说得却不假。那时，干一天活十分工，工值九分钱。就按一毛钱算，十天才一块钱，一百天才十块钱。十五块钱的被子买回来真要半年啊！何况即使有了这十五块钱，半年买回来也很困难，难在买布要有布证，每人每年才发一丈多，一条棉被有里有表，就得两丈四尺布证。一个人两年不穿新衣服才积攒得够啊！还有，即便攒够了棉布，里面还需要棉花啊，那时每年一个人顶多分二三两，一条被子少说也需要三斤，攒够又得几年。何其难，何其难！这就是小六晚上没有被子盖的根本原因。我不知道，当时小六想没想这么多，但是，他后来的行动完全证明他这样想了。要不说啥他也不会真把政治队长厕下的那泡屎给吃了。

恶心！

那条棉被就这样和恶心搅和在一起了。

的确恶心，凡听到的人，没有不说恶心的。那恶心的细节恕我不再叙述。我不叙述，不等于别人也不叙述，我就是在别人的叙述中知道这恶心事的。事情若是到这儿结束，小六虽然下贱，虽然受人鄙视，但乡村人常说，屎干不臭，过些日子也就会淡忘了。更何况，若是以史为鉴，吃屎的人小六不是头一个。查考历史，那个有名的越王勾践不是就吃过吴王夫差的屎么？不仅没有人鄙视勾践，还有人在我读过的史书里大肆赞赏。赞赏勾践吃屎是极为高明的手段，通过这个手段他获得了成功，打败了夫差。世人就是这般，从不轻视成功者的下贱，却鄙夷弱小者的过失。我则以为，在人格的天平上小六和勾践是相等的。勾践吃屎是手段，小六也是手段。只是目的不同，勾践是为了复国，像从前那样堂而皇之指画臣民；小六是为了有条棉被，夜里睡个囫囵觉。不能因为目标大小，来判断手段正确与否。小六若是挺进到时下这年头，那种为了成功不耻下贱的做派，肯定会如鱼得水，不谋到一官半职，至少也会弄个矿山挖挖，富得敢把棉被铺满盘山公路。

可惜恶心不是事情的结局，情节继续延展。小六吃了屎就要被子，政治队长却赖账不给。不给的原因很简单，自己也不富有，夜里是有被子盖，可那是旧的，补丁摞补丁，是生产队里诉苦会上说的那种旧社会苦大仇深的货色。倒是刚做过新的，是儿子成亲用的，已抱进了人家小两口的洞房。自己只能守着旧被子，给了就没了。小六夜里不蜷缩了，他就得蜷缩，就得白天上工没精神，那这个头儿还咋当？何况还是个政治队长！想想，的确不能给。其实，给，小六也不要。小六不要旧的，要新的。政治队长想赖，小六气得嚷叫，蹦跳。嚷叫、蹦跳也是白搭，天下的道理就是这般，只要是个头头儿，平民就斗不过去。偏偏那天在场的人都站在小六一边，替他说话。说话又能咋样？政治队长就是不给，谁敢到他家里去抢？

哪知，头头儿有头头儿的权势，草民有草民的法子。第二天打钟上工，没人去干活了，都说，不给棉被就不下地。政治队长说，这是胡搅蛮缠，棉被和上工有什么关系？大伙儿不说有没有关系，反正懒在屋里歇息。一连几天，我们队里的工地静悄悄的。别的队里学大寨分秒必争，怎么能让我们这个队消极怠工？公社又派来了人，这回来的人不像上回那么客气，问明情由就把政治队长抓了起来，说他身为领导打着红旗反红旗，有意破坏学大寨，要去各村游斗。游斗是个丢人现眼的事，头上要戴纸糊的高帽子，脖子里要挂写着"坏分子"的木牌，手里还要拿个铜锣，边走边敲，边敲边喊：我是大坏蛋，破坏学大寨。事情弄到这份上，政治队长还撑着，儿子却慌了。这儿子还算孝顺，抱了炕窑里的新被子就要去送。事情就在此时来了个急转弯，儿子要送，媳妇不让，一把搂住了男人的腿。他走不脱，也挣不脱。儿子对媳妇说：

"再不送，爸就要把脸面丢尽了！"

媳妇却说："口招祸事，活该！"

儿子说："他是咱爸，咱咋能看他的笑话？"

媳妇却不为所动。小六划算过的账，那媳妇肯定也清楚，一条棉被就像是头上的一层天。男人好说歹说就是不起作用，她一口咬定："不能送，老东西自作自受！"

窗外的高音喇叭尖叫着召开游斗大会，儿子急了，一脚把媳妇踢了个滚西瓜，慌忙火急送去了。

小六胜利了，众人上工了，政治队长老关成了老关，不光输了棉被，连那个政治队长也输了。事情该收场了，就此罢休，顶多也只是场闹剧。遗憾的是，收场还要迟缓，竟迟成了悲剧。

这一日，工地上的喇叭里热火朝天，你追我赶的声音突然被压倒了。一阵响亮的敲打声钻进了大伙儿的耳朵，随着声响出现的是个手提尿盔的女人，那是老关的儿媳妇，跑到小六面前，一解裤带，光着屁股就喊："吃屎来，吃屎来！"

那媳妇疯了！

人人都说，那媳妇心眼太窄，一条被子值得那么想不开吗？可咋说也说不好媳妇的疯病。她疯到哪里，喊到哪里，喊闹得小六和他大获全胜的事迹传遍了远近村庄。那棉被的胜利没有给他带来好处，却带来了祸害。未过门的媳妇，吹了！那家捎来话，嫌小六吃屎丢人。情节发展到这里，才可以看出吃屎的高下，勾践吃屎属于政治手段，不仅实现了第一步复国的目标，继而还打败了夫差，实现了第二步目标，堪称高瞻远瞩；小六吃屎打肿脸也只能是经济手段，只实现了第一步得到棉被的目标，第二步却输得一塌糊涂，是个鼠目寸光。

我站在脚手架上继续画像的时候，听到的都是和他们有关的新闻。一会儿是游街的喇叭声，一会儿是抱被子的打闹声。刚听完那媳妇的疯跑疯喊，又听说小六不见了。再见到的小六竟然躺在了门板上，他跳了崖，摔死在仙洞沟里，被抬了回来。看来我说他鼠目寸光是没有错的，他赢得起，输不起，不知道他那不耻下贱的手段会在若干年后大有作为。

小六死了，埋了，那媳妇却还在疯跑疯喊。

棉被搞乱了大家的日子，唯一不乱的是，我照常画照壁，画成的照壁前每天照常有人办四件事。大家祝愿礼拜过了仍然举着红艳艳的语录本诵读最高指示："做一个高尚的人，一个纯粹的人，一个脱离了低级趣味的人。"

一幢祠堂的重量

詹谷丰

一

世界上所有的建筑，都是从土地上生长出来的砖瓦。除了桥梁，没有一幢房屋，可以凌空站立，用它的脊梁展示木头和沙石的重量。

礼屏公祠还是图纸上的线条时，就遭遇了极大的挫折，这是卢绍勋没有料到的意外阻力。

卢绍勋在家乡盘桓了多日，最终看中了南面村的一块地。除了朱雀玄武、青龙白虎这些风水因素之外，卢绍勋最满意的是这里临河，一条活着的河流连接珠江和南海，让人的心宽阔和平坦。后来的运输，那些巨大而沉重如山的木头和石料，证明了卢绍勋的远见。

礼屏公祠在图纸上一帆风顺，却在征地过程中遇到了那个固执得如同顽石的邻居。其他几户人家对乡贤卢绍勋提出的高价拆迁补偿、并在附近免费建造一幢新屋的条件非常满意，这种从天而降的好事让村里那些无关的乡邻都眼红了。谁知幸福并不是一个人人都愿意接受的真理，那个拒不拆迁的邻居昂着头，满不在乎地说，房屋虽旧，却是老祖宗手里传下来的遗产，如果败在自己手中，那是儿孙最大的忤逆和不孝。卢绍勋的耐心和道理几乎磨破了嘴皮，那人却丝毫不为金钱和新屋所动。

碰上了一个撞上墙壁不转弯的犟人，卢绍勋除了三番五次上门游说之外，再也没有了其他办法。银圆的光泽在乡间的土屋里黯然失色。光绪二十二年（1896年）的时候，虎门乃至中国，都没有发明"钉子户"这个如今走红的名词，那个不肯拆迁的农民，也没有维权、用汽油和煤气抵抗强行拆迁的想法，他认准了卢绍勋的为人，同时也明白财大气粗的卢礼屏家族，不是仗势欺人的恶霸。

卢绍勋在邻居的铜墙铁壁面前头破血流，但是一个行善积德的人没有愤怒。他只是无奈地叹了一口长气，这个诚实的富翁，没有看穿对方的心思。他不知道，就在礼屏公祠的计划在心里酝酿的时候，一个云游的风水先生，在那幢土屋里看出了异样。半仙说，这屋建在龙脉上，两代之后，主人必大富大贵。邻居保守天机，把惊天的秘密深深地埋在心里，他不能让礼屏公祠破坏自己的风水，他要用性命来维护那个家族未来人丁兴旺、财富滚滚的想象。

<h1 style="text-align:center">二</h1>

清朝光绪时代的所有中国建筑，绝无杂交西方砖瓦的血缘。只有岭南东莞虎门那幢平常的礼屏公祠，传承着人类建筑最高贵的精神。从公平和平等的文明意义来说，礼屏公祠是一幢与西方建筑，尤其是德国波茨坦磨坊相通的纪念碑。

礼屏公祠的图纸终于在坚硬的现实面前残缺了。卢绍勋知道，这种残缺是无法修补的，它具有一种天定的意味。那天，卢绍勋来到祖坟前，在鸡鸭鱼肉的祭祀中展开了蓝图。卢绍勋明白，只有在这种阴阳两界的沟通中，祖先可以看到人世的现实，给后人前行的指引。

卢绍勋是独自一人来到祖先的安寝之地的，他不愿别人打扰先人的安静，更不想让他人窥见自己内心的隐秘。叩完头之后，卢绍勋默默念道，公祠难全，是子孙的不孝，如以势欺人，用官府的力量逼迫拆屋，却是人性的大恶……

正是夕阳西下的时候，太阳的余晖像一炉热炭倾泻在人间，远处的海面上，跳动着金色的光影。在芳草萋萋的静穆中，卢绍勋听见了祖先的教喻。

卢绍勋的无奈，记载在了线装的族谱中："……计所谋择地十有余年，并约费万余金，连先君日前买下屋宇方能凑足，尚有些少地方未能凑成，乃抱缺憾。大抵谋事不能完全，使留此以见天地无全功也。"这些处于文言和白话之间的简洁文字，暗合了卢绍勋面对九泉之下先祖时的复杂心情。

礼屏公祠在卢绍勋心里的变动，那个邻居是一无所知的。他每天数次走出家门，来到卢家用石灰和绳子丈量和画线的土地上，看到其他几户人家搬走，看到他们的土屋被夷成平地，他没有感到压力，唯一让他感受到的，只有忧虑。

忧虑是种在邻居内心深处的一粒稗种，它是会发酵的。邻居担心的是，建成后的礼屏公祠是一棵大树，而他的祖屋，只是大树旁边的一株野草。宏大的祠堂建成之后，土屋的光线，将会被卢家的威势财富遮盖；出行的道路，将会被祠堂坚硬的砖墙堵死。

邻居的固执和倔强，并没有在卢礼屏无声的教喻中变成钉子。图纸上的变动和修改，成了卢绍勋唯一的选择。在平面的蓝图上，礼屏公祠所有的线条都以横平竖直的结构呈现在纸上，修改之后的建筑，它后院的左边，被锋利的刀刃切去了一角，"祠堂左路与右路后部不齐，总体西北角位置缺一块不能补齐。"

中国人的建筑，最讲究的是完整和对称。一幢失去了对称的祠堂，即使占地再大，用料再精，也无法称之为圆满。

礼屏公祠的动工，从无奈和残缺开始。

这是清朝光绪二十二年，卢礼屏已经去世十三个年头了。

一百二十年过去了，后人已经无法考证礼屏公祠奠基的那个日子。但我们可以相信，懂风水的卢绍勋一定选择了一个良辰吉日。那天风和日丽，水稻正在扬花，空气中氤氲着一股淡淡的香味。几乘八抬官轿列着队从太平镇上过来，鸣锣开道，威风八面，这种罕见的风景让远近的百姓都围拢观看。在热烈的鞭炮声中，百姓们看到了靖康盐场大使、东莞巡检司、驿丞和知县老爷等一行官员走出官轿，来到屋场里。那个拒绝拆迁的邻居在奠基的喜庆和官员的威仪中悄悄溜走了，细心的卢绍勋看到了这个情节。但是没有人从他迎客的笑容中看到他内心的波澜。

官府老爷的出动，让光绪年间的钉子户终于感到了压力和恐惧，他的双腿有些颤抖，卢绍勋的目光从他身上不经意扫过的时候，他似乎感到了皮鞭的力量和肉体的疼痛。

礼屏公祠的图纸和建筑工地上的石灰线，让知县大人看出了蹊跷。对一个财大气粗的乡绅的软弱，知县大人的脸上露出了不屑和诧异的神情。

卢绍勋在知县大人的威仪面前微微一笑，他用一首诗瞬间改变了权力的表情。卢绍勋谦恭地说，父亲在世之时，教我们背了一首大学士张英的诗。

东莞知县突然中了魔法，他被一首二百多年前的诗瞬间击倒了。饱读经书的知县大人知道，当朝康熙年间文华殿大学士张英宰相的故事，他知道"六尺巷"的典故和"宰相肚里好撑船"的来历。

东莞知县回过头去，他不愿卢绍勋看到自己的脸红。然后，他轻轻地用纯正的东莞方言，在心里吟诵了那首诗：

千里修书只为墙，让他三尺又何妨。
万里长城今犹在，不见当年秦始皇。

三

卢礼屏的商业帝国在香港蒸蒸日上的时候，他创办了华人慈善医院——东华医院和东华三院，之后又牵头成立了保良局，担任了东华三院总理和保良局总理。这是他人生中的顶峰，也是卢氏家族辉煌的开头。卢礼屏的成就和业绩，为日后礼屏公祠的图纸，画上了第一根线条。

礼屏公祠在中国的纸上萌芽的时候，欧洲的波茨坦磨坊已经成了一处驰名的人文景观。每天，都会有来自世界各地的瞻仰者，来到那幢矮小陈旧的磨坊前，抚摸那些带着威廉皇帝体温的砖石。如果历史能够巧合与相逢，那么，19世纪的德国皇帝威廉一世打算在柏林近郊的波茨坦盖一座行宫的想法和中国富商卢绍勋想在故乡虎门建一座祠堂的计划是不谋而合的。

威廉一世的行宫选在风景优美的市郊，那里没有拆迁和征地的障碍，德国皇帝对行宫的建筑和郊野的风水非常满意。一个国家的风景，通过森林、湖泊、河流、草地像诗与画一般进入到主人的眼里。

但是，不久之后，威廉一世眼中渐渐生长了一个障碍物，一座古老的磨坊立在行宫的前边，它让皇帝的目光不能看得更远，久而久之，那个磨坊变成了一个钉子，让他的目光生痛。这是他当初的一个疏忽。

内务大臣领了皇帝的圣旨，拿了一大笔钱，找到了磨坊主人。威廉一世以为这笔钱足可以在大地上抹去一座磨坊的所有痕迹，谁知磨坊主并没有被金钱打动，那人说，磨坊是祖宗传下的财产，我的任务就是维护下来，一代一代传下去。

威廉一世听了大臣的禀报，丝毫也没有生气，他似乎看穿了磨坊主人的心思，他说，提高补偿，一定要把磨坊买下来。

然而，权力的傲慢和金钱的诱惑在平民面前铩羽而归，磨坊主那句"再多的钱我也不卖祖宗"的硬话刺伤了皇帝的自尊，威廉一世生气了，他派出了宫廷卫队，把磨坊强拆了。

威廉一世的命令代表了一个国家权力的意志。皇帝站在行宫宽敞的阳台上，看着那幢让他目光疼痛的磨坊灰飞烟灭。由于距离的阻隔，皇帝没有看到平民的抵抗，磨坊主的愤怒超越了暴力，通过卫队士兵之口到达了威廉一世身边。磨坊主说，皇帝当然位高权重，但国家尚有法律，国家还有讲理的地方，我一定要让司法来做裁判！

威廉皇帝没有想到德国的地方法院真的做了一幢磨坊的裁判。德国的法院眼中没有皇帝和权威，只有事实与因果。法院判决了皇帝败诉，并且限期恢复被权力拆毁了的磨坊。

威廉一世的故事在法律面前画上了一个句号，直到他的生命结束，磨坊的那根眼中钉肉中刺始终在他的心里疼痛。然而数十年之后，戏剧性的情节上演了，九泉之下的皇帝无论如何都没有想到，历史会以一种重回的形式再现，不过结局却是一种意外，一种人类历史上史无前例的意外。

这时，故事的主角已经换成了磨坊主的儿子和威廉二世。磨坊主的儿子几乎被穷困压垮了，一筹莫展之下，他决定将磨坊卖给威廉二世。在他的心里，威廉二世将会接受这件两全其美的好事。从此以后，磨坊消失，行宫获得了更好的视野，威廉一世皇帝官司失败的耻辱将在地球上彻底抹去。

磨坊主的儿子很快就收到了威廉二世的亲笔信，还有六千马克。威廉二世说，你经济拮据，赠你六千马克度过困难。但是，磨坊不能出卖，更不能拆除，这座磨坊已经成了德意志国家司法独立和裁判公正的见证，同时也是一个家族的光荣所在，这是一幢应该世世代代传承的建筑。

在卢绍勋的眼里，19世纪之内欧洲德国的波茨坦磨坊和亚洲中国虎门的农家土屋之间突然产生了某种关联。已经动工了的礼屏公祠，应该用建筑的残缺换来一种精神的完美。

四

礼屏公祠，是卢绍勋和他的兄弟们花重金兴建的私人祠堂的名字。他的父亲卢礼屏，是这幢即将屹立在故乡大地上的宏大建筑中的香火和精神。

卢礼屏出生的时候，他的先祖已经在虎门村头这片土地上繁衍了十八代。十八代先人的足迹在漫长的时光中漫漶不清了，但后人知道的是，十八代先祖皆因家境贫寒无法读书识字，而春种秋收、田间劳作是先祖们共同的特点。

一个家族的转机出现在卢礼屏的人生中。十四岁就下田耕种的少年，由于在塾馆中短暂的启蒙，胸中的一群繁体汉字便屡屡激起冲动，他不满足于像父辈一样与泥土打一生交道，与贫穷一世相安。二十四岁那年，他与本土南面乡的陈廷珏、陈高爵兄弟登上了被当地人称为大眼鸡的货运木船，开始了前程未卜的远行。卢礼屏不知道路途多远，需要多少个时日，也不知道苍茫的大海上有多少风险，他唯一知道的是美国旧金山，那个目的地，就是世界的尽头，也是他梦想挣钱改变人生的希望。

从侍弄土地的农民到挖掘石头的矿工，这是卢礼屏来到美国之后的身份转变。加刺科尔金矿，让卢礼屏的人生一片黑暗，他从来没有看到过金子的闪光。幽深的矿井，每天都让生命胆寒。

死神第一次来临的时候，隐身于一场天崩地裂的暴雨，洪水猛涨，世界像垃圾一样漂浮在水上。卢礼屏和两个同乡困在矿洞里，三个昼夜，没有任何食物充饥，矿灯也在恐惧中慢慢熄灭，在暗无天日的大地深处，卢礼屏一次次感觉到了死神恐怖的狰狞。

超过了黄金救援七十二小时的卢礼屏和他的同伴，命不该绝，洪水没有熬过人求生的意志而退去，他们在水退之后自行爬出了矿洞。当见到光明的那一瞬间，卢礼屏泪流满面。他知道自己大难不死，却尚未理解这句古语中潜藏的谶言意味——必有后福。

幸福在死亡退去之后迅速降临了。那一天，卢礼屏在开采的矿石中发现了异常。他把另外两个在洪水围困中逃生从而结下生死之交的同乡叫来。经验告诉他们，这些外表普通的矿石，都是含量极高的乌金。意外的欣喜击倒了卢礼屏的两个伙伴，只有冷静沉着的卢礼屏，想到了藏匿的方法，然后在时间的掩护下逐渐转移这些让他们终生无忧的巨大财富。

上帝赐予的幸运，卢礼屏和他的伙伴极其幸福地接受了。这是卢礼屏在异国挖到的第一桶金。对于上帝的旨意，卢礼屏守口如瓶。这个秘密横跨了广阔无边的大洋，延续了一百六十多年。我多次来到礼屏公祠，在时光中猜测，仍然无法破译那笔财富的真实数字，"巨大"，只有这个不确定的形容词，可让人隐隐看到那些乌金的冰山一角。

卢礼屏离开矿井，回到了地面，阳光以天堂般的金色顿时让他紧张的生命松弛下来。衣食无忧了，卢礼屏自言自语地仰天长叹。

衣食无忧是不会让一个世代贫穷的异国淘金者满足和停滞不前的，穷人的哲学是勤劳和纯朴。很快，卢礼屏勤快的身影出现在合记杂货店里，这是卢礼屏在别人的信任与介绍下创办的一份生意，他用心经营，货物流转，变成阿拉伯数字在账簿上一帆风顺，饱经风霜的脸上悄悄开出了花朵。

一个发了横财的人没有想过要在异国他乡扎根。二十六岁那年，家里的书信不断越过辽阔的大洋到达他的身边，在亲情面前，金钱突然软弱无力起来。卢礼屏在汉字中听到了父亲生病时痛苦的呻吟，他没有犹豫，立即把生意的股份出让给了一个中国侨商，登上了回国的轮船。

回到家乡的卢礼屏延续了中国人致富之后的传统，那些带着异国血汗的钱财，在卢礼屏手中变成了田产，他兴修宗祠，重修祖坟，他建房置业的范围突破了故乡的边界，扩展到了东莞、番禺、南海、广州等地。他还赋予了金钱慈善的特性，向穷人施医赠药，扶贫济困。虎门的溥善堂、育婴堂、太平医院和广济医院等公共设施，都通过砖瓦和钢筋水泥，记录了卢礼屏捐款的善行和慈悲。

卢礼屏的美名在南粤大地的标志性建筑中传播，许多名人绅士慕名前来拜访，他们看到了一个乐善好施者的人生传奇，一个人的口碑，在晚清的夕阳里生长挺拔。

五

礼屏公祠，仅仅二百五十天就从图纸走到了地面。后人用纪实的语言描述了这幢建筑的华丽和精致："礼屏公祠，完全是典型的岭南近代古建筑的风格，建制为硬山式等级，坡屋顶的卷棚顶结构，墙体以青砖砌筑，立面有石雕过梁，顶端檐口有木雕花衽和雕花艺术瓦脊和细部的绘画装饰，这些花纹和画面都是民间广为流传的寓意吉祥祝福的彩饰。整体祠宇端庄而不失秀美，古朴而不失典雅。由于时代的进步、建筑材料的更新，梁下柱边用上了钢筋三角支架，墙体上设置了钢架玻璃窗户。基本完整地保留着中国汉文化建筑风格的祠堂，外观整体对外封闭，院落里空间开放，有三间进深，中间夹有两个天井，麻石墙基；宽近二十米，进深四十多米，占地八百多平方米；整体沿纵轴线对称布置。祠堂的大门双扇对开，斑驳厚重的大门每扇皆由罕见的整块木头制成，还有粗壮且跨度较大的整木梁柱，可以想见所用树木材质的巨大。"（关宏《礼屏公祠的善缘世界》）

在那些完整而且巨大的木质梁柱面前，我的想象终于同光绪二十二年的卢绍勋接轨了。我不得不佩服卢绍勋为祠堂选址的目光和远见，超越了风水因素的运输便利，那一条连通珠江和南海的河流，是后人赞叹的原因。

卢礼屏生前的光耀和死后的哀荣，在礼屏公祠落成之日得到了最好的体现。光绪皇帝的朝廷用"荣禄大夫"的荣耀追赠这个慈悲善良的富商，恭亲王和一品大员四川布政使陈谲题写的"福善修仁""礼屏公祠"牌匾，以及庆亲王、荣禄、李鸿章等朝廷重臣赠送的楹联等礼物，让珠江三角洲乡间的一座祠堂镀上了金子般的辉煌。空前的隆重，让"行善积德"四个古老的汉字焕发了耀眼的光芒。

细心的东莞知县终于发现了礼屏公祠的与众不同之处。知县大人从祠堂左侧那个门楣上刻着"青云巷"三字的巷子走进去，在尽头右转，终于看到了祠堂后面的风景。那个在天下的所有理由面前毫不动摇的邻居，他的祖屋完整地与礼屏公祠并列在太阳底下，这条小巷，正是礼屏公祠为一幢土屋留的通道，也是商贾巨富与乡间贫民和谐共处的见证。

祠堂是沉默的建筑，所有的青砖红瓦麻石钢铁都拒绝叙述，它的内心世界，往往通过文字表现。礼屏公祠木柱上的对联，含蓄委婉地表达了一个家族的理想和价值观念：

> 锡类喜推恩惟乐善好施桑梓至今隆石望
> 艰难思韧业赖孙贤子孝频繁永世荐馨香

礼屏公祠在喜庆的鞭炮醒狮中落成的时候，大洋彼岸的德国波茨坦磨坊，正吸引了无数的游人参观。其中有许多法律专业的大学生，站在那座沧桑的磨坊前，胸中涌动着人权的意识和法律的神圣庄严。

六

我的笔在纸上缓慢爬行的时候，一条信息跨越千山万水到达了身边。这是一个当代礼屏公祠和波茨坦磨坊的故事，只不过，故事的主角却不是一个幸运的宠儿。

新华社的消息称，凌晨，河南新郑市龙湖镇张红伟夫妇在睡梦中被多名陌生人撬门掳走，并被带到墓地控制近四小时，待夫妻回家后发现，四层小楼已经连夜被拆成了废墟。

张红伟的经历立即使我想起了礼屏公祠和波茨坦磨坊。发生在地球上不同年代不同国家的故事，共同之处都是房屋拆迁，不同之处则是人的命运。在个人私有财产的捍卫中，张红伟和卢绍勋邻居、波茨坦磨坊主人都是弱者，他们的对立面，则是开发商、富商乡绅和皇帝。拆迁户是他们共同的身份。这三个毫无关联的事件，有的已被时光湮没，有的正被世人瞻仰，而最新的这个谜案，则正在被人关注。

《南方都市报》的短评认为，这样的剧情想必连编剧都会叹为观止，如今却发生在现实生活中。有关拆迁的各种策略与奇闻，过去已有无数新闻报道，概括来说，无非是拆迁者无所不用其极，而被拆迁者则是悲情地固守家园。

"漫天要价"，是官方对张红伟事件的原因解释。这四个汉字，是城市建设拆迁已成为常态的现实中，权力强加给弱者的道德十字架。如果满足张红伟的补偿要求，拆迁户将不会成为阻力，那么，卢绍勋邻居和波茨坦磨坊主人在超标准的金钱面前，依然不让步的执着岂不成了文学的虚构与想象？

在相似的背景之下，卢绍勋的邻居拒绝拆迁成了佳话，磨坊主拒绝拆迁成了司法公正的经典，而张红伟的拒绝拆迁，则成了权力的暴力表演和弱者的命运悲剧。

房屋拆迁的历史是漫长的，任何一座城市的高楼大厦和繁华街道，都可以看到砖瓦的呻吟和人性的表情。南京，这个中华民国曾经的首都，那条十二公里长的中山大道，就上演过一场拆迁的戏剧。

南京市长刘纪文主持了中山路的建设工程，这个和卢礼屏相同籍贯的东莞人，在城市建设中留下过良好的口碑，但在中山路建设的拆迁中，他遇到了超越我们当下想象的坚硬"钉子"。

这些"钉子"以一个群体的面目出现，他们是中山路建设工程的拆迁户。由于拆迁补偿款不足以购买新房或建造新房，四百多户人家拒绝了政府的补偿方案，不肯离开目前的栖身之所。在官方的强拆威胁到每一个人生存的时候，拆迁户和许多同情他们的市民聚集在一起，走上了街头。国家的最高领袖蒋介石在国民政府的大楼里一筹莫展，请愿的市民让他感到了锅里的热度。

人类的拆迁历史，在统治者那里，就是一部棘手的历史。不敢直接面对民众的国民政府高官们，共同推举冯玉祥出头，平息民怨。

任何一个杰出的人物，都是国家这台庞大机器中的一个零件。作为国家机器的一个组成部分，国民政府行政院副院长冯玉祥出现在了他最适合的现场。

冯玉祥是国民政府高官中对先总理孙中山先生"三民主义"中"民生"内涵和本质理解最深实践最勤的人。他不仅仅将民生二字挂在嘴上，而且身体力行。粗茶淡饭，他已成了习惯，即使宴请客人，包括国家领袖蒋介石，饭桌上也只有两菜一汤。日常生活中，冯玉祥也总是一身粗布衣裤，以至让人从衣饰上把他当成了普通百姓。这个当官不像官的人，给人留下了深深的亲民印象。所以，在南京市民请愿反对拆迁的民怨中，冯玉祥就成了平息风波的最佳人选了。

1928年的那段历史，冯玉祥把它记载在《我所认识的蒋介石》一书中：

> 南京城内大拆房子。蒋介石叫南京市政府拆民房，展宽大马路。市政府就在地图上画了两道线，线里限两星期拆完，不拆的公家替他们拆。南京的老百姓集合了一两万人到国民政府来请愿，蒋他们不出去，就推我出去给请愿的代表讲话。我说："最好你请别人去，若我出去对人民说话，恐怕说出话来得罪朋友。"结果还是推我出去。

冯玉祥的话温和沉稳，每一个常见的普通汉字平淡不惊，所有高官，包括蒋介石在内，都没有对他话中潜藏的意思做出负面的判断和预测。

冯玉祥以国民政府行政院副院长和军政部长的身份走出了政府大楼，走到了愤怒的民众面前。此时此刻，冯玉祥平息战火化解矛盾的唯一武器，只有语言，只有态度。

在突发性的事件面前，没有任何下属为他拟就讲话稿，冯玉祥也丝毫没有让下属准备书面材料的意思，他用一段任何秘书都写不出来的即席讲话，让满腔怒火的市民们鼓起掌来。那掌声的热烈程度，超过了天边的雷声。

冯玉祥说，市政府要拆房，假若能首先给你们盖上房，叫你们再搬出去，那是好的；若没盖好房，硬叫你们搬出去那就不对。这是中华民国，不是中华官国。人民既是主人，官吏就是仆人，仆人应当为主人做事，应当讨主人的喜欢……

掌声突然爆发了，一个人的声音被万人的掌声淹没，彻底淹没。冯玉祥用微笑等待掌声退潮。当现场重新安静下来之后，冯玉祥讲了一个故事，那个故事的主人公就是威廉一世皇帝和波茨坦磨坊。

一个有皇帝的国家，还不敢拆人民的房。我们是民主国家，若不得我们的同意，谁敢来拆房呀！冯玉祥用这句铿锵有力的话，结束了他的演讲。

掌声雷动！

有的时候，掌声是可以凝固的，它让后人记住了一段历史。

七

没有一个人的寿命比建筑长久。所以，地球上的纪念性建筑，无不与人有关，那是人类生命延续的一种方式。一个与我们相距遥远的古人，他的血脉和精神，通过坚硬的材料和庄严的造型，传承给了子孙和后世。

我数次走进礼屏公祠，在空旷的砖墙上看到卢礼屏卢绍勋以及他们后人的照片，时光就会在每一块砖瓦上展开。历史不是以文字的形式呈现在后人心中，我只有通过青云巷，走到祠堂的尽头，在转向之后，看到那幢比礼屏公祠更苍老的祖屋。卢礼屏家族分蘖开枝，它的众多后人分散在香港、天津、上海、广州以及美国、加拿大。空寂的祠堂里，时光漫漶，那栋把祠堂切割之后依然立在古老土地上的小屋，一百多年来，始终与祠堂为伴；那个邻居的后人，依然在祖屋中繁衍，如今，他们成了礼屏公祠的守护者。只有他们，知道礼屏公祠深处的秘密，知道一百二十年时光中那些青苔的寂寞，知道青云巷里的人性故事。

一百二十年后的礼屏公祠，成了东莞的文物保护单位。由于和旅游隔着遥远的距离，所以这幢建筑门可罗雀。德国的波茨坦磨坊漂洋过海进入到许多中国人的心中，但礼屏公祠却未走出虎门半步。

历史是个粗心的莽汉，它经常在时光面前掉以轻心。作为正史的《虎门镇志》，仅仅在一个不起眼的角落里安置了礼屏公祠，它轻描淡写地记叙了这幢建筑的年龄和生平，却对青云巷的人性故事讳莫如深。在历史面前，后人常常选择性遗忘。

东莞是一座年轻的城市，在砖瓦的年轮上，那些金碧辉煌的现代建筑都是礼屏公祠的后代。所有建筑，在它们的出生证上，都记录着它们出生之前征地、补偿、拆迁的过程。不过，如今的所有建筑，都把这个必然的成长过程当作生产时的羊水、胞衣和呻吟加以掩饰，华丽的表象，让成长中的美女帅哥忘记了母亲分娩时的刻骨疼痛。

礼屏公祠静静地立在一个城镇化建设风起云涌、房屋拆迁随处可见的新时代，在房屋消失的尘埃中，没有人能够看到那张一百二十年前的图纸，更没有人从祠堂经过时留心建筑的残缺。但是，时光漫漶流失，建筑凝固成了心灵的音乐。在人性的善良和人格的平等面前，野草最终开成了鲜花。

在虎门所有的建筑中，只有礼屏公祠敞开胸怀，让人眺望到了它出世之前的精卵。图纸上的每一根线条，都是卢绍勋手上的那把皮尺，当软带上那些寸、尺、丈的计量单位奔跑着向前时，卢绍勋就会不自觉地放松手中的丈量。每一寸单位，虽然都是白银光洋，但他知道，一厘一分，对于那些因拆迁而离开这块土地的人来说，意味着什么。

礼屏公祠的砖瓦木石，就这样注入了公平、慈善的基因。一幢建筑的长寿，就这样成了必然。

八

在我的惆怅面前，已有学者用眼光和论文弥补了东莞地方文史的粗疏。研究中国传统建筑设计理论与方法的李哲扬博士，在他的《古建筑礼屏公祠的建筑风格与特点》论文中，用专业眼光对礼屏公祠的年代、格局、形制、细节、特点与设计手法等方面进行了剖析，对相关的历史人物，近代省港知名的传奇富翁——卢赓扬（礼屏）做了介绍，并对建筑的历史价值做出了客观评价。

李哲扬用注重对比、关注细节和文质并重概括了礼屏公祠的特点，认为礼屏公祠用料精良，加工工艺上乘，设计品位高雅，就建筑的工艺水平而言，不在久负盛名的广州陈家祠之下。"与省内其他时间相约的近代富家祠堂相比，礼屏公祠的成功就贵在'惜墨留白'，并没有一味地追求形式的华丽丰富，以财力堆砌令人目眩的繁杂琐碎的细节，体现出的是一种儒雅、内敛、自信的气度，追求的是一种形而上的意趣神韵——文质彬彬，这对于卢赓扬（礼屏）家族这样的暴发户而言尤为难得，这除了当时主事营建设计人员的素质外，还是卢赓扬（礼屏）勤俭沉稳的道德准则在其中发挥了作用，也使这座祠堂成为他一生行事做人准则的一个很好的注脚。"

李哲扬博士的论文是科学严谨的认证，它能让人信服，让后世的砖瓦敬佩。那些令人感动的情节，却让一个采风的写作者发现了时光深处的光芒。民间传说中，卢绍勋许诺，愿以黄金铺地，买下邻居的那幢祖屋。用闪光的黄金铺满那些不长稻菽的土地，这种交换体现了卢绍勋的诚意和心情，这种价值严重背离的交易在人类历史上绝无先例，它甚至远远超过了威廉一世皇帝对磨坊主的大方。在人类的巧合中，卢绍勋的邻居成了波茨坦磨坊主的转世，他们用至死不回头的倔强检验了权贵和富商的人格以及耐心，也让自己的坚持与顽固成就了人类尊重、平等和司法公正的经典。

民间传说是有情感色彩和褒贬态度的创作，它超越了学术论文的客观和冷静。故事描述了历史的生动细节，由于那家人埋藏了半仙的预言，所有人都猜测不透他拒绝出让的目的。卢家的一切努力就像消失在水上的一个泡沫，那户人家成了胜利者。然而，那户故意刁难卢家的人家生活发生了变故，穷困潦倒。乡邻们的一致解释是，那户人家恶意占人风水，行事缺德，招致了报应。此时的卢家，却不计前嫌，一次次地接济了他们。

民间传说隐藏着善恶因果的基因，所以，我在这个传说面前一次次地联想起了威廉二世，我的想象总是在礼屏公祠和波茨坦磨坊之间飞翔。遥远的中国和德国两幢不同风格的建筑之间突然产生了善良、公正以及法律神圣的关联。

在礼屏公祠面前，严谨的学者和科学的论文也发出了一座特殊的建筑讲述了一个教人向善故事的感叹。

建筑是人的作品，所有的建筑都有重量。与故宫、人民大会堂的面积、历史和雄伟壮观以及知名度相比，我身边的礼屏公祠微不足道。但是，若以重量衡量，一幢小小的祠堂，却可以让天平倾斜，使大厦坍塌。

《北京文学》2016 年第 4 期

母亲书：重返子宫

宋长征

夜黑沉沉的，你背着我从家里走出，于是很多年我就觉得一直在你的背上生活。母亲，时间有时像一只缓慢行走的蜗牛，你在时间里行走，我在你的脊背上长大。亮在头顶的星星不动，看着我们，排列出天堂的模样。

我不认识天堂，我只认识你。在这个粗粝的世界上，母亲，你用一把土把我捏成人的形状，然后置放于无边的旷野。你在田野上劳作，飞鸟在你的头顶盘旋，乌云在你的头顶黑云压城，奔忙的虫蚁向你学习赶路时的样子，为了家不顾风雨，走到日暮黄昏。

黄昏。病房。母亲，我站在你的面前忽然缩小成孩童时的模样，只有这样，我才能缓慢叙述，叙述和你一起走过的章节。住院的第五十八夜，你说田地里的玉米苗旱了，该回去浇水。我去看，玉米果然开始枯萎，就像你生病时的满面愁容。你笑，疼痛的时候你为什么会笑，像春天拂过柳树的枝头，像三月的阳光洒满河滩，像野雏菊开遍了蜻蜓的河道。

第七十三夜，你挣扎着要起，就像小时候在我面前蹲下，嘱我爬上你丰满的背脊。母亲，我爬过很多山，都没有你的那座山稳妥，将我轻轻托起，走在夜色中，走在云彩里，走在时间的荒野，听见星光碎裂，听见月光被敲响，一直传到遥远的远方。

母亲，我是你最小的孩子，也就是说你可以生我，也可以不生，永远带在你的身上，跟随你蹚过时间的河流，走过岁月的山岗。你说，那群羊是我们的，我就从你的呼唤声里跑出，跑进云朵般的羊群，放牧，放牧时间，也放牧自己。你说，那片土地是我们的，我就长成一株高粱，站在七月的阳光下，向你擎出沉甸甸的穗头。你说，那株老槐树是我们家的，母亲啊，上面开满了蜜一样香甜的槐花。我试着在一支旁逸的枝条上行走，走向最为洁白的那串槐花。云落了，树枝断了，你惊叫着我的名字喊来一村子的人，以为我再也不会醒来。

母亲，我怎么会走呢，在送走你之前，在你的墓前不享尽世间所有的哀伤，怎么会离你而去？

第九十五夜，母亲，你终于能走下床来，颤巍巍拄着拐杖，你跟医院里最美的那个小护士说，妮儿，我好了，我要回家，我要种瓜点豆，我要去村前的老井汲水，世间最甜的水，给我最小的儿子。你在前，我在后，你五十几岁，我五岁，走在村庄的月光下。老井里的水荡漾着童年的月光，你手中的井绳摇动，弹拨水声冷冷。母亲，你是唯一会弹奏月光之水的人，天地之间只有你一人，风拂动你的长发，水映出你的脸庞，月光爬上你温柔的指尖，蟋蟀藏在草间，听你弹奏清澈的流年。

我不能替你接受疼痛，就如你不能看见我如何走向日落。那时你在天上看着，我在世间孤独地走着，走过花开，走过村前的那条小河，走过一座又一座村庄，走向有你的最后一个村落。

第一百零一夜，母亲，你脸色红润，喊我的名字，喊我回家，喊我从夜色中走向另一片浓密的夜色。这一次我做了一个忤逆的人，背叛了你，孤单地站在夜风中，看凄凉似一片片树叶落下，看你走在金色的落叶中。脚印，为落叶所覆盖，行迹，为泪水所湮没，身影，为夕阳所容纳。

母亲，你再也没有回头，走得那般决绝。你走后的日子，我只能自己看着自己一天天长大，从那个五岁的孩童，从那双懵懂的眼神里，看见自己走进一场又一场风中。我不是倒行逆施，我只是想沿着时间虚无的线条，沿着你走过的路，重温子宫里美好的时光。

镇街，是一座活色生香的生死场，有人生，有人死，有人走在通向死亡的路上，有人站在熙熙攘攘的人群中，向远处张望。我就是那个站在镇街上张望的人。

从镇街到村庄十里，从村庄到镇街还是十里。母亲，你计算着，甚至在梦中计算赶集的日子。昨天，那只芦花鸡下了第 39 只蛋，那只白毛鸭攒够了 58 只蛋，你坐在门口，看着来来往往的人，你问，你们赶集吧，那帮我把鸡蛋和鸭蛋带上，捎给我最小的儿子。回来，我薅一把葱给你家送去。你说，你们路过我儿子的店门，记得要停下来看看，有多闲，还是有多忙，二十几天也不回来看看。

我张望着，母亲最终没有等到赶集的人。也许他们不想，日子那么忙，时间那么匆匆，自己的事儿还理不清，哪有时间过问一个毫不相干的人。

母亲有脚，母亲的那双脚能追赶一阵风，母亲不是一个孱弱的人，母亲自从父亲病了之后，一个人，像一个英姿飒爽的女将军，带领我们在时间的旷野上冲锋陷阵。母亲推出她的三轮车，毛茸茸的鸡仔跟在身后叽叽喳喳，就像小时候蹒跚学步的我，怎么也不舍得离开母亲一毫一寸。而濒临中年的我，却可以很久很久不去探望母亲。母亲也责怪，一次次的期盼换来一次次的失落，从门前的树墩上站起，与空旷的时间对骂，怨时间不该太匆匆，让一个人那么快长大，怨一条长长的路阻断了母子的倾心交流，怨空茫的夜色只留下她一个人躺在空寂的老屋里，辗转难眠。

我会常常在人来人往的镇街上逡巡，寻找母亲的影子。母亲的心一痛就会扯紧我脆弱的神经。我在人群之中遍寻容颜苍老之人，当霜雪覆盖他们的头顶，就会有一个人时时在风中张望，直到夜色打败了黄昏。

母亲，我是这样想的，无论怎样，你如果再次来到我的身旁我会深深挽留，只有一次，留住你，从此与我生死相依，活在一起。我知道时间已经不会给我任何希望，我知道，无论我如何挽留还是没能最后一次留住你，哪怕只是在我身边看着，陪你一起老去。

母亲，你请坐下，此时你是我最亲的顾客。洗头，母亲的头发像一蓬走向秋日的枯草，流失了最后的养分。丰富的泡沫，时间也是泡沫，从无形到有形，从有形变成仅有的几滴水，顺着母亲的脖子流下。在枕骨的地方，母亲有一个凸起的肉瘤，每一次抚摸就觉得大了一点儿。我说，母亲疼么？母亲摇头，一脸疲惫坐在椅子上，等我，等她最小的儿子为她理发。母亲一生没有进过理发店，如果不是不争气的我后来成了一名乡村理发师，母亲会一直拒绝坐在一片小店里，体验这最不像手艺的手艺。

剪刀。镜子。三维空间里的母亲和我，只是对视了刹那，就别开了眼神。一生中，有几次儿女和母亲对视，我在想，在想，竟然可以少到屈指可数。而母亲肯定不会，当我们降生，躺卧在襁褓，母亲会一直注视我们的眼神，看着我们的一举一动，饿了，疼了，痒了，困了，冷了，热了，醒了，睡了，哭了，笑了，步步惊心。

我竟然没有留下母亲的只言片语，没有留下她的一寸毛发，没有留下哪怕一件破旧的衣衫。而我小时候的衣，还藏在那只陈旧的木箱里。

我是沿着母亲的目光走出村庄的，就像大哥二哥一样，转身，留下形只影单的母亲。一只飞鸟掠过村庄的上空，也会在夜幕降临时投进母亲的怀抱。我是一只无心的飞鸟，只觉得翅膀硬了，就该四处飞翔。单薄的树枝不是我的，简陋的村庄不是我的，那座在风雨中斑驳的老屋不是我的，只有前方的路在铺展，只有美丽的海市蜃楼在远方若隐若现。

记得十八岁那年，我第一次走出村庄，团团的雾色，笼罩在四周，母亲不知什么时候醒来的，柳木的擀面杖在案板上来来去去，面剂子在手下盛开。世间最好的吃食与母亲有关，世间最好的味道从母亲的手下流溢，世间绝版的葱花面是母亲做的，汤的柔，面的韧，葱花的香，在风中流转。

落身的饺子起身的面。母亲在碗底留下两只荷包蛋，我没舍得吃，带在身上。我知道面前还有长长的路要走，就像现在，我折身返回，毫无顾忌走向母亲的子宫。

那一年，我从海上归来，刻意隐瞒了大海的惊险与汹涌，我不能说我在一个月黑风高之夜遇上了层峦叠嶂的巨浪，我所在的那艘渔船像一片飘零的树叶，在波浪起伏中颠簸。我不能向母亲描述，当我站在船尾，一不小心被颠了下去，胳膊紧紧夹住船舷，从鱼腹中逃生。我不能跟母亲说，这辈子我对大海都充满了敬畏与仇恨，因为它曾蓄意吞噬你最小的孩子。

母亲的声调缓慢，母亲在叙述一件事情时往往会做一些轻松的铺垫。母亲，你说，中秋节的那天月亮很圆，能看见月亮里的桂花树，和桂花树旁的嫦娥与玉兔。你说，那天不知怎的就起了月晕，阴暗的，透着一种不祥之光的月晕环顾了月亮。那天的你，没有坐在老槐树下吃月饼，只叹息一声走进空寂的老屋。母亲，你说你看见窗外影子一闪，身高，脸庞，甚至伴随着一声惊悸的呼叫，都和我一般无二。母亲，那夜你睁着眼渡过又一个漫漫长夜，然后一大早撬开老教师家的门，嘱托他给我写了一封长长的信。

信到了的时候我已经站在你身旁。母亲，你一次次抚摸我的白色衬衣，摸我的脸，摸我的手，说有没有发生什么。

什么都没有发生。母亲，如今的你站在云端看我，看我从容走过乡村的时光，看我一次次从村庄走出，从一爿小店里走出，完整的腿脚，完整的身心，就是添了一份想你时的忧郁。

母亲，转眼你走了一年有余，过了两个春节，很多个日夜我会想起你，想你慈祥的模样，生气的模样，哭泣的模样。我在经历你曾经历的老去，也在体味你曾体味的人生。

我有时会不相信你说的那些话，腹胀，便秘，失眠与心悸。直到有一天，我躺在床上，眼前闪现你的模样，所有的不适一起涌来，我才明白从来就不曾懂你。不懂的还有小时候，一个人沿着长长的河道，摘谁家的生瓜妞儿，拔谁家的小树苗，攀爬谁家低矮的土墙，然后一脸浑不懔的模样站在你面前。你高高扬起巴掌，你从来没有打过我，你一把把我拽起给人一家一家赔不是，说孩子小不懂事，毁坏了什么我们赔。

我在悄悄地走近你，母亲，就像一个无知的孩子，试图拽着你的衣襟，请求谅解。20世纪80年代的某个清晨，地震，你慌张地醒来，起身，一把抱起我风一样跑到院子里。就像《聊斋》里记述的那个母亲，从狼嘴里夺回自己的孩子，然后一遍遍讲述与狼贴身肉搏的场景。短暂的惊悸过后，才发现自己赤身露体。

雨，不停地下，你给我搭起一个简易窝棚，让我在远离房屋、土墙的地方睡。风雨飘摇，谁知道会不会有更大的一场地震，大地摇晃，房屋倾圮，人世间宛若地狱。

此后的很多年，我会在风雨中，地震时，莫名想你。你想留下孤单的我吗？是不是从那时起就告诉我将来我会一个人面对孤独的人世，面对无情的时间？

好吧，母亲，就让我在孩童的阶段再停留几分钟。夜幕已落下，我已经趴在你的肩膀，鸡鸣，长长地牵出时间的更次，你将最后一次背负你最小的儿子走在黑暗中的村庄。我醒着，很多双眼睛看着，看我如何在你的肩上长大，看我如何继承你的衣钵走向无边的旷野，看我慢慢长成你的模样，甚至性格也越来越像你，软弱、执拗、卑微、死扛。

我看见那个嘲笑你的人被埋进泥土，七个儿女不知道混成什么模样了。

我看见那个因为偷了队里的几块红薯抓住你的人老去，用世间最恶毒的语言咒你。

我看见那个一辈子和你作对的女人留守在村庄，脸上写着孤独与迷茫。

不是的，不是的，母亲你说。我们不要仇恨，我们也不要记恨世间鄙薄我们的人，他们也曾像我们，软弱、执拗、卑微、与生命死扛。我似懂非懂，母亲你是否此时真的站在云端看我，看我活得越来越像自己，回到少年时的模样？

我不能再做任何停留。母亲，在与你分别的几百个日日夜夜，从未有像现在那么迫切重返你温暖的子宫。

大地繁花盛景，泥土像你的胸膛般温润，夜露晶莹，在天地间凝结，我不得不选择一条捷近的小径，一闪身钻进你谷物般饱满的腹部。

听见河流的声音，布谷鸟的叫声穿越林梢，穿过无边的麦浪。小满，物至于此小得盈满，即将迎来丰收的喜悦。我听见你在田野上奔跑的声音，脚步轻盈，走过长长的阡陌，长长的田埂，走过村前的石板桥。你在小河畔洗衣，河水映照出你喜庆的容颜，你尽量让腰挺直一些，再挺直一些，这样就能让我畅然呼吸。我听见月光洒满院落，流下瓦当的声音，像轻盈的时间之水，像夜色中的荷花，像沾水的蜻蜓，像薄薄的裙纱，披在你的肩膀。母亲，我试着拽了一下脐带，你就知道我在你的子宫里有多么安然。我试着踢了一下你的小腹，你皱紧眉头嗔怪。我在时间之水中仰泳、蝶泳、蛙泳，试图做出各种你想象的动作，让你体味十月怀胎的喜悦与痛楚。我把山搬进来，我把田野搬进来，我把一生的长路搬进来，我把失落的、迷茫的、困顿的、悲欣交集的一生都搬进来，住在你的羊水的空中花园。

母亲，我不曾说过爱你，因为一辈子都不曾离开。在你想要生我的时候，我会挣扎，我会哭泣，我会握紧小小的拳头以示抗议。

母亲，那是你轻柔的呼唤吗？像一阵风吹过我时间的旷野。喊我，来到孤独的人世间，体味冷，体味暖，体味悲凉与怆然，体味你离去的切肤之痛。然后，让我用长长的书写，度过这旷野上生离死别的一生。

《鹿鸣》2016 年第 5 期

塘河记

赵柏田

那日我是在温州，宿雨后的空气润泽而清新。我坐在酒店餐厅，看着喜欢的朋友从楼上下来，一起吃了早餐，喝过红茶，然后向塘河而去。

塘河之行是 11 月初在杭州西湖就约下的。那一夜的西湖，下点小雨，灯影里有黛青色的山影，恍恍惚自己就是四百年前的湖山主人，只觉山是我的，湖是我的，那身边巧笑着的女子，也是我的。总盼着月底的塘河快快成行，惹得小远兄笑我，南风一夜渡塘河。其实在我，顶想看的倒不是河，而是看河之人。我早知道，这次的行旅，台湾的郑愁予先生，那个写出"我达达的马蹄是个美丽的错误"的诗人要来，多时不见的柯平、庞培、黑陶要来，还有江西、兰州、山东的兄弟要来。他们到得浙江，其实我也算得半个主人的。

似乎西湖的夜风还吹在耳侧，那一切来得如此周致，竟好像是，景已暗换，而心情还是那一夜的心情。

晨光中，船泊在小南门码头，解缆未行。一夜朔风，风日正好。一入舱内，就被桌上一盆水果惊着了。葡萄、橘子、香蕉，也就寻常果品，当船身侧转，向南行去，沿着水面衍射而来的一缕光线穿过船舷，正好投在了那一盆美果上。金黄的橘，紫红的葡萄，都还带着乡野的露水气，然则日光之下，如此静穆灿烂，看去也都是人世间的好。

《山海经·海内南经》上说，瓯居海上，想上古时，这里是极南极偏之地。最晚不过南朝宋之前，今温州城区、瑞安、平阳一线以东，即是茫茫海域了。温州的原住民，有说春秋时从越地徙来，也有说是良渚文化的一支，从上源好川，随流而至。我竟暗喜前者，因越地一说，至少与我住的宁波有点干系。温州一城，全赖三条主河化育，自北而南，瓯江、飞云江、鳌江，塘河襟连前两条水系，实是当时生民开垦的运河。说是开垦也不甚恰，它实际上是阻止海水入侵的一道塘堤，故与海岸线平行，略呈南北向。堤内注水，可行船，可灌溉，可阻海侵，可见人生天地，智慧非天生就有，都是环境造成。想与人说，一船笑语哗哗，半句跌入河间。

就连宋时博学多知的学者陈傅良，都说南塘"不知起何时"，可知这河，来历甚久。此地有百里坊，典出唐温州刺史张又新《百里芳》一诗，说的是南朝永嘉太守王羲之，夏日驰五马出行，往看荷花，时南门街衢两侧为河，奔驰百里，一路皆清芰香气。张诗甚好，录于此，也可见当时政治清明，实合周公之礼：

时清游骑南徂暑，正值荷花百里开。
民喜出行迎五马，全家知是使君来。

河一路逶迤，往西偏南，经得胜桥、吴桥、三板桥，南塘，丽田，梧田，至白象。若再行二十余公里，出茶山、仙岩、丽岙、塘下，便到瑞安东门了。瑞安，是那晚西湖同游的小远兄的老家，清末一代经师孙诒让的玉海楼就在此城，心里崇敬，反而惴惴，不敢轻易言往。但我知道，终有一日是会去的。

河水汤汤，映着朝云，并着尚带水汽的阳光。日影投于水，如一瓣湿润的唇。哪是瞿溪的水，哪又是雄溪和郭溪的水，一时委实难辨清。沿途有桥，有河埠，有喧腾的老街，皆初冬南方景致，平和里沾着喜气。有人于河干桥墩讲朝廷，亦是油米酱醋起头，尽皆人间底色。船近白象，有人遥指远处山影，说是吹台山。时日光下射，水汽上蒸，山影葱茏一如水墨。周灵王太子王子晋吹箫飞升的游仙故事，我是早晓得的，亦知乐清灵峰之上有箫台，犹如刘阮在天台，都是登仙的古迹，只是一直不知吹台山在何，不意竟在塘河上无意见之。

绵软如织锦的水光里，也是有着兵气的。这兵戈之声，不是来自北宋，啸聚处州的方腊那一众寇，而是汉时，此地的东瓯国与今福建一带的闽越国。那时候的生民，大抵都还是剪发文身、错臂左衽的。司马迁《史记》里有"东瓯列传"，对这两小国的恩怨述之甚详。开篇说道："闽越王无诸及越东海王摇者，其先皆越王勾践之后也，姓驺氏，秦已并天下，皆废为君长，以其地为闽中郡。"秦亡后，东瓯的驺摇佐汉抗楚，汉兴后复位东海王，不意后来被拖入七国之乱那一潭子浑水，后又与南边的闽越国连年纷争，两小国终被汉武帝灭国、内迁。故国陵阙，尽作汉家山水，于今野草桥边，都是旧时王孙了。

船的一侧，偶或有水榕树，成片是瓯柑林。墨绿的叶间，秋实缀枝，作金黄色小灯笼状，枝重委地，亦颇可爱。有农人背了一肩的果子到河边，脱至光膊，农人劬劳，竟似不畏西风，把果子又装满船去。

称之瓯柑，自是因这种果子产自瓯地。这几日总听得有人叫它大吉，想是大橘谐音。作为橘子的一种，它的个头自是偏大的。瓯地巫风盛，祭神作供果，叫声大吉，也是讨个口彩罢。此果古称黄柑，作为永嘉土产，每年九十月间，岁例进贡，唐开元时，天子于上元夜会见亲近大臣、侍从，餐黄柑拜赐馈遗，号曰"传柑"，这般景象，也是久断了的古风。东坡有诗"三寸黄柑擘永嘉"，把此果与"云泽米""雪坑茶"并致，都是君家上好之物。又有诗专述"传柑"，写此果滋味，冠绝人间草木，有"侍史传柑御座旁，人间草木尽无浆"句。也有说宋时叫海红柑的，想是藏之久而皮色转红，再加产地近海之故。

我于此果，原本无感，吱一口，甜中微作苦辛，清而不腻，味蕾上滚过一阵奇异的风，竟好似万水千山的跋涉，一下到此，都卸下了一般。船上还有橘子糕，也与孩提时母亲给我吃过的一般清凉无异。这瓯柑和橘子糕，就是我的玛德莱娜小点心了。每个人都有他自己的玛德莱娜小点心的，它藏在时间的皱褶里，总无觅处，就像人与人的遇合，总是不经意间方有邂逅。邂逅，适我所愿，《诗经》里这句，说的是人与人浮世里的那一点情分，也是人与物的。

于是欣然去登塔，想着这浮屠总能见证些什么。塔是河干的白象塔，说是起自唐贞观年。其实登与不登，塔都在那里，七宝楼台，和着塔基下的人，都已定影在心的底版了，时日愈久，或可沉淀愈深。可堪登者，是因为它是新塔，吃得起重，且人人都上去了。老的唐塔——其实也不再是，是北宋咸平年间至明嘉靖再至民国多次重修了的——拆除正好五十年了。

从中空的塔身盘旋而上，东是大罗山，西是凤凰山，其下塘河如练，论地势自是极好。我总疑惑，不知身处几层。设若一人独自登临，我怕是不会有这样的兴致。可见我名为好静，实爱的还是人间热闹场。终至七级，恐高者已抱壁颤抖，汗不敢出。意念里的白象慧光，杳无踪影，只在听人说起五十年前塔身里出土的北宋漆器、木雕、青瓷，佛像、印经、舍利子时，才有那么一闪。

我果然看见了这些千年前的物事。那已经是在河边的博物馆了。佛像，菩萨，天王，力士。印经，写经，残画。置于现代光学仪器下的舍利子。活字印刷的《佛说观无量寿佛经》残页。还有密封玻璃柜子里的彩塑水月观音半跏坐像。那佛像穿越千年，虽色泽剥落，还是面相庄严，纹饰生动。我知晓北宋泥塑，泥胎表面须饰以高岭瓷土和桐油，风干后易于造型，且能保存至今不失妍媚。

物品中尚有一副瓯地女子的嫁妆，看式样和漆色是晚清或更晚近的。一床柜，约齐膝高，漆色未蚀，微转暗红，柜子正身刻数行小字："美果小巧劝郎尝，庚申年秋月，铁樵涂。"其下是南方常见的瓜果、叶子和昆虫，笔法朴拙，亦颇有趣。

铁樵者，可能是做柜子人家请的匠人吧。"美果小巧劝郎尝"，我读此语，大类女儿家娇嗔口吻。那是个什么样的南方女子呢，她把这句话让人镌刻在陪嫁的柜子上，这浮世里的小儿女情态，怎么着都让人动容。这郎君没准儿是个爱甜食的"吃货"呢，这么想着我就笑自己还是不解女儿家的心意，这美果，为什么就不能是愈藏愈甜的瓯柑，不能是那个待嫁的女孩儿自己呢。

忽然有些了悟，适才那如风一般在舌蕾上卷过的，原来是爱情的滋味。爱情有诸多形象，只是在这一日，在塘河，它被赋予了瓯柑的形象、色泽与香气。它可以涩如初恋，淡淡地苦辛着，也可以甜如蜜汁，如遇良宵良人。

想说与身边人听，空空的厅堂里已了无一人，疾步折身，外面的月洞门里，众人都在合影了。

经帆游山，舍船上岸，步至仙岩，此地的梅雨潭是必看的，因为它曾惹动朱自清先生写下文学史上的名篇《绿》。朱先生借居温州一年，他那个搬到南戏博物馆隔壁的旧居我是去看过的，几乎没几样旧物，但这潭边的青石，他曾枯坐半日却是确凿的。从山涧里来的凉风，曾经吹着朱自清，也吹着我。那摩崖上石刻的宋朝的字，明朝的字，清朝的字，不知有多少眼睛扫视过的，我的目光依然为之停留。但我改变了主意，不想临着潭水去诵读朱先生的《绿》了。我嫌它忒软了些，色调也过于浓烈了些。想到未登翠微岭时，路边见仙岩寺门口，匾额上书"开天气象"，落款"晦翁"，知是朱熹手迹，宋人气象，周程朱陆，何等阔大！佩弦先生，人和文字，还是嫌单薄了些。

出寺门，隔着虎溪就是慧光塔。此塔和塘河上的白象塔，还有温州城里的净光塔，都是起自唐贞观年间。塔已修葺一新，但我还是独爱想象中冰霜剥蚀、风雨摧残的旧模样，就好像叶芝对着他的女神说"当你老了，青丝染霜，炉火边我只想着你旧日的容颜"。身边人在说着虎溪的故事，虽不对着我说，但我想自己，就是出了林中来听你说法的猛虎哩！

是夜在乐清康天的酒吧，吃他自酿的果酒、米酒，酒气冉冉，丹田还暖。小棉唱在水一方，庞培唱献给他做过纺织女工的妈妈的歌，吉敏唱一种相思、两处闲愁。就连年过八十的郑先生，也上台唱了一支新疆民歌。我默诵少年时背过的"那等在季节里的容颜如莲花的开落"，把白日里梅雨潭边的心思了了，想着泽雅的天空，芦花飞白，满山皆是竹纸，我的心真如小小的寂寞的城了。跫音不响，三月的春帷不揭，你的心是小小的窗扉紧掩……但我真的不是过客，我想做归人了。一时间心里似乎满溢着了，如同认出了山河故人的欣悦。

行程的最后一站是江心屿。从塘河到瓯江，由绮丽转向开阔，自然和人生的出口处，大抵仿佛。时日影西移，照着江心寺、领事馆大楼、东塔和西塔，此间人和物，都有了长长的影子。江干有一榕树，合抱樟树，在此已逾千年，时人以忠臣孝子的故事穿凿之，我伫立良久，却想，设若爱有形象，在此间就是江心屿那一株合抱着的榕树和樟树了，原本不甚相干的两截生命，某日起就相依相偎着了，我中有你，你中有我。

《福建文学》2016 第 5 期

采采卷耳

刘学刚

　　打开古老的《诗经》，每一页都是绿草萋萋，美好的植物犹如翡翠玛瑙一样，散发着清辉。有一女子，背了一只斜口筐，在路边采摘苍耳，"采采卷耳，不盈顷筐。嗟我怀人，置彼周行"（《周南·卷耳》），采呀采呀，浅浅的小筐忽然被她丢弃在大路旁，她一个人就那么久久地站着，痴痴地眺望远方的风烟，眼睛里蓄满深深的思念：那远在天之涯的心上人，是否也被离思和忧伤所困扰，攀上那高高的山冈，回望他渐行渐远的故园和等在季节里的容颜？那一时刻，她的思念一如苍耳，沾着他布满征尘与酒痕的衣襟，天涯海角，如影随形。

　　《诗经》里的女子，采撷的是苍耳的嫩叶。苍耳的嫩苗，在古代是一种可食用的菜蔬，三国人陆玑说它"可煮为茹，滑而少味"，《千金·食治》就有些直言不讳了："味苦辛，微寒涩，有小毒。"小毒是什么，就是玫瑰的小针刺，女人的小蛮横，要你小心谨慎地伺候她，细心周到地体贴她。总是古人有办法，把苍耳的嫩叶请到清水盆里洗洗尘，然后浸入热水锅里泡泡澡，还要淋一次冷水浴的。想吃鲜嫩嫩热乎乎的苍耳羹，不可或缺的配方是古人按部就班的处事态度和慢悠悠从容容的生活理念。作为农耕时代的伟大诗人，人类美质的发言人，杜甫以诗歌的方式思考和生活，他的诗句就像温热的光，一道一道地射过来，裹挟着恒久的暖意，"加点瓜薤间，依稀橘奴迹"（《驱竖子摘苍耳》），只这两句，就让好味道覆盖了生活的寒酸：加一些瓜薤吧，瓜薤祛毒，滑而少味的苍耳游走在口齿之间，依稀就是一瓣瓣柑橘，口齿生津啊，生出一条香的河，再流出一泓甜的溪。

　　在我的故乡，苍耳生在干硬的土路边，也长在贫瘠的野地里。生在土路边的，叶子灰呛呛的，就是一只只竖着的鼠耳，探听着远远近近的声响。野地里的苍耳，植株有一米多高，在矮草丛里伸着卵状三角形的大叶，得风又得露，叶面青白色，被糙伏毛，有些艾叶的模样，只是艾叶芳香通窍，苍耳其味涩苦难闻。苍耳春天开绿花，花很小，碎碎的，一点儿也不打眼。似乎一抽枝，苍耳就苍老了，人们远远避着它，即使路边打个照面，亦是熟视无睹。

故乡没有采采卷耳的姑娘。如《诗经》里那般多情的女子，才是苍耳的精气神。采了它的嫩叶叶，伊人美目盼兮，苍耳又会长出新的。被这样的皓腕柔荑宠爱着，苍耳的叶子只要绿着，每一天都是春天。苍耳的叶柄有一拃多长，犹如一根根手臂，支配着叶子的大手，把春天推向繁茂丰盛。夏天的大太阳深情瞩目着绿色的大野，金黄的光线在植株内部涌动着，蓬勃着，当苍耳结出的果实由绿转黄时，秋天来到了。苍耳用它的果实创造了秋天，也实现一个植物家族的繁荣。

苍耳的果实呈纺锤形，其上钩刺密布，唐人孔颖达和陆玑一唱一和，说这球果很像妇人的耳中珰。它的果实也叫苍耳。一身病痛的老人告诉我们，苍耳是一味中药，祛风散热，通窍止痛，其药力上通脑顶，下行足膝，外达皮肤。我们这群孩子却有着别样的植物体验。在我们看来，那刺儿头就是一枚枚神奇暗器，让我们个个练就弹指神功的绝招。从衣兜里取出一颗苍耳，置于手心，吹一口仙气，右手食指弯成一张弓，大拇指紧紧抵住食指，迅疾把其间的苍耳弹射出去，准确命中某个女孩的麻花辫。弹射苍耳，有儿童顽劣的成分，有聪慧和机敏，也有对麻花辫女孩莫名的喜欢。一个人若是从童年伊始，就对大自然有着强烈的好奇心，那活泼单纯的天性，就会成为他一生的叶绿素，让他童心不泯，等他苍老了，依旧生活在快乐清澈的童年时代。

苍耳总苞外钩刺众多，细看，其上长有两个大的角状刺，一左一右，很像河蟹张开的一对铁钳般的螯足，让人敬畏得很。苍耳用它的钩刺和行人以及飞禽走兽建立关系，让后者来承担播撒种子的任务，从而彻底改变自己的命运。"种子的第一个最凶恶的敌人便是将它生出来的枝干"（梅特林克《花的智慧》），苍耳等在路边，等着它心仪的人或者动物，一旦遇见，怎会两忘于江湖，就黏附着他的衣物，它的皮毛，相跟着行走天涯，在不知名的异乡扎根，抽绿。"洛中有人驱羊入蜀，胡枲子着羊毛，蜀人种之，曰羊负来"（《博物志》），羊负来就是苍耳。从《博物志》这部人间奇书里，我们可以看见这个江湖游侠的传奇人生。它敞开故乡的概念，把异乡变为故乡，让它的故乡走向更为辽阔的生存空间。苍耳落地生根，而苍耳二世又会借助它的钩刺，继续探索新的领域，在远离故乡的地方，实现运动而又活跃的家族理想。苍耳的别名还有许多，如常思菜、粘粘葵、刺儿颗、假矮瓜、野落苏、野茄子，放慢语速地读，这一个个名字都有一段植物的传奇。

在故乡的小路上，我曾经试图掰开一颗苍耳，无奈其外壳坚硬如铁，只好借助于刀具，竖着锯开一道缝，再横着划出一个小口：小小的枣核形的刺儿头，竟然有东厢西房两个居室，各住着一个瘦果，瘦果有些葵花籽的样子，其果皮很薄，犹如一件松松垮垮的黑色真丝衫。如此硬而韧的外壳，走兽强大的胃也奈何不了它，不管走多远，它最终被归还大地。我们不禁倒吸一口冷气。人真的比植物更有智慧吗？苍耳先用毒蛋白、毒甙等武器实行自卫，而当钩刺助它千里远行之时，它的果实就是一座流动的坚城，果实干燥，不蒸腾水分，处于休眠状态，比经由落叶以减少水分蒸发的阔叶植物更能适应恶劣的外部环境，它可以等上几年乃至几十年，等遥远的春风，等迟来的秋雨，等来的是征服新大陆的绿色的奇迹。

许多年轻人远离故土，追随着一阵风、一声汽笛、一个念想，漂泊他乡，去探求生存的无限可能性。在异地的阳光下，远望故园，是否能望见乡路上的植物苍耳？美丽的城市花园，是否容得下一株苍耳？废弃的瓦砾，常是苍耳最后的栖身之处。它站直身子，用绿叶的手捧出一串绿球球，构筑着它绿色的大厦。

异乡的夜晚，我亲近着《诗经》里的植物，由此迷恋着一切书写植物美好的文字。"黄姜收土芋，苍耳斫霜丛"（苏轼《用过韵冬至与诸生饮酒》），"君不见诗人跌宕例如此，苍耳林中留太白"（陆游《山园草间菊数枝开席地独酌》），这些与苍耳有关的好文字，是今夜空气里的氧，温润的呼吸。

《人民日报》2016 年 5 月 28 日

祭父帖

耿 立

一

二十年前，父亲出殡的当日，我在父亲病榻前写的一段文字恰在当地报纸刊出，里面有一句"乡里小儿"的俗语，使得当地一些无知的人不高兴，如眼里横了根芒刺，当在乡镇工作的堂姐告诉我这事时，身穿重孝的我只有无奈地苦笑，但随即便勃然起怒，我说，让他们找我算账好了！那声音大的怕人，四周的亲戚都转头看我。父亲棺木尚未入土，我要维护父亲最后的尊严——思想的尊严。不要让我的父亲再一次受辱。

今天，特意把二十年前的文章找出，毫无增删，把那段所谓引起人嫉恨的文字原本照录：

> 望着眼前卧床失语的父亲，我就想起当生活逼迫无奈，曾到机井寻死的那人，那时我才出世三天，他向队里干部讨一点儿谷子，他向乡里小儿跪倒，喊出最屈辱的一个字。父亲不是韩信，他受的屈辱也远甚于胯下，然而他最终选择的是机井。都过去了，几十年后，当儿子到菏泽工作的时候，父亲每次到城里，怀里揣着的是一个用锡打制的酒壶，那壶乡间唤"咂壶"，需倒旋才能打开盖子，把壶放在近身的衣服里，酒也就有了体温。我常想饮酒是天才的最好下场，想不到一生屈辱、不能明白表达自己意志的父亲，一生平庸无愧的父亲，竟和天才们殊途一归——饮酒，是他们共同的出路。

二十年了，父亲庐墓已拱，而二十年前的文字还在，今我南下岭南，远离血地，就像是做贼一样，我感到一种对父亲和那片黄壤的亏欠。二十年，我很少在文字中提到我的父亲，虽然我的许多的文字曾引起人的关注，但我还在寻找一种有血痂的文字，那是专门与父亲般配的文字，与苦痛相称的文字，不轻慢不懈怠，如土地滞重敦厚的文字。

我知道，父亲是一个被践踏者被侮辱者，他生得瘦小，说话口齿不清，口里呜呜噜噜，他不会说理，好急躁，有时就奶奶娘地骂人。但父亲是一个从小在集市上做面饭生意挣扎生活的手艺人，他到过周围方圆数十里大大小小的集镇，认识很多人，但知心的，我知道就什集镇西街的姓周的一个大爷，北街姓马的一个大爷。他们两个都年长于我父亲，一个做烧鸡卖，一个做茶炉子（拿手的绝活是酿醋）卖开水。他们的身上一个是常年的油腥味，一个是煤烟味。

父亲是一个失败者，失败者的地位在乡间也是最低下的，各种力量都可以使唤他消耗他剥夺他，人们就取笑，起各种带有侮辱色彩的绰号，其实包括我母亲、哥哥也都看不起父亲，哥哥常和父亲顶嘴。我看到一个没有尊严的父亲在儿子面前的焦虑，父亲急了，也是呜噜呜噜骂人，然后气得走掉。

这是一个卑微的人，卑微到人们的眼睛里好像没有这个人，只是蝼蚁般的生物存在。即使在他的兄弟、堂兄弟甚至子侄那里，也没有尊严和分量，我有时对父亲的生存感到悲哀甚至悲悯，但我知道，父亲是不可替代的。我同情我的父亲，即使人们践踏他如泥土，但他依然那么良善，无有反抗。

母亲常与父亲吵架。两人争吵了一辈子都没有和解，那种怨恨，使我久思不解。憎怨，就如不能同槽的牲口，犯忌，会互相踢咬，验之匹夫匹妇，大打出手，骂骂咧咧，也只是野草蒺藜寻常日子。

我出生的时候，应该说是父亲人生的最低点，他原本作为手艺人被公私合营了，成了一位吃供应的人，到了20世纪三年大饥荒的时候，被裁员下放了，也就是在我出生的时候，他连底层的等而下之也不如，挣扎到吐血，挣扎到绝望，就有人逼得他差点跳机井自杀。

我没有体会过父亲内心的绝望和黑暗，但我知道"我本可以忍受黑暗，如果我不曾见过日光"。但毕竟父亲是所谓的公家人而最后被剥夺到还乡种地，父亲这一辈子是怎么样在血水里蹚过的？无论何等的命运都能全盘接受？我自认我做不到。如果做到，那就如猪一样无疑，但我这个比喻并不是针对我的父亲，我知道猪没有思想，有思想的猪，是绝望的，有思想的猪不会相信所谓的谎言和承诺。父亲有时太相信宣传相信领导，领导说让他还乡，等形势好转再来，但父亲等了下半生，也没有再接到上班的通知。父亲不知道戈多，但父亲对一个虚幻有期待，被别人规划的人生，注定无法摆脱被强权和强势所支配，那下场注定是悲剧无疑了。

也因为这，我从小对逼父亲自杀的人，一直怀有恨意。这人读过书，在乡村里属于常使坏、容不下人的人，对比他低下的人踩毫不吝惜，对比他高的人捧毫无顾忌。乡间的欺诈与手段，也是江湖的暗角，汹涌澎湃。在我出生的时候，偏巧，我们生产队里一个在大队当干部的人的父亲死掉了，此人拿着生产队里仓房的玉米、麦子、大豆成麻袋地送去，让他们待客。而我出生，当时我们家，家徒四壁，盛米面的瓮与陶土的缸里无有粒米，于是就想着借队里一点儿谷子，脱下皮子弄点小米，为我的母亲温补一下身子。但生活的坚硬和冷漠拒绝了父亲，这个年方四十的男人，无力体恤妻子，无力抚养出生的儿子。那是雨天，深秋的雨天，早已没有了雷声，但他喉咙里像是有轰鸣的雷声从肺腑爆出，人们看到了这雷带来的水，他的脸颊汹涌的泪水，他不愿再在这个世道无尊严地活，他想倒净这苦胆一样的生活的汁液，但生活还没折磨够他，他被拒绝了，被人在井口救下了。

二

当我有记忆的时候，父亲到山西讨生活，是货郎一类的。小时，我特别怕人讲山西狼吃人的故事。我们是平原，从来没有狼，但童年的记忆里，很多狼的传说缠绕我的记忆，狼把人吃掉，手指脚趾就是狼的点心。

那时，我总感到父亲在外面是要饭的，总忘不掉父亲那戴着臃肿的棉帽子的沧桑。

就是这张沧桑的脸，在一个冬日归家，母亲站在低矮的门框前。虽然母亲和父亲的关系一直疙瘩，但作为支撑家的男人，她还是盼着他回来。我也牵着母亲的手，站在门框的边上，一个戴着棉帽子的人，推着一个木轮车近了，母亲一边抓住我，一边用手抹眼泪。待到那人走近，母亲说：你爹。然后就哭起来。

哭声，临近年关的哭声，让我跌入了无边的冰寒里，我也成了一个冰碴子，被生活硌出了血。

他们当时才是中年，但漫长的苦痛与苦熬，皱纹里的尘霜，愈发使他们渺小无助。

父亲先是笑着，后来也哭起来，一个男人在自己的屋檐下，望着冬日里的妻子与儿子，他的感触是什么？那时的景象烙印在我的血液里，院子里的槐树铸铁般的枝干，如刺一样扎向苍茫。

当父亲把铺盖卷扔到屋里的地上，年关的夜幕，就如一床硕大无朋的印花包袱一下子把我们的平原包裹了。

父亲在土地上苦做，还记得父亲遇到的一次凶险。当时是到地里抗旱，生产队里派父亲去推水车，白天黑夜地推着水车长长的木柄。一天父亲实在太疲累，他的手没抓住，水车的木柄的反作用使那木柄如横扫的兵器，一下子击中了父亲的太阳穴处，父亲被打昏过去，垂死在机井的壁上。生产队里负责查夜的人看到父亲卧在那里，就用脚踹，说：别偷懒，装死。当时井的四周，父亲的血已经渗进泥土，那土成了硬块，没有一个人站出来说句人道的话。父亲浑浑噩噩地站起来，又扑通一声栽倒，后来，他跌跌撞撞摇晃着站起，又抱着水车的木柄吃力地推起来。

所谓的物伤其类，那是建立在同情与悲悯的基础上，但乡间的冷漠与残忍，把最后一丝乡间温暖的伦理也突破践踏殆尽。还记得，父亲让姐姐用劣质的烧酒，用火柴点着，然后为父亲清理太阳穴附近的创面。但是第二天，父亲还是爬起来到地里出工。到了寒冬腊月，那是农民最难熬的时候，要去黄河去出河工，挖河或者加固大堤。那河里有冰，人跳进去，深的沟把人头都遮蔽了，只有铁锨连着的土块被一次次抛出来。有时，铁锨上粘的土块如胶，无论多大的力气就是抛不下，或者是土块太重，父亲举到头顶抛不出，就石块一样砸下来。

日日天不明从河工的帐篷里跌撞着爬出，晚上踉跄着回到帐篷，鞋子里是冰，是血，成了铁鞋。即使是风雪天，父亲说那也得出河工。

每年河工上都有死人的事发生。

父亲说，人就像小鸡，扑棱一下翅膀，说完就完了！

在"文革"后期的日子里，为了一家老小的糊口，父亲偷偷摸摸地弄些小麦面、一些棉籽油莨麻油，找一个平底锅，在家里炸一种鲁西南平原称为"面泡"的吃食。面泡圆圆的，如陀螺的形状。出锅的面泡焦黄，外焦里嫩，那功夫主要是在和面摔面，这是一个力气活与技术活，小麦面沾水后很黏，要把面从口方三尺的斗盆里扯起，然后咣咣地摔下，重复上百次千次，直到那些面与空气接触完全，有了筋道。然后平底锅里的棉籽油莨麻油冒起了黑烟，母亲在灶下烧火，父亲就用筷子夹起面续到油锅里，那面团如气泡一样膨胀，在油锅里漂荡。

炸好的面泡有时在夜晚悄悄用秫秸茬子制的筐子端到街上去卖，有时那些饥饿的人会找上门。那些日子，就是靠这些所谓的违禁的小生意来勉强维持家的开销。

但有一次，父亲刚支上锅，锅里刚倒上油，母亲刚生上火，管理集市的被称为杨大篮子的人到了家里，他一脚踢翻了油锅，真佩服他的脚下功夫，竟然毫发无损。父亲被带走了，那一夜，母亲搂着我，在床上坐了一夜。无边的黑夜，四处的荒寒与死寂，我们母子枯坐如木偶，但命运的线牵在哪里？拨弄我们全家，天地不仁，天地不语，生活快要窒息，年少的我，无尽地咳嗽在那黑夜。

第二天，父亲被带到离家五里的一个修桥的工地上办学习班，接受劳役改造。

那桥建在满是芦苇的沙河上，我和姐姐就一天三顿为父亲送饭，用瓦罐盛着红薯粥、地瓜窝头、辣椒等，天天如是，周而复始。父亲在那里搬石头，光着脊梁，瘦矮的他愈发渺小。有时蹲在那里用锤子敲石子，一下一下，重复乏味的劳动，作为投机倒把的惩罚。

那是夏天，一天三顿饭，都是姐姐提着瓦罐，我手里提着用土布围巾包着的窝头。姐弟两个走在早晨，走在正午，走在黄昏，好像太阳总是在头顶，照得我眼睛发黑，地下的土烫脚。在小时候的夏季，我曾光脚到八岁，脚趾自由地生长，以致到现在我买鞋子，都很难买到合脚的。

但是，令我铭刻终生的事像崩塌的桥墩一样，把父亲、姐姐、我一下子窒息了。正午的天空白花花的，炽热地燃烧，我的头上、脖颈上的汗像虫子在咬，姐姐在系鞋带，把瓦罐递给我，让我提一会儿。我不知怎的提着提着，觉得瓦罐的绳把我的手勒得有点疼，想倒换一下手。谁知，瓦罐跌到地上。

瓦罐碎了，满满的面条子如蚯蚓全趴在地上。

姐姐惊呆了，这是母亲这一个月唯一的一次拿出家里的麦子面掺上一点地瓜面为父亲擀的面条。也是家里仅存的、父亲炸面泡剩下的一点儿白面，全家人都舍不得沾牙。

我还没从惊愕中醒来，姐姐一个巴掌拍到我的头上，然后就蹲在地上，从土里捡面条。

姐姐用衣裳襟兜着面条走向修桥的工地，我在太阳下啜泣。我觉得头顶的太阳很红，如父亲炸面泡的平底油锅。

修桥的工地上，一片片脊背躬凸在燃烧着的赤日之下。矮小的父亲走过来，拿着一顶草帽，他把姐姐衣襟上的面条倒在草帽的深处，走向一片水，用水淘洗面条里的土。

太阳很白，太阳很红，修桥的队长在喊：歇会儿，吃饭了！一夏天都是地瓜窝头，如橡皮一样涩韧的窝头折磨着父亲的胃，还有那些辣椒也在父亲的胃里围剿翻腾，父亲曾捎信给母亲说：这段时间一直烧心。于是母亲才狠心做了一次擀面条。

在回去的路上，姐姐问我还疼么？她用手抚摩着我的头，姐姐哭了，她的泪顺着她的脸颊流到胳膊上，然后从胳膊流到我的头上。

三

如果给父亲一个职业定位，父亲一直挣扎在小面饭生意人和种地的农民之间。他一生都是匆匆走在糊口的路上，他担当不起这样的称谓：商业和农业。但他却与这些相近：面食手艺和农作物。这像文章的关键词贯穿他一生，再加上一个关键词：扫大街。父亲一生就如吊在悬崖上，随时都有被生活推下去的危险，为了糊口，他只能忍受。

丸子和凉粉代表父亲的面饭手艺，在好多的时候，父亲在夏天的集市卖绿豆凉粉，冬季卖绿豆丸子。我家有个架车子，这种车的样式特殊，类似红车子的造型，改造为上面是木制的平面，后下方有个柜子，木独轮在平面下的前部。人在后面双手驾车，躬身前推。夏天冬天父亲把盛凉粉和丸子的簸箩和遮阳的棉布棚、条凳用绳子缚在上面。炒的酱、醋、蒜、芥末、香油、碗筷放在柜子里。

地排车、铁锨是父亲匍匐在大地的锁链，把他的命运紧紧地箍在泥土里，不得动弹。即使在苦难的日子里，他曾到山西还有安徽亳州做货郎，还有两年在河南的驻马店、平顶山一带用毛驴车拉货。但他还是大部分时间生活在山东省鄄城县一个叫什集的小集市的东街。我们姓石的在这个集市至少生活了五百年，父亲曾给我讲从山西老鹳窝移民到这里的经历。父亲对在这个土地上生活过的祖先有一种肃穆的情怀，有一年的旧历年前，父亲请人画了一幅可以悬挂的族谱，上面一个一个格子里，写有名字。父亲告诉我他的爷爷、我的曾祖父叫石松岚，原先只是口头说，这次看到族谱上的这三个字，我大吃一惊，作为一个农民竟有这样雅致的名字。父亲告诉我，他的曾祖母是识字的，是大户人家从山西逃难到这片地方，嫁给了当时三十多岁还是光棍的高祖。她曾要求后世的子孙要读书向学。

生命确实是很奇特的，家族的密码在神秘地传递，在苦难的年代里，我的爷爷曾上过几年私塾，能在乡间粗略为人记记算算，但为人耿直，好喝酒，不到五十即逝。母亲曾告诉我，爷爷在醉酒时豪气干云，用胳膊当棒槌捶打那些新割下的大豆棵，酒醒后，胳膊鲜血淋漓。

父亲也爱喝酒，晚年唯一温暖他的是酒。

父亲在集头忙得往往没有时间吃饭，往往就是二两酒往嘴里一赶，咕噜一声下肚。

在凉粉摊子上，在丸子摊子上，我有时短暂替父亲照顾摊子。一般的程序是：父亲早早起床，先和镇子北街我称为二哥的马心胜，与父亲年龄仿佛的人到街道上，用扫帚清扫大街。

这是两个有点乞讨性质的人做的工作。马心胜，人们称为二傻子，有三个女儿外嫁，只有老两口过活。他和父亲就在集头上讨生活，打扫街道，然后人们在集市上摆摊。到中午时分，他们二人挨着摊子讨要卫生费，一般的都是二分或者五分。

父亲先扫完街道，然后开始把自己的凉粉或者丸子摊子支好，开始经营。到了半晌午，就把摊子交给母亲看着，有时是哥哥，有时是姐姐，有时是我。

是酒支撑着父亲？还是生存的压力？我一直想探究这深层的原因，应该说，父亲是终生匍匐在土地上跪着行进的卑微者，除非病在身上，那是承受生理畸变的磨难，当然也是生活磨难的延展。当父亲晚年到我所在的学校，帮助妻子在校园炸面泡维持生计的时候，我羞愧得无地自容。我曾是那片土地上在别人眼里很争气的儿子，但在刚刚踏上社会的那几年，我住在一个逼仄狭小的筒子楼的末端，白天必须开楼道里的灯才能找到我的门，一间房子，住着我、妻子、儿子。由于妻子的农村户口，在学校里一直分不到房子。当时一个人的工资，难以维持孩子的奶粉和孩子软骨症必需的药品。

父亲在我工作单位临近的刘庄找到熟人暂住，和我的妻子在学校炸面泡。当时父亲年近七十，如晚风中的秋叶。我无法在父亲的晚年让他过体面的生活，这是我一直感到的亏欠。是我不懂低身俯就，还是耿介的性子？为了自己的一点儿虚名，我跌跌撞撞地走在拖累父亲的路上。父亲劳碌了一辈子，晚年却因我的穷困，再次被拖累，离开那片土地的父亲，依然是躬身劳作。

父亲让我亲近书本，亲近文化，最终却难以过上好的体面的生活，越亲近书本，离老家人期待的越远。一个所谓的知识者，他能改变什么？什么又能被他改变？父亲对此思考过吗？夜深的时候，我曾听到过他的叹息，是对我的失望，还是对我读的书的疑惑？

父亲还是在帮我，在他的晚年帮我渡过那些难关。

如此说来，我真是不孝。一个儿子在父亲的晚年，还让他不得安宁，不得安度晚年，这不是给孝蒙尘吗？

我很少与父亲交流，在父亲去世前的夏天，我准备到北京大学读骨干教师班。我回到了老家，在夜间，我起来，坐在了父亲在东屋当门的床上。夏天天热，父亲是敞着门睡的，我只是默默地坐在他的床头，我们父子两个没有共同的话题，也许我走得太远，追求的那些虚幻的东西，是父亲不理解的。记得在童年的时候，在灯下，父亲曾给我用手指折叠出兔子的各种形状，如皮影。还有就是他的一个姓彭的老友，在冬夜常到我家来唱小曲。

也许我太专注于自己的所谓的文哲之学，对很多的事漫不经心。回到家，往往就是匆忙来去，这种轻慢，对世事轻慢，也轻慢了父亲母亲。

大多的时候，都是父亲骑着自行车到城里来，然后妻子给父亲简单弄两个菜，拿一瓶酒，让他喝。

如今父亲逝去二十年，一些细节却醒来了，特别是夜深时，身体的骨头、浸泡骨头的血液、血液上漂浮的灵魂，这些都醒着。父亲在泥土里睡去了，我的思念彻夜地醒着，书本醒着，电脑醒着，通向家的路也醒着。

四

多年的吃地瓜干，多年的没日没夜的苦做，多年的劣质的酒，损害了父亲，损害了他的内脏他的血管他的头颅。父亲去世十年，母亲走了。是父亲等了母亲十年？还是母亲又在世间苦熬十年？母亲在我城里的家去世，她曾表示不愿回老家安葬，但最后我违背了母亲的意愿。

我知道父母最大的心结，是母亲总觉得父亲外面有相好的女人。早年，我曾隐约听到母亲怀疑父亲的一条裤子裆里的血迹是某次交媾留下的印记。

他们吵吵闹闹了几十年，两人在一起精神上是一种煎熬，在一起受苦。母亲敏感而刚烈，在她能活动的时候，也曾在集市上掂着一杆秤，为人称东西，收取少许的佣金。一毛两毛的，有时用来和几个年老的女人玩纸牌。

我现在一直压在心中的石头，是我放弃了对父亲的治疗吗？那是1994年元旦，我在北京大学，突然莫名其妙地高烧，当接到"父病危，速归"的电报时，我的高烧退了。当时坐一天一夜的汽车才赶到家，那时父亲中风躺在什集镇北头靠近沙河的乡镇医院里。

这是黄壤深处一家普通得不能再普通的乡镇医院，只是简陋的三排红砖平房，萧萧的白杨，删繁就简地杵在那里。房子后面是无边的尚未割净的芦苇，一垛一垛的芦苇也立在冬天的肃杀与寒霜里，结冰的沙河的呼啸更加让人压抑。

就是这条河，父亲被办学习班罚劳役修桥的地方，那座桥还在，破败如残喘的瘦骨嶙峋的老牛。

在一年的秋季，父亲和我到县城送货，到了很晚，我们从县城放空车回来，躺在车厢里，我渐渐地睡着，忽然，我被一阵此起彼伏的如雨一样的叫声惊醒。毫无来由的、骤然如幕布降落的声音，一下包围了我，堵塞了我。

那是无边的蛙声，在秋天的月夜。那时的我听到了揪心，听到了生命力的嘶喊，也许，从小敏感的我，就关注一些农人不关注的东西。我感觉那些全是哭声，农人的哭，一声一声。在大饥荒的年代，这里有个农场，不知曾死过多少人，我们小时候在农场边玩，一不小心就用脚踢出人的头盖骨。我像听到了乡村瞎子拉弦子的那种哀哭的腔调。

我问父亲：蛙子叫得像人哭。

父亲未置可否，他觉得我这个问题太荒唐，我觉得当时乡间的一切的声响都有一种哭腔，即使父亲和我说话。

父亲躺在当年我问他蛙子哭声的地方不远，那是寒冬的腊月，当时的乡间医院没有暖气，在简易的病房里，用煤球炉子取暖，我穿着棉袄还是冷得牙骨打战。我守着我的父亲，看着不能言语的父亲，他的双眼含着泪。我用手抓着父亲失去知觉的手，一遍一遍揉着。外面寒风呼啸，我看着在暑假一别才半年的父亲，他已经躺在了床上，苍老了许多，干枯了许多，瘦矮的身子，越发像要萎缩的一株玉米或者一把干草，失去了水分，失去了露珠。

我这样枯坐着，守着父亲，守着父亲的吊瓶，守着无能为力，守着命运的一片狼藉与攒击。我想到夏夜的父亲，我坐在他的床头，那夜间，父子也沉默得如同两方未雕琢的石头，还记得最后父亲嘟哝一声：时候不早了，睡去吧。

已经失语的父亲，丧失了语言交流的父亲，但我知道，父亲的嗓子极亮，他在集市上吆喝"凉粉"或者"丸子"，在我所在不远的沙河就能听到，那声音达到的距离足有五里。

有时在土地里干活，曾听父亲唱起曹濮平原里的那些戏。我们这里的戏种多，特别是高调和梆子，那种悲越高亢，透着苍凉，最是男人的喜爱，我还得一些戏词。

记得有一次，我和父亲到一个打面机坊去，头天母亲把麦子用湿布清洗，让麦子还原成麦粒那种浅褐如土的质朴和圆满。

那是早晨，我和父亲把装麦子的麻袋搬上借来的毛驴和排子车，然后就坐在车上，驴子开步出村。那时候时光尚早，驴子踢踏踢踏在地上的声音很是忧伤。路上没收拾干净的一茎草叶或一穗麦子会粘在车轮上，草叶或麦穗轻轻地拨弄着车轮，发出很响的"刺棱刺棱"的声音。旷野里很寂静。父亲开始用苍悲的梆子腔调唱起来：

> 往前望白茫茫是沧州道，
> 往后看不见我的家门。

这是乡土版的《林冲发配》，那拖腔长得让人窒息，就如一根线从喉头撤出，无远弗届，无始无终。梆子腔的哭腔悲壮苍凉，悲壮压抑在坦荡的旷野上缓慢地爬行着，空气因哭调而浮漾，那雾也在啜泣浮荡。

> 雪纷纷酒酿难消解心头怨愤，
> 泪涟涟我再打望一下行路的人。

从父亲出村唱第一句的词时，我就吃惊地把头扭向父亲。父亲的脸的褶皱如泥土，很木，没有表情，连眼睛也是如井口里的黑绿那样的茫然。就在这井口茫然中竟能有两个很亮的光点，那是早晨的太阳在父亲的两只眼中沉落，我紧盯着这两个光点，似乎感到某种安慰。父亲是一个在现实生活中没有话语权的人，我想在他唱梆子的哭腔的时候，他大概把我、把驴车以及驴车驶进的原野也忘却了吧。那驴子的踢踏声，那麦子，那哭腔的回响声都与他无关。

有一年，麦收过后，父亲的生日，我看到父亲请木匠，为他打制棺材（未死的时候，早早准备，称为寿材）。

还是朴素的柴门，父亲坐在一个竹椅子上，敞着怀，他的对面就是一个光着脊梁的木匠，他们正在喝茶。

那个木匠站起来，眯着眼朝我笑，感觉很瘆人的样子。他朝我走过来，站住，耳朵上有根画线的铅笔。我也感到了面熟，尴尬地笑着。他站在离我很近的地方，竟伸着脖子弯下腰凑到脸前来看我，而且，笑出声来！咦，这是谁？

我父亲也站起来，说，你同学，周庄的。想不起来啦？

这同学就定格在离我一尺的地方，他的旁边是父亲，父亲的旁边是白茬子的棺材。父亲的暮年，白发，同学的青年却是中年的沧桑，皱纹，他们都是土地的刨食苦力，他和父亲幻化成农民的青年和老年，我却像一个农民的叛徒，离开土地，是他们的梦，还是他们的失落？多年的分离，小学的同学，在一白棺前见面，风尘风雪。

周广虎。我叫了一声。

白棺材，这是父亲最后的屋与床，还记得当年我和父亲坐在驴车上，向打面机坊驶去的时候，父亲说在一天的夜里，他梦见了他的父亲在和他说话。父亲说这话时很平静，但他听出了来自土地和地下的召唤，老家有这样的说法，梦到死去的亲人不可怕，怕的是死去的亲人与你说话，你应答。

这最后的屋与床，是父亲最后的栖息地，是给他心灵温暖的地方。父亲早早地为自己置办一个家，这是他安居的地方。

五

父亲是一个命运的承受者，父亲最后中风躺在临近沙河的乡镇医院。无词无言，有几次他用尚能动的一只手去拔输液器。那个时候我第一次发现父亲的脸颊有泪坠落。那泪是浑浊的、悲凉的，它缓慢地从父亲深陷的眼窝里努力地渗出来，慢慢积聚在眼角，然后再被土地的引力拉下，然后无声。

那些夜里，风的呼啸从沙河的河道扑来，每次都似乎觉得父亲焦躁，他想起来吗？想走到窗前看看外面风中的河道，他曾被罚劳役的地方吗？那风，我听出了哭声。

看着眼前这个躺在病床上的人，曾在冬天天不明的时候，早起在风中出门捡拾枯枝，用来取暖做饭的人。现在病痛让他如一盘石磨一动不动，父亲他失语五天，我才赶往故乡。

当父亲病倒了，母亲告诉我，父亲准备好了一身新衣服，说到春节见客人用。我仔细地审视着病床上的父亲，一张完全陌生的面孔攒击着我，他的假牙拿掉了，他的鼻梁和嘴巴由于中风都有些变形……胡须很长，眼仁浑浊，才数月的分离，生活和命运已改变了他的模样。

这是一所乡间的医院，几排房屋，荒草没胫，房子的这头住着父亲，房子的那头住着一个产妇，在夜里，我看见产妇房间里透出的微红的光和哭声，觉出生死竟是这般近，只有十米抑或五米了。

父亲的气息一天比一天微弱，在一个夜里，二舅来了，来陪父亲。二舅年少时曾在我家寄住读书，和父亲很亲。晚年的时候，他们常聚在一起喝酒。到了夜深，二舅出去了，一会儿他带来一瓶酒和一包花生米，在寒冷的医院，我陪二舅喝酒，最后两人都醉了，二舅才说出：傻孩子，你爹的病看不好，别往里扔钱了，那是无底洞。

我满眼是泪，按着老家的规矩，在大舅二舅的主持下，曾当着父母的面，确定母亲的晚年主要由哥哥负担，而父亲则由我负担。父亲病倒医院，哥哥姐姐不出一分钱，只是伺候。当时我的工资每月不到百元，而每天的医疗费用都是数百。连续多日的用药，父亲的病情未见好转。

二舅说：把你父亲弄到家里，我们不断药。慢慢调养。那样人都不受罪。

二舅是读书人，他的道理我懂，一辈一辈人，如新陈代谢，四季循环，概莫能外。

听到二舅的言语，我们甥舅二人抱头痛哭。我们心里明白，父亲从医院走出的那天，就离死亡又近了一步。

在寒冬无望的更深的夜幕中，二舅的哭声使人心碎，我的哭，二舅的哭，父亲无声的哭，在夜里飘散，在沙河的河道飘散。

但我的心此时却变得如石头般坚硬，生活让我滋生了反抗，我们都必得承受生活给予的打击。那些好的医疗，那些好的服务，我的父亲享受不到。他被所谓的公私合营的允诺所套住，在青壮的时代，把力气手艺和财产奉献出去，后来又被裁下，没有说法，没有补偿。我看到和我父亲一起公私合营的未被裁下的那些人，享受着退休，享受着医疗和儿女顶替。对这个世界的冷酷，我有一种报复的冲动。父亲没有思想，没有主见，别人规定他，他只有接受和适应，但他的儿女却不，他们心里都有很盛的火，可以把一些冷漠和无耻，烧个稀烂，愤怒滋生，那是力量。我不信，被奴役的基因不会突变和消亡，世界，你瞧着办。

父亲是在临近年关的腊月二十五走的，那是午后，那天是我们什集的大集，他是等我们在集市上置办了他后事的所有东西才走的。

在家里偷偷放了两天，在夜里，我们偷偷把父亲下葬。当棺材将要扣上的时候，我给父亲在棺材里放了两瓶酒。

后来，父亲的那件羊皮袄姐姐要了，我只要了父亲喝酒的咂壶，作为一个念想。

埋父亲的时候，我走在冰冻的泥路上，感到像有光牵引着，父亲贴着爷爷和我大爷，前面还有很多的空地，是留给我们的。

我知道，父亲的晚年好像在准备着一场死，但如何死，却不是他能预料的，他没有留下一句话，如土地一样沉默，沉默如土地。

没有了父亲，在亲情上，我将孤独前行，那年我二十九，过年即为三十，三十的骨骼开始强壮，脊骨开始挺立，钙质大于流质，血中的盐分大于水分，内在的坚韧大于冲动。我将适应没有父亲的日子，也会慢慢靠近父亲，就如那酒，我也模仿父亲，曾一直喝到胃大出血抢救方止。

父亲死掉二十年，他的哥哥死掉三十二年，也许他们弟兄两个会在土地下叙话喝酒，一堆白骨在劝另一堆白骨："你小，你少喝点！"然后是土地的沉默，土地已平静地接受了死亡，这片土地见过太多的死，死于饥寒，死于天花，死于奸杀，死于溺毙，死于血崩，死于断路，死于殇亡。父亲一辈子被奴役，被压榨，他的权利就是承受，他以懦弱安身，对普通的百姓来说，懦弱也是一种权利，他们谈不上有尊严地生，也谈不上有尊严地死。

父亲毕竟年过了七十，但我想年长就好吗？他又多受了那么多的煎熬，有时我觉得他活得长了，我还记得，埋葬父亲的时候，是用地排车拉着他的棺木，在硬邦邦的路上，我和哥哥跪拜那些要抬棺下葬的人，"大家轻点儿轻点儿，慢一点儿，他很少睡觉，让他睡吧……"

《北京文学》2016 年第 7 期

那些年

庞华坚

寻找父亲

1986年那年，一种叫心肌梗死的疾病，把父亲那一年的形象永远保留在了我的心里。

那一年父亲四十八岁。那一年他把自己藏起来了，从此谁也找不到他。当我和五伯父及两个舅舅，护送父亲去他的藏身之处时，我还不敢相信自己从此将与父亲阴阳隔绝，不再生活在同一个世界的事实。那时，我还没有体会到每天放学回家后，听不到当小学校长的父亲那高声叮嘱我和弟弟做作业的落寞；还没有感受到我们家小院子里，父亲和他的朋友们喝茶聊天的声音消失后的寂静。有时候，我想，父亲可能是要用他的方式锻炼我们在这个喧嚣世界如何自立吧。我愿意他的初衷是这样的。原来时不时打点小架的我和弟弟，开始变得无比团结。父亲走后，家里一下子变得空空荡荡，我和弟弟向母亲建议，把院子的残墙推倒，重新砌一道围墙把院子圈起来，种花种树。年少的我和弟弟拒绝了舅舅的好意，两个人向邻居借了板车，买回石灰，拉回泥沙和砖头，兄弟俩花了差不多半个月的周末时间，竟然砌起了一道两米多高、二十余米长的围墙。这道围墙现在爬满了青苔，院子里的扶桑、黄皮果和龙眼树长年青绿，生机盎然。

后来，我意识到，实际上，从那时起，我就开始走上了寻找父亲的道路。但是，父亲藏起来了。没有人告诉我，父亲在哪里。有时候我做梦，在梦中，父亲也没有告诉我他在哪里。他就那样静静看了我一会儿，就不见了。有很长一段时间，我心里很慌乱，甚至因为失去父亲而觉得低人一等，在学校抬不起头。尤其是弟弟请教我一些事，而年长他两岁的我又解决不了的时候，我就更加想念父亲了。如果父亲在，一切都不是问题。我们面临的所有问题他似乎都能轻而易举解决掉。

这种慌乱一直到我后来上了一艘海船工作才慢慢安定下来。茫茫大海中，有时感觉到人连一片树叶都不如。树叶在海里能漂浮着，而人不会，人掉到海里，眨眼的工夫就不见了。在海上工作，每一个人身边都没有父亲。所有事情不但自己尽力而为，而且要互相配合，互相支持。无边的寂寞和孤独，没有人为你分担，一只暂时停歇在甲板上的海鸥就是你最好的倾诉对象。我渐渐明白了人需要交流，更需要忍受孤寂。

于是我又想起了父亲。父亲在兄弟姐妹中排行老六。20世纪60年代那场劫难中，他的五个哥哥姐姐都在外地，二十出头的他虽然工资微薄，但是既要抚养老母，每个月还要资助"失踪"多年的兄长的儿子生活。他每天在任教的小学和老家之间往返。那些年，他是怎么扛过去的呢？后来父亲当了我们小镇小学的校长，母亲也从民办教师转正当上了公办老师，家里的境况才稍有好转。父亲在几所学校任教过，和那些学校的学生和家长结下了深厚的友情。他调回我们小镇后，经常有学生或者学生家长从数十里外走路来小镇探望他。后来我才知道，不少学生是得到父亲的资助和帮助，才把学上完的。

当小镇小学校长的父亲，不但负责学校的教学，小镇上的大小事务，也常应邀参与。那些年，小学校长，在百姓心目中差不多代表着正直和公正，威信高。送父亲的时候，小镇街道两旁站满了人，不少人还特地从远方赶来送他最后一程，很多街坊都自动加入到送行的队伍。用我五伯父的话讲，有这么多人送，这个校长当得值！

与父亲一别，转眼间，二十八年过去了。这么多年来，我一直在寻找他的足迹。我想，他藏得真好，不让我见着，却又能把他的生活习惯、脾气品性，不知不觉间慢慢移交到我身上，成为我生命的一部分，以至有时在恍惚之间，我都觉得自己就是父亲了。

我在这里，离你不远

有一天，我让儿子陪我到市区西边不远的冠头岭海边拍晚霞。我们俩沿着山路，很快就到了海边。正是秋冬交替时节，天气晴好，晚霞出奇的漂亮，看似暗淡，其实斑斓，既安静，又骚动，仿佛近在咫尺，却又辽远无边。

偌大的海滩上，人不多。冠头岭下的海滩，不是游人光顾的热门地段。不远处是几对恋人，携着手慢慢走着，窃窃私语。我沿着海边，举起相机，边走边拍，不知不觉走远了。等到拍累了才停下来，坐在沙滩上，又在相机里看了一会儿，习惯性地删掉不喜欢的那些。过了好久，才想起，儿子呢？他哪里去了？扭头不见儿子，脑袋轰一声发热，心里不禁焦急，连忙大声叫喊儿子的名字并四下寻找。沙滩其实是个沙洲，虽然起伏不大，但是沙丘的起伏还是能阻拦视线的。当我跑到最高那堆沙上，四下眺望，发现小子蹲在不远处的一个沙窝里，正在堆沙砌城。他砌的城，有房子，有道路，还有一些我看不懂的建筑，看起来已经颇具规模了。我跑过去，推了他一把，责问怎么不回答。我有些气急败坏。小子头也不扭，专心致志于他的沙堆。我有些生气了。又问，叫你怎么不理！他才慢慢扭过头，说，刚才叫你你也不理我，叫你等我，也不停。他的眼睛里窝满泪水，小脸蛋上全是委屈。我无语了。我刚才确实是把小子给疏忽了。

爸爸，刚才找不见你，天又快暗了，我特别害怕。小子抓着我的手有些发抖地说。我怔了一下，说，爸爸刚才是不对，只记着自己拍照。但是你已是大孩子了，怕什么，爸爸离你不远！

小子突然兴奋地大叫，爸爸，看，有飞人！他满脸的委屈一下子全消失了。原来有人驾驶滑翔伞，从冠头岭上，往海滩这边飘过来了。于是我们跟着滑翔伞飘飞的方向，跌跌撞撞地奔跑过去。当滑翔伞降落到海滩上的时候，我们也跑到了那里。平时喜欢航天的小子缠着驾驶员没完了地问东问西，敬仰无比。

又记得前些日子，我带小子去桂林玩，朋友黄土路陪我们逛西街。黄土路带着小子在琳琅满目的各式商品中穿行，我照例举着相机乱拍。很快他们就钻进人群中不见人影了。想到小子有人带着，我便放心，信马由缰随意拍了。没过一会儿，我的手机响了，是黄土路打来的。原来小子逛了一会儿，新鲜感过去，发现我不见了，便不肯走了，非要等我。等我找到他们时，看到小子和黄土路两个人，一左一右，坐在一家餐馆大门口的台阶上，像两个站累了偷懒的门童。小子这次不生气，见到我，马上站起来，滔滔不绝给我讲刚才看到的好玩的东西。黄土路倒是一脸委屈，他说，你这小子忘本，是我带你玩的啊！

我家小子的性格不算太开朗，但也算不上沉闷。他喜欢自制航天模型。每天放学后，最大的乐趣就是沉浸在他的"航天事业"里。每当模型制作完成，便要找人分享快乐。这个时候，我就被派上用场了。如果我听得不耐烦表示不懂这些时，他会表达不满，甚至指责老爸笨，大人了，连基本的航天知识都不懂。

以前工作忙，经常回到家时，他已经睡着了。现在换了工作，才有了些空闲时间听这小子瞎讲。有时看着他眉飞色舞的样子，会产生一种时空穿越的感觉，他出生时的细节还历历在目，怎么一下子就读完了幼儿园，一下子小学又读到三年级了呢。想想，自己带他玩的次数，陪他玩的时间，真的是屈指可数，心里不禁涌起愧疚。想到他找不着爸爸的一脸委屈，心里隐隐约约有些酸楚，有些幸福，还有些悲伤。悲伤是因为我也想起了自己的父亲。虽然自己也是当父亲的人了，但是心里还是有一种期待，那就是希望自己的父亲在自己身边。但是这种期待永远不可能如愿了。我的父亲离开这个世界已经二十八年。

有时看着小子在玩，我很想告诉他，不管你看见还是看不见父亲，父亲都会在你不远处，一直看着你。我估计九岁的他听不懂我说的意思，事实上，我也还没有告诉过他。我想等他大一些再告诉他。

桃花：固执守望春天

世人对桃花，多有不恭与不公，特别是诗人。诗人们不痛快时，总爱拿桃花泄怨，好像桃花前世欠他们很多债。比如我一直崇敬的杜甫，他在《绝句漫兴九首（其五）》里塑造的桃花"轻薄"的形象，差不多成了世人对桃花的代表性看法："癫狂柳絮随风舞，轻薄桃花逐水流。"不过，也有明白桃花的，比如李白："桃花流水窅然去，别有天地非人间。"李白理解桃花并不单薄、浮浅，而是可与知者道，难与俗人言也。可见，艳丽并不是桃花的原罪，长得漂亮有错吗？

关于桃，我喜欢民间传说桃木能避邪的说法。想一想，养育了被视为生命短暂、艳丽轻薄的桃花的枝条，不仅象征吉祥、平安，而且蕴含着不为人知的神秘力量。这真够颠覆的，不知道那些嘲笑桃花的人会做何感想。

在我看来，桃花是一种拟人化的植物，它的内心，对春天有着固执的守望。寒冬腊月，北风呼啸，一棵棵桃树，如一根根木棍插在冻土上，某一夜过去，晨光初露，早起的人，惊喜地发现，门前的桃树竟然开花了。一种植物，一朵花，在漫长的冬日里守望春天，在手脚麻木的寒冷中感受春天，在春天尚未真正到来之时，单薄的花瓣率先开放，这样的生命气息，岂是佩服两字所能代表的？

喜庆的是，桃花真的期待到了春天。桃花般烂漫的春天！

看到桃花开，我就想到了我们乾江小镇。在我们那里，桃是蕴含仙气的植物。要参加红白喜事了，家里长辈一定叮嘱记得带上一两片桃叶，辟邪。我母亲就是这样。常常临出门，她都会指着后院里的桃树问，摘没？我和弟弟就笑了，忙说，摘了，摘了！

其实，我们家并没栽有桃树，桃树是邻居家种的。树高丈余，树干比大海碗还粗。桃树虽然栽在邻居家，枝叶却跨过围墙长到了我们家后院。邻居曾担心桃枝长得过于"热情"影响到我们进出，问要不要砍去。我们当然乐意桃树的慷慨了。正因此，每年的春天，我们家后院都桃花灿烂，桃子成熟时，也桃子飘香。那时街坊有需要，就到邻居家摘桃叶，他们家没有人，就会到我们家来摘。如果正好我们家也没人，他们就推开我们家后院虚掩的木门，自己摘就是了。后来离开小镇到城市里生活，我把小镇的风俗也带过来了，有时带儿子去参加什么，会在小区楼下的桃树上摘一两片叶子塞到他的口袋里。小家伙满脸不解，问，这是做什么的？我搪塞他，等你长大自然明白。在明白和不明白之间，一个个春节过去了，现在，桃花开，又一个春节来临了。

如此甚好！

在一年最寒冷的时节，从春节开始，在山野，在街道拐角，在屋边，在案头，在花瓶里，不管不顾地开向春天，既开进阳光灿烂，也开进阴雨连绵，直开到满地落红，化作春泥。

"人面不知何处去，桃花依旧笑春风。"桃花如愿以偿，不管流年时逝，物是人非，都开得尽兴尽情！

选自散文集《慈航》，广西人民出版社 2016 年 7 月版

游猎之地的你

艾　平

　　吉登嘎查（嘎查：蒙古语，村）位于呼伦贝尔草原深处，大兴安岭西麓群山之中，是亘古的游猎之地。

　　猎人妈妈，吉登嘎查鄂温克狩猎部落的女儿，你从城里返回，在家中等我。

　　猎人妈妈是你的微信昵称。这个昵称，让我于千山之外，感觉到了森林的气息。

　　砖房、新修的砂石路、太阳能路灯、越野汽车、羊圈、马栏是你的背景，一泓来自森林的泉水从你脚前汩汩流过，流淌成曲曲弯弯的伊敏河。伊敏河汇入长长的额尔古纳河，额尔古纳河流入黑龙江，黑龙江走向太平洋。

　　天像雪原上的蓝湖，雪像浪花堆砌的岸，天地浑然，无边无际。洁白的残冬铺在太阳之下，常青的樟松林，就像激情四溢的重彩，曼妙起伏，在雪上描绘出峰岭叠嶂，幽林秘境，浓重浅淡，高低逶迤，弥漫到不可知的远方。

　　你让我和你一起站在这里倾听。

　　我听到的是一种绝尘的安静，而你听到了风在林子里休息的声音，一群松鸡为爱情跳舞的声音，一只驼鹿咀嚼树枝的声音……你是猎人的女儿、猎人的妻子，自己也曾是个猎人。你手中的半自动步枪，虽然没有像你祖父的"别力弹克"和父亲的"7.62步枪"那样屡创辉煌，但也有过非凡的鸣响——霜天晓角，你匍匐在灌木丛中，纹丝不动，目光飞速扫描定位，俄顷，你右手食指优美端庄地一勾，子弹飞翔而去，瞬间，霜雪落幕，野兽金属崩裂般的嚎叫和残星一起渐渐隐于苍穹。

　　即使是这样，你也不是事实上的猎人妈妈，你的两个儿子没有一个是猎人。在你之后，吉登嘎查并无猎人。

　　你自称猎人妈妈，是因为你觉得你的儿子应该是猎人。你的谈话离不开狩猎的事情。猎人是你永远的主语，一如既往地在你的血液里脉动。

　　没有寒暄。你径直说："我们的老姑奶奶在呢。"

这个鄂温克族聚居地如今已经没有了现世的萨满，老姑奶奶一百多岁，是逝去的萨满，已于香火供奉中长生。半块带流苏的红布面具，遮挡住了她的额头和眼睛。我看不见那传神之眸，也看不见她额头上的岁月，只看见她干瘪的鼻翼和嘴角边的皱纹。照片上，老姑奶奶十分瘦小，在儿孙的簇拥下，越发显得像一截林间的老树桩。我听从你的引导，奉上食物。来自城市的糕点，掺加了太多的香甜，迥异于林中天物。我心下嘀咕，在山神的世界里，会不会引来错愕和惊诧？于是我拿出面条，原味切面，我带来了不少。

老姑奶奶的照片虽然是翻拍的，但具有一种摄人魂魄的力量。曾几何时，火焰炸裂，鼙鼓雷腾，老姑奶奶羸弱的身躯，离地三尺，狂舞于荫翳之下，为神代言？你说有老姑奶奶在此，森林就会让我们永远做它的孩子，无论走到哪里，我们也不会丢失。

与你一见如故，使我确信这是一次重逢。我从小就懂得敬畏猎枪，我的父亲曾经身背一支老猎枪，为了保护工厂的牛羊征战山野。每一个星期天，父亲都要擦拭他心爱的猎枪。父亲擦枪时总是一言不发，但是他的双手会说话，每一个动作都灵动微妙如虔诚之舞。许多年之后我才发现，在自己的记忆中珍藏的，还有一种父亲留下的气味，那是雪、风、泥土、野兽的膻味和森林草原的阳光混在一起的气味。平日里我无法找回这种气味，今天一拉你的手，这气味就鬼魅般地回来了，在我心里怦怦地跳。

你说你的手好久好久没有触摸枪柄了，好久好久没有扣动扳机了。雨雪潇潇，十年、二十年，你用稚嫩的眼睛印下了历史——母亲把马拴在新砖房的大门上，从马背上摘下那个烟熏如漆的吊锅，放在一个装满火焰的箱子上。那时你没有炉子的概念，你发现从此那个锅里传出来的香味变了，有了许多前所未有的内容；你发现从此冬天和夏天一样暖和，一粒沉睡的草籽，竟然从地板缝里长出绿色来。撮罗子（鄂温克族狩猎居舍）被遗留在林子里，后来又进了博物馆，猎民新村成为你的家。你看见爸爸的胸前多了一枚红色的金属徽章，他有了猎人之外的另一个身份——人民护林员。鄂温克人以自己的方式看护森林，爸爸说："春天的母兽不能打，孵卵的飞禽不能打，交媾的走兽不能打，小熊仔和小鹿羔不能打，就是一个狼崽子也不能打。老白桦的眼睛能看透一千年，老樟松的根能绊倒做坏事的人……"鄂温克人守卫的山林兴旺繁荣，树木葱郁，百兽绵延。

你说，来，我给你看样东西。咦？是煤灰。吉登嘎查还在用燃煤烧火，黄褐色的煤灰，使我想起三十多年前那些极寒的日子。你从炉膛里铲出一些煤灰，又拿来一块胶合板和一块带着脂肪的羊皮。你这是要做什么？只见你用羊皮上的脂肪擦湿了胶合板，把煤灰撒了上去，接着奇妙的事情发生了——煤灰厚厚一层挂在胶合板上，就成了你的黑板。你用一根筷子写着你人生的第一堂课：好好学习，天天向上。然后以此方法继续写：欧阳海之歌——这应该是你的中学。你知道了吉登嘎查之外，是鄂温克族自治旗，鄂温克族自治旗之外是内蒙古，比内蒙古更大是中国……你学会了看报纸，听广播，成为一个可以熟练使用蒙古语言文字和山外对话的鄂温克女孩。

也可以用当年的说法，把你叫作回乡知识青年。其实没有什么人跟你说——知识青年到农村去，接受贫下中农的再教育。你说，毕业归来，跟每一次回家的心情一样，就是嫌客车开得太慢，恨不得一步到家，捧起清凉凉甜滋滋的泉水喝个够儿，站在林子厚厚的腐殖层上放声喊，喊得树叶扑簌簌地抖，像山神在说他听见了……

你从此有了不可更改的骄傲、不可更改的光荣、不可更改的情结。瞧，女猎民，好一个气吞山河的称谓，与你英姿勃发的青春多么匹配！一位鄂温克族作家说，我是一匹马，从森林里走来。你喜欢他的小说，你痴迷于他比霜雪还要清澈的文字，因为你就是他的书中之人，你和你的族人在森林里追随祖先的足迹，永不言退。

随着历史的进程，鄂温克猎民转变亘古的生产方式，告别狩猎，用持枪的手举起套马杆，开始在林缘草原牧放牛羊，也继续牧养着世代相依为命的骏马。你当上了嘎查妇联主任、党支部副书记。你的职位堪比一个人手指头上的神经末梢，不算干部，每月五十元补贴，似乎无足轻重。可是你在这无足轻重的位置上，想了很多。惯于信马由缰的你，不知不觉地收紧了缰绳。

果然一夜长于百年。

崭新的日子开始了。在那个早晨，几千年的游猎生活说走就走了，像飞翔的云朵，把影子留在了大地上。

我很想知道那个早晨的事情。

那个早晨的事情就是你悄悄地保存了三颗子弹。你想总要给孩子们留下点什么，就把这三颗子弹抹上狼油，装进塑料袋，放在姑奶奶照片的下面。你对你的儿子说，咱们应该当个好牧民，也别忘了自己是猎人的儿子。

你拿出了那三颗猎枪子弹，依循它们被使用的时间顺序摆在桌子上——7.62步枪子弹，半自动步枪子弹，民兵训练使用的手枪子弹。如果还能有一颗俄式老别力弹克猎枪子弹，正好是一部游猎百年史的写照。这三颗子弹，红铜色，被精心揩拭过，它们光彩熠熠地站立着，好像一队并不知道自己已经退伍的老兵。这是你父亲使用的子弹，是你丈夫和你使用的子弹。每一颗子弹都意味着一种生活。

我不由想起《在乌苏里江的密林里》一书中，你的一位通古斯远族前辈在林中奔走的样子，他用猎刀在密林里劈出一条条路，他的鹿皮乌拉唰唰地掠过灌木丛，无所畏惧地前行。在一百多年以前，他的手里没有枪。他是个能听得懂虎豹熊罴说话的猎人，他的每一句话都成谶，灾难之后的幸运，不幸之中的万幸，都被他事先言中，仿佛天神就栖落在他的肩上，而你的祖先是与天地通灵的人。

7.62步枪时代，你的记忆和那个叫秋浦的文化人类学家所记载的情形十分相似，又有所不同。他使用了"原始共产主义社会形态"这个概念。你说，快过年的时候，雪总是很大，撮罗子后面的山挡住了北风，雪像一团团棉花拥在撮罗子外面，整个山谷都能听见吊锅里的水翻着跟头响，就等着爸爸带回来新打的肉煮。马蹄的声音由远而近，你撩开熊皮做的门帘，看见爸爸的马披着霞光从地平线上升起来。部落里开始人欢马叫，家家户户都开门迎接猎手归来。那些没有人打猎的困难人家，总是最先分享猎物。这家割去个狍子腿，那家卸下个鹿排，爸爸进了自己家门，手里就剩下了几副野兽骨头架。亲爱的爸爸回来了，全家人还是欢喜，妈妈拆了野兽骨架，砸出骨髓，骨头汤炖蘑菇野菜，撮罗子的天窗飘出带着香味的歌。

手枪和半自动步枪子弹，总是使你想起深爱的丈夫。他走了十几年，四个孩子全都长大成家了。你常常一个人走进迷茫的晨雾，在通往山林的路上徘徊。没有人知道那两颗子弹正揣在你的胸口上，已经被你的体温焐得滚烫。你不抬头，盯着布满车辙的路面。在别人的眼里，你是在寻找丢失了的东西。没有人知道，你看见了他当初留下的马蹄印。一年又一年，你就这样在路上等他。那个肩挎猎枪的人总会慢慢走到你跟前。他果然老了，让你想到一棵坠满冰霜的老松树。没有改变的是，他的眼睛还是那么亮，在暮色中为你照亮了回家的路。

我看得出来，述说的愿望埋在你心底很久了。恰好我是一个理想的倾听者，我安静，我专注，我一直在看着你的眼睛，我的眼里也有泪。你说你丈夫是鄂温克最好的猎人，民兵训练的时候，他把全公社的青壮年都教成了好枪手。他刚走的那些年，总是在梦里回来跟你要子弹，总是在梦里告诉你林子里的熊洞要着火了，真是奇怪，他回来的时候没有开门声，走的时候老是踩得雪地咯吱咯吱响……

林子里真的出事了。

你拿出那枚胸章给我看。胸章上六个金色的大字十分鲜明：护林防火检查。你说，这是你父亲和丈夫当年戴过的胸章，有他们在，林子的雪地上除了动物的脚印就是树的影子，偷猎盗伐的人不敢来。遗憾的是，当真正的猎人放下了枪，小偷变得更加猖獗。

冬天的第一场大雪下过，动物游动的脚印显现出来，传统的狩猎季节到了。这时候你已经变成了女牧民，大兴安岭森林边缘上的十万亩草原，成为吉登嘎查的牧场。男人手里的猎枪变成了套马杆，女人的手整天被奶牛油汪汪的乳汁浸润着。

生活是那样安静。你挤奶，喂羊羔，累了就站起身看看远处那白银似的山冈和绿海似的林子。突然，大儿子喊起来："阿妈——不好了——人来了。"其实你早就听到了汽车的声音。你没觉得这有什么可怕的，嘎查已经通上电，乡亲们看上了电视，孩子要读书，生活要向前走，你愿意有客人到吉登嘎查来。谁知道，汽车的声音停止没多久，突然传来四声枪响，其中一声是放空的，像只有劲儿的小鸟飞远了，另外三声很短很闷，肯定是命中了动物。正好身旁有一匹备好了鞍子的马，你上了马就往枪响的地方跑。

林中的不冻泉边上，到处都是血。应该是有三只正喝水的狍子刚刚被袭击。偷猎的坏蛋把狍子的内脏掏出来丢在雪地上，拉着狍子肉离开了。你看见那一堆狍子内脏在一下下地抖动，你翻开一看，哎呀，真是作孽，在一个热气腾腾的母狍子胎盘里，有两只足月的狍子崽，身上的绒毛都长出来了，舌头从嘴里伸出来，在舔自己的嘴唇，给寒气一打，不一会儿就没了动静。

开花的夏天走了，秋天的霜刚刚露脸。小儿子突然喊起来："阿妈——阿妈——不好了——变形金刚来了！"村子里布满了恐慌，人们三五成群地向牧场走去。后来你才知道，那比猎刀还要锋利，比冰排还要冰冷的"变形金刚"叫五铧犁，是来开垦原生态草原的。五铧犁吼叫着开过去，一条条黢黑的蟒蛇跟着它从地下冒出来，一直爬到天边的云彩里。那个操纵机器的人很累却兴致勃勃，脸被太阳晒得通红，像一张粉红色的钞票，根本不理睬抗议的牧民。草原的皮肤被撕裂，三万两千亩金色牧场就这样变了颜色。土壤暴露，沙尘弥漫，动物世世代代苦心经营的巢穴，化为铧犁下的齑粉，旱獭、鼹鼠、沙虎子幼崽的残尸散乱在泥土上。一只母狼疯了，毫不在乎身边的人类，撕肝裂胆地嚎叫，两只前爪奋力刨地，一定是它的孩子被埋在了洞里。草原豆鼠的洞穴，结构精致堪比人类家园，有储藏过冬草籽野果的仓房，有起居室，还有厕所。它们其乐融融地生活在暗处，丰厚的土层，就像母体一样保护着它们。如果不干旱，它们不是草原的灾难，在它们松动过的土地上，牧草会更繁茂；它们的尸体，是植物的有机肥。现在它们逃出了家，带着一身准备过冬的脂肪四处乱撞，最后纷纷把脖子卡在灌木枝杈上，上吊而死。到了冬天，它们的尸体会变成硬邦邦的干片，在风里咔咔作响。

放牧的地域小了，羊群只好缩小，奶牛只能在房前屋后吃草，马儿无处驰骋，在拴马桩上无奈地嘶鸣。男人们经常烂醉如泥，然后久久地沉睡。女人们再一次上马，到林地里采撷蕨菜、山芹、鸡血蘑，有了这些东西，孩子才有钱买笔买书，老人才会有钱买药。

你请神告诉你吉登嘎查该向哪里去。你觉得老姑奶奶似乎看到了你在流泪，可是她在说什么，你听不清楚。她的声音很沙哑，仿佛夹杂着扑面而来的雪，雪很硬，像是一颗颗冰粒在旋转着飞。直到你静静地坐下来，打开报纸，打开电视机，突然间就听清了老姑奶奶的话——骑上马，向前看，别回头，回头你的明天就找不到了。

你胯下的马总是习惯往林子的方向走，被你一次次拽回来。虽然它的四蹄，极其不适应水泥马路，导致几次马掌脱落，但是，你和你的马，终于走进了一个大世界。你在这个世界发现的是真实。原来电视屏幕上的那些好事儿离吉登嘎查并不遥远，眼看着就像喜鹊那样从电视里飞出来了，落在你的马鞍上，落在你的手心里。

这时，手把肉上桌，有美酒佐餐，还有各种奶食、点心、小菜，我们从你幽深的记忆密林回来，围坐在现实的丰腴之中。大家纷纷拿出手机，互加微信。猎人妈妈，你让你的儿子，青年牧民阿都琴向我们展示他做的手工艺品。阿都琴使用的材料是骨头、皮子、松果，还有鸟儿脱落的羽毛。他的作品奇特玲珑，令人眼前一亮，其灵感来自于猎场和牧场，也来自生命里父亲的基因，而把鄂温克狩猎文化转化成经济效益的想法，是你多次出走深山得到的启发。

你走出山林，几经波折，终于在巴彦托海镇的一条小巷里找到了那个传说中的工艺美术师。你告诉他，吉登嘎查也像别的部落那样搞民族服饰表演。他答应你一定帮忙。于是你匆匆返回，把这个消息告诉了乡亲们。乡亲们这家卖掉一匹小马驹，那家卖掉一头小牛犊，凑钱买来面料，你又求人赊下裁缝的手工钱，赶制出一套套猎场风格的服装。你终于带着自己的兄弟姐妹，出现在那达慕数万观众眼前。犹如白云谦卑地站在天边，人们没有看到你们飞翔的痕迹，晨光已经给你们披上了壮丽的色彩。你们获得的不只是奖牌，还有一双双温暖的手。你结识了文化学者，结识了司法专家，结识了一位又一位朋友……就像当初的武陵渔人不知道桃花源一样，他们还不知道吉登嘎查在哪里，不知道你是谁。但是没有一个人对你的诉求漠然置之，无不尽心尽力。你的吉登嘎查就这样紧紧拉住了梦的手，脚步越来越坚定，开始与时代同行。

你一笑，不肯说自己为找回那三万两千亩草场，经历了怎样的艰辛，只是很满足地告诉我——土地回来了，绿色也要回来了。如果为了钱，吉登嘎查人可以把这块土地租给种粮的商人，但是你们没有那样做，你们选择了退耕退牧。现在国家给了村民退牧补贴，你们正信心十足地守望着草原，让那片受伤的土地静静复原。时间或许需要很长，就像你们的孩子还有很多很多明天。

我看见你的头上长满了银色的松针。

后来我与你再次相见，是在巴彦托海镇的大街上。你穿着时尚大方，一袭色彩鲜艳还带着水钻的外套，一双舒适漂亮的短靴，一手领着小孙女，另一只手拿着手机，面含微笑，走在人流中。你是当下很多陪读奶奶中的一个。

来自游猎之地的你，使我想起那一泓来自森林的泉水。

水流千里归大海，你是大海上蔚蓝色的光芒。

《光明日报》2016 年 7 月 1 日

近在咫尺的异乡

王月鹏

一

在路的拐弯处，一个村庄闪现出来。村碑倒在路边，再往里走，迎面巨石上刻有"身居山沟，放眼世界"八个红字，旁边摆放一个偌大的地球仪。许是因为风吹日晒，木质的地球仪有些腐朽，凑近了细看，球体上除了蓝色海洋隐约可辨，其他地方都已残缺不全。站在伤痕斑驳的地球仪前，想起刚才遇见的那块倒在路边的村碑，我长叹一声。

村中央有一条沟，是曾经的河道。生活垃圾在河道里绵延起伏，异味浮动，与袅袅炊烟融到一起，一种说不出的气息笼罩了这个村庄。当年村庄沿河而建，以河道为界，分成东西两半。问河边晒太阳的人，这条河叫什么名字，皆答不知。被河水冲刷过的石头，沿河砌成一道墙，房子就建在墙的后面。河道里长起一棵树，树干已枯，倚仗着半截枯枝，村人顺势搭起草垛，覆上一层塑料布，再压几截枯枝，刮风下雨也就无所谓了。雨后的河道积了些水，它们已经没有力气继续流动，被河道里的垃圾分割成若干的坑坑洼洼，三五只鸭子在戏水，几分有趣，几分无聊。河两岸是疯长的树。两个农妇站在河边石阶上洗拖把，似乎并不嫌弃眼前的脏水。鸭子在浅水里发出不满的咕咕声，与农妇隔岸的家常话交织在一起，这个村庄的角落里于是有了一种奇异的声音，它们并不与所谓世界对话，只对身边的微小物事发言，没有什么激愤，也无所谓妥协。

河道日渐被村人用垃圾填满了。他们并不在意明天的河水将从哪里流过，就像村庄的明天无法预料和把握。那些更有力量关心村庄的人，大多去了城里；留下来的人，守护着村庄，心如止水。我沿着河道走，觉得内心也被形形色色的垃圾填满，不知该怎样才能把自己掏空，怎样才能不厌弃自己。人群向城市蜂拥而去。我从城里来，带着一身疲惫和困惑。二十年前，我也从故乡逃离，向着梦想中的城市一步步走去，把最美好的青春岁月消耗在钢筋混凝土的丛林。我也曾渴望在万家灯火中有一个属于自己的小小窗口。总算实现了，我一次次站在窗前，视线被高楼遮挡，看不到更远的地方，脑海中一次次浮现的，是乡村的晨昏，那些炊烟，那些鸡鸣，还有那些枯荣的野草……我再一次想到逃离，想到漫漫长路中的找寻。并不知道失落了什么，我只知道我要逃离，要继续找寻下去。

停下车，在村庄里走。街巷并不规则，铺了崭新的水泥路面，新农村建设的触须已经延伸到这个深山。走在平坦的水泥街道上，我的心里满是坑坑洼洼。

一个老人在门前砍柴。他满脸漠然，不停地举起砍刀，把另一只手中的枯枝剁成一截截长短均匀的柴火，齐整地码在身后。我站在一侧看了很久。老人并不在意，抬手，落手，动作迟缓，像是一架停不下来的老迈机器。他身后的柴火，渐渐堆起一座小山的样子。聊了几句，才知道老人已经八十五岁了。眼前的这些枯枝，是他一个人从山上扛下来的。他说，老了，山路不好，没法推车子，只能用肩膀扛了。冬天正在渐渐逼近。老人机械一样的砍柴动作，有着对于即将到来的这个冬天的态度，他把这些没有生命的枯枝扛回家，整个冬天就有指望了。再冷，日子总要过下去的。没有抱怨，他不断举起那把砍刀，把杂乱的枯枝打理齐整，像积攒下了一束束等待燃烧的火苗。老人见我拍照，以为遇到了记者，开始絮絮叨叨地讲述。他是一个老兵。他用沙哑的声音向我讲起那些亲历的战事，满脸真诚。我不知道我是否有资格理解这份真诚。我问他当年打仗时怕过吗？他说怎么能不怕？直到现在也怕，村里有个人和他是一起上战场的，那个人死了，他侥幸没死，想起来就怕。我后悔没有给这个老人录音。他的话是素朴的，没有形容词，不慷慨也不消极，姿态已经低到泥土里，他说出了内心的恐惧，说出了一个人对战争的真实看法。半个多世纪前的那些硝烟，让他几乎夜夜噩梦，成为生命中一个永远解不开的结，死结。远远地走来一个老人，她佝偻的腰几乎与地面保持平行的姿态，肩上扛着一大捆枯枝，一步步向前挪动。我被惊呆了。等我回过神来，她已蹒跚走远。我追向前，用相机抓拍几个镜头。她停住脚步，满脸怅然，我尴尬地笑一笑，不知该对眼前的这个老人说点什么；她也使劲儿地笑一笑，表情僵硬，不知是该继续往前走，还是该停下来。或许，我随意的几个抓拍镜头，在她心目中会成为一个不可思议的"事件"。她扛着那堆枯枝，就像扛着寒冷艰难的日子，以蜗牛爬行的速度向着自己的家走去。目光再次回到砍柴老人的身上，我能够想象到他是怎样扛着枯枝从山上一步步地挪移回来的。一个亲历战争的人，正在攒着力气过冬。他说："要不还得买煤。守着山，有柴烧。"屋檐下悬挂一串串冰凌，在孩童的仰望中融化，滴滴答答地落了下来。窗玻璃上冰结的窗花纵横交错，有丘壑，有河流，梦幻一般，在阳光中渐渐变得模糊。

整个村子共有百余户人家，这条街上仅住了三户。从一个老人举向天空的手，可以触摸整个大地的脉搏。

村头挺起一个高大的信号塔，旁边是一棵不知名字的古树，树顶有个喜鹊窝。这棵不知名字的树，还有树顶的喜鹊窝，曾让村人无数次地仰望，在仰望中体味到了安宁和幸福。如今这个标高已被信号塔取代，它矗立村头，冰冷地俯视整个村庄。村庄被揽在山的怀里。山并不高大，也不连绵，仅仅是若干石块堆垒在一起的样子。某个冬日下午，我走进又走出这个小小的村庄，忍不住一次又一次回望，那个高大的信号塔像是一个冷漠异物，不容置辩地介入了村庄的心脏。

二

我在村里四处走动，不经意间看到了卖羊的一幕。他们已经讲好价格，除了讨价还价之外，我几乎目睹了一只羊被绑走的全过程。

两个人围住一头羊，拍拍羊的头，摸摸羊的身体，羊还没有反应过来是怎么回事，就被撂倒在地。那个长着络腮胡子的人，看起来粗枝大叶，手脚倒是利落，他单膝跪压在羊头上，三下五除二就把羊的四肢捆结实了。羊的主人帮他把羊抬起，塞进面包车的后备厢。慌乱的瞬间里，我看到羊的双眸，惊恐、无助，像是在苦苦哀求。络腮胡子拍拍手上的泥土，满意地上车，扬长而去。羊的主人向着车去的方向跟了几步，停住，嘴唇翕动几下，没有说什么。

我问他，这只羊喂养了多长时间？

"104斤，1斤16块钱。"他答，警觉地用手捂一捂口袋，歪头瞅我一眼，再瞅一眼，一瘸一拐地走开了。

我站在原地，眼前浮现童年时看到的杀羊场面。一只羊羔被不停地抛向空中，然后跌落下来，凄惨的声音响彻整个集市。羊羔一次又一次被抛起，跌落，直到摔得奄奄一息，屠夫才开始动刀杀羊，据说这种杀法可以让羊血充分融入肉里，鲜嫩，且增加肉的分量。那个杀羊的人，还有围观的人，在羊羔的惨叫声中，有叹息，也有狂笑。

想到另一个场景。那天本来是去寻找石碾的，抵达传说中的村庄，却在河边邂逅牧羊人。午后的村头河边，因为牧羊人和他的羊群的介入，构成一幅很好的图画——跛脚的老汉腋下夹着马扎，一手扬鞭，远远地吆喝，追赶一只离群的小羊，小羊跑跑停停，偶尔回头朝老汉咩咩地叫，像在故意逗他……

跛脚老汉同意了我们拍照，他用鞭子在河边划定一个大致的范围，自言自语地警告羊们不许离开半步。结果羊群好像故意不给他面子，同时向四周一哄而散，老汉气得直跺脚，鞭子在空中甩得脆响。那些淘气的羊，可能是看到主人真的生气了，不约而同地磨蹭回来，在他刚才划定的范围里徘徊，神态温顺，让人欢喜。

我们迅速抓拍了几个镜头。他有些意犹未尽，赶着羊群渐行渐远。一群鸭子在漂满绿色浮萍的池塘里戏水，排着队，秩序井然。我想数一数共有多少只鸭子，数了好几遍也没有数清，它们像在躲避镜头，排着队缓缓向西岸游去。我跑到西岸，抛下一粒石子，那些鸭子又排着队向原地折了回去，一些说不出的情趣跃然水面。我知道此刻拍下的照片将会呈现一种怎样的静美，而这样静美的村头图景其实并不能代表我们尚未进入的这个村庄。那天我见到了童年记忆中的石碾。碾盘空空荡荡，碾子被丢弃在附近的荒草里，它们隔着一段不远也不近的距离，无言相望。这一切，我无法确认是真实的记忆，还是触景生情的想象。那个悠闲的牧羊场景，与那只羊被绑走时的惊恐无助的双眸交织在一起，我的内心变得纠结，情绪灰暗。那个沉重的石碾，并不比生活本身更为沉重，它压在我的心头，让所有回忆和想象都变得虚无。那张纯美的牧羊照，因为一只羊的被绑架，埋下了关于血腥的伏笔。记忆往往是靠不住的，它藏在内心深处，仍然难逃被外力篡改的命运。当我想要沉浸到美好的记忆时，现实以残酷的方式唤醒了我。

三

门是虚掩的，推门即入。这是一栋老宅，满院鸡粪，需要踮着脚尖才能走路。鸡在悠闲漫步，这个院落是它们的自由王国。门前，是青石板台阶。门后堆满杂乱的柴火。泥墙布满裂纹。厢房低矮，需时时记着小心，低头才能出入。临街窗口是用编织袋遮掩的，上面标有"稀土多元螯合复混肥"的红色字样，"修金"牌，"科学配方，服务三农"八个字赫然醒目，现代科技并没有放过这个古老院落。窗棂。脸盆。猪槽。阳光下的鸡。横在墙头的一截枯枝。为鸡窝遮风挡雨的残破石棉瓦……这是一个被岁月遗忘的角落。逆光下，有一种静美，恍惚可见人类童年的影子。

童年的记忆，已经盛不下成长的日子。此刻，不知是我找到了童年，还是童年找到了我？

一只鸟从院落的上空飞过。

悬挂在门后的篓子有些单调，拍照前我特意往里面放了几把草，镜头之外，是杂乱的草垛。农人赖以生活的干草，像一些散乱岁月堆积在那里，已经多年无人问津。我们是寻访者，也是打扰者。我们打破了这里的安静，原本落定的尘埃开始在阳光下起舞。走在尘埃里，我的心里有些歉意。青石板台阶的缝隙里长了几簇青草，偶尔破损的地方，是用混凝土填补的，像是台阶的一个又一个补丁。一个男人从对面摇着轮椅过来，他看上去并不老，脸上也没有被病痛折磨的痕迹。他坐在轮椅上，安静地看我们拍照。

我与他攀谈起来，自然是从轮椅开始说起。

他的瘫痪，是因为采石时砸断了脊椎骨，那是 1984 年。他说："正好从改革开放那年开始的。"我的眼前一阵恍惚。看不出，这是一个在轮椅上坐了整整三十年的人。三十年来，他眼中的世界究竟发生了怎样的改变？

他淡淡地笑，并不作答。

离开时，我才发觉村庄周围几乎被采石头的挖空了，到处都是窟窿，宛若大地的伤口，生活垃圾顺势被填了进去，蚊蝇乱飞。那个坐在轮椅上的人，曾经的采石者，他与如今的矿工是不同的。三十年前，他采石是为了盖新房，没有任何商业目的，像那个年代的所有乡下人一样，自己动手采石只是为了节省每一分可以省下的钱。他有的是力气。他的力气撬动了巨石，巨石落在了他的身上。

他是这栋老宅的主人，过去是，现在也是。那个盖新房的梦，成为一个永远的噩梦。三十年漫漫长夜，他是怎样独自面对那个梦的？坐在轮椅上的这个人，他是如何面对这个加速度的时代的？

我从他的淡定表情里看到一份清醒，看到他对这个世界的理解与和解。人群中，这样的清醒难得一见。

他坦然接受属于自己的命运。

我挥手与他告别。他淡淡地笑，双手转动轮椅，向着身后的家"走"去。

回城的路上，野菊花开得正灿。沿路有几家大型水泥厂，金黄色的小花落满尘垢。

四

我将永远记住那个绕村而行的夏日午后。

阳光炙热，像是暴雨来临的前奏。所有房屋都一如既往地站立着，村庄上空弥漫着一种解释不清的气息。我看到农宅前的石榴树，石榴树下的老母鸡，街头巷尾的垃圾和污水，还有某工业园集体婚礼的红色横幅，用作了垃圾堆旁边的一株樱桃树苗的围挡。村庄与工业园之间有块空地被农民开垦利用起来，种植了零星的庄稼。被开垦的那方土地比路面高出许多，稀疏的庄稼就像一些无助的人默立在高处，对即将发生的事情茫然无措。大约半个月前，我曾走到那里，与正在浇水施肥的一个老农闲聊了很久。他反复地问："早签还是晚签？"我说早晚都得签，这是必然的事情。"可是十年前征地时早签字的人都吃了大亏。"他说，然后低头给庄稼浇水，并不期待我的解释。他埋头侍弄庄稼，脸上不再焦虑，有了一种让人难以置信的镇定和从容，好像根本不在意村里将要发生的事……当我再次走向村后那块被开垦的土地，唯有几株高且瘦的庄稼在高处默立着。阳光炙热，一场暴雨即将降临。

在一个等待拆迁的村庄，"种子"还有用吗？

农民把最饱满最诚实的粮食拣选出来，留作来年的种子，不管收成如何，把种子预留下来，在一粒粒种子上寄予梦想，这是过日子的底线。如今不同了。一粒种子，本来可以结出更多的粮食，喂养更多的人，结果却被删除了成长的可能，用以满足少数人的胃。食用种子的人是可耻的。当一个人的温饱建立在让更多人饥饿的基础上，当越来越多的人失去了质疑和抗争的勇气，更多和更大的问题将会不断衍生。

梦想也是应该有根的。失却扎根的土地，该如何面对一粒种子？

说梦的人倘若醒着，他的言说如何令人相信？倘若没有醒来，又怎能让人不相信它是梦呓？

蒲公英从窗口飞进来，落到我的桌面上。它把我的书桌当成了值得落定的土地。

我想念我的故乡，那里没有什么工业项目，也没有水泥路面，有的只是季节的更替，年复一年的劳作。每次回乡，村人喜欢听我讲述外面的拆迁故事，对拆迁补偿有着毫不掩饰的"向往"，他们早已受够了面朝黄土背朝天的日子，寄望于拆迁对命运的改变。他们对新生活充满向往，却不清楚新生活究竟是一种怎样的生活。劳动，唯有劳动是最真实和可靠的。土地是贫瘠的，也是最包容的，它不舍得抛弃任何一个热爱劳动的人，不管他有怎样的性格或缺陷，只要他还热爱劳动，土地就会收留他，眷顾他，让生活得以继续。

在村里遇见那些到城里打工的人，简单的交谈，就可看出他们已被城市格式化了的思维和情感。他们已经与自己的乡村格格不入，他们和他们的亲人满意于这样的一份格格不入。在城里，在他们赖以生存的流水生产线上，冰冷的程序，不可逾越的距离，把人的血肉之躯变成所谓现代化设备的一个零件，按照既定轨道和规则运行。交流的被阻遏，表达的被限定，以及来自机器设备的操控和奴役，是他们自甘陷入的命运吗？至于亲手生产出了什么样的"产品"，似乎从来就不是他们所关心和在意的。

对存在进行不断的发现，不仅需要洞察的眼睛，更需要一颗勇敢的心。

这个工业新城在不断扩张自己的领地。一个农妇在拆迁工作组签约，她握笔的手不停地在抖，在抖。村里大多数人都已签字，她成了钉子户。她其实没有提任何额外的补偿要求，她只是舍不得她的老房子……终于，签了字，她把手中的笔掰成两截，瘫在地上号啕大哭，在场的人无不为之动容。

当我见证了一个个村庄的消逝，就像亲历了自己的一次次死亡。我不知道，所谓的新生将会是什么样子，它们如何在四季轮回中找到属于自己的位置。乡归何处？村庄的凋敝，茫然，像一个风中的老人，有人出于本能向前扶住他，却不知道该搀扶着他走向何方。

村庄变成了一片废墟。一个人正端着相机，认真拍摄那些倒塌的房屋，脸上有着难以掩饰的成就感。他曾全身心地投入这场浩大的拆迁运动中，打了一场"漂亮仗"。当村里最后一栋房子被推倒，他如释重负，开始从村子的不同角度拍照，为这份工作业绩留念。我时常想，当他老了，当他叶落归根的时候，独自面对这些照片，他还会骄傲和自豪吗？

五

村人大多在地里种植了苹果和葡萄，很少有人愿意再侍弄庄稼。父亲年龄大了，想栽葡萄，力不从心，又不想让田地荒着，就种了麦子。父亲的麦田成为乡野里唯一的一块麦田，麦子一天天长起来，日渐稀少的麻雀不知从哪里冒了出来，它们在麦田上空翻飞，不时地落下来啄食麦穗。在我很小的时候，麻雀随处可见，村人也不介意麻雀吃点庄稼。现在不同了，整个村子几乎没有种麦子的，父亲的麦田自然就成了麻雀的乐园。父亲在麦田里拉了彩绸，彩绸在风中不停地拂动，并且发出声响，驱逐麻雀。麻雀很快就习以为常了，不再有丝毫怕意。父亲想不出更好的招数，只好整日在麦田里走动，不停地做出驱赶的手势。在我心里，"守望麦田"一直是个不及物的浪漫词语，当我看到在麦田里守望的父亲，眼泪忍不住流下来。站在空旷的乡野，看着父亲佝偻着腰在麦田里走动，我想到了很多。我远远地看着我的父亲，就像父亲在看着他的麦田，这样一份守望有着最素朴的生命本色。

以前一直有"在别处"的情结，年岁渐长，如今我更多想到的是"此在"的生命，觉得一张书桌就可以安放整个世界，我将一直守望在这里，坚信这份守望的意义，坚信生命的根须终将延伸到那个叫作故乡的地方。异乡很近，故乡很远，我这是在哪里？当我走出书房，穿过钢筋水泥的建筑丛林，走向并不遥远的城市边缘，才恍然发觉所有的异乡其实都有着故乡的容颜。我日夜惦念的故乡其实就在眼皮底下，她是万千村庄中的一个村庄，这个村庄之外的所有村庄都被我叫作异乡。异乡之所以是异乡，正是因为我一直以旁观者的眼光看待她，没有把她的苦难、贫穷和惶惑真正放在心上。

我愿意将每个村庄都错认成故乡，并且一错再错。我想对每一个村庄诉说，那种所谓体面的生活，从来就不曾安放一颗不甘平庸的心，精神倘若失去了"根"，必然会被汹涌的现实物欲裹挟而去。这个远离故乡独自漂泊的人，从来就不甘随风而去。

感谢那些岁月。是那些岁月中的艰辛、磨难，甚至尴尬和不堪，成就了你，内化成为生命中的一部分，像细密的年轮构成了一棵树的枝干。隔着一段时光，你依然不知道该怎样表达它们，你怕自己的书写不够真实有力，辜负了那段永不再来的时光。像打量一棵树那样打量那些日子，一定是很久以后的事情了。

坐在书房里没有想明白的道理，在行走途中渐渐变得清晰和简单。海边的礁石全被炸掉了，他们在腾空的地方修建人造景观，破坏时的快感和再造后的成就感在同一个人的身上发生。按照个人好恶来改造自然生态，已是一种普遍的疾病。审美眼光绝不仅仅是一个艺术问题，也是一个很严峻的现实问题。太多的人沦为技术主义者，感受不到这个世界更多的痛，或者根本就无意于感知这个世界的痛。他们眼里只有鲜花和掌声。

注视一棵树，从一棵树的年轮中发现成长的秘密。它们来自缓慢的力量。最值得信赖和托付的成长，理应是缓慢的。

在这个迅疾变化的年代，你保留了什么不变的东西？除去形容词和大词，你在如何表达？若干年后，你的不可替代的品质在哪里？所谓风光和热闹的背后，还有什么是值得回味的……

这是一些不该停止的追问。

太多人保持了本不该有的沉默。

在胶东腹地行走的日子，那些村庄的疼痛让我渐渐从麻木中苏醒。我想成为一个心灵温润、懂得感动的人。走了这么远的路，我才明白当初应该怎样出发。可是我已走出了好远，我所能做到的，仅仅是走好接下来的每一步，一步一回首，回望来时的方向。我知道脚下的这片土地早已伤痕累累；我也知道，我和大地上的所有奔波者和梦想者一样，最终的出路都是回归地面，像一株庄稼那样扎根，遵从季节的规律去成长，以成长的方式向大地和天空致意。

对天空的真正理解，是因为深切懂得了大地。

日暮乡关何处是

徐 可

一

寒风凛冽,寒意刺骨。站在一大片沉睡的农田前,我思绪万千。

这里,曾经是我的老家,现在已夷为平地;这里,曾经是我的村庄,现在已不见踪影。

这是 2016 年 2 月 14 日,农历正月初七。我回到我出生的地方,去寻找我的村庄。

我的老家,在江苏中部通海平原的乡村。四年前,在一场规模浩大的拆迁运动中,我老家房屋跟 6500 多户农屋一起变成残砖废瓦。一座建了两年多的两层小楼变成几十万元人民币;而我的父母和他们的邻居们一起,都搬到县城附近的一个大型小区,变成了准"城里人"。拆迁腾出的 8538 亩农用地,8000 多亩建设用地,被政府用来建设"万顷良田"工程,采取承包的方式,发展规模化、集约化、高效化农业。

客观地说,拆迁之后,老家的居住条件、交通条件、生活条件都大为改善。政府给的拆迁补偿款还算充裕,买了一套两层二百多平方米的单元后,还有一些盈余。小区紧邻一条国道、一条高速公路和多条公路,交通极为便利。但是我还是想念我生于斯长于斯的那个村庄。虽然我知道,那里除了大片大片的农田已无一户农家,但是我还是想去看看,它现在究竟变成什么样了。

那天早上,吃过早饭,侄子就开车带我出发了。我的村庄位于本市(县级市)的大西北,西北两个方向都与邻县接壤。从位于县城北郊的小区出来,沿着公路西行,一路房屋渐渐稀少,公路两侧是大片大片的农田。再向北是一条东西向的小河,过了河顺着河边的乡间简易公路继续西行,就离我家越来越近了。小河很窄，但由东向西绵延很长，直到我家门前截止。至今我们都不知道它叫什么名字，从何而来。小河在我家南面，姑且叫它南河吧。河面结着薄薄的冰，看得出水还是比较干净的。回想起拆迁之前回老家，看到的河水是污浊的。小河两岸，目力所及的范围内，已经见不到房屋，只有一望无际的农田，种着庄稼，估计应该是小麦。

汽车终于开到小河的尽头，一个丁字路口。这条路是本市通往邻县的一条乡间公路，从丁字路口向北继续前行就可以去往邻县。过去此处属于"交通要道"，白天黑夜有各种车辆不停地驶过。起初是自行车、拖拉机，然后是摩托车、卡车，后来有了面包车、小轿车，大多很旧，偶尔也有光鲜一点儿的。丁字路口的东北角，就是过去我家所在地了。我家的房屋，以及屋后的竹园，曾经是一个"路标"。现在，这一切已经荡然无存。

我们下车，冒着严寒，四处张望，一边感慨，一边拿出手机咔咔地照相。这里，全部变成了农田，一点儿都看不出当年的痕迹了。如果我是一个外来者，我完全想象不出这里曾经是密集的居住地。在我家东边，有一条南北向的小河（姑且称之为"东河"），与南河形成"T"字形。由东河到公路之间，顺着南河北岸，一字排开有四户人家。现在，我看着这短短的距离，无论如何也想象不出当年何以能够装下四户人家。

寒风呼啸着直往领子里钻，厚厚的羽绒服也挡不住袭人的寒意，拿着手机的手冻得发僵。我们匆匆拍了几张照片，便赶紧上车，顺着河南岸的马路返回。河中停着一艘船，相对于这样的小河，算是一条大船，船上有集装箱房。侄子告诉我，这条河已经被人承包用来养鱼了，承包人家就住在这艘"船房"上。想到这条河里的水曾经被污染得不能饮用，水里的鱼当地百姓都不敢吃，真的很有感慨！然后又看到当年村委会所在地的两座小石桥，仍然完好无损地立在河面上，下来照了几张相。又开了一段，河南农田里出现了一群劳作的农民，大概有二十多个。这是我们这一路以来唯一一次看到的农人，估计是承包商雇佣的农民。我们摇下车窗照相。农民们一点儿也不怯生。他们大声地问我们是不是记者？是从哪儿来的？我如实地回答了他们，然后挥手再见。很惭愧，北风呼啸，我实在鼓不起勇气走进严寒里，只是在车里跟他们聊了几句就匆匆离开。与家乡的父老乡亲相比，我实在是太娇贵了。

一路上，我的脑海里不断回想起鲁迅的《故乡》，回想起《故乡》里描述的情景。同样是深冬，同样是阴晦的天气，同样是呜呜的冷风，同样是苍黄的天，同样是萧索的荒村——不，连萧索的荒村都没有，干脆就没有村庄；可是很奇怪，我并没有产生想象中应该出现的那种悲凉的情绪，我也没有人们千呼万唤的最时髦的

"乡愁"。我记得,若干年前,当我的村庄还在的时候,每年冬天回来,我的心情都很悲凉。可是今天我没有。当然我也没有特别的欣喜。我的心情很平静,一点儿波澜也没有。

可是,在我的内心深处,总是隐隐约约觉得有哪里不对劲,或者说,有一点儿隐痛。可是当我使劲儿寻找,它却不知藏身何处。

我的故乡,田园犹在,只是,村庄消失了。我是该庆幸还是该惋惜?

二

其实,说村庄消失了,未免有点矫情。因为,在我的故乡,我从来就没有过村庄的感觉。

我的故乡,地少人多。记得幼时,河汊密布,出门就是水,人们多逐水而居。后来大概是大办农业的结果,很多小河小沟被填了,主要的河流只剩下了南河和东河,另外还有一些不长的小河。可能是统一规划的缘故,所有的人家都住在河边。南河、东河两岸,一幢房子接着一幢房子,一字排开,每家之间几乎紧挨着。最早多是三间或四间草房,后来是瓦房、楼房。几乎没有人家有院子,当然也就没有围墙。

当人民公社还在的时候,每个大队分成若干个生产队,各个生产队相对集中居住在一个区域。比如我家所在的四队,就在南河东河西北这一块;河东是九队;河南是一队、三队。至于有没有别的生产队,如果有的话它们在哪里,我是一点儿也想不起来了。每个生产队有一个仓库,仓库旁边有牛圈,有值班室,仓库前面则是一个大的麦场,这是队里唯一的公共活动场所,队里开会、文艺演出都在这里举行。等到公社解散了,连这个场地也没有了。也许是多年的习惯使然,大家还是叫着"大队",很少有人叫"村",我的脑子里也没有村的概念。

等我后来从小说里,从电影里,看到北方的农村时,我非常惊讶,原来所谓的村子是这样的!那边的村庄,就像城堡一样,是相对封闭的,各家各户都聚居在一起。村庄有"村口",外人要进村,就得从村口进来。如果适当防卫,外人是很难进来的。所以,在电影《地道战》中,有那句流传至今的台词:"鬼子进村喽!——"村庄里,有巷子,还有街道。前街后街,东街西街,就像城里一样。每家每户都有院子,家境好一点儿的有院墙和院门,差一点儿的也有篱笆墙。那里的孩子们,还可以利用这样的建筑和地形结构捉迷藏,多了一份乐趣。反过来看我们,哪有什么村庄啊,完全是开放式的,四通八达,外人可以从任何一个方向进来——不,不是"进来",而是"过来",因为根本就无村可进。我们也无法"躲猫猫"，因为根本就无处可藏，除非躲到人家屋里。这不免让我对自己的家乡产生了一丝失望，对北方乡村充满羡慕。

后来，当我有机会看到全国各地风格各异、时间或长或短的古村落时，我对家乡的所谓"村庄"更加绝望了。与那些古色古香、历史悠久、文化积淀深厚的古村落相比，我们那儿连村庄都算不上！那些千篇一律的房屋，毫无特色，没有过任何美感。

当然，幼时的我们并没有想得这么多，我们自有我们的乐趣。家乡是一马平川的平原，小学旁边的一个小土丘就成了我们眼里的小山。我们在小土丘上钻树林，玩打仗，不亦乐乎。生产队里的小河也是我们的"战场"。我们几个小伙伴分属敌我两个阵营，分别趴在小河两岸，向对方"开火"；当一方指挥员发出"冲啊！——"的号令后，双方就发起冲锋，展开肉搏战，直至一方认输为止。

门前的小河更是小伙伴们的乐园。每到夏天，我们就脱得光光的，跳到河里游水玩耍。河水清清，可以看到河底的沙土，看到水中漂浮的水草，游来游去的小鱼小虾，有一次还与一条小蛇不期而遇。小河不宽，我们可以从南岸到北岸连游好几个来回。有时憋一口长气，潜入水下，从河底"爬"到对岸。玩累了，用自制的鱼钩钓几条小鱼小虾，拿回家就是一顿美味的佐餐小菜。

小孩子的心总是很容易满足的。虽然没有北方那样城堡似的村庄，但是我们在田野里、在小河里也能找到自己的乐趣。

这么多年来，最让我留恋的，还是乡亲们的单纯、淳朴、真诚、善良，是他们的吃苦耐劳、幽默知足，是那种亲如一家的邻里关系。我对其他地方的人民没有深入的了解，我始终认为，我的乡亲们是天下最好的人。除了极个别公认的恶人外，我真想不出还有第二个坏人。我的家乡曾经遍布刺槐。我的乡亲们就像刺槐一样淳朴，像刺槐一样笨拙，像刺槐一样憨厚，像刺槐一样本分。他们没有文化，不善言辞，胆小怕事，但是他们的心地是多么善良！小的时候，家家都穷，但凡谁家做点好吃的，一定会先送给左邻右舍尝尝。我还记得有一次，一位大婶家炸了麻团（一种用糯米粉做的油炸品），恰巧我从她家门前经过，大婶非拉我去家里吃，我不肯，她便用筷子串了一串送给我。我在前面跑，她在后面追，一直追到我家里，躲无可躲，我才在母亲的劝说下接过来。他们对别人的好，是那种掏心窝子的好。谁家有事，邻居会自发上门帮忙；要是哪家有人"老了"，那些多年的老伙计会上门来默默地坐着，陪着逝者，一句话也不说，只是那么沉默地坐着，偶尔叹一口气；妇女们则会陪着家里的女人们流泪，安慰，帮着折纸钱，干活。他们是那么勤劳，从来也不把劳作视为苦事。那些特别勤快的，简直一秒也闲不住。我的二姑父就是这样一个"勤快人"。他有一手扎笤帚、编簸箕的手艺。每次来我家，除了吃饭的工夫，他都在不停地干活，给我家一年的笤帚、簸箕都做好了。我的父亲也是出名的勤快，他生前曾到北京来住过几年，劳作了一辈子，我想让他享几年清福，可是一旦闲下来，他浑身难受，家里的那点家务活简直不够他"塞牙缝"。回到那片土地上后，他才找到了"感觉"。

多年以后，当我在远离家乡的异地回想起我在家乡的童年生活时，想起那些质朴而善良的乡亲，我的心里还是无限温暖，以至一次次双眸湿润。

三

如果我按照前面的思路写下去的话，很容易写出一篇充满温馨回忆的美文来，把我的家乡描绘得如同人间乐园一般。这正是很多人乐此不疲的事情。然而事实上，我的童年远非这么美好，这些童年回忆只是苦难岁月中的一点点微弱亮色而已。我的童年是在饥饿和贫穷中度过的，即使经过岁月的沉淀，即使我努力过滤掉童年的苦日子，我还是无法忘记当年挨饿的感觉，无法忘记贫穷的耻辱。我努力不去回忆痛苦，并不代表我已经忘记了痛苦。现在很多人在呼唤乡愁的时候，动辄把过去的乡村描绘得像世外桃源一般美好和幸福，我不知道是他们所处的乡村确实如此，还是他们的记忆短路。

在相当长的时期中，贫穷和饥饿是中国人民特别是中国农民共同的记忆。回顾历史，似乎没有哪个朝代的农村是富庶的。即使是在被称为"鱼米之乡"的我的家乡，也是如此；即使是在"文革"结束之后好多年内，也是如此。我从考上县城的重点中学，此后上大学、参加工作，最盼的是回家，最怕的也是回家。每次回家，看到家乡的破败，家乡的贫穷落后，看到一家一家破旧的草屋，听着父母哀叹生活的艰难，我的心就一下一下地往下沉。尤其是冬天回家，那种感觉就跟鲁迅《故乡》里写的一模一样，无限悲凉。

如果这就是一些人呼唤的乡村的话，我宁可不要这种乡村；如果这就是一些人念念不忘的"乡愁"的话，我宁可不要这么愁！我坚信绝大多数中国农民更不需要这种愁！

当然，这样的状况在慢慢改变，我的心境也在慢慢改变。农民的生活慢慢变好了，一家一家的草房慢慢变成瓦房了。到后来，一家一家的瓦房又变成了楼房。

大概在十几年前，故乡的面貌终于有了很大的变化，农民的生活有了很大的改善。当地政府在发展经济、改善民生方面确实功不可没。此后每次回家，看到家乡的变化，心中就异常欣喜。我衷心地感谢当地政府，终于带领家乡父老改变了贫穷落后的面貌。

然而，家乡人民为这来之不易的温饱，也付出了巨大的代价。这也是全国农村出现的共同问题，并非我家乡所独有。

最严重的是污染。并不是工业污染，而是农民们自己污染。我的村子地处偏僻，没有受到企业的污染；但是富裕起来的农民普遍没有环保意识，他们把自己家的垃圾、脏水随意往河边倒，污染了土地，污染了河水。没有人去教育他们，也没有人去管理他们。我小时候那么喜欢的清清的小河变成了臭河，没有人敢下河游泳了，河水、井水不能喝了，河里的鱼没人敢吃了。因为滥用农药和化肥，土地也被污染了，农民们不敢吃自己种的粮食。他们有自己专用的地，用来给自己家人种粮食。他们专门养两头猪，供自己家人吃肉。

还有乡村伦理的沦丧。在漫长的农耕时代，家乡形成了一整套不成文的乡村伦理，成为村民们共同遵守的道德准则。比如孝顺、诚实、友善、勤劳、节俭，等等。忤逆长辈，好吃懒做，欺骗他人，挥霍浪费，以强凌弱，这些行为会遭到普遍的唾弃。然而近十几年来，这些道德规范已经基本土崩瓦解。不孝顺长辈的多了，游手好闲的多了，赌博的多了，骗子也比过去多了。有虐待老母者，待之不如猪狗，不给她饭吃，动辄打骂，污言秽语不堪入耳。村人皆怜之，却爱莫能助，村干部则完全放任不管。我的母亲心善，有时会偷偷地叫她到我们家吃饭，还不敢让那个孽子知道。

刚刚解决温饱的乡村，又陷入了另一种贫困，我不知道我心目中的村庄在哪里。

四

现在，原本就模模糊糊的村庄，干脆彻底消失了。

我们现在居住的这个小区，是当地的拆迁安置示范区。小区规模很大，据说有一万多居民，配套设施齐全，绿化面积大，环境还算不错，是当地政府对外宣传的窗口，曾有国家领导人来此视察。

长期与土地打交道的农民，很快就习惯了"城里人"的生活，虽然他们身上免不了还有农民的习气。年轻人出去打工，有的去了远方的大城市，扔下老婆孩子和老人在家里，一年回来一两次。不愿出远门的，在附近的企业、公司总能找到一份工作。他们早出晚归，开着小汽车，穿着时髦，拿着最新款的手机，几乎与城里人毫无二致。小区里还是老人们居多，他们在楼下晒着太阳，打打牌，聊聊天，一天天消磨着时光。那些过去勤快得闲不下来的老人，在自家屋前草地上种点花，种点树，种点蔬菜，莳弄着它们，给无所事事的双手一点点安慰。这样的生活，对于穷了几十年的乡人们来说，是再幸福不过了。

那些腾出来的大片大片土地，被有钱的老板承包下来了。他们享受着政府给予的优惠政策，雇佣一些农民为他们种地，把过去一家一户的个体生产变成了规模化、集约化的大生产。这也正是我们过去梦寐以求的生产方式。不过听说，有的老板承包了土地，用完了两年优惠政策后就跑了，扔下的农田没人种。这只是听说，我并没有亲见抛荒的土地。

无论如何，不管出现什么情况，我相信消失的村庄不会再回来了，进了城的农民们大多不会再回到土地上去了。诗人们怀念的"阡陌相通，鸡犬相闻"的农家景象不会再回来了。这毕竟是时代进步的标志，是多少代人企盼的生活啊！

现在，"乡愁"成了一个时髦的词汇。确实，在推进城镇化的进程中，一座一座村庄消失了。这的确是一件令人遗憾的事情。在提高农民生活水平和保护村庄之间，怎么找到一个平衡点，确实考验领导者的智慧。如何才能做到"望得见山，看得见水，记得住乡愁"？

记得住乡愁，首先要保住我们美丽的乡村，要留得住青山，存得住绿水。这些年来，在"新农村建设"的名义下，那些承载着历史和文化记忆的古村落急剧消失，让人痛心！如果在建设的同时再来一次新的破坏和污染，那将与其目标背道而驰。从我的观察看，家乡在农村环境保护方面做得是好的。家乡没有古村落，政府把农民大规模拆迁后，并没有用换来的土地建设工业企业，而是用来发展大农业，使原本面临抛荒的土地有人耕种。这无疑是一条正确的道路。农民集中居住了，农村并没有消失。这不但保护了耕地，也保证了粮食安全。

在开发过程中，不但没有出现新的污染，而且农村环境还有所好转，河水变清就是一个明证。现在我担心的是在种植中是否还在滥用化肥和农药？如果这一点能杜绝的话，真是善莫大焉！

与有形的村庄相比，我更怀念的是无形的"村庄"——那种流传数千载、蕴含在乡民们身上的乡村文化和乡村精神。恐怕这才是乡愁的核心。

什么是"乡村文化""乡村精神"？我没有看到过现成答案，我也给不出标准答案。对于我来说，乡愁，就是对于过往乡村生活的依恋，对于乡民们特有品质的怀想。在新农村建设中，怎样让乡村文化、乡村精神重新回到人们心中，让乡愁"诗意地栖居"，这是比保护物质的村庄艰难百倍的难题。

数千年的农耕文明时代，在以儒家文化为代表的传统文化影响下，中国乡村形成了独特的乡村文化和乡村精神。这种文化和精神不是写在纸上的，而是融入乡民们骨髓中，体现在他们的行动上。比如，对于儒家所提倡的"仁义礼智信，温良恭俭让，忠孝勇恭廉"，乡民们也许讲不出什么大道理，但是他们绝对是忠实的、自觉或不自觉的实践者。就以"孝"来说。"百善孝为先。"古人把"孝"视为百善之首。孝道文化是中国优秀传统文化的核心。孝顺为荣，不孝为耻，这是乡民根深蒂固的观念。他们也许没有听说过"老吾老以及人之老"的祖训，但是孝敬自家的长辈、尊重所有的长辈，是一种天经地义、理所当然、不用任何道理的行为，不孝之子、忤逆之子受到普遍的唾弃。这些包含许多积极健康内容的乡村文化和乡村精神，是几千年来维护乡村秩序和乡村伦理的无形规则。当然，其中也有糟粕，这是我们应该剔除的。然而，随着市场经济的发展，这些为乡民们所自觉遵循的规则早已失去效力，乡村秩序早已不复存在。如何涵养乡村文化，培育乡村精神，重构乡村秩序，确实是一项艰巨任务，也是一个不容回避的话题。

乡愁是我们精神世界中，永远都不能够抹去的一块暖色。我们呼唤乡愁，绝对不是要再回到过去那种贫穷的生活中去。与保护古村落同等重要或者比前者更重要的，是涵养乡村文化、培育乡村精神，让乡愁"诗意地栖居"。我们不能死守着历史抱残守缺，而是要从现实中寻找答案，让乡愁长驻在我们的心灵深处。

我仍然怀念我的村庄。

我的村庄，你还能回来吗？

《四川文学》2016 年第 8 期

一个人的马场

梁晓阳

一

我承认我是一个想入非非的人。奇怪的是，我偏不对身边豆蔻年华的女生感兴趣，却对金庸十五部小说里排行第九的那本书——《书剑恩仇录》里的一个人物——在大漠飞沙中纵横驰骋的翠羽黄衫的霍青桐痴迷不已，无端就有了一股书剑情怀，幻想走上一段碧血黄沙的岁月，与一个雪莲花般纯洁冷峻的女子在天山相遇。那时的霍青桐——

> 大约也是十八九岁，腰插匕首，长辫垂肩，一身鹅黄衫子，头戴金丝绣的小帽，帽边插了一根长长的翠绿羽毛，革履青马，旖旎如画。

这样的描写，对见多了头戴斗笠、发梳刘海、一身粗布衣衫、满身汗水滴湿胸前两只布袋一样奶子的南方女人的我来说，自然像七月天吃了冷气腾腾的冰棒，通身被刺激得清爽惬意。

那一年，我刚读初二，文学也像金庸一样开始独步校园，我能看到的《中学生作文》上，封面和封二都是衣着光鲜文青味十足的中学生诗人，他们那潮湿而多汁的句子带给我青春的诱惑，我开始神经兮兮地背着同学写诸如"雨季不再来"的文字，并且品尝到了文字营造的世界带来的欢乐和忧伤——是的，因为家境的困难，父母常常借钱供我们三兄弟读书，我早早体味了孤独和自卑，面对一个开放的青春世界，我更愿意把自己隐藏在一个自我倾诉的王国里。

我渐渐知道有一家叫《绿风》的诗刊，据说，那是新疆石河子文联主办的著名诗刊，那上面的诗歌都是新边塞诗，啊，边塞诗！像岑参、王昌龄那些古代大诗人写的诗——那时我这样理解。遥远的西部，神奇的西部，翠羽黄衫的霍青桐！我胡思乱想着，终于按捺不住，从每月伙食费里一块几毛地攒了十二元，邮寄订阅了那本诗刊，一年六期。从那里，我知道了什么是"西部诗潮"，什么是"第二梯队"，什么是"第三诗国"；也是从那里，我记住了新疆诗人李瑜那句后来成为西部名句的诗："为了爱情，巴格达不嫌远。"

一个通向未知远方的梦，像一颗种子一样在我心里发了芽。

初三时，大家都在如临大敌般复习应考，我竟然骗了父亲，从他向亲戚借来的伙食费里多要了八十八元，偷偷去镇上邮局寄给吉林省作家进修学院函授班。我天真地想，从这个进修班结业后，我就成为作家了吧。

半年后，我在函授班的学员通讯录里看到了一位叫丽娅的乌鲁木齐姑娘，我偷偷地给她寄去一封信，不久收到了夹着一张拍自乌市红山公园个人照的回复，我们前后通信二十多封，一直到高三。因她寄来的信笺上有芬芳，我以为遇上了香香公主，每天都要拿她的信放到鼻子前闻上好一阵。

自然，我高考落榜了，逃避般跟堂哥去了雷州半岛，在漫漫青纱帐里砍了半个月的甘蔗后，手脚上全是蔗叶割伤的一道道痕。

每天晚上，堂哥照例去农场宾馆与每次五元的女人混在一起，我枯坐在巨大的菠萝树下陷入了痛苦的思考中，我不知道，这样下去我会等待到什么。

当一身粗布衣衫满脸倦容的父亲连夜坐车追过来时，我在蔗叶漫天的甘蔗地里哭了。父亲把堂哥给他削了皮的一根甘蔗放在草地上，看着我说："复读班的名额只剩三名了，我找了我们镇的教育组长帮忙才争到一个名额，开弓没有回头箭，你不去复读前面的努力就全作废了。"

我彻底听从父亲的话，发狠把文学戒了，也与香香公主失去了联系。

二

英是大学里低我一届的校友。我工作那年，寒假，她冒着寒风冷雨来到单位找我，让我带她找教育局一位我认识的领导，她说她想做老师。

她上班后，我们很快坠入了爱河。

那时我住单位的一间宿舍。她的父母坚持要找一个有房的女婿，我们拖了一年半，还是分手了。我整整吃了一个星期的素冷面条，在孤独的思考中渐渐认为，这是一片拒绝我的土地，我的梦注定在远方，我的心也注定在远方。

此前，我已经认识了明月，仅仅因为打电话去找同学，仅仅因为她说来自遥远的新疆，我们互留了寻呼机。那晚，我在电话里惆怅地向她倾诉着刚刚结束的初恋，挂掉电话后，她就过来了。

不到三个月，我宣布结婚。这个决定让小城的朋友大吃一惊，我最好的朋友邓涛和黄应梁互相表达疑问说："才失恋不久，又这么快结婚，实在不明白他何以发动了闪电战。"

其实，全是因为明月来自遥远的伊犁。

一个关于远方的梦重新抽枝长叶。我开始相信，那是上天的旨意。诚如刀郎歌中所唱："她带着我的心，穿越了戈壁，多年以前丢失在遥远的伊犁。"

这是一种典型的浪漫主义情结。我认识的许多人，尤其生活在草原之外的南部中国人，大多数有这种情结，我也在所难免。现在，在这个偏僻的马场上，我已经有了一个存在的空间，我在这里有关心自己的亲人。然而在我结婚之前，尤其是在二十多年前，这种生活在我这个南方人的想象中是不可思议的。是一场恋爱和婚姻把我带到了这片草原上。

伊丽在这里出生那年，2004年春天，我三十三岁，明月三十四岁，我们结婚六年才得女，在此之前，在南方老家，我已经受够了左邻右舍或明或暗的嘲讽和议论，并且当时我误入官场，一直因为自视甚高而不得意。妻子那年是离家十年辞职回娘家，我则抱着一种逃避的心理来到了伊犁。面对宝贝女儿的出生，我喜极而泣。

我想说，我回到伊犁，我正在写的这些文字，都是为了一个很明确的目的——为了我的一家三口，为了我至今居住在草原上的亲人和朋友。

被收割完牧草的后山草原在微黄中泛着奶油的光泽，在落日的余晖里，辽阔牧场被镀上了一层淡金色的光彩，仿佛一位中年美妇微眬着一双慈祥、富足的眼睛，坐在寂寞阳台上遥望空蒙的远山，显示出一种富贵的安详和追忆似水年华的娴静。但这种追忆却又不怎么伤感，仿佛她早已洞察了自然界的演化真理和人生轮回的经典。在马场草原上，我除了看到无数被收割的牧草一堆一堆地被码在草地上等待运走，还有装在拖拉机上被堆得高如天齐灿烂如云彩的牧草，正沿着黑黝黝的柏油路突突地驶来，车上坐着一位头扎围巾、身穿哈萨克长裙的少妇，还看到了牧场边缘那些塔松或者云杉，在蓝郁的森林里悄悄地抹上了一层油亮油亮的淡金色，把整个牧场点缀得既辉煌灿烂又有一种处子般的温柔和寂寞。

我感觉到，这片草原与我有着心灵的感应，我每年回到这个草原边缘的村庄都有一种写作的冲动——我打算写一部相当于我对这片土地宣言的书，叙述自己在这片土地上抵近心灵的观察和思考。为此之故，每年我都带着收集素材的目的回到这个草原边缘的村庄。

三

我的岳父岳母就生活在这个村庄里。20世纪60年代，两位老人家还是青壮年，都是地主的后代，为了逃避迫害而走西口，与当时的许多盲流一样，成了开发新疆的一代人。我岳父在四川老家就学会了医术，来马场后曾被当成"特务"批斗。一次，一名"造反派"头头生了急病，其他"造反派"就问"特务"里面谁会医，他的医术派上了用场，也救下了自己。自此，"造反派"不再为分难为他。

岳父恢复身份后，又成了赤脚医生，足迹走遍大平滩草原，还深入天山腹地，凭着祖传秘方，为许多哈萨克人治好了痔疮。岳母曾经告诉我，山里的牧民穷，没几个人给得起医药费，总是说："张医生，不好意思，钱嘛我没有，奶疙瘩嘛代替。"骑了一天马进山的岳父笑笑说："行，我还要谢谢你，我的孩子们正馋这个。"明月对我回忆说："我爸带回的一些奶疙瘩，常常被我妈当作奖品奖给勤奋读书的我们，我一天吃一个奶疙瘩，多喝了两碗玉米糊糊，我妈就笑我，多喝也不见你长胖，瘦得像只老鼠！"

岳母很像韩天航小说《母亲和我们》里的刘月季，既宽容大量也细致实在。譬如，20世纪60年代中后期，因为被划为黑户，她两年没有工作，多次被驱赶，夫妻不能团聚，她无家可归，在哈拉布拉乡一户雷姓人家借来的一扇门板上生下明月（后来成为我妻子），她带着不够一岁的明月在巩乃斯河畔流浪，被送工纠队，进收容站，住地窝子，捡麦穗，跟野狼斗，成了真正的戈壁母亲。后来情况稍有好转，她在马场三队劳动，自己的户口还没有解决，地窝子里的家却成了南方老乡的公共食堂和旅馆，其中有两个江西青年，就是涂文健和向丽阳，在口里都是地主的后代，来马场之前他们就是一对恋人，因为长期落不了户，没有工作也吃不饱，小向对在新疆生活下去失去了信心，准备回老家。小涂害怕回去被批斗，但又说不服小向，心里十分苦恼。他俩来到岳母家蹭饭吃，岳母听广西老乡说起了这事，就和小向谈了两个晚上，还送了自己的一件衣服给她。大概是得到了安慰，她同意不回口里了，一年后他们结了婚。后来这帮南方老乡落了户，常常来探望我岳母，尊称她为大姐。

我从南方回到马场后，岳父岳母了解到我想当作家，十分支持我，为我讲述当年盲流的往事，岳母带我在巩乃斯河流域辗转探访那些老乡，一起回忆苦难经历，岳父不时带我上后山草原散心，教我怎样辨别山羊和绵羊，小尾寒羊和美利奴羊。当他听说我想写一部关于马场的书，他便充满感情地，用他的四川口音为我讲述马场的故事，解说生活的变迁。

但是，我笨拙的脑袋和迟缓的创作速度总是远远跟不上他们衰老的速度，为此我深感着急，生怕留下令我顿足终生的遗憾。我有一个雄心，要把他们的苦难和对生活的思考写出来，把他们的历史写出来。我觉得肩上有了沉甸甸的责任。

往返新桂两地的火车坐了一趟又一趟，很快我就从青年到了中年。其间，我经历了女儿的出生，理想的更替，工作的变动，女儿住院的折磨。2006年冬，年仅五十八岁的父亲身患绝症，知道自己不久于人世，在我回老家看他时，他说我："一直希望你在官场有进步，好帮帮家里两个务农的弟弟，还有当年你读书时借过钱帮助我们的乡亲，这个遗憾我只能带到土里去了。"我跪在他床前，心像被一根针刺着。

四

岳父的身体每况愈下，行动开始迟缓拖沓，走路要拄着拐杖，吃饭可以听到粗粗的喘气声音。2007年后，有一天，他走路摇晃，一跤跌倒，诊治得了中风。从那年开始，岳母几乎每时每刻守在他跟前，仿佛一夜之间老态毕至，一头白发像旁边的天山雪冠，一脸皱纹像干久了的核桃皮。

到了2008年夏末秋初的一个下午，我一个人回到老马场，一踏进这个旧家的院门，便见到岳父双手扶着院门，呆呆地望着我，喘着粗气，嗫嚅着问："明月没回来吗？丑丑（我女儿伊丽）也没回来吗？"当我说没回来时，他先是不住地搐动着嘴唇，像在嚼着一点儿什么，后来便哽咽失声，好长一阵子，我听见他的喉咙里发出"呃呃呃"的声音，既像哭，也像笑，终于老泪纵横。岳母说："最近半年，你爸就是这个样子，很容易耍孩子气。"以我这些年对人生的历练，我当然明白这并不是什么孩子气，而是一个风烛残年的老人才有的一种感情流露。想到这里我也忍不住热泪潸然。倒是岳母比较淡定，她核桃皮一般的脸上不露声色，望着我顿了一会儿，说了句："你回来就好。"我顿感有多少悲怨和感慨包容在里面。

老人家一直希望我们回来，是一家三口回来，我也几乎年年回来。只是，南北的路太遥远了，我们想尽己所能，但是力不从心。我知道，岳母的辛苦已不堪言说，自从2009年初老伴儿卧床后，她一直守在榻前已有三年，没有踏出过老马场一步，老伴儿的吃喝拉撒穿衣起卧全是她伺候。

天祥作为大儿子，他的四十六岁还是老光棍的身份一直让他卧床的父亲看见就烦，所以他一年四季几乎都在阿勒泰或者伊宁谋生。光强已经在口里有了他的事业，拖家带口待在开封，非到年关不能回来一次。光旭作为安于务农留守家里的儿子，那种大大咧咧却是岳母所不放心的。宏博作为一个年轻的儿媳，无论是在习惯上还是在生活的细致上都不合适。而我和明月更多时候在南方，因而陪护的工作就全部落在岳母身上。她每年甚至每天的衰老变化表现得非常明显，除了头发全白，以前直挺的身材一夜之间矮了一截，笔挺的腰身也明显驼下来了。从她的衰老可见服侍老伴儿的劳动强度。

怀着一份内疚，我和明月每次回来，几乎都待在老马场，待在老人身边。我一个人回来的时候，除了写作，我也把更多的时间花在陪两个老人上，我扶起老人换衣，给他喂饭，烧水端水，倒垃圾，我只想赎一份罪，赎他们女儿没有回来尽孝的罪，赎他们外孙女没有回来奉献天伦之乐的罪。老人尽管说话含糊，我还是和他编一些闲话，我听不清他嚅动的嘴唇在说什么，我也不知道他听明白没有，但是我在老人慈祥的目光里，感到了温暖和安慰。

五

好事是在春天里到来的。2011 年初，老马场规划的新村批下来了，在河坝边上，许多人家都有份，没有结婚的天祥有，常年在口里谋生的光强有，漂泊多年回来的明月也有，皆大欢喜，各得其所。

第二年 6 月，明月在我们的住宅地上亲自设计了一个小两房一厅的居室图，亲自张罗了房子的动工仪式，6 月 9 日那天，她还亲自放了一挂鞭炮，噼噼啪啪响，青烟飘荡在一队通往二队路两旁的白杨树梢上。负责建设的是我们的邻居潘伊星，他承包了这排房子的工程，他领来的六七个工人几乎天天都在我们的地基上忙着，在他们挖坑打地基的过程中，他们挖出了一些不知哪个时代的断剑和箭镞，锈迹斑斑的剑身和有缺口的生锈的箭头，告诉我们在这片土地上曾经有过那些使用冷兵器的人们。另一拨工人甚至在旁边的地基上挖出了头盖骨和残缺不存的肱骨和脚趾骨，这也告诉我们，曾经在哪个时代有这些劳动者在这里生活着。如今，明月和我，一个移民的后代和一个外来者，还有他们在这里出生的女儿，在过去的文化层上继续建造承载自己生活的载体，并且让一些与此无关的建筑工按照我们的意愿忙碌着。我们不时指指点点，告诉他们一些自认为应该注意的问题。我们如此郑重其事，身心投入，好像我们已经决意在此生活千百年。但是我也知道，如此身心投入换来的建筑，最终也将像前代的建筑一样，成为一个废墟。

到了秋天，几乎在一夜之间，那些新盖好的砖墙彩钢房子已经一座座整齐地排列在农一队通往农二队的柏油路边，两排高高的白杨树下。我们的房子从去往二队的柏油路边数起是第八间，第七间是天祥的，第九间是光强的，我们的房子和大家的房子整齐地排列在通往河坝的路边，各家房子外墙涂的颜色不一，红黄绿蓝白都有，像一队穿上了新衣准备过年的小子。我们房子外墙涂的是苹果绿，屋顶彩钢是青灰色，就我在南方所接受的建筑审美而言，这种房子的颜色具备了叛逆般的新鲜。

搬进新房子时，没有像南方老家那样去酒店摆上二三十桌，请来亲戚朋友大吃一顿，还收上来一大摞红包。一只羊几只鸡还是要宰的，伊力特曲也要拿上五六瓶，请来哈萨克朋友赛别克和阿米娜夫妇给我们做水煮羊肉，汉族邻居陈萍做了大盘鸡，光旭和宏博炒了虎皮辣椒，自家院子里的青菜，还有糖拌西红柿、辣子皮牙子冷盘，两桌简单而实惠的酒席，把大伙儿吃喝得还不赖。

房子里安装了一道用来取暖的火墙，供暖的空间包括一间小客厅，两间分别容下我们夫妻和女儿睡觉的小房，一间稍显狭小的书房。所有的家具包括两张新床，一个衣柜，一张书桌，几把椅子，一套普通的木质沙发，厨房买回来一个电磁炉，一张饭桌，六只小木凳子。我们还在院里种了三棵苹果树，两棵杏树，一棵桃树。明月又种了三十多株玉米，秋天，我们在南方，光旭和宏博帮我们收获。自从我们第一次回到老马场，我们就希望拥有一座自己的新房子，在新房子里种植上美丽的玫瑰花。九年过去后，我们终于有了自己的院子，院里也种上了美丽的玫瑰花，果树们已经枝繁叶茂。

岳母对我说："我是过来人，知道好日子嘛，要靠自己努力，但是从来不勉强自己，你想做自己喜欢的事，那你就做吧，这新盖的房子就是你们的家。"我高兴地答应着，心底升起一个久藏的愿望：我要每年回到这里居住、读书、写作。

房子建成后，我们就开始熟悉它的气味，它的特点，它的作为家的韵律。每天早晨，七点过后我就来到小书房里看书，拉开窗帘的窗子透进明亮的晨光，我开始阅读《瓦尔登湖》，《经济篇》里的烦琐记录让我读得津津有味，我开始反思我们的房子应该花多少钱才不至于奢侈。中午饭后，我高声朗诵《沙郡岁月》第一部《沙郡年记》里的章节，明月坐在厅门边一边倾听，一边在两只塑料桶里交替清洗着衣服。下午午睡醒来，我打开《抵达之谜》，书中沉稳的叙述和极具思辨性的语言让我费尽心力去体会和思考，我看得很慢，半个小时才看了十几页。当我感觉到视线要脱离页面去思考时，我就抬头看一会儿窗外的景色，以此达到一种思接和视通的效果。我的视线扫过广袤的条田和河坝边的防风林带，越过河对岸连绵的草山，望向东南面远处那高高隆起的由蓝色山腰和雪白山顶组成的喀班巴依雪峰，渐渐地我就找到了与我的阅读心境相符的色调和图案。

2013 年秋天，广西青年诗人陈前总跟我来了一趟马场，在饱览了马场草原风光后，他参观了我们色彩特别的房子，这家伙用他一贯口无遮拦的语气说："像灵屋。""大吉利是!" 我赶紧封他的嘴,"你这人!"我骂了他一句。他的胡扯把我气歪了,要知道,在南方,"灵屋"就是给去世的人做的房子,通常是用竹子彩纸做得花花绿绿的。幸亏我已经在这个地方来来回回生活了十年,已经认为理所当然就是这个颜色,是这个地方特定的自然表现,它与这片自然构成了一个和谐的整体。

六

明月在小厅里看电视,伊丽在做我们布置的暑假作业。我在晚饭后的长途漫步之后,回到房子里洗澡,在一间单独的卫生间里沐浴,在日暖夜冷苍凉干燥的大西北,这是一场多么奢侈的享受。回想此前的岁月,我在老房子里居住,洗澡总是在一间简易的能进风漏雨的木棚里,里面钉了一层塑料薄膜防风,但一遇稍凉的天气脱光衣服依然会直打哆嗦。这种情景我已在《吉尔尕朗河两岸》里有过记述。如今,我在这里享受着电热水器的方便和舒适,每晚一场热水浴已经是我们神仙一般的生活,尤其是我散步归来,或者写作过后,一场淋漓尽致的沐浴会让我疲劳顿消,而在写作之前的沐浴会让我精神抖擞,灵感丛生,可以坐在椅子上写作长达两个小时。我感觉自己就像一个经过预热的发动机,随时可以加油给力。

前几年,囿于这个家的经济条件和我自己的经济实力,我一直很少上网,家里也还没有安装电脑,我的手提电脑仅仅用于打字(我曾有两年交不起上网费)。我的阅读也大多局限在一些自然生态文学著作上,所以我一度对当今世上发生的事情有些迟钝,互联网上的许多东西我有时候没有及时地知道,这与我在南方天天上网浏览相比简直是孤陋寡闻。我觉得这样也挺好,经过这些年的思考和阅读,我已经重新确立我的世界观,我变得懒于理事,而且很多事情的发生,于已届中年的我而言知道或不知道没有太大的差别。索尔仁尼琴说过:"除了知情权之外,人也应该拥有不知情权,后者的价值要大得多。它意味着高尚的灵魂不必被那些废话和空谈充斥。过度的信息对一个过着充实生活的人来说,是一种不必要的负担。" 每次读他这段话,处于交通不便信息闭塞的老马场的我总是得到极大的安慰,我觉得自己不必再为过去那些没有办法成功的往事所费神,也不必为自己的孤陋寡闻而惭愧。我有一个愿望,人应该要对只做自己内心深处认可的事的人,也就是对不同的价值观给予最大的尊重和包容。

这些年,我经常骑上摩托车,从二队的河坝边经过摇摇晃晃年久失修的铁索木板桥,越过吉尔尕朗河去莫合(这个镇已经改名为库尔德宁镇,但是我和当地人还是习惯叫莫合）。我把摩托车停在一家商店或者回族小饭馆门前，坐在简陋的桌边吃一点儿东西，有时是几串烤肉，有时是一碗粉汤，几个烤包子，有时是一盘拉条子。我一边吃一边听周围的人讲述他们的生活，碰上少数民族语言的隔阂，我就倾听他们的语气，观察他们的神色和动作。有时候我也发现他们在看我，但是没有人知道我是干什么的，尽管我戴着一副标志自己书生意气的眼镜，但是我却隐瞒了自己在这里的乡亲们看来非常可笑的身份——作家，每天下地和放羊的人们，谁会想到有一个作家来到这里进行着所谓的体验生活呢？而到了哪一天，也许关于他们的经历和表现的文字就会出现在我的书里，或者某家杂志或者报纸上。而这样的事情是有的，我经常听到马场熟悉我的人说，他们在伊犁或者县城里的某个亲戚朋友说到，有个叫梁晓阳的家伙，一直在写我们的马场，写我们马场旁边的吉尔尕朗河呢，他们答复说："哦，那个人呀，我知道，他是老张家的女婿！"

七

岳父的吃喝拉撒已经全在床上。作为他的伴侣，岳母全天候待在他的床前。比岳父小五岁的岳母，已经满头银发，仅仅一年，腰背成了罗锅。刹那间，我为无法做一个孝顺女儿的明月深深地忏悔，也为无法尽一份责任的自己深深地忏悔！在床边，我接过岳母亲手熬制的天山雪菊粥，左手扶着岳父肥胖而笨重的上半身，右手拿起汤匙舀了半匙粥，老人家重重地喘着气，张开嘴巴，颤颤巍巍地抖动着，露出仅有的四颗门牙，慢慢地吧嗒着嘴抿着，吞着，我一共喂了他三汤匙，他花了四五分钟吃掉，我满心的沉重，他两个眼角溢出了两滴泪，我也忍不住泪水盈眶。

即将启程回南方的前一天中午，我正躺在房内的床上，静静地翻看着我已经出版的《吉尔尕朗河两岸》，突然听到了外面的吵架声。刚开始我以为来自邻家，再仔细一听像是来自我们的院子，好像听到了宏博的哭声，还有光旭的斥骂声。我慌里慌张地爬起床，走到院子里一看，真是光旭和他媳妇宏博吵起来了，光旭的手掌高高地举起，打了宏博的脑袋，响起噼啪的声音，宏博双手抱头哇哇大哭，光旭的手又举起来了，岳母慌里慌张地赶紧上去，用她麻秆儿一样的胳膊挡住了光旭蒲扇般的巴掌。我走近跟前时事情已经结束了，岳母把宏博拉回了自己的房间，光旭仍在院子里骂骂咧咧，宏博在房子里哭哭啼啼。事情的起因非常简单，实际上也是因我而起，光旭要他媳妇为我这个姐夫宰一只鸡钱行，宏博在房里哭着说："姐夫昨天就说了，回这个家不要把他当外人，平时吃啥就吃啥嘛，不要大吃大喝，况且这几天那么多人请他吃大餐，他说肚子给吃坏了，只想在家里吃些清淡的，像玉米糊糊啥的，现在厨房里还有一条前几天你钓回来的大鲤鱼呢，还有一块排骨，有这些就足够吃了嘛，没必要再浪费了嘛。"可是光旭不听这些，他大嚷起来："这个家是我说了算还是你说了算？我说要宰鸡你就宰鸡！"他们吵得特别大声，左邻右舍一定听见了。我突然生气了，对他们喊："你们让我这个做姐夫的多丢面子啊，好像我这个做姐夫的回来就是要大吃大喝，你们一家也多丢面子啊，邻居还以为你们不高兴我这个姐夫回来哩！"光旭朝我喊："这事你别管，这个家是你做主还是我做主？"真是肚子胀得比天还大。我气得脸色铁青，再也不想跟他理论，回到我的房子内，岳母跟着进来对我说："你别浇油了，他的脾气就是这样，又打又骂的，我也帮不上忙啊！"

当夜，岳母拿出三样东西送我，她说："这个玉做的平安扣送你，这个手镯子送给明月，这个玉坠子送给伊丽。"我给她一千元，她说她不缺钱，又搭上自己的一千元硬塞给我，说："穷家富路，你带着心里不慌。"这些年，岳母总是关心我们的平安，她说："以后只要打个电话来问候我们就行了，不用再千里迢迢回来看我们，更不用带啥东西回来送我们，我们也是半截土的人了，别把钱都花在了车轱辘子上。"她说得我心里怪难受，夜里一点多我才入睡。岳母五点多就起床为我做早餐了，还另煮了八个鸡蛋。我吃着早餐，她看着我，唠叨说："你每到一个地方换一次车都要打电话给我，我和你爸好放心。"我感动地点点头。她在角落里塞塞窣窣地找袋子装鸡蛋，我明确表示我坐的是长途火车，三天三夜，路上吃不了这么多，而且很可能在我没有吃完之前鸡蛋就坏掉了。老人却执意要装那些蛋。她终于找到了一只当地超市常见的青花颜色塑料袋，一边帮我装好，一边用半是命令半是安慰的语气对我说："你带在路上吃嘛，你要吃了它们，你吃了这些鸡蛋就到家了。"我只好带上那八个鸡蛋，我知道那也是带走了老人的祝福。我望了一眼躺在床上的岳父，他已经起不了床，我去与他握手，老人的手有些抖，有些温暖，也有些粗糙冰凉。我心里有些想哭的感觉。我说："爸爸再见！"然后我来到岳母面前，我搂了一下老人的肩膀，其实我是想给她一个拥抱，但老人没能领悟，怔怔地站着，直到我张开双手搂住她肩膀了，她才咧嘴笑了一下，还是像我刚回来时那样淡定，可我的眼眶里却有泪水打转。我说："妈妈再见！"然后我走出院门，光旭早就发动了车子等着，他看着我，咧着嘴巴，一副乐呵呵的样子，他昨天对我态度很粗暴，今早送我搭车一脸轻松，他开皮卡送我去路口等八连开往伊宁的班车。我一边和他说着话，一边回头看院门，借着车灯照在邻居院墙反射回去的光，我看见白发苍苍的岳母依然站在院门口朝我张望，酷似我那在南方一直守望的白发苍苍的母亲，而她的房间里还有我卧病在床的岳父，明月思念的父亲，伊丽很难见上一次的外公，我眼窝一热，泪水忍不住流了出来。我背着光旭偷偷地擦干了满眼的泪，忍不住想，就算两个老人不在这里了，哪怕光旭和宏博再吵再闹，这里也是我们的老窝，我们还是要回来。

八

然而，一个本来我必须回来的日子，我却没有回来。

2014 年 7 月，在这片土地上生活了五十年的岳父去世了，终年八十岁。

明月一个人穿越大半个中国回来奔丧，我从小城送她去南宁坐飞机，一路上我看着她流泪，自己心里也非常伤感，非常担心她。忠孝不能两全，生活在这个时代，一种人在江湖身不由己的缠绕总会拖累着一个人，我为了一个工作，为了一个目标，留在了南方。

整整两年后，2015 年 7 月，我再次回到了老马场。在银光闪闪的雪峰下，在我过去岁月里无数次游荡过的后山草原上，在几十堆高低不平的坟丘间，光旭带我走近一座隆得最高的坟丘，不用说，这里就埋葬着妻子的父亲，我的老岳父，一位以赤脚医生的热心和憨厚闻名于牧区的老人，我一下子跪倒在这座高高的坟丘前，泪水涌了出来，我磕头说："爸爸，原谅我，我回来迟了！"

坟丘上已经长满了芨芨草，有一丛还长得十分粗壮，直挺挺地竖立在坟丘顶上，密集的草棵，深绿的颜色，和旁边的针茅草、羊胡子草一起，掩映着坟丘正面那块高高的木板，掩映着他的墓志铭。

在他去世周年之际，我回到了他的身旁。我不知道他在天上会不会责怪我这个女婿这么迟才回来，这样的跪拜是不是一个迟到的跪拜。2013 年我回来时，他已深受疾病折磨，却用渴求的目光望着我，我知道，他正在思念他的女儿，也正在思念我的女儿。2014 年他走时，岳母曾在电话里对我说："你已经尽心了，你年年都回来，我女儿都没有做到，你就不用自责了，把自己的工作做好就行。"岳母这样说，我心里越发难受。我来来回回新桂两地，十二年过去了，我从青年到了中年，而那么喜欢我的岳父也走了，可我记得他还生活在昨天。

我听明月讲述，在 2014 年 7 月的葬礼上，老马场不分民族一千多人参加了老人的送行，大车小车四十多辆组成了送殡车队。新疆境内几百公里外的亲朋来了，远在四川老家的亲人来了，岳母当年同甘共苦的老乡来了，山上的牧民也来了。过后大家都说，这是马场有史以来最多人参加的葬礼。

那天很奇怪，草原上一下子没有了阳光，微风轻轻吹起来，天色有些阴沉，很适合我悼念岳父的心境。我从光旭手里拿过铲子，戴罪一般一声不吭地干起来，平整拜台，草地坚硬，芨芨草韧性很强，我挥铲用力铲去，芨芨草纷纷脱离地面，落在更远的草地上。我在铲草的时候就在想，这地下数米的地方，就埋着我的岳父，妻子的父亲，他早年"盲流"到新疆，在这里扎下了根，生儿育女五十年，再也没有想过回口里，终于彻底成为这片大地的一部分。我有幸成为他的女婿，比许多人更有机会和资格回到这里，和这些"盲流"的二代和他们的亲人朋友在一起，最后也爱上了这片土地。我仿佛有了跟他们一样的心境和身世。我面对着这座高达两米的坟堆，想着远去的岳父，心里苍苍凉凉的，似乎远去的是我自己。我又想到，人的一生走到这一步其实用不了多久，而我，包括身边的他们，都在朝着这一结局迈进。

我们敬上供品，我跪下，献了三杯酒，前额抵近草地，磕了九次头。我起来拿出手机，找到两天前就已下载的刘和刚演唱的《父亲》，我把音量放到最大，那沉郁的歌声立刻在岳父的坟前响起来，在风声里向草原四周传荡，在雪山脚下传荡。我对着那座土色尚新的坟堆再次叩首，心里有一种岁月荒芜的沧桑，在这片熟悉的草原上，在老人曾经无数次走过的草山上，我感觉他的说话声、脚步声和喘息声尚在耳边。

光旭说："爸，保佑我姐夫发财啊！"我磕了三个头，说："爸，你保佑明月、伊丽和我每年平安回来看你，我就心满意足了！"

我感觉到，岳父的灵魂正在草原上空注视着我，他慈祥地点着头。

《广西文学》2016 年第 8 期

鸟飞向

沈 念

　　"昨晚做了个噩梦，梦见一条船直接朝我撞过来。"毒鸟人垂低暗淡的秃顶，脸色白颤，喃喃自语。

　　他的夜晚惊慌滚动，那条梦中飞撞而至的"船"，说的是我们吗？

　　东洞庭湖空旷无人的"心腹"之地，七星湖水域冷风凄厉，我们与他不期而遇。观鸟而去的我们，压根就没想遇见他，还有被拔光羽毛的两只豆雁、一只天鹅。那些没有彻底清理干净的黑色毛碴撒遍它们身体的每一寸肌肤，直杵杵地照晃着我们的眼睛。这无论如何也难以让人联想起空中飞翔时的美丽。

　　沮丧的毒鸟人坐在隔舱板的面梁上，双手夹在两腿之间，十根手指绞在一起，指甲藏污纳垢，粗糙的皮肤堆积着没打干净的鳞片。第一次见到纹路如此苍老复杂的手，该是经历了怎样的风霜雨雪和人间悲苦，我惊骇无语。蒲滚船突然发动，飞驰，我们的身体急遽前倾。那只手像一只刺猬披铠带甲扎过来，我仓皇奔逃，拖泥带水，溅起心头片片悲凉。一念之间，仿佛有看不见的眼泪跟着湖上寒风一起呼啸。

　　毒鸟人的惊醒之夜，我们刚刚抵达这个离城百余公里的小村庄。

　　夜色入冬，薄雾拂卷，阒寂覆盖。穿过村庄，翻上长堤，东洞庭湖咫尺之间。东经110度，北纬30度，是东洞庭湖的主坐标。这一经纬度上的冬天，湖水退去，广袤的湖洲一片苍茫，一坦平洋的湿地齐整裸露。风凌厉地吹刮着，耳畔飞翔飒飒声响。有据可查的档案记录里，湖一年年做着"瘦身"运动。在谷歌卫星地图上，这是一片蓝色的大地血液，汩汩不息地在巨大的动脉血管中流动。细看，流动的却是一个毫无规则的多边形，轮廓线豁牙碴齿。水所能打开的想象不知不觉地分割、消逝，向往的终点是叹息声起处。自然与人之间的矛盾，在这个物质化"满血"的年代，没谁能一下把紧紧缠绕的"结"解开。这个"结"包裹着形形色色的利益，还有各式各样的伤害、遗忘、抛弃。湖所承载的那些美好往昔，达海通江，气象万千，伴随飞鸟的漂泊、流浪、冒险而变得破碎与脆弱。"南渡北归"，既是生死契阔的相守，又何尝不是一场生死离别的演出。天空书写着一行鸟的语言：

"是迁徙，也是消逝！"

我们去往的是天鹅最钟情的七星湖，在东洞庭湖西南角。从市区出发，走省道、乡镇公路、通村公路，一百余公里，路从开阔到狭窄，从平坦到颠簸，途中要花近三小时。挤在我身旁的一老一少，都是东洞庭湖保护区的"老将"。年轻的姓余，皮肤黝黑，左脸颊一道颜色更深的伤疤，后来一介绍竟然是"80后"。他是保护区下设七星湖管理站的站长，伤疤是巡护途中从摩托车上摔倒所致。问他这条路线一年要跑多少个来回，鸟的多少，观鸟要领……他笑而不答。倒是"元老级"的老张话多，愿意满足我的好奇——护鸟的艰苦、打击毒鸟者的艰辛、湿地环境不为人力所能改变的艰难……老张回忆他那些残缺的经历，在狭小的讲述空间里缠绕成一团沉重的情绪，跟着车轮的奔跑发酵、膨胀。

稠浓的灰白笼罩天地，冬天的湖面变得狭窄、遥远，浮着冷恹恹的光。我们路经之地采桑湖在眼前打开，这块湿地保护的核心区，从十、十一月至次年的三、四月间，跟随枯水期的到来，湖底袒露，湿地天成，恰好成为北方候鸟的最佳迁徙越冬地。我多次来到这里，和那些渔民、志愿者、观鸟者擦肩而过，湖岸扭着身体消失在视线尽头，运气好的话，肉眼就能看到鸟飞翔或降落的身影。

鸟影，重峦叠嶂，像一柱柱棱镜，折射湿地与人的暗变。

水天一色的远方，飞鸟并非想象中那般密集。流线型的体廓，飞羽和尾羽组合成的飞翔利器，鸟十分享受它的飞行特权，也使得它为人所喜爱。蒙上荫翳的天空，一群豆雁星点般地撒落。偶有形单影只的头上一撮凤凰般艳丽色彩毛羽的凤头䴙䴘、琵琶形长嘴的白琵鹭在近一点儿的洲滩边优雅踱步，几只针尾鸭夹着如箭镞般翘起的"拖枪"尾巴，混迹于一群肥大的罗纹鸭中。还有几只麻灰色的苍鹭，在本地人眼中，这是一种懒惰的鸟，可以一动不动地在浅水里站成一尊雕像，弓着颈，等着游过来的鱼虾，渔民给它取个绰号叫"长脖老等"。

我承认自己不是一个专情的环保主义者，对于鸟这一陆生脊椎动物中分布最广、种类最多的类群，我熟悉它们的途径是科普书籍和朋友的讲述。体表被覆羽毛、有翼、恒温、卵生，鸟的一切生存之道都在这些特征下展开。迁徙之鸟都是有冒险精神的勇士。每年秋季，世界上有几十亿只鸟离开繁殖地，迁往更为适宜的栖息地，而人类的目光很早就尾随鸟的迁徙之途。两千多年前，古希腊哲学家、生物学家亚里士多德说过，秋分以后，一些鸟类由寒冷的国家飞向邻近或更温暖的地区。而我国秦汉时期也有文字记载，《吕氏春秋》曰："孟春之月鸿雁北，孟秋之月鸿雁来。"

观鸟飞翔是件愉悦的事。我家乡依傍的那条最终流入洞庭湖的大河，也吸引过不少飞鸟的停留。我和小伙伴多次沿着河岸线去偏远的河汊看鸟，拼尽最大气力把石头掷向河面，与飞鸟一起嗷嗷地惊叫起来。那些快乐，短暂地停留在时光的某个角落，不去翻动就尘垢掩覆。我清楚记得的是我那位知识渊博的语文老师，从鸟类学家的词典中翻找出三个名词，留鸟、候鸟、迷鸟，板书在黑板上。这是我第一次从鸟名之外的门镜窥探鸟类，潇洒的粉笔板书，跟着下课铃声的到来，变成三只硕大的鸟从眼前飞远。

"候鸟是最具责任感的父母，它们要保证繁殖育雏期是在最有利的季节环境里发生。"那时我对老师释惑的迁徙之因不置可否。后来在读到靠着乐师背诵流传的《荷马史诗》时，我为受天神捉弄的奥德修斯这只独特的"迷鸟"着迷。因天气变异而偏离迁徙路径飞到异地的鸟，是迷鸟的书面释义。一只迷鸟的经历足以写出一部风雨颠沛的长诗。奥德修斯在海上多灾多难地漂流了十年之久，归家途中遭遇不可抗拒的飓风暴雨，生存的本能让他屡屡流浪他乡苟且生存。"迷鸟"奥德修斯最终归到故乡伊塔克与家人团聚，而一份载明发生在 1937 年间的观察记录显示，一场风暴把一群挪威的候鸟田鹬赶到了英格兰，令其从此改变迁徙习性，在英格兰南部定居下来，这些移情别恋的迷鸟从此随遇即安而忘记故乡。

天气预报没提到有雨，但我们赶到一个叫注滋口的小镇装备"粮食"的时候，阴霾的天空飘荡几丝细雨，在眼前一划而过。小镇倚靠一条枯竭的河流，水运掌握着一个地方交通运输命脉的年代，这里船只来往，货物吞吐，流动着"小汉口"式的熙熙攘攘。从镇政府走过时我看到大门口挂着一副对联：地利扼华容，水陆双通，商贾繁荣小汉口；文风延古镇，诗联再续，名声蔚起大潇湘。文字中的虚荣，过去的市井喧嚣，如枯叶簌簌扑落，空余今天普遍切身体会到的"寸寸肌肤寸寸凉"。那是"回不去的故乡"散发出的凋敝与清冷。街面上流动的身影，一瞬间竟让我仿佛又看到孩提时跟踪过的孤独、踟蹰的身影。

后来见到毒鸟人的那一刻，我丝毫不觉诧异，他不过是从那些踟蹰的重叠身影中走出的一个。那是一天中最安静的午后时刻，衣着邋遢、神情猥琐的老男人从街上走过。他目光游移，脚步拖沓，没人知道他此时出现的意图。背后远远有三两个中年妇女嘀咕着他的过往，性情孤僻，好吃懒做，一事无成，最让人诟病的是这个年近六旬的老男人从未娶妻生子。在旁人的记忆里，他长久以来与弟弟一家人住在一起。沉默寡言的他很难讨得亲人的欢喜。他从偏远的乡村来到镇上的次数不多，仿佛每次只是闲逛。那时节，棉花地里正是一年四季最忙碌的节点，绵绵阴雨，虫害来犯，让农民叫苦不迭。好奇者的目光终于尾随老男人走进了一家卖种子化肥农药的商店，他逡巡于玻璃柜台前，犹豫地打量着千奇百怪名字的商品，不吭声气。店里的女营业员冷淡地睃一眼，又专注于手机游戏。良久，看着他拿着一包广为人知的杀虫剂出来，人们漾起波澜的心湖才趋于平静。这个老男人不过是受家人指遣，来购买一包农村常用的杀虫药剂而已。

老男人原路返回时就揣着乡下人俗称"呋喃丹"的杀虫剂。这种氨基甲酸酯类广谱内吸杀虫杀螨杀线虫剂，学名"克百威"，杀气腾腾，威风凛凛，20世纪60年代初由美国创制，1967年推广，纯品为白色结晶，溶解于水的温度底线是25℃。按中国农药毒性的分级标准，呋喃丹属高毒农药，不能用在蔬菜和果树上，多用于作物防治土壤内及地面上的三百多种害虫和线虫。呋喃丹不知从哪一天起，被某个愚蠢的念头改变了用途，嗜杀成性的细小颗粒抛撒在飞鸟出没地带，一只只踱步寻食的鸟茫然不知啄入食道的颗粒见血封喉。细颗粒的危害性远远出乎我的想象，鸟食入一小粒足以致命，中毒致死的小鸟或其他昆虫，被猛禽、小兽或爬行类动物觅食后，还可引起二次中毒而致死。一个媒体朋友谈起经历过的天鹅恶性死亡事件，他前年在七星湖的苇丛中亲眼看见几十只天鹅、雁鸭集体中毒。那些中毒浅尚未死亡的天鹅，嘴流涎水、眼泪滴淌、瞳孔缩小，抱在怀中能感受到肌体如风吹枝杈般的震颤。朋友讲述的情绪也在震颤，仿佛乌云压积，等待雷电撕裂，暴雨冲刷可耻的卑劣行径。毋庸置疑，毒死天鹅的罪魁就是呋喃丹。

老男人的毒鸟计划是在来小镇的路上萌生的吗？我宁愿相信那是他后来的"恍惚"之过。这个可怜的人，没有得到同乡之间一声温暖的问候，悄无声息地走远。人间冷暖在他心中，也许早已没有了温度的显示。乡间野外，夜色张开狰狞大嘴，吞噬掉夜间路上踽踽独行的老男人。而当我们到来时，夜色也一步步驱赶着拂不散的清冽寒风，钻进我们全副武装的身体。

远离人群聚集的七星湖管理站，正在垒砖砌瓦。临时管理站的小方牌挂在租借当地农民的房子门上，这幢两层平顶房位于通村公路干道旁，房子里除了两名工作人员的床和配备的摩托车、电脑这些基本设施，空荡如也。晚饭后，我被安排住进一户农家超市。超市新开不久，在通村公路的尽头，门头上的横大招牌喷绘了"谭家铺子"四个硕大黑体字。老板是一对胖墩墩的中年夫妇，自家的房子，二楼隔成几间客房，电视、热水、信号不稳定的无线宽带，一应俱全。我质疑把住宿开在这种偏远之地的收入状况。男的自信满满地说，客人？当然有，像你们一样来看鸟的。我没敢打击他。这地方，除了专程跟着保护区的工作人员来的人，业余的观鸟夜宿者恐怕少之又少。

饭后的时间并不晚，外面却更早地变成一团墨黑，除了偶尔有小货的和归家的拖拉机驶过的声音，世界早已安眠。我下楼，夜色侵蚀屋内，日光灯光芒稀薄，货架上的食品、日用品蒙着薄薄的尘灰，忙碌完的夫妇守在电视机前，女的盯着一档咯吱欢笑的综艺节目笑得左倾右倒，望都没望我一眼。

目光投入野外，黑暗狂潮般涌来，瞬间吞没我看得到的一切。风吹来的寒意变成小方格形状的冰块，冷冰冰地滑进脖颈，凉到脚心。我脑子里浮出奇异的画面，夜的海洋里，体积庞大笨重的座头鲸远航而至，夜浪没有丝毫声响，哺乳动物中迁徙距离最远的座头鲸神态安详。天空发出幽幽的蓝光，寂静凝固，我听到自己的心跳，仿佛旷野里群鸟低飞，传来深深浅浅的墨绿色鸣叫。喔罗。是我的错觉，整个晚上，没有一声真正属于鸟儿的叫声。

飞鸟入眠，坐卧刺骨寒冷的野外，在湿地黑色硕大的子宫里，沉睡如婴儿，开始甜美的梦乡之旅。野外气温降到零度以下，仅靠羽毛的覆盖，蹼皮的包裹，鸟儿安然无恙。鸟特有的羽毛让人艳羡，那些色泽不同、柔软无比的羽毛，连同羽衣在体表形成的有效隔热层，是绝佳的保温良品。一位清华大学生物学专业的博士跟我画图讲解，鸟正羽的末端是挡风的屏障，绒羽滞留一些空气，减少对流。还有尾脂腺分泌的油脂给全身羽毛涂上一层油膜，加之羽毛细微结构间的空隙异常紧密，鸟羽的抗湿功能绝无仅有。还有飞鸟身体的颤抖，竟然是在增加产热量而维持体温，这种热从脂肪酸氧化中获取。北极小鸟白腰朱顶雀，你敢相信它能在 $-50℃$ 生存三小时……我望着滔滔不绝的博士，崇拜的目光让他以为自己的讲解出现了知识性错误。悲剧的人们，身体走上了一条与鸟儿分岔的演化之路。人因为使用火和衣物受到惩罚，一旦脱离保暖取暖物的依附，在寒冷的世界会迅速带来性命之忧。

夜晚之于飞鸟，还有另一种存在的意义。博士聊到鸟的夜间迁徙，这是它们自我保护的一种方式。躲避猛禽的袭击，把受敌害威胁的风险降至最低，夜间飞鸟有自己辨析方向的本领。即使没有月亮，云的反射，星的闪烁，水面的反光，也能让夜鸟辨识地面轮廓，不致迷失。他提到一个叫"圆月观察"的网站，这是由全世界各地大批鸟类学家组成的观察家网，他们一般选择晴朗的月圆之夜，在不同地点同时观察，用望远镜对准月亮观察候鸟飞过圆月时留下的阴影。隐身于阴影下的丰富数据，居然是用来帮人们了解候鸟迁徙的时间、路径，以及与天气、地形的关系……我叮嘱自己使劲记住这些，但大脑仿佛年久失修的堤坝，四处渗漏，跟随时间流失，最后所剩无几。

回到现实的夜晚，谁也不曾料到，趁着夜幕的掩护，冒着寒冷的毒鸟人摸着水面反射出的暗淡之光，悄然把死亡送到飞鸟的身旁。

飞鸟的夜晚从来都布满凶险。

毒鸟人的夜晚一路走得惊慌失措，次日清早，他撇开夜梦的不祥，拾回了欢喜的"猎物"。早早苏醒觅食的天鹅与豆雁，啄食了那种叫"呋喃丹"的毒药后，重返北方家乡之路被拦腰劈断。毒鸟人心满意足地回到船上，准备点火烧水，钳净鸟羽，对飞鸟生命的蔑视，让他毫无罪恶之感。而那时我们刚走完通村公路，车拐上大堤，路面颠簸，车速放缓，碎石在车轮下暴跳如雷。

一道长堤划开人与水的界限。更早之前，恣肆汪洋覆盖这一片更为阔广的滩涂野地。20世纪20年代开始，热情参与围湖造田运动的人们，像蚕一般细细密密地啃噬着洞庭湖这片巨大的桑叶。千里湖洲，百里沃野，顺水而来的开荒者，赤膊吊胯，或者一担箩筐挑着儿女和全部家当，跟着春天一起到来，插根扁担在金子般的泥地里，三天就能"发芽"。这是当地人对开荒年代的形象比喻。

水，忍气吞声，却从不轻易退缩，不计一切后果的报复常常在炎热的夏天实施。初修的堤垸拦不住无风三尺浪的湖水，垮垸、跑堤，人命和财物悉数被吞噬。湖洲从未建起过威武标致的房子，粮食作物从来漫不经心。芦苇草房、砖屋瓦房头一年秋天建起，第二年夏天冲毁，春收还没被胃壁消化，夏收被水一笔抹去。风口浪尖上讨生活的人，其乐无穷地在季节的更替里与自然博弈。水所鲸吞的就从别处讨回来。过去冬天抵临的候鸟，比现在更多，但对于人而言，它们只是肉食、皮毛和工分。当地一个叫"老鹤"的猎人，在20世纪80年代初，曾带领村里的打鸟队，一铳猎杀187只白鹤，这份记录从此无人打破。那是一场声势浩大的屠杀，白羽飘飞，血溅成河，但物质匮乏年代的人们欢欣鼓舞。可笑之极的是，动物学家的调查数据，往往也诞生于生产大队或者土产公司的数以"担"计之中。最近的十几年里，每年来此地越冬的白鹤远不及往日零头。那个保护意识淡薄的年代，湖区的物种和生境遭遇的巨大破坏不可避免，却从未有人流露出自责。

堤坡下植着一小片意杨林，细瘦光秃，孤独感伤地站在风中。前几年，湖的周边突然刮起一阵"造林风"。黑杨、意杨，这些能带来巨大经济效益的树种，在湖滩周边大规模地挺立起来，这一度让当地林业部门引以为豪。被蒙蔽的人们不知，这种长势很快的经济林木，对湿地的改造能力无比强大，每棵树的每条根，就像一根日夜不息的抽水泵，把水分吸干，湿地转眼间就成为旱地。一字之差，带来的恶性结果是那些原本供鸟类栖息的湿地滩涂，土地坼裂，像张开一双双无法瞑目泪已流干的眼睛。而苔草、辣蓼这些过去茂盛的草本植物，被杨树发达的根系驱赶远离，那些雁、鹤也因食物绝乏继而销声匿迹。

车轮摩擦堤面的粗糙砂石，发出刺耳的"吱咔"之声。四望萧瑟，"吱吱咔咔"敲打着悲凉的心。情绪起着波澜，使得短暂的车程仿佛走过一段漫长的时光。我们从新沟闸下车步行，一道长长的斜坡连着一条弯弯扭扭的窄路，伸向东洞庭湖的腹地。新沟闸只是长堤上众多简易水闸中的一个。枯水季节，它唯一的作用是湖堤上的地名标识。这里是渔民相约出发的起点，也是湖水被堤坡拦隔的终点。

"寂静其实是一种声音，也是许多、许多种声音。"美国声音生态学家戈登·汉普顿曾无比痴迷地追寻过的寂静，是此时湖洲之上唯一的声音。风响、渔民迎面相遇的招呼问候、三轮车的颠簸、看不见身影的鸟鸣，都归于寂静。我们经过一处浅水洼地，一个穿长筒靴的渔民在妻子的协助下，正在引排洼地积水，一长溜渔网像怀抱一样截住出口，体形细小的死鱼密密麻麻漂浮在网围的水面。这种令人深恶痛绝的枯竭式捕捞，渔民心安理得。左前方出现一圈壮观的矮围，停在场围外的一辆载重货车不知是如何驶入的，车厢堆满又长又粗的竹篙。几处搭起来的施工台上，几个缩头缩脑的男子正在绑固铁丝拉起丝网，远望真像那种高大上的高尔夫练习球场。待来年涨水退去，游进矮围之中的鱼都成了"瓮中之鳖"。

鱼再多，风餐露宿的渔民终归是弱势群体，拥有这块数十上百亩矮围的"渔翁们"，表面上是被解散的当地渔场职工，签订的也是特色养殖的项目协议，但幕后操纵者往往有着说不清道不明的复杂关系。洞庭湖的公共渔业资源，到底是被哪些人给掠夺了？跟洞庭湖打了多年交道的老张向我发出这般疑问，可这样的问题永远都不会有满意的回答。我们的纠结，最终以一声长叹草草收尾，然后支离破碎地摔落苇丛中。

脚下的小路坑洼不平，人、车、摩托碾过的印辙交错，细细察看还可辨识出大鸟的爪痕。毒鸟人几天前也应是从这条必经之路走过。小路与一条十米宽的沟渠平行，沟渠的水连通七星湖。当地渔民挖渠引水，目的是在秋冬季节方便运输收获的鱼和需要修补的渔猎工具。在沟渠走到一个趔弯处，几根木杈搭起一张低矮简陋的木棚，一条底朝天的小木筏，一个穿着寒碜的妇女翻捡着船背上晾晒的翘白刁子、黑背鲫鱼。鱼是过冬和即将到来的春节餐桌上的一道必备菜，"年年有余"的预示从不曾撤离人们的头脑深处。

没有一只飞鸟出现在我们的视野。如此天气叫人迷惘，空中迷漫着一层层淡淡乳白色的水雾，寂静也有了颜色，一泻千里，没有褶皱。任何声音在阔大的寂静里都格外敏感，一缕细小的颤动都会传入耳中。我们急速走动的脚步声、衣服背包的摩擦声，瞬间被泊在岸边的蒲滚船轰隆隆的发动机声吞没。这嚣张的声音还吐出一大团气泡般的呛人青烟。长相奇怪的蒲滚船是湿地特有的交通工具，外观像苏式拖拉机车头，螺旋桨式的车轮由十片巨大的铁叶片组成。我们乘坐的木船被绳索牵引在后，仿若前往打麦场的拖拉机车厢。

轰隆声一路把寂静刺破。船轮滚动激起焰火般的泥花，拖船走过的地方留下一条"道路"，隔一段时间就会悄然消失。驾驶者是七星湖的原住民，他熟悉这个季节湖里的路况。有些沼泽地段，蒲滚船和再老练的渔民也不敢放肆，荒野之地，一旦陷入泥潭，叫破嗓子也没人回应。

湖面依旧开阔，却没有了往日水波涌动时的起伏。隐藏在时间深处的地质演变，让东洞庭湖形成了独特的湿地系统。半陆半水，冬季近地层温度比同纬度远湖区域平均高出2℃，丰富的植物、鱼类，让飞鸟把不寻常的生命轨迹留在这里。我翻开厚厚的鸟类图谱，这是观鸟者的必备工具书。小白额雁、东方白鹳、戴胜、红脚苦恶鸟、棕背伯劳、白腰杓鹬、凤头麦鸡、扇尾沙锥、丝光椋鸟、阿穆尔隼、斑狗鱼、蓝喉蜂虎……这些美丽的名字，是东洞庭湖湿地有记录的三百二十六种鸟类中的一些代表。多数鸟类的科下又拖着长长的鸟种名单，全球有鸟类八千七百多种，东洞庭湖的鸟类所占不到百分之四。

我非常惊诧这数量庞大的种群，而赞叹某些观鸟者对它们之间差异辨识的本领。鸟的各自之间的形态虽然丰富，但比脊椎动物类群的科之间差异还小，喙、腿、脚、羽毛以及内部器官的微细差别，构成鸟种间区分的依据。一位常年跟踪鸟类拍摄的摄影家朋友有次告诉我，非专业研究的观鸟者，往往是从炫耀行为、鸣声、形态的差异来判断，鸟种分辨的乐趣和难度就藏身在这些差异中。这让我想起看过的美国电影《观鸟大年》，铁杆观鸟爱好者布莱德仅凭鸟的鸣叫就能准确断识名字、种属、习性，对鸟的热爱与专业为这个大龄宅男赢得了一个异性观鸟者的爱慕，收获一份迟来的爱情。还有一个飞鸟成就姻缘的现实版，是南北两座不同城市的高校大学生，在同一次鸟类监测的野外调查中偶遇，缘定终生。飞鸟成为爱情的见证。

往湖的腹地走，走多远，风都像野孩子般尾随，撒开脚丫子奔跑。那些搁浅冬眠的渔船，是湖上最大的"鸟"，像"老等"一样守着冬天的时光。剩下的少数渔民利用冬闲清理渔具，他们把"地笼王"这种长长的网兜埋伏好，碰运气收获些春节年货。这种深受渔民热爱的渔具，是不劳而获的代名词，"地笼王"匍匐在浅水中，鱼大小通吃，进得来出不去，也常网住几只贪食的鸟。

顺着延伸的目光，飞鸟渐渐多起来。小余站长拿起价值不菲的一台"施华洛世奇"瞭望，我第一次从这种昂贵而精美的单筒望远镜里欣赏目力所不及的远方。这种望远镜防尘防雾防水，影像清晰锐利，色彩自然。我搜寻着天鹅，开始是零散的一只、两只。逆光又有小许雾霭的遮挡，众多的白琵鹭、白鹭缩小成一个个白点，赤麻鸭、罗纹鸭成群地驻守各自的领地。随着我们向湖心挺进，天鹅的数量暴增。十几、几十只天鹅组成的群落跑进我们的视野，它们曲弓着几近直角的颈，悠游地静卧水上。"拖拉机"停下来，小余站长记录GPS定位，说这里进入了天鹅的集中栖息区。

象征着纯洁的天鹅是备受瞩目的一种鸟。天鹅在西伯利亚苔原带繁殖，冬季迁徙至中国东北部至长江流域的湖泊，外表有着最为圣洁的色彩分布，以洁白为底色，黑色镶黄边的嘴基，黑脚，结群飞行时习惯排列成 V 字形，身高不会超过 142 厘米的小天鹅合唱时的声音如鹤，发出悠远的"喀哑、喀哑"声。我遗憾地从小余站长那里得知，体型高大一些的大天鹅在东洞庭湖极其罕见，它飞行时发出的声音是"喀喔、喀喔"，相互联络时的声音像响亮的号角。

施华洛世奇帮我一次次"抚摸"天鹅。我热衷寻觅天鹅起飞时的身影。一两只，有时是一支小分队，拖着略显肥胖的身体，却有着制造美丽飞翔的才能。任何鸟的飞姿都是无可挑剔的，这份向往首先源自人的缺陷。飞翔身姿的天鹅让人怦然心动，在翼和尾的协助下，踏波助跑，完成凌空、滑行、穿越、翱翔等赏心悦目的一连串动作。天鹅飞行时基本上是鼓翼、滑翔、翱翔三种方式交替，它宽大的双翅快速有力地扇击，翼尖向前向下挥动产生推力，起到类似机翼产生升力的作用。其实它的每一片初级飞羽，如同一个螺旋桨，推力大于阻力时，它的飞行就获得加速。有一次我在保护区的救助站，察看一只被救治的豆雁，它的尾羽宽阔而坚韧，张开时犹如团扇，这是飞行时的"舵手"，转向、减速和着陆，离不开它的掌控，而桨似的鸟翼，展开时既有机翼般的飞行表面，又靠翅尖向下，向前扇击产生推力。在不同的空气条件下，鸟翼改变形状，翼和躯体的相对位置随之发生变化，那些高超的飞行技巧因此诞生。

午后，阳光驱散雾霾，水面浮光跃金。气温的飞升，让鸟儿也欢愉起来。成百上千只赤麻鸭飞旋追逐，像玩起了太极布阵的游戏；白鹭如往昔成行列队地飞翔。猛禽是独飞侠，而鹤、雁、鸭在群飞时要排出美丽的"人"字队形，勺嘴鹬会飞出一条长而宽的长链，椋鸟喜欢抱团旋飞。多数候鸟迁飞都是无纪律者，松散、零乱、没有阵形，比如那些可爱的胖嘟嘟的赤麻鸭。小余站长打开话匣子，对鸟的熟稔像谈论自己的孩子，让我刮目相看。

鸟的翅翼之下埋藏着太多学问。毒鸟人不会懂这些学问，他也看不到天鹅美丽的飞翔。他那双纹路复杂的手，泄露了人内心的恶念。

毒鸟人并未出现在施华洛世奇的视野。他夜间投毒的经过，来自他人赃并获后的供词。

从北方的寒冷海域到南方的热带珊瑚礁沙滩和深海槽，峰巅、高原、台地、荒漠、湿地、草原、海滩、森林、热带雨林，鸟的身影穿行于这些大跨度的栖息生境。即使是集居东洞庭湖这片面积一千九百平方公里的湿地，大小湖泊数十个，不同的鸟也会不约而同地选择性栖息。比如七星湖，是天鹅最眷顾的地方，也是毒鸟事件多发水域。在去往下一个观察点的途中，我们意外地遇见一只天鹅浮卧在浅水面，细长的脖颈失去了往日的柔软而变得僵硬。船从它身边驶过，老张弯腰把它捞起。在捞起的一刹那，我的心一沉，跟着天鹅的脖颈往下垂落。没有丝毫生命体征的天鹅被小心翼翼地放进了船舱中部的塑料框中，头靠着左侧船舷，褐色虹膜的眼睛圆睁，昔日洁白的羽毛，沾上泥水，凌乱脏污。天鹅死因只有两个：自然死亡或被毒死，这需要进行解剖后才能得知。有经验的老张在湖上混迹多年，深知胆大妄为的毒鸟分子常常铤而走险，这样一只天鹅上了餐桌价格到了几百上千元。他当机立断，到附近的水域踩一踩。这是巡查执法的暗语，那些散泊在洲滩四处的船只，也许就藏着见不得光的罪行。

蒲滚船朝有船的地方前行，一条小木船孤苦伶仃地停靠在远处。慢慢靠近，那个穿着破旧棉袄的老男人，缩着脖子，双眼迷惑地看着我们"飞撞"过来。蒲滚船没法靠边，我们一起停在十余米远的地方。老张用当地话和老男人打招呼，试图借助拴在木船边的小舟筏渡上船。老男人装聋作哑，磨蹭几个回合，似乎断定我们的不善来意，带着跑脱的意图往泥泞滩涂上走。老男人一步三回头地张望，也许是想以远离的方式来阻止我们的脚步。茫茫大泽，身如泥胎，他又岂能仅凭双脚之力而逃离。

终于上船的老张窝着一团怒火，很快掀开了盛装被毒杀天鹅的船板，这印证了他的预感。旋即，他跳回蒲滚船，麻利地解开大拇指般粗壮的绳子，司机油门一踩，一溜青烟，像降妖宝瓶吐出的烟雾，蒲滚船向湖中远去的黑影飞扑上去。老男人片刻之后被押解上船，船舱厢板下的脸盆里，藏着刚钳净羽毛的豆雁和天鹅。船尾简陋的煤炉灶台下，剩下的半包毒药很随意地丢在那里。包装袋上"克百威"三字气焰嚣张，杀气弥漫。

什么时候下的毒药？

在哪片水域？

剩下的毒药藏在哪里？

还有没有毒死的鸟藏在别处？

同伙上哪里去了？……

老张咄咄逼人，有些得意，也有些愤怒。摇身变成毒鸟者的老男人，磕磕巴巴地回答，声音低到泥滩之下。他的身体不停颤抖，发白的额头冒出汗珠。七星湖上劲风疾吹，正把他的魂魄抽离。

毒杀是猎鸟者的惯施伎俩。一个参与洞庭湖江豚保护的青年渔民对我说，这没什么奇怪，年纪大的渔民，都有过毒鸟猎鸟的经历，只是过去从未有人追究这种恶劣的破坏行为。我曾从一堆被缴获的捕猎工具中逐个"欣赏"人的聪明和狡诈，其中有一种专门针对天鹅的连环兽夹。猎鸟者在天鹅出没的水域埋下一串兽夹，当天鹅助跑起飞的瞬间，兽夹会死死地把脚钳住。一位摄影师拍下过一张天鹅吊挂着铁夹飞翔的著名照片，空中的那块"黑斑"，刺痛过很多人的眼睛。那些工具的背后是五花八门的捕猎方法：插天网、下滚钩、放铁夹、布套索、电击、枪打、投毒。这当中属投毒最危险、最恶劣也最常见。百分之七十的水鸟死亡皆为毒杀，它们几乎全都走上了餐桌。食客的齿缝间吞吐出被啮碎的骨头。

没有买卖，没有杀戮。印在环保宣传册上的口号，从没让猎鸟者的贪婪自觉收敛。

老张突然跟我谈到"老鹤"，这个我前面提到过的神枪手，他外号的来历并非源于一天猎杀上百只白鹤的记录，而是他被收缴猎枪后对一只受伤白鹤的救护。我在记忆里翻找"老鹤"瘦弱的身影，我们有过一面之缘。那个下午，他带我走在湖堤上，谈论过去的时光。这个言语不多的老头，却热爱说人与湖的变迁，人与鸟的爱恨情仇。这是不是人老后的标志？他微笑着向我询问。水当时覆盖了整个湖洲，他指向足迹到过的地方，都是一片苍茫，而我的心里涌上来的是另一种隐秘的痛楚。

20世纪80年代春天的一个黄昏，这个以猎鸟闻名的打鸟队长从野外归家，偶遇一只受伤的白鹤，那低唳的痛苦哀鸣，勾起他对往事的痛苦记忆。他怀抱白鹤回家，点燃酒精灯，给自己的刮须刀消毒，又缓慢地切开白鹤受伤的部位，取出嵌入体内的铁弹珠。这也许是曾从他枪口下逃生的一只鹤的后代，他触碰到鹤的眼神，混浊的心情顿时澄净下来。精心护理一个月后，白鹤痊愈放飞，钝角般展开的大翅奋力扇动，消失在天际。第二年秋，也是黄昏，"老鹤"听到屋外传来几声清悦熟悉的鹤鸣，那只带着伤疤印记的白鹤飞回来了。激动的"老鹤"像抱着自己的恋人，和白鹤在屋前坪跳起了双人舞。周边渔民开始交口相传这段温怀暖心的人鹤情。也许最初的猎杀并非"老鹤"的个人本意，保护却成为他步入老年之后的生活内容。从环保意识淡薄和声音微弱的年代走来，他无比执拗地劝阻当年的打猎队员放弃捕杀候鸟，误解、敌意、反抗、冲突、伤心、坚定，在一条没有归程的护鸟路上，被他独自分解。这个远近知名的护鸟人，后来是国际鹤类基金会成员中的第一个渔民，多年的野外捕猎经验，让他对东洞庭湖鸟类的习性和生活区域了如指掌，如同一张候鸟保护的"活地图"。有多少鸟，在他的手里迁徙往返，如同梦幻一场。某一天"老鹤"站到央视的聚光灯下，真诚忏悔他的杀戮，重复他的保护故事，捧回一项年度法治人物的荣誉。那是2012年，他七十二岁。两年后的9月，在洞庭湖畔生活了多年的他因病去世。我记得当老猎人拿起那杆锈迹斑斑的猎枪回忆往日的"神勇"时，眼睛里只有扑闪的泪光。像一条伤痛之河，日夜流动。

毒鸟人一路上目光僵硬，叨唠着穷困窘迫的处境，一个人，没有钱，漂泊不定，靠帮人守船收鱼赚几个小钱苟且偷生。他说自己并非有意去毒鸟，不过是给自己即将度过的冬天准备一些肉食，他要在破船上住到开春，过年也回不了弟弟的家。"那间房子已经荒芜。"他突然冒出的这句话指向不明，然后任凭我们怎么问也不启齿。也许他曾有过一间属于自己的房子，却失忆症般丢掉了详细地址。

这些哀求之词一时让我变得恍惚，眼前的这个老男人经历的悲催生活，毫无温度，连一只鸟也比不上。而老张见怪不怪这种"可怜"的人，他嗤之以鼻，搬出硬邦邦的教育之辞，然后扭头懒得理睬。电话通知的森林公安已经在前来的路上，审讯清楚情况后最严重可判毒鸟人度过一年半载的狱中生活。船上，大家有好长一段时间都沉默不语，死不瞑目的鸟让人压抑。我想象天鹅中毒后的惨状，波德莱尔在《恶之花》的诗中也有写道："几次伸出抽搐的脖子抬起渴望的头 / 望着那蓝得可怕的无情的天空 / 就像奥维德的诗篇中的人物 / 向上帝吐露出它的诅咒！"

天地一片沉寂，我把手放在鸟的羽翅之上，五指艰难地滑动，过去的柔软与温暖消失，取代的是棘手和冰冷。

蒲滚船吞吐轰隆的声器。毒鸟人的喉咙发出几声模糊的笨拙之音，被稀落的牙齿咬碎，有些像一只肥胖的赤麻鸭发出。坐他身旁的我扭头寻找，这声音又惊吓般地跳走了。

声音对鸟是一种无条件刺激物。小时候我十分迷恋父亲单位一年轻人的口技，他能模仿好几种鸟的叫声。当他和我单独在一起的时候，他会噘起薄薄的双唇，响亮而迷人的叫唤一个个音节从齿缝间蹦出。他并拢手指，拱圆手背，靠近嘴唇，又是发出一长串仿佛歌唱般的声音。那些看不见形状的声音，旋转着飞到枝丛间，跟着鸟儿一起蹦跳，我有时又怀疑那是鸟的真实声音，而年轻人不过是扮着假动作迷惑、赚取我的崇拜。

我强迫自己用心聆听过鸟的声音，它们的鸣啭和鸣叫，但至今只能辨清三五种最常见的。鸟的鸣啭像正式登台演出的歌唱，而鸣叫只是闹市叫唤声中的一个个响亮音节。鸟的发声不只是情绪的传递，还是占区、求偶、领域戒备、配偶间联络及协调繁殖行为的指示，鸟声的变化，有的多达二十余种。风托着鸟的声音，远远地吹送而来。观鸟途中，我渴望听到天鹅婉转、高亢的声音，屡屡被蒲滚船的轰隆噪音掩盖，仅有的几次停歇时间，我屏息凝神，张大耳朵，可那些白琵鹭、白鹭、罗纹鸭鸦雀无声，天鹅之间曲颈嬉玩，偶尔传来啭音低沉的几枚声响，老张说是赤麻鸭打出的"嗝"。

每只鸟都有自己的声音。在迁徙中的集群生活，鸣声发挥着重要的通讯作用。那些夜间赶路的鸟，在暗黑的天空中看不见彼此，鸣声理所当然地成为聚集的信号。鸟的听力异常敏锐，不会错过那些呼唤加入队伍的声音，飞行的冲动不可抗拒，即使是那些尚在休憩的小鸟，也会跟随头顶上飘过的叫声腾空飞起。深蓝色的苍穹，柔软月光之下的鸟飞翔，这样的画面想一想都是一种清爽的视觉享受。

但杀戮往往热爱从夜晚出发。两年前，一个地方媒体记者在网络推出的暗拍捕杀候鸟的视频，立刻引起哗然。在湘黔赣交界的山区，捕鸟是祖辈承袭下来的生活乐趣。当地土著村民，开着外地牌照豪车、拎着猎枪的寻欢者，在飞鸟抵临的夜晚，他们架起鸟铳、竹竿、大网、高频电灯，守候骚动的到来。上百盏大灯白刷刷地亮起，把黑夜打成一张白花花的屏幕。寻光择路的飞鸟经过，一个个白光点儿，随着此起彼伏的枪声坠落。杀戮结束，肩扛蛇皮袋的收鸟人迫不及待地交易。"长脖子鸟味腥，便宜，短脖子鸟肉厚味鲜，好卖也贵。""宁吃飞禽四两，不吃走兽一斤。"那些在小县城市场和餐馆里的炫耀之词，让人痛彻心扉。从北向南，一条穿越饥寒、寻找温暖的千年鸟道，成了鸟飞向的死亡之旅。

我在离开七星湖，清晨奔赴省城的火车上看完视频，窗外晨光熹微，天际缕缕星蓝散发的光焰，白得耀眼，悲伤巨流。

回到管理站的临时驻地，等待已久的森林公安做完毒鸟人的笔录后，寒气早已将夜色凝固结冰。乡间小路弯弯曲曲，眼睛看不到车灯以外的视野。体虚的毒鸟人禁不住颠簸呕吐起来，逼仄的车内散发着恶心的气味，车窗一开，冷风刮进来，又引发新的呕吐。这是我一次很糟糕的乘车经历，但看着后座老男人的衰样，那种刚发酵的恨意又重重地摔下悬崖。我无法言述，这个夜晚空空荡荡，永远都不愿回忆。

伤害的贪噬从来没有停下过，那些怀抱侥幸心理、置律法于不顾的人，一次次冒险踏上杀戮的道路。老张在我离开七星湖的第三天打来电话，半欣喜半愤怒，几个在矮围从事非法捕捞的渔民，外运大批毒死水鸟时被查获。他们把呋喃丹埋进剖开的小鱼肚内，沿鸟聚居的浅水泥滩撒落。而那些死鸟，被他们悄悄地送到了一些隐蔽的餐桌上。

"是迁徙，也是消逝。"我再次深刻洞解这话的含义。

内心被毒蚀的毒鸟人看不见飞鸟的美丽，也顾惜不了对生命的尊重。飞鸟在自然界最大的危险敌是人，人对鸟的伤害应该被挂在天幕昭示，但鸟总以宽宥之心，压制愤怒、恐惧，也不像希区柯克导演的电影《鸟》中群起而攻击人类，它们淡然回避，躲到云朵、树林、山川、河流之上，把身体与灵魂交付大自然。它们亲近友善的人们，不带着任何仇恨飞向迁徙之路。

回来后的日子，我会经常关注小余站长的微信，这个寡言的年轻人，喜欢用微信说话。他又有好几次巡湖，高兴地解救过几只误入"地笼王"中的天鹅。有一天半夜，他的微信忧伤地记录了发现死亡水鸟的经过，还有和巡湖队员驾驶蒲滚船再次穿越七星湖时深陷泥潭的狼狈。荒郊野外，空寂无人，等待救援还不如自救来得快，大家赤脚踏入冰凉湖水中，拆卸、摆弄蒲滚船三个多小时才终于脱困。微信半夜里传到朋友圈，这位"80后"疲惫不堪，却斗志昂扬。

后来我询问过毒鸟人的下落，他被送进了看守所，没有人探望过，据说他的弟弟接到森林公安的电话就挂断了。亲情早已远离这个失败的男人。这真是一种奇怪的遇见，我与他从那天回城的晚上分手，也许再也不会见面，却记住了他衰败的眼神。我们的相遇以一种莫名的感伤结束。

鸟飞向哪里？在我整理这些经历和思绪的时候，我茫然四顾，盼望能从远方的天幕抓住一根伸向云中的枝杈。

飞鸟照亮夜空，不同色彩的羽翼编织永难抵达的梦境。从七星湖走远的夜晚，我经常睁开眼睛寻找一条入眠的通道。鸟惊艳的飞翔姿容，在眼前展翅、俯冲、盘旋，挥之不去。好几次在梦的边缘疾行，一阵阵悦耳的呼声，飞向蜿蜒地道渗透过来的微光，闪烁之间，仿若我在旷野深呼吸时的心跳——

喀哑，喀哑，喀哑……

《作家》2016 年第 9 期

瑜伽课

陈蔚文

中午十二点。不管外头气温如何，一进入位于城市中心的这幢商厦，就像进到另一个空间，恒温的。时装专柜、首饰柜台，光洁的陈列弥漫享乐主义（类似宗教激情）的物质性。在橱窗布着巨幅海报的"BOSS"店对面的电梯站住，揿亮"6"层，出电梯，出示会员卡，更衣，进到光线通透的瑜伽房。

人很少，少时三四人，多时不过十几人，两层楼的健身会所十分安静。透过斜对面的玻璃门，可见一些未修剪的植物，沿台阶而上，右侧有个露天泳池。除了最热的那两个月，泳池很少有人来，它的作用好像主要是为了反射天空。

正午的光线，随天气或明或暗。周一至周五有不同教练，风格各异，有技术好得吓人的资深男教练，也有青涩的美女小教练，不过都不重要，重要的是，时间在此时此刻出现了隔断。

脱离了"社会生活"，只有身体的属性，胖或瘦，高或矮，僵硬或柔软。

你感到放松。你和你的身体待在一块儿，除此无他。

也许用"放松"形容不适合，瑜伽是体力活儿，无论是平衡、拉伸或力量型动作，都要调动韧带、肌肉、心念，它要打破"身"平日的懒散，使之进入另个状态，有时甚至需要咬牙切齿地完成。

许多事物恰是反向的。比如"动"中藏着的松弛，"不动"中潜伏的紧张——办公桌前的不动，电话一端的不动，失眠中的不动……有时僵滞的"不动"比"动"更啃噬人。

"动"使你意识到心跳，呼吸。世界缩小至一方深紫的瑜伽垫。缩小到只有你和你的身体。

盘坐，手搭双膝，自然垂落，进入短暂冥想（虽然杂念间布），深长呼吸。

"当我们呼吸正常时，并没有认识到这是多么重要，而急促的呼吸降临身上，才想到呼吸是我们的命根，是所有正常生活的决定因素，将一种曾经认为是恒定的力量因而被永远忽略的东西忽然推到眼前，这就是所谓的存在。"

最基本的呼吸，像水、空气，"存在"就藏身其中。

"瑜伽"强调呼吸的重要性，有"腹式呼吸""胸式呼吸"等，通常较普及的是"腹式呼吸"，即"深呼吸"。吸气，腹部胀起；吐气，腹部瘪下，收缩。有好一阵，我总做反，被呼吸弄得头昏脑涨——这几十年来每分每秒都在进行的事，突然生疏了。

想象自己是一副全力呼吸的肺。"通过呼吸，使意识集中于灵性之基础，即意识的出发点"，在重新调整呼吸中，身心慢下来，与冥想一样，它对我的意义是使一切慢下来，并不能摒弃杂念。

心念芜杂，像锁坏掉的门，总有风打着旋儿刮过，风卷起的多是琐屑，无意义，但它们顽固地进出，旋转，这是人的局限，也是人的真实。愈想无所用心，愈发"用心"。愈想纯净——如教练引导词说的，"在一呼一吸之间，感觉心跳的平缓，身体的安宁，让一切烦恼远离我们。感觉有一滴露珠滴落在眉心，流过面颊，注入心田……"，这滴露珠在抵达心田之前，往往已跑偏或蒸发。

也曾为这些杂念懊恼，后来也就平静地接受了。法国作家乔治·巴塔耶说："我那么爱纯净，也因此爱上了不纯净，没有不纯净，纯净就会是花招而已。"杂念是修习的一部分，是证明"存在"的一种方式。这些杂念，漫漶的虚无，多年来构筑了一个人，不可能在一呼一吸间"让一切烦恼远离"，像火箭助推器的分离掉落。

在左右一滴露珠的去向前，先停在"身"的这步，它赋予生活与身体以一小时的节律性。

扭转拉伸，感到关节、韧带与骨缝中藏着的锈。斑驳的，日益扩张的锈，岁月的沉积物，此刻，要对抗这些锈，一点一点，企图揩拭它们，也许不可逆，像节令的转换，像蛇蜕去皮，蚕咬破茧子成为蝶，一切努力也许从根本上来说都是徒劳的。修旧如旧。

为何还要进行？它的朝向是肉体，更是精神，对抗松懈的意志，"一座在抵达的过程中被想象修造起来的建筑，会成为行走的最大满足，一种从累垮了的身躯里升起的成就感"。

"能瘦身吗？"常听到迫切的发问，一项运动若没有显性功效，则被视为无效。但瑜伽，以我的经历与所见，并不提供瘦身功效。在这间教室，我目睹过若干位柔软的胖子，有一位大妈，打卡般准时，一天上两节瑜伽课，中午，傍晚。几年过去，她唯一瘦的一次是从美国回来，她儿子在纽约上班，她为此在老年大学努力学习英文，去美国玩了半个月，她瘦了一圈，因为美国的食物。

理论上，瑜伽课前后一小时最好不进食，我从未严格执行。课后因为体力消耗，进食更多——况且回家路上还路过家现烘焙的糕点店。

"不能瘦身，练了有什么用？"有人问。

"身体更柔韧吧。"

"要那么柔韧干吗，又不练体操？"

不知如何作答，照惯常标准，一个柔软的胖子不如生硬的瘦子。苗条是可见的，柔韧是不可见的。为了不可见，去折腾自己是愚蠢的。

也只能答：不为什么，愿意而已。我愿意感知筋骨的抻展，身体的打开，愿意这正午的一小时与外界的屏蔽。身体处在动中，动又藏身于静中。

时光被延迟。

想起多年前，问过一位女友类似性质的问题："不结婚？那干吗在一起？"

他从开头没有女友时，乃至离婚后，都没选择她作为结婚对象。那干吗还往来？她说："我也没有要与他结婚的打算，我们太相像了。"她的意思是，婚姻非数学，同类项不一定要合并。她甚至觉得，为什么一定要结婚呢？所谓婚书，只是象征符号，真实生活远比那张纸要阔大得多。

他们一起去东南亚旅行，聊各种乱七八糟，在上海她不到五十平方米的房间读布罗茨基的《小于一》中的段落。后来我到上海，她从书架找出书，指给我看画线的部分："她依然忠实于自己的措辞，忠实于私人音色，忠实于通过个人心灵的棱镜来折射生活而不是反映生活。"当时她念哭了，他接过书，接着朗读。

2016年的元宵节后，她去欧洲留学。走前，她参加北京的图书展销会时又见了他一面，在他家中，她在他书橱前站立良久，"我吃惊地发现他的书和我的如此相像，那一刹，我突然明白了这些年我们的交往依据"。那与道德、名分无关的交往，像保罗·萨特和波伏娃，他们没有一纸契约，却是彼此作品的第一阅读人。波伏娃曾写道："我们不发誓永远忠诚，但我们的确同意延迟任何分手的可能性，直到我们相识三四十年的永远的年代。"

当用唯一的目的去解剖体验，有些感受便被剥夺了。回头想，多年前问她，"不结婚？那干吗在一起？"和被人问，"不瘦身？那干吗练？"是差不多的。

总会存在某种选择——任凭自己。

一些难以完成的体式，显示身体的差异性。比如"双莲花"盘姿，女教练轻松地盘坐于垫上，她的骨节像装有活动榫头，而我们，冒着掰弯骨头的危险也完成不了。

分布于身体的盲区，从未调动过，涉足过，激发过。在触及前，身体的可能性暗哑着，你不知道它的潜能，不知道它的弧度可以像一根攀爬力很强的藤。

练习中，人一点点拓展自己，塑造自己，虽然结果看上去与此前一样。从瑜伽教室走出的人，与外面满大街走着的人，没有不同。这种调动，不能净化灵魂，也不能更新智力，甚至常在力所不逮中提醒着人的衰退。

如同有些人热爱麻将，有些人热衷马拉松一样。日复一日的生活中，需要寻找一种具有可持续性的凭寄。瑜伽就是一种，虽然我一直停留在体式的层面。按瑜伽的本旨，它不仅仅是一种流行的健身运动这么简单。由梵语而来的"瑜伽"，其含意为"一致""结合"或"和谐"。古代的瑜伽信徒发展了瑜伽体系，他们深信通过运动身体与调控呼吸，可以控制心智和情感，改善心性。

心性，这抽象之物，在机械的体式练习中不能保证获得提升，除非将动作放置在一个与心念等同的高度。自观，过滤，带着主动性的觉知，练习才能促进心性的开启。否则，它只是体式。无论蛇式，扭转式，肩倒立式……也只是拗造型。瑜伽不是杂技，不以练成木桶钻人为追求宗旨。

一直记得有个教练海燕，瘦小的赣西北女孩，她来带过几个月的课。与其他教练不同，每次上课前她会和大家闲聊一会儿，问大家这周过得怎么样，情绪如何等，有一次她和几个女会员讨论会否因为一些烦恼而迁怒孩子的问题。她说起自己的童年，父母关系相当糟糕，他们动辄把怒气撒到她身上——她是家中第三个女儿，乡村父母渴盼来个儿子的耐心已达底线……

她和几个会员妈妈说，无论怎样，都别迁怒孩子，有些伤害造成容易，消除很难。

比起"抛开一切杂念，让烦恼远离我们，感觉有一滴露珠滴落在眉心，流过面颊，注入心田"的引导，海燕的闲聊更令人获得平静，自省。

有会员说起成长中的一些问题，说起对自己的诸种不接受。

"你对自己说，我接受我对自己的不接受。"海燕微笑着望着她。课中，她说"量力而行，别勉强身体去做达不到的动作，别与其他会员比较"时，也这么微笑着。

"你能想象的所有糟糕的事我都经历过。"有一次她说。此话背后定有大隐痛，虽则她神色平淡像诉他人之事。她说很长一段时间，不知如何与他人相处，几次恋爱都闹僵分手。练习瑜伽后，她逐渐改变，借着这改变，她去寻求更多改变，她现在有了新男友，处得挺好。

结果是意愿之上的被孵化，借助于某种介质——可能是瑜伽，也可能是其他什么，前提是足够的意愿，或曰"发心"，改变才可能发生，甚至，重新诞生一次。

而意愿，有时与排斥等量。从"自我"里重塑一个自我，没有比这更难的了，尤其是灵魂层面的重塑。修习远非打坐冥想或练习体式这般简单，从"觉知"到

"践行"，如同从黑暗中炼出光焰。

休息术。一节课的尾声。

碟中传来蕙兰温缓如催眠的声音。那个因普通话不标准而有种奇特效果的女声，最早把"瑜伽"这个词带入大陆的声音，似乎正用这不标准把人带向一个新的时空。

"轻闭双眼，自然呼吸，把身体调整到最舒适的位置，放松全身各个部位，放松你的脚尖、大脚趾、其余脚趾、脚脖子、腿肚子、膝盖、大腿、腰部，接下来，依次放松手掌、每根指头、手腕、肘部、肩部……腹部、胸部、颈部、脸部、头部……"

这声音以解剖学的细致方式引导身体全面放松，不错过任何一个细小部位。膝盖窝，脚后跟，腮帮，牙齿，它们被一一念及。当被念出，才意识到它们积蓄的紧张、僵滞。在这声音的接引中，念到的部位逐一落回它们原本位置——它们平时竟是不可思议地悬置着。

躺平在垫子上的身体，仿佛被这些细小部件重新拼凑了一次。

如是秋冬，把瑜伽垫移近靠窗位置，经玻璃窗折射的热度薄薄地覆盖身体。热力迂缓得甚至感觉不到热力。阳光，这古老而纯正的物质，万灵之源，慢慢渗透进体内。附近大卖场传来促销喇叭声，既近，也远。躺平的身体置身某种浮力，疲累后的轻松几近死。彻底地摆脱引力，与物质世界不再有任何质点联结。

珍贵的睡意像昙花迎来开放的刹那。

把身体交给空，交给温柔的女声，交给地板，交给这一刻的游离……

"回到地面"，朦胧中，滑过这句，疲惫后的交付。脊背贴紧地垫，远处促销喇叭在放"我要飞得更高，翅膀卷起风暴，心生呼啸"，不，"飞起来"的冲动和欲望已远，或许很年轻时，年轻时的春天里，一切，未展开时，有过。此刻只想向下，无限地向下，触到一切的底部。

也不尽然，假若舞蹈是一种"飞起来"的方式。肢体被音乐牵引，撞击体内火石。当初就是为上舞蹈课办的健身卡，舞蹈老师来来去去，留下的老师青涩，不具备引领人在舞蹈中飞扬起来的能力。怀念那些时刻，好的老师带领人在音乐中朝向无限。连续有几年的岁末，我都在健身房的舞蹈课中度过。对他人，或许只是次寻常健身，在我却是最好的迎新方式。

"我跳舞，因为我悲伤。"现代舞女神皮娜·鲍什说的。不仅是因为悲伤，而且是物质的身体要去发现、邀请精神的身体与之全息地对话，带来一次真正"灵肉"意义的飞翔。

瑜伽是下沉，向内伸展，从调匀第一口呼吸起，砥砺意志，匠人打磨器具般打磨身体，以保持部件的灵活。诚实地说，我更爱舞蹈——庸常生活里被允许的抒情风暴，假设的飞翔，“一个不能被比拟和替换的绝对之名”。

瑜伽也会一直练下去。就如素食，我不爱好，之前甚至属于无肉不欢的类型。年纪增长，在理性上倾向了少荤多素。瑜伽相当于“素”，枯燥，辛苦，却也是一种基本、切身的练习。

更衣室。进门左边是整面墙的大镜子，右边是黄白相间的储物柜和长椅，这里有时会成为女人们的会客厅，她们发表言论（只穿内衣或裸着）。年轻女人谈论男友、爱情，有时是更大胆的性（有个短发女孩肆无忌惮地和同伴说起男友表现）。年纪大的谈论老公孩子，谈论不吃晚饭还是胖了三斤。有个近五十岁的女人，穿着鲜艳，她对老公的称谓永远是“我家老公”，强调主权的不可侵犯以及主权拥有者的自豪。她和其他几个老会员在健身教室总是要占第一排的位置。有次为位置的事，她和一个女孩发生口角，回更衣室，女孩穿着内衣站在镜前给朋友打电话，边冷冷瞟几眼正换衣准备洗澡的“我家老公”。褪去衣服的“我家老公”显露腰腹的赘肉，松垮的乳房与臀部。

女孩凹凸有致，她的瞟中有毫不掩饰的示威和嘲笑——占第一排有什么用呢？

衰老和年轻的肉体，在更衣镜前来来去去。更多时候，她们于我（就像我之于她们）是面容模糊的客体，一些女性元素：洗发水、乳液、香体露、按摩膏、卷发棒、蕾丝边塑身内衣、高跟鞋。

有位腴白的姑娘，笑嘻嘻地和我打招呼，她是最近来练瑜伽的。她说准备两月内练出“马甲线”。她洋溢着阳光的乐观和看去毫不乐观乃至有些盲目的任务，使我觉得这姑娘真可爱。

另一个面熟的姑娘，有次换好瑜伽服，正要去上课，手机响，她讲了几分钟，在长椅上坐下，声音小下去，如呢喃，似叹息。这堂课她一直没来。下课回更衣室，她还在讲。她不漂亮，戴副眼镜，大概是在恋爱，脸上有发烧一般的迷离。

还有次课后，一位年纪不轻但仍优雅的女人在长椅上坐下，掏出一个苹果，慢慢地吃，她不急着去哪儿，大概已退休。她笃定的样子像从印度修习回来，仿佛人生一切事情都水流过境，她只需专心地，吃完这个苹果。

那一刻，我也想哪天带个来，在瑜伽课后，坐在长椅上，缓慢专心地吃一个苹果。

《散文》2016 年第 9 期

重庆日出

庞　培

　　很多年之后，我来到重庆。中国让我有点看呆的城市不多，重庆算一座。这著名的山城让我看了发呆，不是一般呆了，却是有点呆。嘉陵江和长江汇流，在一个旧时陡直的悬崖峡谷。能够听得出激流冲击出峡口的声音，那声音好似长夜尽头的黎明，但又不是曙光，甚至是曙光的背悖。好似十二时辰中的"丑"时惊骇的尾巴，快要过渡到"寅"字。到重庆，人的心智要稳固，耳朵要分外灵光，所谓"洗耳恭听"。不远的深山里有一尊卧佛，睡着醒了的样子，一只手撑着耳朵，撑住底下凝神着什么的模样：一座呼啸而去、非常安静的城市，白天充满了各种晃动，各种离奇喧嚣，却有着一份本质上的淡定恬怡，甚至物我两忘。闹得不行，街头巷尾吵翻了天，他自己却二郎腿翘翘，一根烟、一盏茶摆开了，"坐看云起时"。事实是，辛弃疾的名句霎时闪烁在山城烟熏火燎的夜景上空，无论如何，应是重庆古往今来的最佳广告（而且现在时的）："……众里寻他千百度，那人却在，灯火阑珊处。"

　　世间罕有比重庆更为沉静的城市了。是男人一夜未归，或者说，男人在外面做了坏事，此刻正在里屋酣然沉睡着的那种沉静。重庆不光对人的听觉、目力有要求，对鼻子和下巴也有要求，它的顺流而下的各种美食，它的端庄诙谐，它那街道的反复无常诡计多端，这一切，在地理和地形，在从江北到南岸，千厮门到沙坪坝的马路中间，上上下下不知会有多少种类的重复迂回。我刚才说到下巴，其实是想说嘴巴，也就是人的味觉和味蕾。这地方考验一个人初来乍到，把古代中国类似"路遥知马力，日久见人心"一类的格言摆到重庆暴晒，是再好不过的了。极端性情的城市，反倒看上去隐而不发、稳如磐石，就像一个人板着脸，来回走动，末了发觉他却是文雅之士。重庆一点儿也不文雅，却是此公最文雅处。一种原始、山里人守规矩式的文雅。他独自揣着一套早已风化了的文雅观念，在江湖上出没。这是一座传奇的城市，他自己却浑然不觉，一点儿也不知道，根本不理会底细人物这一套。他独玩他自己的，好像《水浒》里凡写到"那厮"的段落。一个翻盘重来的城市。一个双重失落的世界。白天，我走过闻名遐迩的朝天门码头，周围山城在我耳朵边耳膜上晃动，轰隆隆巨响，我听到了什么？江水、大楼、天空、人群？长江从青藏高原的一端发轫，进入重庆地界有点兴奋和莫名的跳跃躁动，好像一名拾荒者，幕天席地游荡久了，忽然见前方有人间烟火。长江到了重庆，如《封神榜》翻到了少年哪吒一页，整个城市都有点晃，左右颤动。大概是中午前坐长江缆车的缘故罢。重庆话太急，尾音和下声音太多，我是没耐心听懂的。好像江面的许多漩涡，忽地跑到了方言语音中。重庆人大智若愚。重庆人对于快和慢一定有异常的反应。重庆这地方，理应出音乐家的。跟街上的重庆人说话，他们的眼神都在跟你吵架。

这是一座恋爱之城，而我却来晚了。各种残忍无常粗暴，无所不用其极。适宜于青年男女恋爱，双双促膝于桂园、报恩寺、玛瑙溪，但我却来晚了。一座缠绵悱恻的城市，给人的感觉，却似乎很没心没肺、出尔反尔，极尽捉摸不定之能事。青春和性感的城市。入夜，从沿江马路往大江对岸看，霓虹闪烁的林立大厦，一幢幢好像都抹了口红。各种橙色紫色黑色，还有蓝色的口红；再思量，有人往背叛上狠狠地抹了点口红！

所谓恋爱，其实也就是想象力。当代的诗人，怪不得柏桦是重庆人，他的作品秉承了这座城市的少年气质："燕子南来北往／证明我们苦难的爱情。"可谓一锤定音！一座徘徊之城，无端地感伤和追怀，表面上很决断。已经决断了，末了就反悔了。

"天坑、地缝一日游"。我想，地球上多数国家地区，不定会有这一旅游项目吧？对头，重庆有。嘉陵江、长江，一清一浊，一绿一黄，在朝天门码头十米开外的开阔水口汇合，"秋千慵困解罗衣，画梁双燕归。"（冯延巳《醉桃源》）看上去鸦雀无声，并且天作之合，金枝玉叶似的，从古到今，天天如此，也不晓得哪个更温馨，哪个更蛮横、更野？"在天愿作比翼鸟，在地愿做连理枝。"双双携手东去。

我从朝天门码头台阶的底端往上走，再次地洗了洗耳朵。每个重庆人都告诉我：不要下水，这里的江水冷！我偏到水边试了试：不冷。约莫比我们长三角扬子江段的水温低3~4度。

还行。重庆话讲：要得。

如果你觉得好玩。恭喜你答对了。

各种电视娱乐选拔秀，好像露天展示在山城的上下两岸。重庆全城都在一个火树银花、四处透明的电视演播室的辉煌空间。无论你做什么，你都成了观众，自行进入了观众、导演、演员的序列。你都通过直播，被外界看到了。你接受了"火爆"一词。你是歌乐山的儿女。这是名副其实的"一日不见，如三月兮"，"邂逅相遇，适我愿兮"。想想，也对，"二战"时期，这里就已经是座不夜城了。是啊，"那里的人民纯朴、悠闲、快活。知道如何大笑和享受生活。战火纷飞的山冈，曾经是一片宁静的乡野。"这是谁的中国行文字？毛姆？莫理循？还是随后赶来的司徒雷登？

> 空中有一座城，
> 悬浮的几乎看不见的城，
> 它那朦胧的轮廓，
> 在澄明的月夜里构成的，
> 多重晶面，
> 如同纸张上的水印图案。
> 这座城如此遥远，
> 使人苦恼于它荒谬的存在。
> 这是一座城还是一艘船？
> ……
> ——莱奥波多·卢贡内斯（阿根廷）

很多年以后，我走到重庆。中国让我有点看呆的城市不多，重庆算一座。

《四川文学》2016 年第 9 期

我们不要软埋

——长篇小说《软埋》后记

方 方

一

很多年前，一个女孩子下海做生意，在她最为艰难的时候，坐在慢行的火车上，读到了我的小说《风景》。她觉得自己被震撼到了，这小说给了她力量。她对自己说，我一定要认识这个作家。

后来她成功了。成了富人队伍中的一员，并且在武汉当时最早的别墅区买了房子——一幢漂亮的小楼房。她把辛苦了一辈子的母亲接到自己的新居。母亲一进门，就战战兢兢地说，要不得呀，分浮财的要来的。

我听她说这番话时，她的母亲已经患老年痴呆症好些年了。

我们相识，是在 20 世纪 90 年代初。那时我正主编《今日名流》杂志，而她正在做纪录片的投资。她的投资对象曾是我当年在湖北电视台纪录片部的同事。在她的投资下，我们纪录片部好几个片子都获了国际大奖。有一天，我的老同事们搭桥牵线，让我们坐在一起吃了一顿饭。

然后，像所有的朋友交往一样，慢慢地，我们熟悉起来。来往也越来越频繁，聊天次数随着交往的密集也越来越多，越来越深入。吃饭，喝茶，甚至一起出门远行。我不太懂她的商业，但我知道她是真会做生意。她的投资几乎很少失败，在这个方面，我真觉得她是个天才。

与此同时，我见到了她的母亲——一位皮肤白皙的老太太。在不经意时，她的母亲会成为我们话题的主角。她谈到母亲当年只身从四川逃出，谈到母亲出逃途中孩子死在自己身边，谈到母亲给人做保姆而得以风平浪静地生活，谈到母亲搬进她的别墅时的紧张和恐惧。而她的丈夫则告诉我说，他们在好长时间里，经常能听到她母亲在半夜里喊疼呀疼。疼的地方在背部，当年被枪托打的。她说，母亲即使得了老年痴呆症，仍然多次清晰地表达说：我不要软埋！

我小说里写到的土改部分，正是她母亲经历过的一段历史。非但她家，我自己的父母家、我诸多的朋友家以及我居住四周无数邻居的家人，无数无数，也都共同经历过。他们的人生各不相同，但他们身后家人的不幸却几近雷同。而牵连到的子女们，亦都如前生打着烙印一般，活在卑贱的深渊之中。这些人数，延展放大开来，难以计算。当一个人成为"地富反坏右"分子，或成为"地富反坏右"的子女，那就意味着你的人生充满屈辱。这种屈辱，从肉身到心灵，全部浸透，一直深刻至骨。盖因为此，当一切平复之后，当"成分"（年轻人可能都没听说过这两个字，但它曾经是我们成长中最重要的参数）不再成为好人和坏人之分的标识之后，当他们从幽暗的深渊下走出来之后，他们中几乎所有的人都更愿意选择把那些没有尊严的日子、把那个伤痕累累的私人经历深藏于心。不再提及，不再回想，也无意让后代知道。仿佛说出这些，便是把自己结痂的创伤撕开来让自己重新痛。而这痛，就是那种痛不欲生的痛。

两年前，朋友的母亲去世了。她办完丧事没多久，我们正好在一个会议上相遇。她约我一起到外面吃饭。然后向我讲起母亲去世的整个过程。火葬时，她为母亲买了一口上好的棺材。很多人都无法理解，觉得她这样做毫无意义。但她却坚持这样做了。她对我说，我妈多次讲过，她不要软埋。我一定要满足她的愿望。

而这一次，我突然被"软埋"两个字击中了。心里顿时像是有什么东西在燃烧。那一整天，我都在想这两个字。我仿佛看到一个黑洞，深不见底。永远有人想要探究，却也永远无法探究清楚。甚至，人们连基本的轮廓都看不到。时间何止无言，它还无色无声无形，它把人间无数都消解一尽。那就是软埋呀，我想。

我跟朋友说，我要写一部小说，这小说的名字就叫《软埋》。

二

就是这样开始的。

我最初为自己找到的，就是这个小说题目。我把我手上正在写作的其他，全都放下了。为了从容而安静地写这部小说，2014年春节后，我避开了所有杂事，也避开了武汉的寒冷，躲到深圳的海边，开始了这部小说的写作。三月的深圳，非常舒服。这是我一个多年挚友家的房子，一直空无人住。朋友和她的亲戚以极大的热情和友善欢迎我去那里写作。房子四周环境极好，窗下有树林有花丛有海。坐在电脑前，抬头朝窗外眺望，大海似乎就在眼边。而夜里，清晰的海浪声一阵一阵，直接入梦。我除了每早在阳台做一下颈椎操，每晚出门快步行走一圈之外，几乎足不出户。早餐是朋友早已备好的麦片鸡蛋面包一类的食物，中午则由物业的女工给我送来一个盒饭。食堂大师傅是湖南人，他做的菜极合我的口味。晚上有时候吃点水果，有时候吃面条，有时候什么都不吃。这样的环境和生活，正是我所盼望已久的。

我要怎样去处理这样一个题材。我要以一种什么样的结构方式来完成我的表达。我要寻找什么样的角度。我的人物要以什么样的方式出场。我要选择什么样的语调来营造氛围，如此等等。我一节一节地开头，否定再否定，好像是不停地在推门进门，推过很多扇，走了好多死胡同，然后终于找到我要进去的那个入口。

写作真是一件让人永远兴奋的事。而在这兴奋之中，你的内心会生出另一种自由。你可以跟任何人在一起，你可以跟任何人说话。你根本意识不到时间的流逝，也意识不到自己的存在，甚至完全不曾产生孤独和寂寞，尽管一整天、甚至很多天都是你一个人待着。你的手指敲击在电脑键盘上的声音，仿佛是你在与整个世界对话。你可以很自由地走到他们每一个人的面前，递给他一张纸条，告诉他们，你对这事的想法或那事的观点。而纸条上的字，就是你适才嘀嗒嘀嗒地打出来的。

这份自由，在束缚和压抑的现世中是绝对没有的。正因为此，写作的愉悦才会超越其他一切，而写作的魅力也因此无限绵长。它足以让一个写作者无法停笔。

三

便是在这期间，我接到一个电话，内容是请我为 L 诗人的诗集参评鲁奖推荐帮忙。我拒绝了。由此引发了一场"战事"。而另一位诗人 T，亦在这期间就职称事宜对我进行短信辱骂。于是，这便成了一场混战。我仿佛成了一位"双打"选手，在猝不及防中开始了一场"自卫反击战"。这是我人生从未有过的经历。"战事"的时间很长，波及亦广。它让我意识到，这其实并非我与某一两个人的事，而是我与某一类人之间的事。

迎面而来的便是诸多杂芜，所耗费的是精力和时间。《软埋》的写作，便只能放下。一年的时间都过完了，历经艰难，直到 2015 年 7 月，事情告一段落，T 诗人的事了结掉了。至于 L 诗人告我侵犯其名誉权的官司尚未结束。而此时，我也想得很清楚，无论胜败，都不重要。是非曲直都摆在世人面前，如果大家都看得清楚的事，而法官偏偏看不清楚，你即使铁证如山，也是枉然。湖北的诗人在湖北的作家协会参与湖北的文学项目，违反规则，被我批评，却跑到广州对我起诉，这本身就能说明一些问题。L早早就对记者说，他肯定赢，法院就在他家楼下。如此这般，你除了无奈，也就只剩无奈。这样想过，就觉得再在此事上耗费时间已无意义。他们好意思让L诗人赢，我又有什么不好意思输呢？我想。

此念一出，所有的事就都放下了。我立即对外宣布：闭关写作。毕竟这部小说一直在耐心地等着我去完成。

7月，我住到了武汉江夏郊区，开始闭关写作。我迅速让自己重新回到一年多前我在深圳的写作状态。江夏的环境清静，空气良好。我每天中午开始工作，一直到凌晨两点。早上则睡到十点之后起床。路遥似乎说过一句话：早上从中午开始。这句话，只有我们这类写作人闻之会心。

门前的菜园里种着辣椒，番茄。吃对于我来说，是非常简单的事。偶尔，有同事驱车过来，带给我一点儿新鲜蔬菜，也有时候，我们一起到外面吃吃饭，闲聊一下杂志的事。对了，在每天的写作前很重要的一项工作，便是通过网络了解或解决一些杂志社的事务，毕竟我还主持着《长江文艺》原创和《长江文艺》选刊这样两本文学杂志。

这样的生活持续了两个多月，"软埋"两个字，就像鬼魂一样追逐我。一些杂乱的声音，成天在我的耳边响：不要软埋不要软埋！每天傍晚，我都会沿着湖边去散步，湖水中和树林里，也总像有奇怪的喊叫：我不要软埋。我们不要软埋。常常让我自己好一阵毛骨悚然。

9月底，我终于完成了小说的初稿。之后进入漫长的修改期。而时间于我，还是松动了许多。这期间，湖北省文史馆邀我去重庆考察古镇。同行的是我的两个老友沈虹光和江作苏。这样，他们将我从小说的川东拔出来，去到现实里的川东。《软埋》中许多背景正是在这一片区域。一路上，我看到了不少无主庄园，也触及更多的细节。于是，调整，修改，再调整，再修改，断断续续地一直改到了年底。

在时间跨度长达三年的写作过程中，"软埋"两个字，就如同种子，也深埋进了我的心里。它们随着我的写作的进展而生长，一直长成了一棵树。根系越来越庞大，树冠越来越繁密。它也让我的心头越来越沉重。无数的人影在我眼边闪来晃去。他们中有我的父亲我的母亲，还有他们彼此的兄弟姊妹，一次一次，不厌其烦地走出来，与我的小说人物重叠。我回忆起他们生前很少说起自己的家事，与自己的亲人也少有来往。他们是地主的儿子和官宦家的女儿。他们用缄默的方式，来软埋自己成长的背景。让我们对自己的祖父母和外祖父母这一代人，几无了解。除了祖父，因有一张报纸记录了他被日本人杀死的过程，让我们略知一二外，其他人，尽管是至亲长辈，我们甚至连他们的名字都不知道。我写着并回想着，在理解他们的同时，同样也去理解青林和他的父亲。是的，他们就是不想让我们知道。他们不愿意把他们背了一生的历史包袱，又传递到我们背上。如此，沉默便是他们可以选择的最佳方式。在我的印象里，母亲叹息最多的一句话便是：我大姐太惨了。这一声长叹中，又埋藏着多少人生？或许，这是我另一部小说的内容了。

就这样，我在自己的回忆中写作。丁子桃的面孔和朋友母亲的面孔，还有我的大姨，她们交替地来到我眼前。这些苦难的女性，寂然地走过自己的一生，背负过人世间最沉重的苦难，却又轻微渺小得仿佛从来没有到这世上来过。

唉，人死之后没有棺材护身，肉体直接葬于泥土，这是一种软埋；而一个活着的人，以决绝的心态屏蔽过去，封存来处，放弃往事，拒绝记忆，无论是下意识，还是有意识，却都是被时间软埋。这种软埋，或许就是生生世世，永无人知。

对于这一切，我这样的一个写作者，又能做些什么呢？因为，是否被软埋，更多的时候，根本就由不得自己。

如此，我所能做的，就很简单了。我老老实实把我所知我所感我所惑我所疼写出来。我让我的写作成为一种记录，表达出我曲折和复杂的心情，就够了。

感谢我的责编杨柳，她像一个长年守候在路口的人，每当我完成一部书走出门时，她就恰好在那里等着我。向我伸出手说：拿来吧！如是者三。这一本新书，依然是杨柳责编。她的认真和负责，令我钦佩，也让我放心。而于我最重要的则是，她对作品的判断以及对我所思所想的认同。相识三十多年了，我们想法总是那么接近。一想到这个，心里就格外的愉快。

还要感谢我深圳的朋友周明艳和她的弟妹徐素。是她们提供给我一处非常好的写作环境，让我得以静心。这部小说要从哪里写起呢？我该采取什么样的方式？诸如此类，正是住在她们家里完成的。在那个空旷的海边别墅内，在静无人声中，在无人交谈的日子里，仿佛特别能让人产生理智而客观之心。怀着这样的心态，我搭好了整个小说的构架。

还要感谢的人是我所在的杂志社全体同事。作为一社之长，很长的时间里，我几乎难以顾及杂志社的诸多琐事。而他们，都默默地替我承担了下来，并在我最艰难的时刻给予我强有力的支持和理解，以及给予我最温暖的友谊。

现在，这本书终于出版了。它也是献给上述朋友们的。

四

正是在写这个后记期间，我接到广州中院的判决书。不出预料，L诗人赢了官司。正像他之前所吹嘘的：法院果然在他家的楼下。

这个结果，跟我们生活的时代，十分匹配。而于我来说，则微不足道。人性中最幽暗最肮脏的东西，我已经看得十分清晰。相比起我的小说即将出版，它只是落地之尘，可以无视。

朋友母亲即使在最混沌不清的时候，也能说出这五个字：我不要软埋。

我想，是的，我们不要软埋。

断食记

李　颖

一

母亲是在一瞬间吃不下饭的。没有过渡，没有征兆，仿佛她突然就享尽了此生的福禄，她的胃里空空荡荡，无所依傍，却再也容纳不下俗世间任何东西，哪怕是一粒米。她似乎被某种看不见的力量挟持着，猝不及防地，她被洗劫一空。

在遥远和邻近的日子里，母亲吃饭时都端坐如莲。而在这日清晨，像是接到一道秘密的召唤，她突然放弃了这个姿态。确切地说，她头天还在接受数百位来自四面八方的亲朋好友对她七十岁生日的祝贺，大家热闹成一团。这是她此生最鼎沸的一天。一部分先来的客人没有直接去餐馆，而是挤在母亲寡居后拥挤的六十个平方的房间里。

六十个平方，是我们一家五口曾经住过的地方，我的父母，我的弟妹，我们一家五口曾经住了十几年的房子。这套两室一厅的居室，是 20 世纪 90 年代我们家买下的，也是我父母名下唯一的房子。最初父母的单位让我们搬进这套新房时，我们都知道房子是"分"的，每月只要象征性地向单位缴纳一点租金，但那时候房子不是商品，分到手的房子，和现在有多少年产权的房子是一个概念，除非可以分到更好的房子搬走，不然没有人会赶你出门。我们住了几年后，某一天，单位突然下了政策，如果要继续住的话，就要一次性出钱把房子买下来，大家都觉得难以接受。因为以前住房是不用花什么钱的，而现在一次性要交七千块钱。

七千块钱！就像是一场地震席卷了我们的生活，父母和别人家的父母一起骂这个"坏"政策，但是父母们很快知道，他们不可能逆潮流而动。如果他们不交钱，我们就要卷铺盖走人。于是，他们万般无奈咬牙买下了这六十平方，除了父母的卧室外，我和妹妹一间卧室，弟弟在阳台上支了一块木板，就是他的床了。

　　既然有了产权，为了让客厅显得大一点儿，父母在客厅大门正对面那面墙，装上了一块与墙面同大的蓝色玻璃镜子。一时间，这栋楼以及周围的楼，甚至整个家属区，几乎每家每户都在那面墙上装上了这样一块镜子。一面镜子，把我们的空间扩大了一倍。我们在这个世界说笑、嬉闹、吵架、哭泣，我们也恍恍惚惚在镜子里那个灰暗的世界说笑、嬉闹、吵架、哭泣。我们的内心塞得满满的，又奢侈又幸福，我们住在第一批商品房里，对着镜子，仿佛我们在另一个世界重活了一次。我们一家五口，恍若是一家十口。

　　有了这么大的空间，因此，那时，我们并不觉得拥挤。

　　我那爱漂亮的妹妹，经常边梳妆边对镜自语："镜子啊镜子，你说这世界上谁最美？"母亲总是呵斥她：镜子是有镜神的，不要这么轻浮！

　　我们仿佛要这样沉默地喧闹地度过一生。镜子里那五个人也仿佛要这样灰暗地打发掉一生。

　　后来，我们姊妹三个陆续成家离家而去，父亲也在十年前的一个夏天离去，母亲从此一个人住在这六十个平方里，却常常觉得拥挤。她总是说，房间里东西太多了，要丢掉一些，但她什么都舍不得丢掉，于是房间里东西越来越多。她每天忙着跟这些老旧的物件情意绵绵地说话，而另一些物件被她忽略。

　　父亲去世后，我替母亲把那个老旧的家敲掉了，我把那面曾经显得亮堂堂、后来越来越暗的墙镜卸掉扔了。我越来越讨厌那面镜子，那面蒙尘的镜子，总是灰蒙蒙地映照着这边的世界，我们在那蓝色镜子里的一切都显得那么暗淡，那里面影影绰绰，收藏了我们那么多年嘈杂的记忆，那里面收藏了客厅里那么多杂七杂八的物品，那里面我们的所有明亮都被过滤成灰暗。

　　所以，我请装修师傅上门，第一件事就是拆了这面镜子。这面承载了多年平淡琐碎生活的镜子，它沉默不语。当蓝色镜子被敲下来的一刹那，"哐当"，我们的生活一触即溃。

　　镜子卸掉了，母亲就真的只剩一个人在家里了。

　　那些被母亲忽略的，都是我对母亲撒谎把价格压缩了数倍的东西。而她仍旧觉得太贵。我给母亲买的昂贵茶几，从来没有露出过本来面目，一直被她用旧纸板盖着使用，仿佛下面蹲着的是一个破烂的茶几。我给她买的玫红色沙发也没有露出过本来面目，一直被她用旧床单盖着，仿佛下面是一套见不得人的沙发。我给她买的洗衣机，我已经忘记是什么样子了，因为一直被盖在一块年代久远的旧衣衫下面。我给她买的液晶电视，她小心翼翼地只看一个台，每天只看一小时，最小限度地去动遥控器。我给她装修的一切家什，都被她小心遮蔽着，不露声色。

我总担心有一天，它们会不顾一切冲出来气喘吁吁地找她理论，它们不明白，母亲只是害怕糟践它们，母亲舍不得我为她花钱，她想假装看不到这一切。她只跟她以前的物品说话。

老房子装修一新，按母亲要求留下了她陪嫁的蝴蝶牌缝纫机、一口装过父亲衣服的旧木箱、一些父亲当年亲手做的骨牌凳子。啊，骨牌凳子，当我敲下这几个字的时候，我才惊觉，这其实是几个我母亲此生几乎每天都会提及的字眼，几十年来我居然从来没想过"骨牌"这两个字是哪两个字，该怎么写。现在想来，骨牌，也就是麻将，骨牌凳，就是凳面像骨牌一样的凳子吧。

那些年，母亲每次吃饭前就会对我说："颖小姐，把骨牌凳子搬过来。"

我们家有五个骨牌凳子，吃饭才用的。母亲说，坐有坐相，吃有吃相，吃饭要坐直，坐直才有吃相，所以吃饭不能坐有靠背的椅子。

母亲端坐威严，她随便往那儿一坐，便对她的丈夫以及三个子女有莫名的威慑力，母亲出身书香世家，母亲有四位哥哥弟弟，她是独女，自小被父兄宠大。她有一双大大的眼睛，她不用说什么，只要眼神一扫过来，我们都立马噤声。她对吃饭有特别的仪式感，她不允许我们砸吧嘴，不允许我们把筷子伸进汤碗，不允许我们把筷子头对着人摆放，不允许我们不端着碗吃饭，不允许我们在碟子里扒拉菜，不允许我们边吃边说话，我们没有餐厅，客厅就是我们的餐厅，我们一家五口沉默地坐在客厅吃饭，蓝色镜里另外有五个人，也在沉默地吃饭。

无论我们家曾经多么贫穷多么拮据，母亲都竭力保持着这种端庄优雅的态度。决不苟且。

母亲七十岁生日这天，来了这么多客人，都挤在她的客厅、卧室、厨房、厕所。有些人坐在蒙着被单的沙发上，有些人坐在有靠背的椅子上，有些人坐在骨牌凳子上，更多的人站着晃来晃去，每个人一转身就会撞见另一个人的面孔，大家客套地笑着，母亲把自己娘家的亲人介绍给她的亲家，又把亲家的亲戚介绍给她的老同学。母亲笑容灿烂，心情大好地听着客人们夸奖她的儿女和孙子们。客人们手上捏着一次性茶杯，另外一些一次性茶杯散落在桌上，或者被小心翼翼地放置在椅子脚边，被没注意的客人路过时一脚踢翻，茶水浸入地板的木缝里。我给她装修的木地板，她一直只穿袜子走在上面，但这一天被无数双女人的高跟鞋、男人粗大的皮鞋底踩踏着，母亲视而不见。

这一天，她无比兴奋，她饱满圆润，她穿着大红的针织衫，衬得她红光满面，这一定是她此生最拥挤的一天。后来，我一直在想，是她的那些被遮挡的家什支棱起耳朵，敏锐地听着大家闹哄哄一片，她的那些被藏起来的家什不怀好意地谋划好了一切。

二

生日宴后的第二天,母亲像往常一样起来,洗漱后,却发现突然不能像往常一样进食了。她打电话给我:"我吃不下东西。"

我远在另一个城市,只能电话安排她去单位上的医院先检查,结论是贫血。

过了两天,母亲仍旧吃不下,没力气。每天只能喝水。我打电话找好当地保姆去给她做饭做卫生。但无济于事,她仍旧不吃。

我就想不明白,什么叫吃不下。吞咽啊!这个与生俱来的本领,难道活到七十岁会突然失去吗?

母亲说:你不能理解这是一种什么样的感觉。就像是觉得喉咙是满的,不知道被什么东西塞满了,吞不下去,强咽就会吐出来。

我强行给她喂食,她被强行灌下的只有很少很少的素菜汤了,她再也不能沾荤腥。她吃一点儿油腥,就会反胃。

我把她接到省城的大医院,医生简单询问后,在病历本上涂了一堆难以辨识的字迹,以我有限的知识,我一个字也不认识,医生一定是得意于我不认识他写的字,不然他不会像包藏着一个天大的秘密那样抬眼望着我们,等着我们发问。我急切而空洞地发问:"您考虑我妈妈这是什么病啊?"他用笔杆儿敲着桌面:"这个情况很复杂,必须做一系列检查。建议你去住院,你到门诊查来查去查不出什么名堂的。"他开出一张住院单,叫我们去十六楼内分泌科住院。我则屏声静气,怀揣着一个巨大的谜团,走出门来,仔细辨识病历本上的字,十分钟后,我终于连猜带蒙地认出四个字:"食纳下降。"我很想回去告诉医生,我认出你的字了,但我的母亲并不是食纳下降,是停止纳食,停止纳食!

住了二十余天院,做了各项检查,除了轻度贫血,什么都没查出来。轻度脂肪肝,轻度胆囊炎,轻度血糖增高……一切都是轻度。我问医生,这些是引起她厌食的原因吗?医生说,有可能,还要继续做各种检查。

每天在医院这栋楼那栋楼各种检查,人群嘈杂,母亲厌烦透顶。电梯里的男人大大咧咧地按着电梯按按钮,女人们则小心翼翼地把手指弯成弓形,用手指的背面或者钥匙沉默地按按钮。电梯里塞满各种坐在轮椅里的人,男女老少,一个个都像人生的失败者,他们被家属推着,无一例外地垂着头,他们早已顾不上体面,浮肿的脸上是漠然的表情,他们的轮椅旁挂着导尿管,也许是血浆,混杂的颜色不知道是从体内流向体外,还是体外流向体内。他们其中有的在大声咳嗽,有的大声喘气,嘴里呼出的恶臭充斥在狭窄的电梯里。

母亲接受了各种冰冷器械对她的扫描、窥探，她的尊严荡然无存。刚住院时，她每次都要重新把外面的衣服裤子穿好、梳好头才去洗手间，几天后，她不再讲究，她穿着内衣和秋裤在医院的病房走廊上到处晃悠，披散着头发跟隔壁的病友聊天。她走路开始蹒跚，她总是把一大半尿撒在裤子里，她上了厕所逐渐忘记了要穿好裤子。

医院的患者各揣心事，在这里，一切的不体面都不足为奇了。但是母亲还是小声地跟我议论隔壁病房那个三百多斤重的年轻男人，那个只能斜倚着病床的男人，他的肉实在太多，以至于他根本站不起来，而躺下去就没人能扶起他，他自己即使挣扎着也很难坐起，他的病床上的床栏必须放下来，不然就会卡住他的身体，动弹不得。母亲告诉我她打听来的事情：那个男人刚结婚一年多，结婚时才两百来斤，结婚后暴涨到三百多斤。母亲说，他的老婆把他照顾得太好了。他有一个令人恐怖的胃，他的食具是一个不锈钢的面盆，母亲目睹他每餐疯狂地吃掉满满一大盆食物还在喊饿，而我的母亲依旧不沾粒米。

她紧闭双唇，不接受这个世间的任何食物。短短一个月，她迅速干竭，曾经饱满红润的脸枯槁成一朵颓掉的水莲花。这朵水莲花从某日起突然开始发烧。

医生怀疑她被感染，于是要不断抽血，还要逐处排查感染源。每天抽几管血去检查，母亲已经无比虚弱。她说：我觉得全身的血都要被抽干了。

母亲被送进妇科诊室，冷漠的女医生要她脱下裤子检查，她难堪不已，女医生拿个很长的类似棍子样的器械要伸进她下体，她猛地甩开，用虚弱的气息骂女医生："流氓！"女医生白了她一眼，在诊断书上写了句"患者不配合"，就叫了下一个。母亲慢慢吞吞地落荒而逃。

三十来岁的主治医生站在她床边大声劝慰：娭毑，你放心，抽血不会导致你贫血的！娭毑，你现在必须做检查才好判断病情！娭毑，我们也不想折腾你，但你的病摆在这里，不检查不行！

母亲奄奄一息，她想不明白：我现在是吃不下饭，你查我妇科干什么？我一辈子没得过妇科病。

主治医生说：吃不下饭就要查原因，可能是全身性的慢性疾病引起的，所以要仔细检查！

母亲扭头流着泪对我说：我不要跟她说话，她嘴巴太厉害了，她太能说了，你让她走开。

在母亲和医生的不断交手中，七十岁的母亲完全败下阵来，她做了各种检查后，病情没有丝毫起色，每天仍旧不吃东西，再加上了每天发烧，全身上下不痛不痒，没有任何异常。医生把她的抗生素升到了顶级。

主治医生跟我说，会有一个漫长的检查过程，可能是几个月。

我强压住自己的不信任，满脸堆笑地说：我知道你们辛苦了，但是我妈妈情绪不好，那这几个月，都不能解决她不吃饭的问题，只能天天吊水，打抗生素吗？

医生说：这个检查就像抓小偷一样，比如血液被感染了，我们就要查感染源，但是，这个感染不是抽一次血就能抽中的，所以要有打持久战的思想准备。

我说：假定这个"小偷"是存在的，只是不知道它藏哪儿了，如果这个小偷很狡猾，有没有可能一辈子都抓不到它？

医生说：这个病就是这样的，没办法。

我说：这个是什么病？

医生说：我们考虑是慢性贫血。

我实在忍不住说出自己的万分疑惑：既然是贫血，应该把血补上来就好了啊。不是做了骨髓穿刺说不是造血功能的问题吗？为什么补了一个月了还是不吃？你确定慢性贫血会引起厌食，完全不进食？

她眼神飘忽但言辞冰冷：谁也不能确定，但有这个可能。

学医的朋友告诉我，千万不要这么耗下去了，这样打抗生素老人家的肾经不起的。发烧很有可能是在检查过程中感染的炎症，既然查不出，要不就转院，要不就换科室。

母亲的弟弟、我的小舅来看她。小舅握着她的手说起他们童年在老家坐船游荡的事情。作为家里唯一的女儿，母亲被父母兄弟们视若珍宝。小舅说，永远记得她在船上咯咯笑着的画面，好像就在昨天。小舅说，那时候家里好穷啊，经常饿着肚子，但是几兄妹在一起游荡很开心。

我想象着饥饿的母亲在河面上灿烂笑着的样子。

此刻她仍然是饥饿的，却失去了她的欢颜。

医院耗了一个月之久，医生仍然束手无策的时候，会诊时某位医生说：可能是某种潜在的精神原因导致的吧。

母亲急切地对我说：我没有精神问题，我不想住在这里花你的钱，我很想吃饭，只是卡在喉咙这里了。他们想推卸责任，治不好病就把责任推到我的精神上，因为精神上的病是不那么好治的。我精神很正常，我又没疯，我清醒得很。

我知道母亲没疯，她内心精明且端庄。她知道自己病得不轻，她不知道是什么原因，没有人知道是什么原因。但她明白，医生不会比她知道得更多。她执意要出院。

也许，真正有病的，恰恰是那些道貌岸然自诩专业的专家。

也许，真正疯狂的，恰恰是我们这样貌似健康正常热火朝天的生活本身。

三

一生要强的母亲在医院的盥洗室洗刷掉晦气，像个斗败的公鸡那样，决定跟我回家了。我像领着一个小小女儿般，把像个孩子一样哭泣的虚弱的她接回家了。

我内心慌乱泪如雨下地给她铺好床，我心里害怕得要命，我害怕这成为她最后的病榻。

她像是在我家开始了新生活，她认真想了很多想吃的东西，但是一端到嘴边，她就开始嫌恶，她扭过头去，不再想看它们一眼。这个一辈子把吃饭当成神圣事业的女人，她彻底停止进食了。她义无反顾地紧闭双唇，对我们喂过去的食物嗤之以鼻。

我一生都惧怕母亲，我惧怕她的大眼睛，我没有遗传她的大眼睛，那里面藏着的是让我胆怯的内容。小时候，即便她闭着眼睛躺在另一间房里的床上，也知道我偷偷藏了一个小玩意儿在书包里，在我出门上学的时候，她会准确无误地说：把书包里的沙包拿出来。这样的我，自然从来没有主动碰触过她，但现在，我的惧怕一点点流失，我每天都用手试探她的额头，看她有没有发烧，我无限温柔地握着她的手，抚摸她的脊背，我帮她洗澡，给她梳头，无限怜爱地问她："你想吃什么啊？"

她撒娇般说：我肚子快饿死了。

我说：你想吃啥，我立马变出来。你要吃天上的星星我也帮你去摘。

她说：我就是想不出来我想吃什么。

我每天变着法子，给她灌各种流食。果汁鸡蛋牛奶稀饭，每过一个小时强喂一次。我在厨房里煮鸡汤给她吃，鸡汤的气味飘进卧室，她难过地用被子捂上鼻子："我不能闻这些味道了。"

她皮肤的皱褶里藏满了眷恋，她越来越爱跟我撒娇，只要我离开她一会儿，她就焦躁，她的小女儿搞不定她，她的大女婿搞不定她。我一回来她立马跟我告状："他们都不知道我要吃什么。只有你知道。"她感觉大限已至，她不断地跟我说：我那套房子是要留给你弟弟的。我说："你胡说什么啊，我是不会要你一点儿东西的，何况你还要住到一百岁。等你一百岁了，我也快八十了，到时候要你喂我吃饭。"

我看到她体内很多东西凸显出来，筋脉、骨头，丝毫毕现。瘦，是一种凌厉的姿态。母亲瘦了，瘦到不可思议。我不知道我眼前这个母亲，还是不是从前那个母亲。她的质地完全改变了，她的分子结构似乎不再是从前的了，她的思维变得混乱，她的体温居高不下，她分不清早晚，她气若游丝，很多陌生的话语从她嘴里冒了出来。我尤其害怕与她的眼睛对视，她曾经美丽的大眼睛里空无一物，所有的神采都被洗劫一空。母亲不再讲究。她以前从来不在我家的坐便器上上厕所，宁愿跑到外面的公用厕所，而现在，她什么也顾不了了。她的涎水流了出来，就直接往枕头上一擦。

她失去了她的体面、失去了她的视力、失去了她的食欲，但她仍然没有失去她对世界的庄重态度。她已经虚弱到上完厕所穿不上裤子了，但她还在怪罪她的小女儿扶起她的时候用力过猛，她怪罪那片挡住她看往窗外的窗帘，她怪罪楼上一只每天不定时汪汪乱叫的小狗，她怪罪她的哪位朋友没来电话问候她，而其实她并不会接别人的电话。她时而异常清醒，躺在床上，隔着一个客厅、一个厨房、一个卫生间，依然能听清我淘气的儿子念错了书。

四

很多朋友窃窃地跟我说：实在不行的话，去信下迷信吧。

我们找了一位通阴阳的道长。

道长给我们斟茶，道长说，这个水不是自来水，是从山上拖下来的山泉水。我问：为什么那么老远运水呢？这么多送纯净水、矿泉水的公司，请人送上门不好吗？

道长说：当然送水是方便，但是，环节太多了，假如那个送水的师傅，带有负面的信息，那他给你送的这桶水，也就被感应了负面信息，喝了这个水，对人体也是不好的。

道长说：不要轻易做寿，做一次寿宴，杀生无数，一个人的福报是有限的，一次损耗过多，对自己并不是什么好事。

道长说：不要追求太多的东西，有些东西并不属于你，你强行拥有了它，就会从另外的地方拿走你的福分。

道长说：家里要保持干净，有些年深月久的东西，要经常整理，很多东西都是带有信息的，有磁场的，对人体也是有影响的。该扔掉的就扔掉。比如，冰箱里的牛肉，该吃掉的吃掉，不要长期堆放。角落里的杂物，也要收拾干净。

道长说：你母亲家的冰箱在东北角，里面有不少牛肉，去拿出来吃掉，不要存放在那里。

我们暗暗心惊，母亲的冰箱确实长期摆放在家里的东北角，我回家问母亲，你冰箱里还有牛肉吗？

母亲说：有哇，我进医院之前还买了五百块钱的牛肉，分了三个袋子装着，等你们回去吃的啊。

我万分惊诧，叫家住母亲附近的弟弟赶紧去把牛肉拿出来吃了。

然而，母亲身体还是不见好转。

道长说，你去看看，你母亲家里有什么比较顽固的旧东西，比如别的师父放置的辟邪法器之类的，比如跟家里气场不相融的东西，把它扔了。

我说，我家里没有请过师父，也并没有什么法器。

我们回到母亲的家，翻了一轮又一轮。没有。什么也没有。

道长说，一定是有什么，这样，我跟你去家里看一趟。

道长跟随我回到了我二十年前曾经住过的娘家。

这是我少女时代的家，这里有父母当年买下的六十个平方。这是一个拥有数千职工的陈旧的国有企业，所有的家属房都在厂区旁边。树木粗大，人们聚集在树下聊天打牌，麻将馆传出的声音噼里啪啦地警告每一个陌生的来者：这是我们的圈子，你不过是一个外来人。坐在树下扯闲淡的妇女们毫不掩饰地对我指指点点："李师傅家的大姑娘回来了。"

李师傅。这是人们对我父亲生前的称呼。他大字不识，仗着工人阶级是国家的主人这个身份，貌似理直气壮内心却诚惶诚恐地过完了自己蒙昧的一生。如今，他已经走了十年，隔着十年的光阴，在我土生土长的出生地，我依然是一个没有名字的人，我身上永远地打着父亲的烙印。我是他的女儿，我为了他的妻子而来，那个他生前极尽宠爱而又永不可及的妻子。他永远不会想到，十年之后，那个在生前总给他压迫感的、吃饭始终保持仪态优雅、一再挖苦他喝汤发出哧溜声音的妻子，会因为不能纳食而一败涂地。

我不敢抬头看那些在树荫下对我指指点点评头论足的人们，我离开了二十年之久，我几乎忘记了他们姓甚名谁，我知道，这些年来，就是这些人每天和我的母亲生活在一起，我没有勇气面对这些熟悉又陌生的面孔，我害怕他们对我说起母亲的生活细节，那样我将无法原谅我的缺席。

我佯装镇定地穿过一个又一个居民聚集地，我路过厂区的一栋破旧的房子，我记得那里曾经是一个大澡堂，职工家属们下班后便聚集在这里，这是我二十多年前曾经出入的地方。在我的少女时代，每到下午下班时分，就有一男一女两个人守在门口，假装检查洗澡证。

其实，洗澡证是可有可无的，大家都是熟人，刷脸就好了。事实上，我视澡堂为畏途，只去过极少的几次，那个大大的房子里，几十个水龙头整齐地排在四面墙上，每个龙头中间没有隔断，那里有白花花的热水，先去抢到水龙头的女人们，总是不会顾及后面等待的女人们，她们享受着磅礴的热水，慢条斯理地研究自己的身子，洗洗擦擦，顺便把自己的衣物都在这里洗干净了。我不敢把衣物褪尽，总是穿着内衣双臂遮掩着前胸，害羞地低头待在一个角落，等着先去的人们让出一个龙头来。守澡堂的看门人每过二十分钟会进来一次，用鄙夷而暴躁的口气对着所有的人叫喊着：都自觉点啊！回去洗衣啊！别人还要洗澡啊！她用眼白翻着那些确实在洗衣服的人们，而大家置若罔闻。

裸露的洗衣者和穿着衣服的看门者彼此厌弃。裸露者并不因为自己没穿衣服而感到尴尬。而穿着衣物的人气焰高涨，认为自己有颐指气使的资格。她们之间，有着女人与女人最常见的排斥。龙头与龙头之间没有间隔，女人们都毫不知耻地在众目睽睽之下光着身子，一边擦洗身体最隐秘的部位，一边有意无意互相观望对方的肉体。所有的肥肉都扑面而来，放肆地在热气中蒸腾、喧嚣、触目惊心。女人们的羞涩荡然无存。我对肉体的憎恶感、恐惧感，从此挥之不去。我总是把那些张牙舞爪的肉体想象成一头头猪的胴体，而我又总是把真正猪的蹄子看作是踩着高跟鞋的女人优雅矜持的脚。这真是一件不可原谅的事情。

我尚记得，这个澡堂的后面，是一口池塘，它叫莲花塘，史载，公元399年，河南王侯景反，泊军城陵矶莲花塘。就是这口从两千年前就存在此处的池塘，在我的少女时代，澡堂的污水全部直排进这口塘。池塘里有很多鱼，倘若我们在街上买了鱼回来吃，我们一定能分辨出那个鱼是这口池塘里的，还是长江水里长大的。因为，这口塘里的鱼，喝着澡堂里的废水长大的鱼，即便煮熟了，熬成了汤，也充满了洗发水洗澡水洗衣水的味道。如果不小心买回了这个塘里的鱼，那我是绝对不肯伸筷子的，我拒绝喝洗发水洗衣水洗澡水，而我的父母断断舍不得倒掉这道恶心的菜，我的父亲，永远收拾着家里剩饭剩菜的父亲，总是飞快地把它们一扫而光，心满意足地抹嘴离桌，像是光荣地收拾了一个残局。

现在，这个澡堂子，已废弃多年，它的水管子被截断，当年充斥着香皂泡沫、廉价生活气味的水沟早已干涸，只有四散的烟盒、塑料袋、瓜子壳结满蛛网。曾经用来放置换洗衣物的柜子早被拆除，剩下空荡荡的水泥柱子旁，摆着几个麻将机。如今，这个废弃的澡堂敞开着，静候着，不怀好意地注视着每一个经过它的人，自我走后，家家户户都安装了热水器，它就失去了澡堂的功用，它已经作为一个灵堂，偏安在厂区一隅。

是的，这不再是澡堂，它现在是一个灵堂。我路过它。它平日废弃地待着，来了生意就骤然热闹，它成了这个单位的人们最终都要去的地方。它不急不躁，等候着欣然接纳属于此地的每一个人。因此，无论如何，那些躯体，那些曾经热腾腾的水灵灵的鲜活的躯体，那些曾在澡堂子里辗转的身影，最终，仍然是要赤条条地回到这里来，换上簇新的殓衣，沉默地、冰冷地，从此处穿行到另一个世界。我的眼泪突然夺眶而出，我想，我的母亲，那个带着我们姊妹三个从贫瘠年代里沐风栉雨冲杀出来的母亲，不论她此生还会不会吃饭，她终归要回到这里，而我，在不可预知的某年某月某日，终归要将她的躯体深埋。

似乎是走过了整个的童年和少年时光，此刻薄暮冥冥，我领着道长站在母亲的门前。走进家门，道长拿着罗盘，站在正门口看了一眼，径直走向对面那面墙，走向那面曾经挂了整面蓝色玻璃的墙。那个墙角放置着一个储物柜，母亲舍不得用，一直用一块绒布小心翼翼地盖着。道长笃定地掀开绒布，移开柜子，要了钳子，在被那块绒布遮住的墙的角落，在我的瞠目结舌中，他用力拔出一根当初用来承载那块蓝色大镜子的、锈迹斑斑的螺丝钉——这一瞬间，我看到那里有一面虚无的镜子，映照尘世的我们。

我们终于没有逃过那曾经垮掉的旧生活。无论我们如何用光鲜去掩盖，我们终究抹不去镜中的所有灰暗日子，即便它早已支离破碎，万劫不复。我的母亲，那个不适应家里只有一个人的母亲，那个失去了镜中人的母亲，我们都渐渐离她而去，她的影子也随着镜子离她而去，我腾空了她的房间，她却腾空了自己的胃囊，也腾空了过往七十年的风霜与灰烬。

我随时等候着母亲的降罪。

我们随时等候着生活的降罪。

把信写给埃米莉

李修文

　　我要说起你了，埃米莉·狄金森。就在昨天，我结束旅行，坐火车回家，在山区小镇寒碜的候车室里，我看见了一个哭泣的中年妇女，还有她沉默的女儿。我并不知晓她们被搁置在了什么样的难处里，但我大致还是能明白中年妇女的哭泣：生而为人，谁能逃脱这些哀恸？无论何时，我们身外的世界里一定有人在流下眼泪，不在这里，就在那里。后来，我和她们一起上了车，几乎算得上是邻座，因此，一路上，中年妇女的痛哭声始终在我耳边萦绕不去，反倒是那哀戚的女儿，就像是接受了已经降临的悲苦，确切地生出了不得不的淡定，替母亲擦去眼泪之余，她就靠在窗子边上看书。埃米莉，她读的是你。

　　假如你是我想象过的那样——你不在阿默斯特的坟墓中，而是就在我的生活里——你应当都看见了：十几年了，我从来都没有停止过读你，许多次，当我也陷入悲苦，无论是在手术室外，还是在送葬途中，我像救命稻草般攥在手里的，全是你的句子。那么多人，或是轻微的不屑，或是径直的嘲笑，多半都会如此相待于我的十几年读你，但是，如此甚好，我偏要过我的独木桥：最好没有一个人读你，如此，便只有我一个人知道你的好。"灵魂选择自己的伴侣，然后，把门紧闭，"你早就说过，"她神圣的决定，再不容干预。"

　　关于我和你的遭逢，它一直都是记忆里最突出的部分：十七岁的暑假，作为一个多年如一日的差生，我对学校生涯的忍耐似乎到了极限，尽管到了后来，机缘转换，我重回了学校，但是，暑假一开始，我还是兴奋地接受了父亲的安排，前往一个偏远的税务所，就此成了收农税的临时工。有一回，我路过水库边上的铁匠铺，遇见了铁匠的女儿，这个远近闻名的老姑娘，终日幽闭不出的乡村语文教师，竟然跟我谈起了诗歌。谈论的结果，是因为我从来没听说过"埃米莉·狄金森"这个名字，受了她不少奚落。当夜，我就赶回城里，直奔新华书店，买回了印着你名字的三本书，它们是你的诗歌、日记和书信。

那是再也回不去的八月、青春和桃花源，埃米莉，我接受了你，不不，是为你我疯魔了，我带上税票，骑着自行车走村入镇，经过了河渠和簇拥的灌木，经过了果园和月光下的玉米田，你的声音响起了，它们不光是一直在我身体里翻滚却说不出来的话，甚至是眼前万物的画外音。你说："一颗小石头多么幸福！在不经意的朴素里，把绝对的天命完成。"你还说："为每一个喜悦的瞬间，我们必须偿以痛苦至极，刺痛和震颤，全都正比于狂喜！"你都看见了：在那荒僻小镇，除了把幽闭不出的老姑娘想象成了你，我只差没把铁匠铺看作尖顶教堂，我也几乎将绵延的菜地都看作了阿默斯特的玫瑰园。

——谁能告诉我，这平常的所见，为什么横添了从未见识过的奇幻和庄严？到头来，我还是要去你的诗歌与书信中寻找答案："我的伴侣是小山和夕阳，他们全都比人类优越，因为他们懂事，但却并不诉说。"

你知道，我总是在失败，即使是在异国的东京，也没有例外：第一次坐飞机，第一次走了那么远的路，胆子都被吓破了，这便是我远渡重洋和手足无措的十九岁。总是在下雨，我又总是迷路，而且，不管我还在种满了山毛榉的分梅町住多久，落荒而逃都已经成了定局；接连搬家，签证过期，卖假电话卡混一口饭吃，这些，都成了定局。所以，趁着还有饭吃，我干脆下定决心：不再出公寓一步，画地为牢，再把牢底坐穿，以此证明自己的彻底无用。

但是，慌张和恐惧，全都如影随形，我根本不可能赶走它们，幸亏有了你，埃米莉，一本诗歌，一本书信，一本日记，它们都快被我翻烂了，我恶狠狠地读着它们，就像初入佛门的沙弥，睁眼便有万千勾连，还是赶快将双目紧闭，让经文拷打身体，最好是着火，烧遍五脏六腑，说不定，火焰里还能滋生出些微算得上安慰的谵妄：既然你的孤绝与艰困我能明白少许，那么，是不是说，有一天，我也能像你一样，用书写驱赶疑虑与不安，用书写将自己的一生都圈禁在中意的囚牢里？果能如此，我现在就不用再沦于羞愧，因为那根本就是我的福分。

解脱竟然来得如此容易，而你也竟然无处不在：这是有了你的困顿和流离，这也是有了你的秋叶原和武藏野，我是真正有了你的我。自此之后，无论是被房东赶出了门，还是宿醉之后的不知身在何处，它们全都有了出路：一个念想诞生了。这念想，是从天而降的崭新的肝胆，却也不要忘了，时刻怀抱自己的虚弱与无用，埃米莉，如你所说："我就像一个路过坟场的孩子，因为害怕，我唱起了歌，先生，这就是我的写作。"

实在是，人人都需要一个埃米莉，别管她的姓氏，是狄金森，还是赵钱孙李，只要她是埃米莉。把信写给她，她再回信给你，那回信里有她的呼救声，更有她赐还回来的奇迹。假使你站在垂危亲人的床榻前，她说："死亡就像大众一样，它们都是我无法驾驭的。"又或者，你在上司的责骂声里无地自容，她说："正因为你先使我流了血，所以，香膏才显得弥足珍贵。"还有更多失望的时刻，因为爱与不能爱，因为生与不能生，我们都没能等到那个跪求的结果，还好，有她的声音传来："假如它属于我，我不能避开它，假如它不属于我，我还在追逐中空自度过漫长的一天，这样，我的狗都会嫌弃我。"

而你，究竟是怎样的一个你？容我暂做使徒，对旁人说起你的名字，不为布道，为的是，一旦落入虚空，我就要磨洗我的功课：埃米莉·狄金森，1830 年降生在马萨诸塞的阿默斯特小镇，二十五岁那年，她抛弃身外世界，就在自己的闺房里，开始了长达三十年的闭门幽居，即使家人也只能隔着门缝和她说话；一生中，她只穿白裙，在她眼里，世界上最庄严的事情，就是"一身洁白地去见洁白的上帝"；她疾病缠身，时常被眼疾所困，有许多年更是深陷于精神错乱；爱过几个男人，但都没牵过手，就连让她在数年里摧心碎骨的那一个，终其一生，也不过只跟她见过寥寥几次面而已；写诗，写信，写日记，这是她唯一能做的事情，但她却并不愿意让人知道，她将它们深藏在直到自己死去才被妹妹发现的箱子里；1886 年，她辞别人世，葬礼上，她仍然身着白裙，"没有皱纹和白头发，难以言说的安宁"。

我还要说起你，埃米莉·狄金森。对于我，皱纹和白头发定然会不请自到，可是，我想知道，活在这劳苦的尘世，究竟要踏上怎样的一条道路，才能获得"难以言说的安宁"？如你所知，我来到了此时此地，此时是青春已然结束、繁缛的中年掀开了序幕；此地也不再是月光下的玉米田，而是厨房、菜市场和怀抱病中的孩子朝医院奔跑的路上。就像石头渐渐露出水面，这一场生涯正在显露它的原形：医院里忍气吞声，酒宴上满面堆笑，历经多年折磨，我也终于学会了那些别人爱听的话，说出来的时候，再也不心惊胆战；可是，那个害羞到怯懦的人去了哪里？不管是置身在小镇的灌木丛，还是踟蹰于东京的电车站，那颗都要在微光里攥住一点碎末去疯魔的心，它去了哪里？

再说一次，埃米莉，幸亏有了你。要么是在无由的焦虑之后，要么就是在早晨起床后的悔恨里，我再开始读你，恶狠狠地读你，并没有花去多长时间，很快我就重新确认了：自从与你遭逢，你投射的光影，还有发散的福分，它们都不曾将我背弃，这福分虽然像真理一样缄默，但它始终都在，不过是我多年的厮混将它拆成了碎片，现在，聚拢魂魄的时候到了，这魂魄不在他处，就在奔跑途中，就在责难声里。是的，一如既往，它仍然是、从来都是我们的虚弱与无用——"一旦被黎明或晚霞的景色所吸引，你看，我就成了美景中唯一的袋鼠了，多么奇怪，美景对我已经成为一种痛苦的折磨"——这苦痛，不只是弃世和自绝，也可能是打字机上的酸楚和办公室里的痛哭，但它们都是苦的；这美景，不只是埃米莉的黎明或晚霞，也可能是我们亲人的大病初愈，但它们都是美的。

我们只能在这里，而不是在那里，我们只能亲近这里，而不是跪拜在那里。

闪电般的指引，不是锦上添花，是让我自己开出花来：脱落迷障，减去道行，站在疑难、困顿和窘迫的这一端，重新回到弱小和羞怯的阵营，举目四望，是厨房，是菜市场，是病床，但它们恰好就是我应该继续潜伏的战场，将它们放在阿默斯特，它们只怕全都是埃米莉的闺房，闺房里有深渊和暴风，但它首先是黄金与白银般句子的温床。我此刻踏足的，即使只是一条夜幕下的中年的绝路，你又怎么知道，走到最后，那回不去的八月、青春和桃花源不会又扑面而来？

埃米莉，你一直在这里：晨昏有别，你在黄昏里；狂喜与痛苦有别，你在痛苦里；在所有庞大事物对面的阴影中，你就端坐在那里，等浪打来，再等浪尽，绝非认命，而是清醒。我曾经走开了，现在我又要走回来，像你一样，在面包屑上看见盛宴，用蜜蜂、三叶草和白日梦缔造一片草原。假如奇迹和造化前来敲门，我只能像你一样："握住你从黑暗里伸过来的手，然后转身走开，因为我说不出适当的话。"

——是啊，人人都需要一个埃米莉，把信写给她，她再回信给你。当你披星戴月，她说："水手不能辨识北方，但他应当知道，磁针能够做到这一点。"当你心有余悸，她说："要用娓娓动听的言辞，解除孩子对雷电的惊恐，强光必须逐渐释放，否则，人们会失明。"当你在春风和白雪里双双失足，想掉头而去，却欲罢不能，她又说："车辇停在她低矮的门前，她不为所动。皇帝跪在她的席垫上，她不为所动。她从众多的人口里选定了一个，从此关闭心灵的阀门，就像一块石头。"

别管她的姓氏，是狄金森，还是赵钱孙李，只要她是埃米莉，只要她的回信能够送到我们手里。要是没有她和她的回信，我们在狂奔中如何落定？我们在瘫痪中如何起身？我们又如何才能劈开自己，从体内的黑暗里拽出躲藏着的另外一个，甚至是千百个我？可是埃米莉，这么多年，你都看见了，"假如我要感谢你，"就像你说过的，"我的眼泪就会涌出来，使我说不出话。"

烛台：古老的守夜者

李汉荣

母亲用过的烛台，我小心地保存了下来。我保存了一角古中国的夜色。

这是她的先人传下来的。先人把他们的夜晚传给她，也把烛光传给她。

面对这方烛台，我看见母亲的夜晚，祖先的夜晚，以及祖先的祖先的夜晚。连续不断的夜，一直向后退去、汇聚，终于浩瀚成历史的深海。

我想象，母亲是怎样用一星烛光，泅渡了她一生的长夜？

烛光里，母亲纺织、缝补、浆洗，读经、静坐，她小小的身影，小小的心跳，是无边夜色里最温情的细节。

烛光里，母亲眺望明月，月亮也踱进窗子，天上的光亮与人世的光亮，相会在母亲周围，争着画她的影子。母亲看见了两个影子，两个影子都是她！月亮的手要领她到天上，蜡烛的手要留她在地上。多好的光啊，它们都这样熟悉她，爱她，安慰她。母亲竟然爱上夜晚了。白昼是相同的白昼，相似的人生，而夜晚，每一个人、每一个生命都有自己的影子和自己的秘密，在烛影里飞过的虫儿都有自己的秘密。母亲于是望望窗外，她看见那么多星星挤在窗口看她，她一眼就认出了她最熟悉的那颗星星，那是多年前，她留在天上的一个记号，一个温暖的记号。而地上，她的两个影子，也望着天上，也在辨认闪烁在高处的秘密记号。

蜡烛是泪做的。它浑身都是泪腺。它必须把泪水流尽，才能走完自己的一生。烛泪，使白昼变浅，使黑夜加深，使天堂的一角变暗，使人世的一角变亮。我能想象，古中国的夜晚，密布着多少烛台，闪烁着多少烛光。女儿们在烛光里绣花，母亲们在烛光里纺织，儿子们在烛光里喂牛，父亲们在烛光里劈柴，僧人们在烛光里入定，书生们在烛光里吟咏；最伟大的诗篇里，那动人的警句也是由烛泪凝成；最贤明的帝王，也曾在烛光里，一夜夜打量他的江山……就这样，真挚而忧伤的烛光守望了古中国几千年的夜晚。就在这样的夜晚，积攒了厚厚的记忆，厚厚的文化，厚厚的礼仪，厚厚的诗。所以，如果你用心读，你会发现，古中国的记忆、文化、礼仪和她的诗，都天然地带着蜡烛的特征：是真挚的、半明半暗的、含蓄的、忧伤的、克制的，它不诅咒和指责夜晚，相反，它尊敬夜晚，洞悉夜晚的无限和深邃，而同时又固执地眺望黎明，殷切地聆听天道轮回的足音。烛光里书写的文化，扎根于博大浑厚的夜之深处，而又保持着对光的信仰和钟情。它知道浅浅的白昼后面，紧随着的又是更深沉的夜色，更深奥的宇宙。于是，我们的文化，就是在无边夜色里谨慎、羞怯而忧伤的言说，它从来不狂妄、不张扬、不说尽、不道破，因为黑夜无尽，天道高深，岂是人能说尽道破？然而它毕竟说了，但不是咄咄逼人的雄辩，不是滔滔不绝的倾诉，不是小知小觉的抢答，不是自怨自艾的独白，不是真理在握的宣叙，而是欲言又止，欲辩无言；或是以手指月，你看见了月，同时看见了月亮后面的无边夜空；或是拈花在手，笑而不答，你看见花后面的花海，春天后面的无数个春天，无数个坟墓；它以极少的说暗示无限的不可说，它的最深邃部分不是它说出的那部分，而是没有说出的更大的部分，这就是那言外之意，篇外之趣，韵外之致……深幽的意境、微明的光亮，它的底蕴是那深不可测的夜：宇宙的长夜，生命远方的长夜，时间深处那寂静的永恒长夜。烛的情境，正是生命和人的情境，也是中国文化的情境。

这就是中国古典文化的魅力：有着幽暗的深度和夜一样宽厚的寄托，而同时，它所摇曳的光亮，又是那样诚恳、虔敬，它那含泪的目光，使它象征的一切，都带着高贵的忧伤、纯真的气质和深长的情义。

烛光里，端坐着数千年中国的夜晚。

烛光里，端坐着一代代母亲，我的母亲。

我凝视烛台，曾经，多少个夜晚在这里停靠，多少个黎明在这里降临，多少个人生在这里走远。你分明是时间的驿站，宇宙里的一个圣坛，人世的一个温暖湖泊。每一个夜晚都有一条天河从你的上空流泻，无数个夜晚的无数条天河，都哗哗流下来了，与你的泪光合流，汇聚在这小小的祭台。

汇聚成古中国记忆的深海。

汇聚成母亲的心海……

散文二题

鲍尔吉·原野

没有人在春雨里哭泣

雨点瞄着每株青草落下来，因为风吹的原因，它落在别的草上。别的雨点又落在别的草上。春雨落在什么东西都没生长的、傻傻的土地上，土地开始复苏，想起了去年的事情。雨水排着燕子的队形，以燕子的轻盈钻入大地。这时候，还听不到沙沙的声响，树叶太小，演奏不出沙沙的音乐。春雨是今年第一次下雨，边下边回忆。有些地方下过了，有些地方还干着。春雨扯动风的透明的帆，把雨水洒到它应该去的一切地方。

走进春天里的人是一些旧人。他们带着冬天的表情，穿着老式的衣服在街上走。春天本不想把珍贵的、最新的雨洒在这些旧人身上，他们不开花、不长青草也不会在云顶歌唱，但雨水躲不开他们——雨水洒在他们的肩头、鞋和伞上。人们抱怨雨，其实，这实在是便宜了他们这些不开花不长青草和不结苹果的人。

春雨殷勤，清洗桃花和杏花，花朵们觉得春雨太多情了。花刚从娘肚子钻出来，比任何东西都新鲜，无须清洗。不！这是春雨说的话，它认为在雨水的清洗下，桃花才有这样的娇美。世上的事就是这样，谁想干什么事你只能让它干，拦是拦不住的。春天的雨水下一阵儿，会愣上一会儿神。它们虽然在下雨，但并不知这里是哪里。树木们有的浅绿，有的深绿。树叶有圆芽，也有尖芽。即使地上的青草绿得也不一样。有的绿得已经像韭菜，有的刚刚返青。灌木绿得像一条条毯子，有些高高的树才冒嫩芽。性急的桃花繁密而落，杏花疏落却持久，仿佛要一直开下去。春雨对此景似曾相识，仿佛在哪里见过。它去过的地方太多，记不住哪个地方叫什么省什么县什么乡，根本记不住。省长县长乡长能记住就可以了。春雨继续下起来，无须雷声滚滚，也照样下，春雨不搞这些排场。它下雨便下雨，不来浓云密布那一套，那都是夏天搞的事情。春雨非不能也，而不为也。打雷谁不会？打雷干吗？春雨静静地、细密地、清凉地、疏落地、晶亮地、飘洒地下着，下着。不大也不小，它们趴在玻璃上往屋里看，看屋里需不需要雨水，看到人或坐或卧，过着他们称之为生活的日子。春雨的水珠看到屋子里没有水，也没有花朵和青草。

春雨飘落的时候伴随歌声，合唱，小调式乐曲，6/8拍子，类似塔吉克音乐。可惜人耳听不到。春雨的歌声低于20赫兹。旋律有如《霍夫曼的故事》里的"船歌"，连贯的旋律拆开重新缝在一起，走两步就有一个起始句。开始，发展下去，终结又可以开始。船歌是拿波里船夫唱的情歌小调，荡漾，节奏一直在荡漾。这些船夫上岸后不会走路了，因为大地不荡漾。春雨早就明白这些，这不算啥。春雨时疾时徐、或快或慢地在空气里荡漾。它并不着急落地。那么早落地干吗？不如按6/8的节奏荡漾。塔吉克人没见过海，但也懂得在歌声里荡漾。6/8不是给腿的节奏，节奏在腰上。欲进又退，忽而转身，说的不是腿，而是腰。腰的动作表现在肩上。如果舞者头戴黑羔皮帽子，上唇留着浓黑带尖的胡子就更好了。

春雨忽然下起来，青草和花都不意外，但人意外。他们慌张奔跑，在屋檐和树下避雨。雨持续下着，直到人们从屋檐和树底下走出。雨很想洗刷这些人，让他们像桃花一样绯红，或像杏花一样明亮。雨打在人的衣服上，渗入纺织物变得沉重，脸色却不像桃花那样鲜艳而单薄。他们的脸上爬满了水珠，这与趴在玻璃上往屋里看的水珠是同伙。水珠温柔地俯在人的脸上，想为他们取暖却取到了他们的脸。这些脸啊，比树木更加坚硬。脸上隐藏与泄露着人生的所有消息。雨水摸摸他们的鼻梁，摸摸他们的面颊，他们的眼睛不让摸，眯着。这些人慌乱奔走，像从山顶滚下的石块，奔向四方。春雨中找不到一个流泪的人。人身上有4000~5000毫升的血液，大约只有20～30毫升的泪。泪的正用是清洗眼珠，而为悲伤流出是意外。他们的心灵撕裂了泪水的小小的蓄水池。春雨不许人们流泪，雨水清洗人的额头、鼻梁和面颊，洗去许多年前的泪痕。春雨不知人需要什么，如果需要雨水就给他们雨水，需要清凉就给他们清凉，需要温柔就给他们温柔。春雨拍打着行人的肩头和后背，他们挥动胳膊时双手抓到了雨。雨最想洗一洗人的眼睛，让他们看一看——桃花开了。一棵接一棵的桃树站立路边，枝丫相接，举起繁密的桃花。桃花在雨水里依然盛开，有一些湿红。有的花瓣落在泥里，如撕碎的信笺。如琴弦一般的青草在桃树下齐齐探出头，像儿童长得很快的头发。你们看到鸟儿多了吗？它们在枝头大叫，让雨下大或立刻停下来。如果行人脚下踩上了泥巴应该高兴，这是春天到来的证据。冻土竟然变得泥泞，就像所有的树都打了骨朵儿。不开花的杨树也打了骨朵儿。鸟儿满世界大喊的话语你听到了吗？春天，春天，鸟儿天天说这两句话。

更多的光线来自黄昏

黄昏在不知不觉中降落，像有人为你披上一件衣服。光线柔和地罩在人脸上，他们在散步中举止肃穆。人们的眼窝和鼻梁抹上了金色，目光显得有思想，虽然散步不需要思想。我想起两句诗："万物在黄昏的毯子里蠕动，大地发出鼾声。"这是谁的诗？博尔赫斯？茨维塔耶娃？这不算回忆，我没那么好的记性，只是乱猜。谁在蠕动？谁出鼾声？这是谁写的诗呢？黄昏继续往广场上的人的脸上涂金，鼻愈直而眼愈深。乌鸦在澄明的天空上回旋。对！我想起来，这是乌鸦的诗！去年冬季在阿德莱德，我们在百瑟宁山上走。桉树如同裸身的流浪汉，树皮自动脱落，褴褛地堆在地上。袋鼠在远处半蹲着看我们。一块褐色的石上用白漆写着英文："The world wanders around in the blanket of dusk, the earth is snoring."鲍尔金娜把它翻译成两句中文——"万物在黄昏的毯子里蠕动，大地发出鼾声。"我问这是谁的诗？白帝江说这是乌鸦写的诗。我说乌鸦至少不会使用白油漆。他说，啊，乌鸦用折好的树棍把诗摆在一块平坦的石头上。我问是用英文？白帝江说：对，它们摆不了汉字，汉字太复杂。有人用油漆把诗抄在了这里。

我想说不信，但我已放弃了信与不信的判断。越不信的可能越真实，深信的事情也许正在诳你。乌鸦们在天空排队，它们落地依次放下一段树棍。我问白帝江，摆诗的应该只有一只乌鸦，它才是诗人。白帝江笑了，说有可能。这只神奇的大脚乌鸦把树棍摆成"The world wanders……"乌鸦摆的 S 像反写的 Z。为什么要这样呢？是因为黄昏吗？

我在广场按顺时针方向疾走。太阳落山，天色反而亮了，与破晓的亮度仿佛。天空变薄，好像天空许多层被子褥子被抽走去铺盖另一个天空。薄了之后，空气透明。乌鸦以剪影的姿态飘飞，它们没想也从来不想排成人字向南方飞去。乌鸦在操场那么大一块天空横竖飞行，似乎想扯一块单子把大地盖住。我才知道，天黑需要乌鸦帮忙。它们用嘴叼起的这块单子叫夜色，也可以叫夜幕，把它拽平。我头顶有七八只乌鸦，其他的天空另有七八只乌鸦做同样的事。乌鸦叫着，模仿单田芳的语气，呱——呱，反复折腾夜色的单子。如果单子不结实，早被乌鸦踢腾碎了，夜因此黑不了，如阿拉斯加的白夜一样痴呆地发亮，人体的生物钟全体停摆。

人说乌鸦聪明，比海豚还聪明。可是海豚是怎样聪明的，我们并不知道。就像说两个不认识的人——张三比李四还聪明。我们便对这两人一并敬佩。乌鸦确实不同于寻常鸟类，黄昏里，夜盲的鸟儿归巢了，乌鸦还在抖夜空的单子。像黄昏里飘拂的树叶。路灯晶莹。微风里，旗在旗杆上甩水袖。

在黄昏暗下来的光线里，楼房高大，黑黝黝的树木顶端尖耸。这时候每棵树都露出尖顶，如合拢的伞，白天却看不分明。尖和伞这两个汉字造得意味充足，比大部分汉字都象形。树如一把一把的伞插在地上，雨夜也不打开。树伞的尖顶包拢天空的深蓝。天空比宋瓷更像天青色，那么亮而清明，上面闪耀更亮的星星。星星白天已站在那里，等待乌鸦把夜色铺好。夜色进入深蓝之前是瓷器的淡青，渐次蓝。夜把淡青一遍一遍涂抹过去，涂到第十遍，天已深蓝。涂到二十遍及至百遍，天变黑。然而天之穹顶依然亮着，只是我们头顶被涂黑，这是乌鸦干的，所以叫乌鸦，而不叫蓝鸦。我觉得乌鸦的每一遍呱呱都让天黑了几分，路灯亮了一些。更多的乌鸦彼此呼应，天黑的速度加快。乌鸦跟夜有什么关系？乌鸦一定有夜的后台。

看天空，浓重的蓝色让人感到自己沉落海底。海里仰面，正是此景。所谓山，不过是小小的岛屿，飞鸟如同天空的游鱼。我想我正生活在海底，感到十分宁静。虽然马路上仍有汽车亮灯乱跑，但可不去看它。小时候读完《海底两万里》后，我把人生理想定位到去海底生活，后来疲于各种奔命把这事忘了。今夜到海底了，好好观赏吧——乌鸦是飞鱼，礁石上点亮了航标灯，远方的山峦被墨色的海水一点点吞没。数不清的黑羊往山上爬，直至山头消失。头顶的深蓝证明海水深达万尺。我一时觉得树木是海底飘动的水草，它们蓬勃，在水里屈下身段，如游往另外的地方，比如加勒比海。我想着，不禁挥臂划动，没水，才想到这是地球之红山区政府小广场，身旁有老太太随着《呼伦贝尔大草原》的音乐跳舞。

其实红山区政府的地界，远古也是海底。鱼儿曾在这里张望上空，后来海水退了，发生了许多事，唐宋元明清各朝都有事，再后来变成办公和跳舞的地方。黄昏的暮色列于天际，迟迟不退，迟迟不黑，像有话要说。子曰："天何言哉！天何言哉！"谓天没说过话，天若有话，其实要在黄昏时分说出。

黄昏的光线多么温柔。天把夜的盖子盖上之前，留下一隙西天的风景。金与红堆积成的帷幕上，青蓝凝注其间。橙与蓝之间虽无过渡却十分和谐。镶上金边的云彩从远处飞过来跳进夕阳的熔炉，朵朵涅槃。黄昏时，天的心情十分好，把它收藏的坛坛罐罐摆在西山，透明的坛罐里装满颜料。黄昏的天边有过绿色，似乌龙茶那种金绿。有桃花的粉色。然而这都是一瞬！看不清这些色彩如何登场又如何隐退，未留痕迹。金红退去，淡青退去，深蓝退去之后，黄昏让位于夜，风于暗处吹来，人这时才觉出自己多么孤单。黑塞说："没有永恒这个词，一切都是风景。"

收脚印的人

田 鑫

人总有一天会空缺

玉米秧子被牛踩了一脚之后,它站过的地方就陷了下去,空出一棵玉米秧的位置。我盯着那个不大不小的坑,那棵玉米秧子紧贴着地面,没有一点儿要站起来的意思。我看着它,想不通怎么能这样,一株玉米秧子怎么会说死就死了。

我总觉得,指甲长了剪短又长上来,韭菜割了过些日子又是一茬,树叶黄了会绿,竟然有些东西空缺了就再也不回来了。越想越失落,并且有一种顿悟了的感觉,才明白这世界上有很多东西,就像被踩进土里的玉米秧一样,总有一天会突然空缺。并且这种空缺,谁都会遇到,甚至还伴随一生。

我从童年开始,就在经历各种空缺,并记住它们所带来的滋味和创伤。

小时候寡言,怕到人群里去,路上遇见村庄里的人只是嘿嘿一笑,远远看到亲戚走过来,还会悄悄躲起来。去学校上学,看到老师黑黑的脸,就想把自己从教室里抽出来,倒回到家里。不过还是得面对,我整天闷不吭声,用老师的话说,半截子木头一样长在板凳上,看到就觉得别扭。

这种静态的别扭,直到遇到堆金才得以缓解。他和我相反,一上课就想说话,每一任同桌都受不了他,老师觉得我不说话,堆金要是坐我身边想说话也没得说,没想到弄巧成拙,堆金竟然打开了我这把生硬的锁。

他竟然成了我遇到的第一个突然消失了的人。他将一瓶劣质白酒灌进自己十二岁的身体后,就再也没有醒来。从此,教室里那张课桌的一边就空出一个十二岁孩子的位置,我坐在旁边,守着一个巨大的空洞。

堆金的离开让我明白了人有一天也是会突然空缺的,但是母亲的离开,却让我理解了空缺带来的痛到骨子里的悲伤。毫无征兆,我在放学回家的途中被截住了，来接我的人说你母亲出事了，得赶紧去看看。其实我对出事毫无概念，就跟着他身后。一路上没话，跑到山坡上的时候，一车土豆翻在路上，母亲躺在父亲怀里，软软的，看见我就流起眼泪。我别过头，想把泪水憋回去，可是无济于事。她被送到医院前眼睛还是睁着的，送回来就一直闭着眼睛。那个傍晚，在——和亲人们告别之后，从此家里的院子里炕上饭桌上就空出母亲的位置。父亲和他的几个孩子守着母亲留下的空缺，度日如年。

三年前，祖父去世，这个四合院里又一次出现了让人悲伤的空缺。在过完一生闭上眼落了草之后，我们把祖父埋到了埋着母亲的那块地里，从此，他作为丈夫作为父亲作为祖父的身份，就永远地空缺了下来，我们用长久的悲伤也没能让他复原。我们在白纸上写上他的名字，把他的照片洗出来，装进相框里，端端正正地摆放在供桌中央。逢年过节，摆上贡品，点一炷香，然后抽出一根香烟点燃，像祖父活着一样递给他。事实上，我们就当他从来都没有离开，说话的时候大家尽量把悲伤收起来，装作没事人一样，吃饭的时候，先给爷爷盛一勺，放在供桌上，估摸着他动筷子了，我们才夹菜。祖父平素节约惯了，米粒掉在地上他捡起来吹吹放进嘴里，我们吃饭的时候，不敢剩饭，怕爷爷心疼。

这样的日子一直持续到父亲被我带进城。父亲走了，村庄里就空出了他的位置。四合院里出出进进的瘦小身影，突然就看不见了。留在村庄里的人，再也看不到父亲扛着铁锹把地里的粪土堆拍得瓷实又圆溜的身影，门市部的土炕上打牌的人群里也看不到父亲粗糙的双手死死摁着牌的样子，五里外的集市上也看不到父亲躲在小饭馆里和他的酒友吆三喝四把一瓶瓶啤酒灌进肚子里的情景。

看不到的太多了，我像移走一棵树一样，硬生生把父亲连根拔起，让他带着原土来到这座城市。村庄里空出来的部分，突然出现在城市的小区里，又变成了另一种风景。这个走路佝偻着腰的小个子男人，一张嘴就露出两排黄牙，不用说话就知道方言一定带着土味，滑稽的是，他怀里抱着的小姑娘，咿咿呀呀说一口普通话。父亲小心翼翼，怕露出破绽，这个在村庄里无比威严的父亲，没有了在田间地头的神气，没有了喝酒打牌时的狡黠，面带怯色，悄悄地活着。

村庄里突然迁走一棵树，或许没有人操心它去了哪里，但是一个人的位置突然空了出来，会有很多人关心他的去处。刚来城里的时候，父亲的手机总是不闲着，不是他打给村庄里的人，就是村庄里有人打给他。其实，电话接通也没啥说的，无非就是问问对方好着吗，然后就不知道说啥。每次放假前，父亲总会像马上放假的孩子一样，迫不及待，得到我的应允之后，他大半夜就爬起来去车站。我从来没教过他怎么买票，但是每一次他都会很顺利地返回故乡，用自己的方式去填补那个缺失了许久的空缺。

离开村庄多少年了，除春节之外的每一个节日，我都是一个缺席者，我在村庄里的位置空缺得实在太久了，以至于回乡时总有一些人是我所不认识的，我也成了很多人眼里陌生的面孔。

今年清明节，陪父亲回趟村庄给先人们上坟。两个空缺者回到村庄，跪倒在坟地里，疯长的野草把每一个坟堆盖得严严实实的，父亲清理完他的父亲身边的草，又清理了我的母亲身边的草，然后在两座坟之间，清出一块空地。

我没明白父亲为何在一块空地上折腾半天，不过离开的时候，回了下头才看清楚，原来祖父和母亲的坟地之间，恰好留出一座坟的位置。父亲不说，我心里明白，这块空地，是他留给自己的，这时候把它空出来，是想着在村庄里早早选下一块空地方，安放这些年的空缺，以及多年后将永远空缺的自己。

风中的稻草人

它站在田里，潦草、破败，身上的旧衣服和草帽已经遮不住它的伪装。一条腿近乎优雅地站立着，双臂伸直，想要把过往的风抱住，其实它现在连自己都抱不住，只能在寒风里瑟瑟发抖。

我从山上下来的时候，见到的第一个人就是这个稻草人。它像是早就知道我要回来一样，一直等在那里。我出现之后，它却只能远远地望着，没办法给我一个像样的迎接。但是，可以确定的是，就在我们相遇的那一瞬间，它却把我带回到了过去。

刚开始的时候，稻草人是被隐喻的。村庄里有人得了怪病，久治不愈又找不出病因，通灵者就会抓一把草，照着这个人的样子扎一个小人儿，然后在患病的相应位置扎针。这个方法很灵验，我就曾见过卧病的人在扎了小人儿之后又重新回到田里干活。

不过按照老一辈人的说法，如果有人背地里照着谁的模样扎个小人儿藏起来诅咒的话，被诅咒者就会中邪，严重的甚至会因此丢了性命。说是这么说，但是村里没有一个人是因诅咒而死的。倒是有了这个说法之后，很多人才对这小小的稻草人敬而远之。直到鸟雀来捣乱，这稻草人才有了新的用途。

村庄里的鸟雀野惯了，想吃啥就吃啥，想怎么吃就怎么吃。人起早贪黑种下的糜子，还不等收割就被鸟雀吃掉了一大半。地少人多粮食薄的年月，填饱人肚子的粮食怎么能让鸟雀偷吃。于是，人们就开始收拾捣乱的鸟雀。

跟鸟雀讲道理是不可能的，最简单的方法就是驱赶。我曾经跟着父亲守在糜子地里，看到有馋嘴的鸟雀落下来，就大声喊，用土坷垃扔。很多人都这么干，闲的时候，地垄上就会守着一堆人，鸟雀们看着乌压压的人，远远地躲起来。人散去了，鸟雀就又重新聚拢过来。

是稻草人解决了这个麻烦。不知道是谁的主意，扎一个稻草人，让它穿着旧衣服戴着破帽子，然后替人站在糜子地里，鸟雀飞过来的时候，看见有人站着就乖乖躲起来。

我穿过的一件宽大的深色外衣，就曾被穿在那个站在我家地里的稻草人身上。夜里，我就梦见我站在麦田里，单腿站立，双臂伸直，不吃饭不睡觉不走动。我从糜子还是嫩芽时站到糜子三月怀胎，等待收割，纹丝不动。

有一些耐不住性子的糜子，没有任何征兆就掉在了地上，我为此着急。鸟雀们偏偏在这时候成群地飞过来了，它们专找那些秆上有很多糜子的，两只爪子死死攥住，小脑袋不停地晃动。

看着它们这么肆无忌惮地吃糜子，我想大喊一声，嘴里却发不出声来，胳膊也使不上劲，不管怎么用力都没办法让那些讨厌的鸟雀知道我在吓唬它们。一着急，我就想起用尿来冲它们的主意。我朝着鸟雀最多的地方浇过去，它们"哗啦"一下子就不见了，可那些尿却并没有落在糜子上，全浇到了土炕上，梦就这样被尿惊醒了。

小时候喜欢吃甜食，如果闹到一块糖，我会先忍着不吃，而是一直把玩它。忍不住撕开糖纸，就舔一舔，再舔一舔。放进嘴里后，不搅动舌头，也不咀嚼牙齿，让它混在津液里慢慢融化，吃完还要舔手指头和糖纸。

这样的机会一年只有几次，甜菜的出现，某种程度上满足了我对糖的巨大渴望。可惜在我的父亲眼里，甜菜却并不能算作粮食，家里仅有的几亩地里，麦子糜子玉米土豆挤得满满当当，甜菜自然是没有位置的。为了让家里能多出一些地来，父亲闲了就经常扛着铁锹去地垄上开荒，他垦荒的时候，有一种恨不得把整个村庄都变成自家地的野心，而我一心只想着吃甜菜。

在这里，我要坦白一件藏在心里许久的事。等不到父亲在自家地里种甜菜的那段时间，我曾趁着中午山上没人，一个人去别人家的地里挖甜菜。此前，我在山上转了好几天，才盯上那块夹在糜子和玉米之间的甜菜地。

五月的糜子和玉米都长得不高，一个人大中午钻到甜菜地里很容易暴露，但是为了吃到甜菜，我已经顾不上这些了。我猫着腰，从玉米地的地垄上慢慢挪到甜菜地里，用几棵稍微长点儿的玉米当掩护，蹲下去，拨拉起甜菜宽大的叶片后就是一顿挖。你不知道，我紧张到竟然忘了拿铲子，一手提着叶子，一手卖力地挖。

挖到就剩半截儿的时候，有个声音喊了一声。坏了，肯定是被发现了，我怔在那里，一动不动，其实是不知道该动还是该不动。想着把那还剩半截儿的甜菜埋起来，这样就不会留下任何证据，可是手却不听使唤，我也只能定定地蹲着，等那个声音靠近了再说。

可是，被我挖出来的土都要晒干了，甜菜的叶子眼看着蔫了，那个声音却一直没有走过来。我慢慢地把头拧向玉米地，那里没人；再把头拧向糜子地，妈呀！原来喊了一声的那个人在糜子地里。

我不敢再看了，可是奇怪的是，我明明就在他眼皮子底下，那个人就是不过来，也不吭声。做贼心虚，我就这样白白在甜菜地里蹲了大半个中午，当我看清楚那里根本就不是一个人而是穿了衣服戴着草帽的稻草人时，整个人就像个泄了气的气球一样，一下子就瘪了，瘫在地上，手里还攥着甜菜宽大的叶子。后来才发现，那一声原来是放羊的人喊的。

从此之后，我再也不嚷着让父亲种甜菜，见到放羊的人也躲得远远的，更别说稻草人。我以为我再也不会想起这些事，但是说来也巧，我再一次回到村庄的时候，竟然是一个稻草人迎接了我。

就在我被稻草人带回过去而沉迷其中时，还是一个放羊人将我喊了回来。他赶着一群羊往山上走，看见我走下来，远远地就扔出一句话来："回来了？"我回过神来，连声应着："回来了，回来了！"

羊群走远，地上只留下一串羊粪疙瘩。我继续想稻草人，没在意就踩到了羊粪上。哦！对啊，不在意的事情多了去了。比如现在，谁会在意一个稻草人在寒风里有着怎样的心情。或许鸟雀会吧？也只有那些已经识破了稻草人伎俩的鸟雀，还会时不时回到稻草人身边。这一定不是依赖，仅仅是出于习惯。

收脚印的人

麦黄六月，村子空荡荡的，大人们到地里收麦子，牲畜们关在圈里避暑，巷道里没其他人，我蹲在树荫下，看蚂蚁从一堆虚土里爬出来又钻进去。观察蚂蚁是一件很有意思的事情，你看有一只蚂蚁先把小触角伸出来，还来不及看清楚外面的情况，排在后面的伙伴就耐不住性子，一头把它顶出洞口，随后一大批蚂蚁像水从泉眼里冒出来，四散离开。

我想看看它们的足迹，结果土上没留下任何痕迹。这让我很是沮丧，站起来脱下裤子，朝蚂蚁冒出来的地方一顿猛浇。这突如其来的水，把另一些水一样冒的东西挡了回去，看着湿漉漉的地面和正在泥里翻身的蚂蚁，我有些报了仇的兴奋，生活在土之上，怎么会没有足迹呢？就不信收拾不了你们。

很快，我的快感就被太阳和风瓦解了。地面上的水变成了一摊水渍，没一会儿，土又变成了原来的样子。几只没来得及爬出来的蚂蚁，身后留下一条浅浅的痕，在水里爬时滚到身上的泥像个小坟包，把它埋在那里。水消失了，洞里又有蚂蚁冒出来，它们还是一个顶着一个出来，然后四散而去，对于此前发生的一切毫无兴趣。

多年以后，看到蚂蚁，我总会想起这个画面。在街上遇到蚂蚁，我还有坐下来看看的冲动，不过再也没有浇水的冲动，对于蚂蚁是不是留下足迹这事，也不再那么认真。在这城市的钢筋水泥上，人都留不下痕迹，何况一只小小的蚂蚁。

其实，在到处都是土的村庄里，也是留不下任何脚印的。弯弯曲曲的路，我走了一条又一条，每一次回头，只看见路看不见脚印。我曾经把脚印留在刚犁过的地里，等着它长出来，春天里所有的植物都长出叶子，脚印却没有任何动静。我曾经把脚印留在厚厚的雪里，看着它在身后留下一长串，就像很多个我排队一样，太阳一晒，地面上什么都没留下，那几十个排队的我也跟从来就没出现过似的。

我怀疑，村庄里一定有一个收脚印的人，他躲在我们看不到的地方，有人走过去，他就悄悄地跟在身后把留在地上的脚印收起来，让走路的人找不到任何痕迹。他跟风一样，把路舔得干干净净，就像从来没有人走一样。

村庄里也有能留下脚印的时候。有一年，我和小伙伴趁着夜色翻到别人家的果园里，借月光摘下十几个苹果。你要知道，在一个只有杏树和梨树的村庄，像是突然之间就长出来的苹果树，对于我们的诱惑有多大。发现园子里的苹果挂果后，我们每隔一段时间就会去看看，看着它们从指头肚大长到拳头一样，看着它们退掉青色开始红润，就有些忍不住了，蹑手蹑脚翻过院墙，让它们以一种见不得人的方式结束生长。我把它们藏在麦草垛里，每天吃一个，苹果被牙齿咬碎的瞬间，除了咀嚼果肉和吞咽的快感之外，还有一种说不清的味道。

苹果吃着香，心里一直忐忑着。从翻过院墙的那一刻起，我就处于一种恐慌之中。翻墙的时候我们尽量不发出声音，跳下去的瞬间，却已经暴露了。布鞋留下的痕迹，从落地到离开果园就一直显得很慌张的样子，东一脚，西一脚，深一脚，浅一脚。很快这些脚印和半夜消失的苹果一起，开始在村庄里流传。因为苹果还没吃完，所以我就更加担心了，生怕人家寻着那些脚印发现藏在麦草垛里的苹果，然后顺藤摸瓜抓住我。我多么希望收脚印的人已经收走了那些脚印，我的嫌疑被排除。不过希望越大，惶恐就越大，以至于不敢再吃那些苹果，好几个苹果就这样被遗忘在麦草里，半年后被发现时，它们水分尽失，只留下苹果的样子，人们还为它们的来历做过好多的猜测。

我没有等到那个收脚印的人，却在不久之后做起了他应该做的事情。十岁那年秋天，母亲出车祸长眠于自己劳作了一生的土地，我的童年就这样被硬生生撕开一个洞。早上醒来，母亲睡过的地方空着，我就当她去了地里，可是等一天也不见她回来，我跑到地里，看不到她的影子，就想着找她留下来的脚印。阳洼梁上的地刚犁过，虚土有规则地排列着，只留着一些牛走过的后蹄印。滚牛坡上的地里长着苜蓿，秋风萧瑟，苜蓿干枯，一地的苜蓿叶子根本看不清地的样子，更不用说找到脚印。我把自家的地走了个遍，没找到一个母亲留下来的脚印，它们就像被抽空了一样，毫无痕迹。我想着在母亲停止呼吸后，那个收脚印的人肯定出现过，他一一将脚印收回去，不留任何痕迹，好让我断了念想。

这念想就真的断了，在随后的日子里，我再也没有找过脚印，也不再做母亲突然回来的梦。我甚至把脚印这事和收脚印的人给忘了，在我离开村庄的时候，我没有刻意留心身后是否有脚印。多年以后，再回到村庄的时候，物是人非，当年和我一起翻墙的小伙伴已经看不到小时候的样子，斑驳的院墙里苹果树早不见踪影，陈旧的麦草垛里有没有苹果我不得而知，不过可以肯定的是，我偷苹果时留下的脚印早已经被收走，不仅如此，我在村庄里生活了二十年所留下的所有脚印都早已经不知所踪。

这让我更加坚信，肯定有个人在我走后，将我留在村庄里的脚印一一收走。

狗是我的解药

那时候，我们家什么都不缺，就缺一条狗。不是我们不爱养狗，而是压根儿就养不住。每一次抓来一只，没多久就死于非命，像是被诅咒一样。这么说吧，别人家有的牲畜，我们家也有，由于爷爷做过村主任的缘故，我们家的宅基地还明显地比别人家位置好，开门见山门口还有河，我们家的耕地离得都不远，每年庄稼也不比别人家的差。综合各种因素，我们明明可以比别人优越，偏偏因为养不活狗，在村里有了低人一等的感觉。

其实，我们家养过几条狗的。到现在我还能想起那些曾经和我们有过短暂接触的狗们。比如，进我家门的第一只狗，那只土狗因为周身是黄色的毛，我们就叫它"大黄"。这狗是爷爷赶集回来的路上捡的，爷爷一个人走山路，这条土狗就突然窜了出来，看见狗扑出来爷爷本能地后退，而那狗却并不凶，看上去还有些可怜。爷爷就没把它当回事继续赶路，土狗却跟在了他身后，爷爷快走几步，土狗就小跑起来，爷爷停住，土狗也慢下来。

这狗许是挨了饿，想着爷爷能给口吃的，走了一路都没得到一口馍馍。它如果中途失去耐心的话，可能就和我家没有任何瓜葛了，对于爷爷的无视，它偏偏表现得很执着，一直跟着爷爷到了家门口。进门前爷爷拍身上的土，那狗就远远看着，不靠近，也不跑开。看爷爷没有撵它的意思，也就放心地跟着进了门。

就这样，它就成了家里的第一只狗。没养过狗，就觉得这狗大大小小是条命，当回事养上。"大黄"也拘谨，进了大门，二门绝不敢迈进去一步，这倒也让人喜欢，就把它当成一家人，做饭的时候多加一把面，我们吃啥它就吃啥，也不让它躲在偏僻的地方，我们蹲在屋檐下吃，它也在屋檐下，我们进了里屋吃，它也在桌子下舔盘子。出门放牛，我喊"大黄"，它倒是也跟着我走，到了沟里，却蔫蔫的，一点儿也不给我争面子。在村庄里它也认生，不过我只要出来就带着它，让它熟悉下环境，好给我长脸。

狗这东西通人性，你对它好，它也对你好，没几天"大黄"就不把自己当外人了，有人进门，它还像模像样吼几声，对方一愣，大黄就用大眼睛瞪，我们出来喊"大黄"，它才停口窝在堂屋的房檐下。人一进门肯定问啥时候养了狗，我们就像介绍家人一样，顺便说说"大黄"的来历。

其实，我们根本就说不清它的来历，就像说不清它怎么就突然死了一样。"大黄"是爷爷带回来的，平时我不带它的时候，它就守着爷爷，从不单独出去。有一天，却独自跑出去了，并且一连几天不见踪影，饭做好盛进盘子里，不见它来吃，我们满村子"大黄""大黄"地喊，也不见它出现。都以为这只来历不明的狗回到原来的主人那里了，没想到几天以后有人发现它漂在离家不远的河里。当时，它整个身子都泡在水里，爷爷靠背上那一溜黄，就判断死狗是突然消失的"大黄"。我用铁锹把它捞上来，爷爷在河边挖了个坑就算给它安排了归宿。埋狗的时候，爷爷说可惜了一条命。从此，大黄的死亡原因和它的来历成了谜。

很快家里就有了第二条狗，"大黄"死了没多久，爸爸就从别人家抱来一只小狗，这狗还没来得及熟悉我家的各个角落就一命呜呼了，它把给老鼠准备的馒头啃了，还没等进了肠胃的馒头消化，它就口吐白沫死了。

一年死了两只狗，村子里就有闲言碎语了，有人开玩笑说风水不好养不成狗。这让我们一家不能接受，特别是爷爷。他说宅基地是村里最好的地段，离世的先人们也是阴阳先生拿着针盘安葬的，风水哪里不好了？可事实是，狗死于非命，并且接二连三。

我家养不成狗这事，就像我上了初中还尿炕一样，让人扫兴，让人抬不起头。可偏偏老有人对此乐此不疲，别人说这事我可以装作没听见，最可气的是，我每一次尿炕，哥哥都会很快告诉别人。尴尬的是，我发现大家渐渐对我家养不成狗这事没啥兴趣了，开始关注我啥时候又尿炕了。

你要知道，我不是成心要尿炕的，可是不知道为啥每天晚上都做同一个梦，满世界地找厕所，好不容易找到一个犄角旮旯儿，一阵猛浇之后，坏了，炕湿湿的，怕哥哥知道我又尿炕了，连屁股都不敢挪，就在湿床单上睡一夜，不管我怎么掩饰，第二天肯定会被哥哥发现。

我开始恨自己有这么一个哥哥，恨他每天晚上都睡在我身边，一尿炕就被他发现，恨他一点儿都不顾及我的脸面到处说我尿床的事情。如果他不和我睡一个炕，尿炕了我就可以挪个地方睡，也没人知道我的床单上又多了一张地图。可是我偏偏就遇上这么一个讨人烦的哥哥，为了让他闭嘴，我还试图骑在他身上揍过他，后果是我被美美地揍了一顿。

尿炕的事成了一件大事，我渐渐长大，尿炕的事一点儿起色都没有，家里人开始担心这事会影响到今后娶妻生子的大事。大家的意见很一致：这是病，得治。每天尽量不喝水，无非是大地图不见了，换成了小地图。哥哥半夜叫我起夜撒尿，刚开始还能坚持两天，后来几次矛盾升级人家索性不理我，尿炕继续。请赤脚医生开了药方，吃了一个月，没见效果不说，每天喝的中药最后都变成了地图。

打听到一个偏方，说尿炕是因为身子太凉，要根治需吃性温的狗肉。本来我们家就养不活狗，这又来一个吃狗肉的偏方，这下可好，明明看到希望的事又陷入了尴尬。可偏偏哥哥把吃狗肉治尿炕的事传出去了，全村人都知道我只有吃狗肉才不会再尿炕。他们开始防着我，好像我会扑过去吃了他们家狗一样。

狗肉成了我的解药，可是怎么才能吃到狗肉呢？要知道，在村庄里，大家把狗当成家里的一分子，顺其自然就把杀狗看作一件大逆不道的事情，并且老一辈说狗不能杀，只能吊死，要不会遭到报应。虽有这个说法，村子里十几年也没见过谁家吊死了狗吃肉。

后来我还真就吃到了狗肉。我一直记得吃狗肉的那个晚上的每一个细节。那晚下雨，落下来的雨多于我听见的雨，整个村子唰啦啦的，被一遍一遍地洗。可是大半夜的，哥哥却还没回来，我一个人睡在炕上就开始胡思乱想，哥哥如果一直不回来该有多好，这样我再尿炕就可以挪地方睡觉，也不担心第二天被别人知道。我竟然有些兴奋了，有些睡不着的意思。不过兴奋在哥哥推门进来的一瞬就全部烟消云散了，我看着他进来，就把头闷在被子里装睡，没想到他竟然掀起被子摸炕，这让我很恼火，这是想看我笑话吗？我腾地翻起来，想跟他干一仗，站起来的时候，才发现浑身湿透的他手里拿着一疙瘩肉。

哥哥被我突然的举动吓住了，我的举动也被他手里的肉叫停了。哥哥说你还没睡就赶紧把这疙瘩狗肉吃了。一听狗肉，我有些不好意思了，刚才还想着跟哥哥干仗，没想到他拿着我的解药来了，我一把拿过来那疙瘩肉，塞进嘴里就往肚子里咽，眼泪都快噎出来了，我太需要这块肉了，需要它以最快的方式赶走尿炕的困惑，以至于连肉是什么味道都没尝出来。哥哥一夜无语，我翻来覆去大半夜，雨停了才睡去。

你信吗？那晚我真的没再尿炕，起床一摸床单是干的，内心就一阵欣喜，突然有些不再讨厌哥哥了，他的狗肉真的治好了我的病。可是，我发现他却病了。我起床的时候，他还躺在被窝里，表情僵硬，还不时发出呻吟声。我推一下他，他哼一声，我摸他额头，烫得要命。赤脚医生给他一根温度计，烧得厉害，掀起衣服，有一大片的瘀青，身上到处是血丝。

很快，隔壁村传来消息，说下雨那个晚上，有人溜进村里偷狗，勒狗的动静太大，被发现了，狗主人摸着黑朝偷狗的人背上打了一铁锹。我不知道哥哥是怎么想到到隔壁村里去勒死狗的，也闹不清楚那么大的雨他是怎么把人家的狗勒死带回来一块肉的。这些我都没有问过哥哥，只知道那块肉彻底治好了我的尿炕，不过这块肉从此让我心里有了一个解不开的结，老觉得那块肉好像长在了身体里的某个位置，下雨的时候还会隐隐作痛。

大弦月城

东　珠

一

　　大弦月城，一种肉肉植物。肉肉，喜欢这样叫，跟它撒娇，跟它亲昵。它的肉肉，就是它的叶子，一串串的，就是它的泪豆豆。它还叫：情人的眼泪。七年前，一闻"情人的眼泪"，俗死了，很快，我连卖花的人都一起鄙视了，很长的花廊，恨不能一步就跨过了，再也不想回头了。

　　近日，又闻它，居然还有城意，居然还满城尽是明月光，一下子就被它征服了。就想住进去了。

　　城是多么阔气的存在啊。

　　城里住着府。

　　我又是多么需要一个城府啊。明月朗照，一个就行，就足以藏好我。我不需城府太深。

　　狭路相逢，往往，翻江倒海，余情更浓。

　　它也时常调教我。

　　调教——

　　花市上，再见它，我忽而又精进了：哭，这么悲惨的事，也是可以上相上品的，可以滴成经典的。悲可砌。悲可城。悲可明亮。泪珠筑城，泪珠都是月，大弦月。大弦月，就是距离满月最近的那个月。哭泣，尽管我知道，世上现存的种类中，一直珍藏着两个稀有品种：喜极而泣、感动而泣。可我还是认为，喜感而泣，它们的根源还是悲。此悲更是深不可测。这样说，我，我们，还有这可视和不可视的一切，一直都是被悲调教着的。悲是己悲，喜是随喜。调教的课程随时随地，随机而发。

这是我今早凌晨四点悟到的。

昨，我还不行，我还于春水冰泥中，抱着十万字的打印稿满街跑，愤怒，把春都跑偏了。

二

长吉图。我一下子能抱起三个城。我一下子能抱起一个省的脊梁。这是一个文件稿。

我抱着这三个城的现状、未来、婆婆妈妈、远亲近邻、地上地下、大脑和四肢还有毛发，还有一颗卫星。它们都在我的怀里，等着我一字一字敲出。婆婆妈妈的事诸如天气情况、汽车城等。远亲近邻诸如俄罗斯、朝鲜、韩国等。毛发诸如一个社区几个秋千、一个旧小区几次拆迁等。最利索的，卫星早已上天了，可这并没有为我减负，我还是要一字字敲出它的史记。这个文件稿，数字像细胞一样多，细胞是良是癌是红是白，还是毫无起色，我都要一一敲出。各种港口、海岸、快速路、航空线、汽运专列又像一个人脖子处的神经一样密集，它们，乱发一样铺满一页页洁白的打印纸。漂亮的引言，如同华丽酒店的门童和迎宾，谨慎谦卑。我还没有敲出一个字，我只是通读了一遍，就如堕冰窖。这样长的文件稿，写它的人，得写上一年吧？我是出过书的人，我对一本书的字数太敏感了，瞄上一眼就能掂出其中的字数。这个文件稿足有十万字。

这就等同于作者又建了一个省。这个文件里的省，更难建，寻新弥旧，自圆其说，许以远大。

以上，都跟我没关系，我的工作，就是一字一字敲出它。我的愤怒就来自于此。它本是有电子文档的，它现身一个集体会议，它是公开亮相的，它怎么可以这样糟糕流通？非要我一字一字再敲出？想想就可怕，一个省，凡是参与会议的人，都要这样重复？想想就悲，参会的是我的上司的上司的上司的上司，他一直没有胆量从会议上带回一个电子版。这样，我被一个省围困，我要复制它的周身，一个逗点都不能出错，我才能逃出纸省。而我，很想能于这里读到我的故乡，一个山远水长的小村子。我的村子，我的干细胞，我想要的这里没有，我就更想发火。

这样，我就跑出去了。

我实在是想让工作中的我变得可爱、精神、舒坦、花朵一样。

花钱也行啊。

这样，我就来到了菜市场。把门处，跨过烤地瓜、炒瓜子、爆米花，就是一家打字复印社，我常来这里。他人高马大，日日西装，鞋子很亮，可以依靠，可以托孤，可以救美。各种味道都喜欢门口，都想争春，我难以逃离，只能栖身于百味中问他：是否有这样一种设备，扫描一下，处理一下，就可把已印稿变成电子文档？我想，扫描是一定的了。他瞅也不瞅我一眼，仍直视着对面的比他更高大的松明，冷冷地回答我，没有。松明，代表着这里又有一家摊位倒闭了，它来了，它是新主人，我不知它要干什么，它立在那里十分另类，它本是跟大葱土豆还有萝卜师出同门，可它的命如今却日日金贵起来了。我也日日金贵起来了。我是很喜欢闻那味道的，隔着四米远，我能看清，松油都着急了，都流出来了。这就是当今收藏界十分珍视的琥珀木。可我，没时间欣赏它，又追问：真的没有吗？你这里没有？你知道哪里有吗？我是真心希望他能帮我一个忙。他可能是生意不好吧，或是睹物思商难，居然发火了，忽地就着了，眼睛狠瞪着：人家的事，我怎能知道。

出门。门口，都是草莓，我不敢吃，它太肥。

我也着火了，比草莓还红。

风还是没有绿。

我又来到了一个商业街。这里，我也很熟，这里的商业街，旧约已旧，新约迟迟未到。它的繁华，仅靠花草支撑了。此时，花草一星也没有，雪花也都奔泥去了。推门，我还是带着火的，门也受潮抗议，我的声音是很大的，可他居然没有被我惊醒，头耷拉着，比丝瓜还长，对于我的到来，他只是摇了摇头，又睡了。他可能许久都没有进账的惊喜了。还可能很会相活儿，见我怀里抱着的文件稿，一言不发。我还是重复那句话：是否有这样一种设备，扫描一下，处理一下，就可把已印稿变成电子文档？他平时，上年，上上年，上上上年，都是很敬业的。很琐碎费心咬手指头的活儿，他都能精工细做，钱儿少，做得也好，像个德高又资深的修鞋匠。可是，今天，他让我失望，他甚至连跟我说话的情绪都没有。眼神懒散得像门口的残雪，一收就更少了。不过，他的涵养还在支撑着他。他艰难地从梦中抽出一条信息，他说，扫描可以，它最大可能就是变成电子照片，你懂吧？你觉得还有这个必要吗？这有什么意义吗？我把他的火也抽出来了，他可能再也睡不了了。我说，我也想诅咒我上司的上司的上司的上司的十八辈祖宗啊，我的火可以焚城的呀。

再出门。我见很多门市都关闭了。我实在是见不到其他了。

快餐，唯有包子挺住了。

烧烤，唯有鸽子挺住了。

书城，唯有卷子挺住了。

连我最喜欢吃的饺子馆和山西刀削面馆都挺不住了。

花市，我喜欢的肉肉植物，比如，大弦月城，我也只是悄悄喜欢着，悄悄到花床上赏它。

悲从春来。抱着，也没什么意思，抱着三个城，抱着一个省，不如抱着一根枝。一根枝，就是我的山，我的水，我的土，我的阳光。倒闭的，其实也在我的怀里抱着，它们是文件背景中更小的细胞，它们自行代谢，眼下，资不抵债。更远的路、船、车、港口、签约，又会是什么样子呢？卫星，它在天上的日子还好吗？它识见的天机也常常如此萧条吗？

已到饭口了。

我的食堂应该开饭了。

还是很好吃的。我的工作，也是金字塔尖了，吃的，自然就好。可我，没有一点儿饿意。

刚才的他，好似把我要发的火代劳了一半。我还有一半的火未燃，我还要向前。

又走出很远。

这一家，是一个小印刷厂，可以出书，可以出名片，还可以出各种促销宣传单。我想，它一定行，我的倦乏的心，就要在此落脚了。我很久没有来过了。它的一侧是回族馅饼店，一侧是马路，它挨着大学城。它的门开着。可是，一如既往地落空。当我走进去，我见到的是锅、拖把、纸箱。没有一张纸了。而当我几进几出都没有得到一个人的应答时，我以为是我进错了门，我又抱着文件稿，退到马路对面远观它。它真的不存在了，它的招牌跟着春风，一躲一躲地，前也不是，退也不是。

又走出很远。又到了一家。这是一个很阔气的地方。仿佛，我寻的路越远越能近视阔气。我目前的单位是阔气的。我走了三十年的远路，长吉图，也是我的励志路线。这是我事业的长征。不，我没有事业，我由生存驾驭着，小心栖落于此，富丽堂皇，我还是一只麻雀。几年前，我在接受一个文化期刊记者专访时就说过：麻雀也有涅槃的心。我只剩这一个选择了。我的交稿时间也不多了。我要交一个省啊。这里，我得到了最精准最权威的答复：想完成这活儿，也只能一字一字敲出，可我们不管校对。而且，我现在也没有人给你敲，实话说吧，这活儿我们都不想接。

又问：有必要吗？复印不就行了吗？它怎么可能没有电子版呢？这不是玩人吗？

她，比我小很多，她已对我露出鄙视的眼神。我代收了，我知道，这不是鄙视我。

玩人，可能吧。

我是很久没有被人玩过了。我身上尽是自由的气息。

我意识到事件的变态和扭曲，掏出手机给部门一个上司身边资深的员工打电话，我向她打探，让我一字一字敲出这长达十万字的文件稿到底为了什么？到底做什么用？

她听出了我的火气，也知道我的光明秉性容不得龌龊权巧的辱没。她是人情练达的，考虑因果了。她先是在电话那端支吾、犹豫、遮掩。又定神。接着，她深深地叹了一口气。我喜欢这口气。叹气，不是吹毛求疵，它是埋自丹田的，是不草率的，是实的，是务必要经过心的。一年年，她跟在上司的上司的上司的上司的身边，最知机阱艰深。我问她，可以问到根。这就是最荒唐的，她说，他安排了，他也就是说一说吧，他其实自己早就忘记了，他也一定会忘记的，因为他根本用不着。对了，他还曾让一个刚来的员工把会议录音一字一字敲出来呢，他参加的会，会上发言的各种口音都有呢，六七万字呢，敲了小半个月呢，也是一次都没用过……

末了，她说，这样的事太多了，我发誓，快回来吧——

我是回不去的。柴达木，木达燃，燃达风，风达悲，心如烫灰。

我的愤怒难以名状又无法释怀。

吃了米线。

故意点了很多麻很多辣。

又加了很多醋。

又添了一碗干豆腐。

就这样反复调教它。

我把一盒子纸巾都用上了，我保证，不是泪，不是汗，它们全部从鼻子里流出。

一个人也不叫。叫谁也没有用。自己的城自己扛。自己的省自己想。这就叫自省。

其实，已很想哭，只是，强忍着，因为，我这才意识到，我还没有学会怎么哭。我一直冲着微笑用功。我尝试过各种笑。我可以用各种笑驾驭各种气场。而哭，我没有研究过。我之所以起意研究哭相，因为，一天，我又见到花市里的大弦月城，一串串，一个泪滴也不逃避，也不偷湔。我不由得惊叹，自言自语，原来，哭，还可以这样汩汩壮烈。如是哭，一定要这样哭，美可倾城，滴落都有惊雷之音。

不逃避，不偷湔，我是我自己的大弦月城。

我要诚然面对。

又回到单位。我想，他就算是教训我，也总不至于用此卑劣手段吧？我都很大岁数了啊。我都三十而立了啊。我这样的支边造城造省又造影的工作，总不至于这样无意义，还未建就注定废墟一个吧。文件里，也许还有我没有阅到的深意吧。这次，我特意品味了里面的遣词造句，我是品尝汉语的高手啊，我的文笔已是生花又生炉了呀。我接了水，又找来最红的笔，又把桌面清理，我一字一句审阅。时间显示，文件是刚刚下达的，它还没有满月呢。它还没有上网。我读到的都是网上没有的。我好似一个起步于主管城建的省长，审阅一个个报批项目。我把自己上升到省长的高位，就心定了，就神宁了。我再发火就不再是一个草根民女的火气了。

阅——

我阅到的最多的词汇是：努力、尽快、谋划、学习、打算、促进、抓紧、前景、深化、再次……

坚持，我没有读到。

促成，我没有读到。

预计，我没有读到。

很多很多朝向落实的字眼，我都没有读到。我是不死心的。我不想让受命于我的即将用手指辛苦敲建的是一场空。这已是第二天的事了。我终于读到了一个可以落实的词汇：改建。我只读到一次，事关一条路，一条很小的路。这也让我开心，这说明，它原是有基础的，它是有相有形已经存在着的，它不是风一样刮过的，它比卫星上天更可靠。

这样，我就下定决心，不敲了。我知道它是没有意义的。我的反应还是太迟了。我通身的毛孔，第一次应对这种危机，很是失败。我上司的四次方，我现在这样叫他，我要节约。他果真忘记了。第一天，第二天，第三天，早已过了交稿的日期，他一直没有于单位露面。他一直很忙。第四天，他领着很多个记者，夸夸其谈，商讨宣传大事，他几乎叫上了全部门的人，独让我和一些个如我一样的情感真人，留守。他都是快做爷爷的人了，还梳着西瓜太郎的发型，显得很是年轻。毛发飞扬，口若悬河，他一说话耳朵和脖子都是红的，凡是露于外面的，都是红的，他的血总是出卖他，让他看似又红又正的一腔热血总是质检出心虚的瑕疵。历史文化，他的小鼻子小眼睛里，第一次放射出这四个字。我还是听到了。我恍然大悟。我懂了。上上次会上，我曾讲述过东北的历史文化，挖古坟，我一直迷恋，我从汉朝一直讲到清朝。东北史，清朝以前，它一直是散落的，我是像串珠子一样串了十几年，念珠一样开怀即是了。我知道，清朝以后，世人皆知。我还讲了长白山的植物资源。这也是我的爱好。我还讲到了地下矿藏。我想，一座城市的宣传，不应让历史文化受冷落，也不应让自然资源受排挤。他是赞许的，这让我更尽情了。我忘记了，他就是吉大历史系科班毕业的。我得意忘形，我受到报应了。

我再次确定，十万字，我不用再敲了。

假如。假如他问我，我已学会怎么表达了。我不会再挪用我的真智去触碰无可救药的愚蠢了。我会说，我可没有资格敲打，我得学习啊，这个文件写得太好了，太博大精深了。我还会奉承他，让我做这项工作，实是厚爱我，器重我，良苦用心，没齿难忘，我自来这里工作以来，缺少的就是这种关怀，我感觉自己真是太幸福了。

三

悲心如焚。百春难偿。一日难过似一日。

于家，到底哭了一场。

这是哭的前奏：早晨，梳洗，吃饱，刷碗。喝上一大杯温开水。我把衣架上的衣服，长达十年的，全部摘下，撒满客厅。泼水一样肆意。不设一椅，我散坐其中，泪一把，阳光一把，衣服又是一把。又一一挂上。情急之下，我还是又放纵了自己，没有哭出大弦月城。不过，我给自己这难看的哭相下了赶尽杀绝的通知单。这是我最后一次糊涂着哭了。

我就这样没有力气了。

这时，我艰难地爬到卧室，我只占床的一个小边，我把自己蜷缩，我就这样躺在阳光下睡着了。哭上一场，日晒一场，大觉一场。这个醒，它是透的，它是广的。人生就是且哭且上路，每一个泪豆豆，都是大海的材料。我等着我的海浪来渡我。

又一日。又是一个清晨。

忽而，我十分怀念起大弦月城的这个笔名：情人的眼泪。我想，它是会写作的，它是很有才情的，它是很真的。这就是它的笔名。它还叫京童子。它还叫亥利仙年菊。它是菊科千里光属的。它的原产地是非洲南部。一些人总是将它与珍珠吊兰混叫。珍珠吊兰的泪是念珠一样圆的。情人的眼泪，它的最高境界，就是大弦月。

情人的眼泪，就是渴望圆满的眼泪。

世上一场，我们流的，其实，都是情人的眼泪。

又一日，配着霈篥的背景音乐，我一遍遍朗诵着自己的文笔。我已住进我的城府。

　　我是这有情世界的小三，我爱它高深莫测的假设，和一轮又一轮的植入、花开。我把生而为人的因果，不挑不拣，一一品尝。我吃掉的是一个旧的我。禁果也是因果。保持健硕的胃口，吞吐无常；保持健康的运动，肉身难得。活着，就是自我翻新，自我净化，一日日等待光阴的扶正。直到，三生万物。直到，大弦月城。

乡村二题：悲伤与消失（之一）

袁　瑛

消失也无法忘记的谢碥

一

一座村庄的消失跟一个人的死亡一样，是永远的。

谢碥上院子的杨家，他们家的三个儿子先后从祖屋搬了出去。搬空了的祖屋被拆掉后，留下一块地。他们把那块地种上了树。虽然种上了树，你也看得出，这里，原来有座院子。它大概有多大，你能从它的屋基边缘看出来。它的朝向，你也可以从院墙的地基看得出。那屋基地周围，还留着几笼慈竹和一口水井。水井是没有水了的，井沿长出的青苔都发了黑，慈竹仍旧不声不响地在长。这些痕迹，这些被遗留下来的生活的痕迹，你可以知道，这里，原来有一户人家。十年百年，你都能瞧得出，这里，原来有一户人家。

可是以拆迁方式消失的谢碥，简直如盐入水，消失得无影无踪。

原来——谢碥还在谢碥的原来，我一旦想念它，便去百度地图里寻找它——当我不断推大比例尺的时候，在梅家院子和帅林盘之间，有一小块空白，没有名字的空白，我知道，那就是我的谢碥。当我推到那块空白处，谢碥的一切模样便从那空白处青枝绿叶地长出来，站在我眼前。现在，那块空白已经不再是空白，黄色的和白色的道路线嵌进去，黑色的企业的名字嵌进去，原来叫谢碥的时候刻不上去"谢碥"的名字，现在却有很多名字刻上去：工业大道，龙都大道，某某制造有限公司，某某设施有限公司，某某科技有限公司……纷乱而拥挤地塞满那块空白处，仿佛殖民者插在殖民土地上的旗帜。

二

谢碥是我的出生地。并且，度过童年。

谢碥在我心里，其实比它实际小得多。或者，是他们便代表了整个谢碥：我的外公外婆，那座门槛高高的四合院，白仙地的姑姑宴，刘妈家的葡萄，三姐家的馒头，可能还有一些渐渐陌生了的但是当时我天天喊着的名字：谢静、罗芳、卫彬、济民、开贵、德碧……

谢碥呀，它是一片坝。坝上的田呀，分割得像棋盘一样整齐方正。一格子一格子的麦苗，一格子一格子的油菜。盛夏，就没有格子啦，是一眼望不完的绿，绿的水稻。

谢碥最美的，是夏末秋初。因为谢碥是坝呀，它的清晨特别宽阔，它的黄昏特别明亮。外婆的家，在谢碥中央，独自一座的小院子。站在院子的任何一个方向望出去，都能望到天地相接的雾茫茫的地平线。八九月，水稻收割后，田间，尤其傍晚，当薄纱样的白雾在圆锥形的草垛之间飘坠，就有各式各样的声音长短地响起：

"三娃儿！三——娃儿！"

"济——民——"

"老——四——"

……

都是喊儿子的。那些调皮的男孩子，在稻田里，夹黄鳝。

空旷的坝上，偶尔只见一个草垛边冒出一个人影儿，一闪，跑到田埂边矮下去了。

太阳已经掉到后山坳里去了，又觉得掉下去得太早，就从蓝黑的云层边，又变出彩色丝线，一圈一圈地缠在它最后的光束上。那缕被缠住的光束就照在外婆家的泥墙上，把泥墙照成奶黄色，恍如一日初始黎明刚到。

三

谢碥，是它的乳名。它正式的名字是古佛四社。

若有人问我，你住在哪里？我说我住在谢碥，对方一下就能在脑子里找到它的位置。如果我说我住在古佛四社，别人会说古佛四社在哪里喔？这个时候，你需要说出一些标志性的人物，他才能在脑子里搜索到古佛四社的位置。古佛四社这个名字，从什么时候开始叫的，没打听过。结束这个名字是在2008年。那一轮的合村并组后，它合到古佛五社去了，就叫古佛五社了。在古佛四社之前，它还叫过东方红。因为，母亲她们这一辈人，尤其一个叫李四娘的人，从来就记不住古佛四社这个名字。她和母亲摆龙门阵，每次都说，你们东方红……所以我知道，古佛四社，还叫过一个名字是东方红。就比如廖山碥，以前叫过"前进"，许山碥，以前叫过"永远"。谢碥在其他时期还叫过其他名字么？不得而知了。只有"谢碥"这个名字，因为谢姓一族在这一片坝居住繁衍，带着它最初的特征，代代相守，口口相传，一直叫到现在没丢。

谢碥不知道什么时候成为谢碥的，许山碥也不知道什么时候成为许山碥的。可是，许山碥还将继续会是许山碥，而谢碥，将无处存在。它地上的房屋、树木、稻田、人，将全部被一个叫"拆迁"的词赶走，走得干干净净。干净得像从来就没有过村庄，从来没有过谢碥。

四

由于地理位置关系，谢碥在 2006 年就已全域纳入某个省级经济开发区规划范围。只是，那个经济开发区一直没有启动，于是谢碥，还安全着，日出而作，日落而息。去年，这个经济开发区突然强势启动，并以迅雷不及掩耳之势，将一大片一大片的村庄熄灭在它的怀抱里。

拆迁的车轮迅速就碾压到谢碥。最先消失的是我出生的祖屋。

工业大道匕首一样亮晃晃地插进谢碥的身体，第一刀割去的便是我家祖屋。

那个大约五百平方米的四合院，四周都有竹林，自成一个院子。它是"心"形分布的谢碥心尖尖上的一点。那把匕首，锋利地削掉了那一点。

谢碥开始消失的时候，谢碥上的人，却深陷在生活的各种泥淖中。挣扎、计较、愤怒、兴奋、失望、想象，等等，哪里顾得上为一座村庄的消失害怕。村庄要消失的事实，在短暂的不安和躁动后，归于平静。接着而来的大量烦琐的事情，尤其是清点附着物，丈量房舍，会消耗他们大量的时间和精力。生活，总是以许多具体微小的事情抓住人的心思，让人深陷其中看不清自己。谢碥的人们，眼看着周围的村庄一个个被推倒，最焦急和担心的已经变成——什么时候才推倒谢碥！

我多么想，阻止我的谢碥的消失。

五

其实谢碥的消失，早就悄悄开始了。

我外公，是谢碥幺房长辈，得子又迟，才见三代。其他几房，早见到四代了。

包括我，甚至表妹，都知道外公快要死了。在他死之前，他肚子肿胀挺起的样子，跟个怀胎婆一样。挂着一个拐棍，艰难地从四合院挪出来。挪到我家，挪到坝上，挪到观音阁，挪到横街子，甚至，挪到臭水碾——他生病前最喜欢去摆龙门阵的地方。是一个水碾坊，碾坊四壁靠墙搁着长条凳。跟墙壁一样长的长条凳。李厨子，他是碾坊的主人，同时也是一个厨师。没人请办酒碗的时候，他都在碾坊里候着。拿着一把蒲扇大小的扫把，围着碾槽转圈，一粒两粒的谷米，都要被他的扫把扫进碾槽里。他像一头牛一样，低头弓背地干活。长条凳上的男人们，眼睛盯着他，嘴巴摆着龙门阵。偶尔，他也要插一两句话。外公不端茶盅，也不抽叶子烟。草帽搁在双膝上，腾出双手讲龙门阵。他最喜欢讲他在某处吃到的某样又好吃又令他惊叹的食物。比如他在一个养蜂人的家里，北方来四川的养蜂人家里，吃到过一碗面条。一碗面条就只有一根面。一根面就成了一碗面条。在李厨子的碾坊里讲吃，也算是班门弄斧了吧。但是李厨子和外公关系似乎不错。因为每次外公屁股后面跟了我，李厨子都能拿出一碗甜酥招待我。我喜欢吃甜酥，外公知道的。

他的挪动很慢很慢了的时候，开始凝望。他站在后龙门凝望眼前的一片坝。是深秋，坝上空阔得很，麦子色的土地，棋盘一样规整。外公的视线，应该可以把整个谢碥望完。有时，他会反过来，凝望四合院，祖屋四合院。再后来，他只能躺下了，他就凝望门。门口，会出现许多来看他的人。他躺下没多久，就逝去了。

接着逝去了的是，红霞的奶奶，小全的奶奶，德碧的爷爷和奶奶，我外婆外公的四哥，小妹的奶奶，林林的外婆，济民的爷爷奶奶……

我熟悉的谢碥的部分，一点点消失掉了，跟着这些老人，逝去了。

盛雪家腰间挂着尿瓶子的父亲不见了，小羊家火气很大的石匠父亲不见了，罗芳家一墙茂盛的玫瑰花不见了，开贵家那口甜水井不见了，菠菜家的瓦窑，那么大的两座瓦窑，也不知去向，连哑巴家门前的沟，沟里的水，也不见了。

这哪里是我的谢碥。这不知道是谁的谢碥。这是别人的谢碥。

我应该留在谢碥，守着它，不让它变成别人的谢碥。

六

谢碥还有更早的消失。

挨着谢碥的一个村，有两弟兄种葡萄卖，渐渐地修起了别墅式的楼房。估计种葡萄的收入，强过种黄谷。慢慢地，便有人自愿效仿。后来，搞"一村一品"，大面积铺开。不愿意种的，也被三番五次的游说来种了。这葡萄，便不再是水果的葡萄，植物的葡萄。这葡萄，因为某种名义，迅速在这个叫"古佛"的村子铺开。谢碥无法幸免，谢碥是古佛村的。古佛村成了"葡萄村"。谢碥也成了葡萄村的一部分。

稻田里清一色种上了葡萄苗，栽上了水泥杆，搭了竹子架子。齐眼处，密密麻麻的竹竿戳得我眼睛痛！我的一眼，已经望不完全部的谢碥。我刚抬眼，目光就被那些竿子铡断。郁郁葱葱的葡萄，密密麻麻地长在谢碥。到了夏天，农药及坏掉后一箩一箩地倒在沟里的葡萄，这两种东西的气味，让人无法在谢碥完成一次顺畅的呼吸。

叫“巨峰”和“红富士”的两种葡萄，它们俩是谢碥的第一批入侵者。它们撵走谢碥的水稻小麦油菜后，并未有长久的得意，便又将被另一批入侵者撵走。

谢碥无从选择。叫种葡萄就种葡萄，叫种钢筋水泥就种钢筋水泥。此时钢筋水泥代替了葡萄，将再有什么来代替钢筋水泥呢？

只是，种葡萄的，仍是谢碥。种钢筋水泥的，却将连“谢碥”两个字，也留不住了。

七

每年回一次谢碥，已经成为我，我妈，我舅的仪式。我们在谢碥早就一无所有。但是外公外婆还一直留在谢碥。因为他们一直在，我们就会一直回去。跟回家一样。

外公外婆葬在一块叫“白仙地”的自留地里。我在谢碥度过的童年里，大部分时间都在白仙地里扮姑姑宴。那个时候，白仙地里茂盛地长着各种蔬菜。我们家所有的菜都摘自这里。现在，它变成我们回谢碥的落脚地。

白仙地旁有一大片慈竹。母亲说，外公的家，原来就在这片慈竹林里。他和外婆结婚后，就搬到外婆家的四合院里去了。

可是面对这一片慈竹，我就像面对一堵墙，我的记忆无法打通过去，和我所不知道的情景进行一个对接。我不知道外公的家原来在慈竹林的样子，我也不知道母亲经常说的她小时候抢银水的热闹和喧哗，我更描摹不出孤家寡人的三金舅舅和麻大爷曾经妻儿绕膝的繁茂家庭样子……

其实我所知道的谢碥，仅仅是，某一段时间里的谢碥而已。它与过去和将来的谢碥都是一种陌生。就像，我儿子最初看见的谢碥，就是厂房林立的谢碥一样。

谢碥也许一直在。以不同的样子，在不同的人的记忆里。

只是我所熟悉的那一个谢碥，是消失了的。

种月亮

——自然观察：一个人文主义者的笔记

玄　武

九里香

九里香之香，有王霸之气。卧室昨夜绽三两瓣，便香到不能呼吸。置于一楼门厅，花香直冲二楼。它应当在每年七八月份开花，却冬春开了三回。花每到我家，便添了猛兽气息，它们胡乱发飙，如之奈何。

九里香的香气，有点像暴马丁香。烈，久，喷水愈香，像丁香在迷蒙春雨中。友人吴炯说除了牡丹，所有最香的花都白而碎小，有道理。茉莉、桂花、米兰均不大，瑞香亦然，却是紫的。只栀子稍大。

栀子香浑浊，瑞香的香锐如刀尖。我爱茉莉之香，它清新，清晰，不经意透肤，浸透你，淹没头顶。

夏夜我坐园中，一树茉莉香气盛满院子，微微荡漾。到夜深不舍得离开。糟糕的是，我也因此不想干活写东西。

我用花和其他密制的美容品，无人敢用。每天用来抹老虎嘴。狗嘴闪闪发光，它又臭又香。所谓明珠投暗，花插牛粪，又或者佳人寂寞老去，壮士一世无所用，大抵不过如此。唉唉。

香有光

一树樱桃花，或许就在今晚绽放。我很想看到它们从蓓蕾到开放的整个过程，但不知有无耐心等到。

某年夏夜，一树茉莉花蕾。母亲过一会儿就过去看看开了没。一直没开，便拉灭房灯。大约五分钟后我开灯去看，一树的花蕾，像我打开灯一样唰地开了，繁华雪白一树，白得在灯光下闪闪发亮，浓郁的香气，仿佛也自带光泽。

母亲嘀咕说："你家花像贼，偷偷地开。"

花开有声，但极微，几不可闻，一些不懂自然的文人，矫情夸张而已。

我倒是听到过月亮下葡萄生长的声音。窸窸窣窣，以为是风，但树叶不动。那是葡萄蔓在头顶架上往前蹿发出的声响。它每天往前长一大截。夏日的黄昏盯着它看，能看到忽然的跳跃和匍匐。那么多枝蔓，像群欢喜的小兽。它们被造物主囚禁不能开口，憋得绿森森，把全部力气用来往前爬。

夜观花

> 鲜衣跨怒马，夜花一身雪。
> 饿虎目灼灼，咆哮有列缺。
> 暗昧坚如铁，弯月几曾跌。
> 时岁散如烟，流水岂有竭。
> 客子胡不归，徘徊弄玉玦。

> ——拙作，古风《夜花》

一夜长风，总算吹开一些樱桃花，但仍未盛开。一两日内，要给它授粉了。如此才能多结果。鄙人自创的鸡毛掸子授粉法，已在老家普及开来。

花粉用掸子在八百里外的老家樱桃园胡乱粘来。在树上刷一刷就好。简单而效果奇佳。

清明前后，种瓜点豆。太原寒凉于老家，得清明之后。可以开始了。

写完一个东西，深夜，余力不足再成文，又兴奋不想去睡，也无酒意。

院里干点杂务。一边想什么，渐渐忘我。觉出有什么盯着看，已不知多久。

抬头，原来是这树花，这阵它开出许多。一树雪白，目光灼灼。它的沉默有点像无声又齐声的呐喊。它多么谦逊，又何等骄傲，白的花串在苍黑的枝上密密排了开去，像行文密度过大、让人读得喘不上气的文章。

我盯着开花的枝条看，高处原本微绽白点的花束又开了。它几乎是猛烈的。没有风和风声，我仍然没听到花开的微声。有个叫浦歌的写小说的朋友，耳力极好，据说他邻居夫妻轻微的动静能搅得他不能入眠——经常搅得他不能入眠。他若在，或许能听出开花的声音。

樱桃的花香接近李花，却又不同。是一种清新干净的苦苦的药香。煎药时的药味腾而热，而浊，它却是清凉，如同美好一词的本身。凑近细嗅，能分辨出阳枝和阴枝花香的不同，后者柔和，前者爽利。但凭花香，我不能区别花蕊的雌雄。我很想说，它像洗尽铅华的女子的气息，又觉亵渎。

不速客

坐在楼上窗前，可以看花，可以嗅见樱桃花带点药味的清香。开窗，花便在一两尺开外。某次出神，脖子痒，下意识伸手去拍。一下子跳起来，摔了手中茶盏。是只蜜蜂，狠狠刺我一剑。它没死，在阳光中趔趔撞撞，嗡嗡着走了。蜜蜂一刺既出，自己很快必死。它像传说中的剑客一般决然，这次却盲目。

几日来蜜蜂太多了。想去院里找一种叫刺芥的野草，挤汁液涂患处治蜂毒有奇效，十分钟内就起作用。奈何园里野草未生，只露小芽不能辨别。只好胡乱涂些风油精，那东西呛，狗见我走近就扭头打喷嚏。

另一棵樱桃还小。原本弄来为给这棵配对授粉，却长得慢，像个发育不良的童养媳。我数了数，耶！它一共只有四朵小花，包括两个没打开的花蕾。

室外开了第一朵玫瑰，品名结爱。春风吹动，香极了。两岁的小儿臭蛋每次出门，都要抱着嗅一下。

继续焚烧枯枝败叶。花刺总扎我，烧时颇有心理平衡感。我爱嗅焚烧时升腾的香气，那是草木灵魂之香，在风中摇曳，它不逊于一树花开。

种月亮

今夜之月，明亮得狗吠一般。

可惜树蕾未绽。否则便是：花月正春风。

花间一壶酒，独酌有小儿……还有叫老虎的狗。

二十二年前，要买个小房。我说买房得高一些，否则连月亮都看不到。富翁小姑父突然问："你看月亮干啥？"

我当时脑子短路，兼有羞愧，因为我的确想不通看月亮干什么。但隐约仍觉得看月亮……重要。

这事我想了多年。窗上时常可见明月来窥，我视为世间最大的幸福之一。

此刻窗上皓月正当空。伸展到空中的花枝，浸在月光中，积蓄着力量。花苞已累累，明晨起来看，花苞会增大许多。

　　晋南方言，月亮叫月明。明发音"mie"，像个语气词或象声词。这总使我想到月像一只会吠叫的小兽，空中流泻的月光便是它的叫声。

　　在长文《白也》里，我不可避免地谈到月亮。李白很多不朽的诗篇均浸在月光之中。月对李白而言，像家乡一般，或者他原本就以月为故乡。他成年以后从未回到出生地，不像岑参那样前往西域，也不曾像王维那样奉使出塞。但看他的诗篇："明月出天山，苍茫云海间。长风几万里，吹度玉门关。"有一年我在天山，望明月君临人世，下意识涌上心头的，便是这些句子。那一刻恍然明白，李白写下的关山明月，乃是他的家乡情怀。他诗中对明月无法言说的亲近感，或许正缘于此。

　　我爱明月、浸在月光中的李白，以及李白诗篇中的月光。月光对人有疗伤意味，而自然界的月光的确如此：月光的流泻，有助于树木伤口的愈合。每见树木的疤痕，我便想到它里面的月光，那些月光，已有了树缓缓流动的绿色汁液的微温。

　　我更愿以一则童诗结束这篇短文。在院里给花喷水，两岁零四个月的小儿臭蛋抢水枪玩。我记下他童稚的话语。童子的烂漫快乐，或许更能给人安慰。这是他在童诗中第二次提到月亮。《臭蛋说之060：种月亮》：

> 爸爸我要玩喷水壶，
> 给我，不要抱抱，
> 蛋蛋自己玩，
> 不吃好吃的。
> 花花喷水水，
> 就能长大，
> 能开好多。
> 花花打针吗？
> 爸爸给月亮喷水水吧，
> 让月亮长大，
> 长出好多月亮。
> 哈，月亮比昨天大啦！

黄河败

　　世言汹汹，称道电影《泰坦尼克号》中大难临头时贵族的表现，称之为贵族精神。

　　面临生死大事而坦然处之，这风度，在中国古代，普通有修养的士人便能做到。他可以贫穷如颜回，暴烈如子路。改过如朝闻道夕死可矣的周处，奋起如闻鸡起舞的祖逖，坚忍如守睢阳曾以数千弱卒敌十万叛军的低级军官张巡。大恩如仇，可以侠义如李勉所遇之无名刺客；梅妻鹤子，可以高隐如诗人林逋。也可以自平民而就高位仍存底色，风流美好如"陌上花开，可缓缓归矣"之钱王。

　　"泰山崩于前而不惊。"这是中国（曾经的中国）极为珍贵的平民贵族精神。称之为对人类、对世界文明的重大贡献，并不为过。

　　在山里马场，见到不多的马匹。我爱其奔跑和嘶鸣；但更爱看到它疲累的样子：低垂了头，默然，惶然。

　　它暮色中的剪影迅速被黑暗吞没。

　　夜间的梦好长，细长的透明的线仿佛延伸一生，没入尚未来临的时间。我梦见皇帝。他赐我黄金，我一直想要的某个美女，以及满足人间的其他欲望。我抬头望他，他似笑未笑，他的表情像上帝，也像魔鬼。

　　我尽力闭嘴，没有喊出皇恩浩荡的字句。挣扎着转身，再挣扎着醒来，我继续羞愧为人的虚弱，和种种虚伪。

　　我梦见世人之梦，梦中皇恩浩荡的呼喊震耳欲聋。

　　次日兴起去看黄河落日，走得晚了，眼见落日一点点沉沦。及至，天灰黄，河水昏沉且少，大为失望。无甚可拍。

　　这是任侠的王之涣见过的壮丽大河，要过一会儿才能流到鹳雀楼下；是曾映在自祁迁居到蒲州的王维眼里的黄河；是勇士入水恶战蛟龙将其杀死的黄河；是秦伯将亲生女儿祭献给它的黄河；是重耳渡过迎娶秦公主、两国结为秦晋之好的黄河；也是孔子终于未能渡水入晋的黄河。

　　所谓"胡马饮河"，最不济，当胡骑绝尘而至此横亘大河，也须十万匹铁马硬生生止步、齐刷刷低头。

　　此刻它和我所处的时代一样，干瘪，枯槁，肮脏，沮丧，在秋风中胆怯得发抖，然而毫无诗意可言。

摸叶子

施立松

一

摸叶子不是抚摸树叶子，在海岛，抚摸树叶草叶这样风雅的事，成不了养家糊口的职业。

二

许是从小在海边长大，许是世代渔民的基因使然，哥的水性极好。横渡洞头湾，于别人出生入死似的，千难万难，他在盛夏时，几乎每天都会游个来回。村里的人都说哥定是鱼转世的。常常一个猛子扎下去，十几米外才看到他浮出水面，手里必定拿着小鱼小蟹，或是一枚海螺或海星，然后他向我游来，递给我玩。偶尔，调皮的哥把一起入水的小伙伴们的短裤一个个给扒了，扔到礁石上，小伙伴只好躲在水里，悄悄地问我，短裤去哪了，我就好心地指给他们看。看他们赤条条地上来找短裤，又遮又掩的样子，我总是乐不可支。

可哥却不是好渔民。他晕船。有一回，他央求爹带他出海，结果，被风浪颠得七荤八素，胆汁都吐出来了，不要说干活，就是起床都困难，那些平时舍不得吃的鲜美无比的海鲜，吃进去多少又吐出来多少，爹只好让别的返航渔船把哥带回港。

我刚上小学那年，爹生病去世，娘悲伤过度病倒了。因为给爹治病，亲戚朋友邻居的钱都被我们借了遍，有小半年时间，家里都不做早饭，娘还嘱咐我们，若别人问吃早饭没，一定要说吃过了。娘的病来势汹汹，整夜整夜地咳，咳得好像要把肺咳出来，分分钟要咳断了气似的，让人揪心。于是不满十四岁的哥就自己拿了主意，放下念得好好的书，去顶了爹的职，到渔船上当水手。他的班主任张老师苦苦挽留，哥却一直低头不语，最后老师发火骂他：烂泥巴扶不上墙。哥才轻声说："张老师，我爹没了，我和妹妹只有一个人能上学。"

生活在海边的渔家汉子，都好喝两口，"烧刀子"最合适不过了，火辣辣的才够劲。出海长力气，上岸去寒气，靠的就是这股辣劲。可哥却从不沾酒。四五个汉子围着甲板吆三喝四喝得起劲，他坐在一旁，腼腆地笑。喝高了的汉子爆几句粗口，骂他像娘儿们似的，他也不回嘴，双手小心地推着他们递过来的酒碗，怕洒了碗里半满的酒。实在推不过，喝一口，便呛得咳嗽连连，脸庞泛起一阵红晕，紧接着身上就起一层一层的疹子，痒得受不了。他酒精过敏。

哥仍然晕船。起初，他还硬撑着，边吐边干点杂活，可越到深海，浪越大，哥起不了床，在船舱里，吐得死去活来，真是叫天天不应，叫地地不灵。渔船上人少活儿多，一个萝卜一个坑，哥干不了活儿，别人便得替他干，而且，有时也替不过来，比如起网时，各就各位，少一个人，就像缺了一个口子的齿轮，转不起来。

渔民当不下去，哥却找到属于他自己的行当——摸叶子。

三

船的螺旋桨，有三个叶片，渔民们就称螺旋桨为叶子。摸叶子，是清理缠在叶片上的杂物。船行驶在海上，高速旋转的螺旋桨常常被破渔网、绳索、海藻等杂物缠住，导致发动机熄火。失去动力的船只能在海上随风漂流，遇上大风，船毁人亡都是常事。于是船员中水性好身体壮，抗得住风浪侵袭，挡得住寒风肆虐的，就会口衔尖刀，跳入海中，潜到水下，摸到叶子，割开缠着的杂草断绳。但，水性好，身体好，胆子大又手艺好的渔民毕竟不多，通常的解决办法是，让别的船把失去动力的船拖进港湾，让专事摸叶子的人来处理，或是让摸叶子的人坐船到出事的渔船边，下海摸叶子。不过在洋上摸叶子，更凶险，因为有洋流暗潮，加上风大浪急，摸叶子的人很容易被潮流卷走，也容易被潮水挟持着，脚或手缠在叶子上的破渔网、绳索、海藻里，一旦挣脱不开，就再也浮不回水面了。

摸叶子，如此凶险，于是岛上的渔民说起摸叶子，总调侃是去找东海龙王聊天，不一定回不回得来。因此，摸一次叶子，报酬不菲，有些渔船还会送一大箩的鱼。

哥每次听人家怜惜的调侃，总笑着说，没事，我命硬，海龙王见着都要躲着我。

四

我第一次见到哥摸叶子，是在一个天寒地冻的冬日傍晚，厚密的雪籽在海岛凛冽的风中，变成锋利的飞刀，割得脸庞生疼。放学回家的路上，我缩头侧脸躲着"飞刀"，脚下一滑，跌了个四脚朝天，手掌撑在一块碎玻璃上，顿时鲜血直流，或许是疼，或许是冷，又或者是惶恐和委屈，我号啕大哭起来。哥闻讯赶来，像从前的每一次，伸手点着我的鼻子，揶揄道："小声点啦，别把天哭塌下来！"他托起我的手看了看，抓了路旁的一把枯黄的细草叶子，轻轻擦去我手上的血迹，然后牵起我的手，侧过身子，把我拉到他的背上。在泥泞的小道上，哥背着我，慢慢地，走回家。我把手贴在他温热的脖子上取暖，脸埋在他的背上。少年瘦削的脊背，透着热劲，寒风、雪籽，也不那么凛冽刺骨了。

回到家，哥用热水给我清洗手上的伤口和血迹，到门口扯了几片草药叶，在嘴里嚼了嚼，敷在伤口上，又用手帕包好，然后舀了红薯丝的汤，给我泡脚。一入冬，我的脚趾头就全部长了冻疮，十个趾头红红的，像火柴头，有的开始溃破，有的已流出脓血，哥不知从哪里得来的秘方，说红薯丝汤泡脚能治冻疮，就每天给我泡。他粗糙的掌心抚过我的脚底，痒得我咯咯直笑。爹去世后，我很少笑了。爹刚走时，我出麻疹，高烧了好几天，病好后，我几乎不开口说话，只整天黏着哥，寸步不离，连睡觉，都要枕着他细瘦的胳膊。都以为是高烧烧坏了脑子。常有村人看着我叹息："这么乌溜溜会说话的眼睛，这么红嘟嘟的小嘴，却不会说话，可惜了！"只有哥，天天带着我，上学，赶海，上山割草，放羊，都背着我，跟我说话，哄我睡觉，逗我笑，给我梳头编麻花辫，摘凤仙花给我染指甲。失去爹的日子里，他身兼父亲和母亲之职，爱我，照顾我。而他，也只是个刚失去父亲的十四岁少年。

哥帮我按摩着长冻疮的脚趾，突然听到有人喊他的名字，哥边帮我擦脚，边应和着。那人推了门，也不进来，只站在门口喊："五马"返航了，叶子坏了，让你去摸叶子。"五马"是条渔船，从温州五马街购买来的，是本岛上的第一艘机帆船，爹是这艘船的第一任船老大。哥应了声，好。转身上楼拿起父亲的旧棉袄，跟着那人去。我喊了声，哥。他回转身，摸摸我的头，说，乖，等会儿买牛粪饼给你吃。牛粪饼是一种芝麻甜饼，形状像一层层牛粪，极好吃，以前爹每次打鱼回来，都会在码头的代销店里买来给我吃。

娘收工回来，听说他又去摸叶子了，叹了一声："作孽哟，这大冷的下雪天！"娘顾不上吃饭，忙着切生姜，喊我烧火，很快，姜汤煮好了，盛在搪瓷杯里，娘用毛巾把它层层包好，又摘下头上的围巾紧紧裹上，匆匆出门。"我也要去！"我冲到门口拉住娘的衣襟，怯怯地喊。娘看着我，欲言又止，顿了顿，说，走吧。

<h1 style="text-align:center">五</h1>

天暗下来，风更急了，呼呼的风声，带着响哨，雪籽更密，没头没脑地打在脸上，疼极了。娘一手拢着我，一手搂着那个包得严实的口杯，顶着寒风往码头去。

码头上，只有几个补渔网的人，看到我们，不待娘问，便指了指离岸不远的一艘渔船，不远处，一只小舢板向我们摇过来。小舢板刚靠上岸，娘就麻利地跳了上去，然后，回身把哆哆嗦嗦的我扶上船。浪大，舢板一上一下地颠簸着，走得很慢，海上的风，更大，雪籽打在脸上，像有无数把刀在割。

舢板靠上渔船后尾，娘趴在小舢板上，大声喊道："程啊，上来喝口姜汤吧！"喊了好一会儿，水面漾开一圈圈涟漪，哥的头冒出来，口里衔着一把白晃晃的尖刀，脸冻成青紫色，口唇灰白。哥游过来，靠在船边，把刀子递给娘，就着娘的手，喝了一口姜汤，冲我笑了一笑。娘柔声说："再喝点，姆伢（闽南语：小宝贝的意思）。"娘的眼里闪动着泪花，声音也哽咽了。我看着整个身体还在海水里泡着的哥，心里像堵了块石头，慌慌的，想哭，却不敢哭出来。哥对娘说："没事，就好了，不用等我，这么冷，带妹妹先回去吧。"说着，接过刀子，游回刚才冒头的地方，消失在海面上，海面只剩下一个个起伏不定的波浪，像狰狞的兽，一圈圈打着转，仿佛撕碎着吞噬着猎物。娘搂着我，紧紧地，生怕我丢了似的，眼睛紧盯着哥哥消失的海面，嘴里不停地"姆伢姆伢"轻唤着。摇舢板的大爷坐在船尾吸着旱烟，嘴里嘟囔着："造孽哟，造孽哟！"哥冒了几次头，又几次消失，时间一分一秒都变得极其难熬，我的眼睛酸涩得不行了，终于，哥又从水下冒出来，双手僵硬地划着水，缓慢地向我们游来。娘放开我，扑到船边，尽可能地把手伸向哥，哥把手搭在娘的手上，娘拼尽全力把完全脱力的哥拉上舢板，渔船上的人把哥的衣裳扔过来，娘捡出爹的旧棉袄，披在哥的身上，又解开自己的棉衣，把浑身发抖的哥搂进怀里，示意我把姜汤端给哥喝。姜汤送到哥唇边，哥唇齿打战，眼睛闪动了下，想向我笑，却又无力地合上。哥好像连喝姜汤的力气都没有了，姜汤含在口中，老半天吞不下去。好久好久，哥才喝完了姜汤，我端着瓷杯的手冻麻了，杯子咣当一声掉在船板上。我用双手包住哥的手，送到唇边，使劲地哈气，哥的手冰得像冰棍，让人本能地想弹开，却又本能地想紧紧地包住，想把自己身体里的热都传给他。

摇舢板的大爷把我们送回岸边，补渔网的人跑过来帮忙把哥拉上岸，大爷对娘说，艮嫂，别让孩子做这个了，太受罪了，小小年纪，落下病可不是玩的。娘已说不出话来，点点头，又点点头，泪，流了下来。

六

因为娘不同意哥去做这么危险的活儿，哥每次都偷偷地去，每次弄得一身青紫疲惫不堪回家，娘就边哭边骂哥不听话，边把他紧紧抱在怀里，默默流泪，让我烧姜汤，拿火盆子，为哥搓手脚，直到哥面色回暖不再浑身打哆嗦。

就靠着哥的"不听话"，家里的日子才过得下去，娘的病才有钱治，不再咳得惊天动地，我也才能坐在书桌前，而没有跟那些贫困家庭的女孩一样，早早就去打工，早早就嫁人。只是，什么叫风口浪尖，什么叫风刀霜剑，小小年纪的哥，早早懂得。他瘦削的身体，扛起了一个家的重任，本该在父母身边任性撒娇的年纪，却在一回回生死一线中，修炼出超乎年纪的淡然坚毅。他身上伤痕累累，还有许多看不见的暗伤，让他小小年纪，就犯上极严重的风湿病，每到阴天下雨，哥就浑身痛得吃不下饭，睡不着觉，一声声难以自抑的呻吟，在他睡意蒙眬的时候从他口中传出，更让黑夜黑，阴天阴，寒风寒。

因为哥，一听到摸叶子三个字，我就条件反射似的打哆嗦，手指上膝盖里好像有无数针尖在扎，心中有一股子寒气嗞嗞而出。

村庄的脊梁

李光彪

依我看，每一个村庄都有骨有肉，有自己的脊梁。

我出生在云南楚雄千里彝山的脊背上，村庄的脊梁如母亲温暖的背，用彝家刺绣的花裹被背着我长大。

故乡的村庄以一条三四百米长、近千级的石梯为轴，如一只巨人的手，把古老的村庄举在半山腰。凸凹不平的石阶如祖先的脊梁，背负着山村厚重的历史，岁月的沧桑。

村庄躺在山坡上，说大不算大，说小也不小，几百年的繁衍生息，至今也只有稀稀疏疏五十多户人家。常听老人们讲，村庄的人是从一个宗族分出三个支系，第一个支系是长房家，第二个支系是二房家，第三个是三房家，依次派生出一代又一代后裔。依次分布在石梯左右的房屋和院落，就像村庄发达的肌肉。那几个屈指可数居住着各家各户的院子，也称为老院子、新院子、大椿树院子、伙食团院子。村庄里的人并无其他杂姓，除了娶进门的媳妇外，就连入赘的上门女婿，也必须改名换姓，全部姓李，都是同一个祖宗的后生。几乎每个大院的门都面向石梯，全村人出入，上上下下，来来往往，石梯都是必经之路。从早到晚，春夏秋冬，石梯静静地承载着村庄的早晨与黄昏，承载着村庄的快乐与忧伤。

在我枯萎的记忆里，那架从村脚延伸向村头的石梯，是村庄的主轴，是村里人茶余饭后的乡村文化演展舞台。每天晚饭后，村里的人不论男女老少，都会不约而同陆陆续续来到石梯上，找块合适的石板坐下，三五成群凑在一起，吹牛聊天，谈古论今。天南海北，家长里短，家事村事，好事坏事，真真假假，虚虚实实，很多花边新闻，都会在石梯上联播，在石梯上群发。谁买了一套新衣服、一双新胶鞋，谁家娶了新媳妇，谁家添人增口，都会在石梯上一一登台亮相。老幼妇孺，大人小孩，抬头不见低头见，聚在一起，就是一个大家族。人闲手不闲的村里人，有缝针线纳鞋帮的；有吸水烟筒抽烟、砸烟锅吃草烟的；有吹竹箫、弹三弦、唱调子对山歌的。不论是谁，不分才艺高低，那些无师自通的民歌手，都会在石梯上层出不穷，比拼展演。父亲是个二胡手，经常在石梯上边拉二胡，边唱放羊调、爬山调、过门调……悠扬的二胡声响彻石梯，萦绕在山村的上空，着实惹人喜欢。就这样，有说有笑、有苦有乐的乡村人，不怕蚊虫叮咬，再累也常把石梯当作板凳，坐在乡村的大客厅里，久久不愿离去。直到圆月老高，或是镰月西落，或是打雷下雨，才恋恋不舍各自归巢。

石梯是孩子们的乐园。童年的我们，没有见过更多的玩具，也买不起玩具，有时玩"讨小狗"，有时玩"抓石子"，有时玩"弹蚕豆"，有时玩"拍菱角"，有时玩"小猫钓鱼"……一切自娱自乐的玩耍乐趣无穷。最吸引人们目光的是那几块光滑的石板上雕刻出的棋盘，有争先恐后下豆腐棋、牛角棋的，有打扑克、玩游戏的。从早到晚，石梯上都或多或少坐着几个贪玩的孩子、歇气的老人。因此，孩子、老人从不寂寞，石梯也不缺少伙伴。那架石梯就在我家大门外，吃午饭、晚饭时，我常舀一碗饭，盛上菜，跑到大门外的石梯上，坐着一边吃，一边欣赏石梯上那些特有的乡村风景。

石梯是验证乡村人品德的试金石。谁家丢了一只鸡，几个鸡蛋，瓜菜水果被人偷摘了，就会有人在石梯上扯开嗓门，高音喇叭似的指桑骂槐，骂那些手脚不干净的人。这一招还真管用，骂过之后，知情的人就会悄悄提供线索，做了亏心事的人，也会猛然醒悟，转过弯悄悄物归原主，慢慢变得干净起来，和和睦睦相处。也有些人家，有时会端着腌菜、葵花瓜子等零食，一一散发给来石梯上玩耍凑热闹的人吃。见者有份，哪怕是一块粑粑，一根甘蔗，只要能进嘴的东西，寄生在石梯上的人，都可以尝到人情味儿。

石梯是透明开放的。有些哺乳期的妇女，拉起衣服，就敞胸露乳当众给自己的婴儿喂奶。眼睛发炎疼痛的、手脚皲裂的人，就会凑过去，讨几滴白花花的乳汁，当眼药水涂眼睛，当香脂涂抹松树皮般的手脚。谁也不觉得是奇耻大辱，谁也不戒备谁。有些婴儿，从生下地娘就缺奶水，经常有抱着嗷嗷待哺的婴儿，向奶水充足的妇女讨几口奶吃的。那架石梯如村庄硕大的乳房，大公无私地喂养着村庄的每一个人，都是石梯乳大的。

石梯是村庄的主动脉。从早到晚都有人从它的脊梁上走过，听到脚步声、咳嗽声、说话声，远远的石梯也就能猜出是谁来了。出工收工、上山砍柴、下田干活，牛羊出圈、放牧归村，谁早谁迟，谁勤劳、谁懒惰，一切的一切，夜以继日守候着村庄的石梯，都历历在目，铭记在心。

石梯从不嫌贫爱富。在石梯的眼里，没有贫富之分，不管你是穿皮鞋、布鞋、胶鞋、凉鞋，还是赤脚从石梯上走过，石梯总是那样默默无语。来的都是客，不管是谁,你看上石梯的哪一块石头,屁股一坐,就是最好的板凳。石梯从不喜新厌旧,不管你离家多少年,不管你多长时间没来,天长日久迎接着一茬茬降临人间的孩子,娶进门的媳妇,送走一茬茬命归黄泉的老人。岁月沉浮,一代又一代,村庄的人去的去,来的来,石梯总是依旧躺在那里,毫无怨言地在风雨中、在朝朝暮暮中静静地等着你。

通过改革开放三十多年的发展,村庄在老去,我也在长大。随着新农村建设的迅速推进,如今的村庄很多人家都建盖了单家独院的新房子,家家户户都有了电视机。那一条条如石梯血管和肠道的村间道路,也不断变宽,打成了光滑的水泥地板,连接到各家各户,摩托车、微型车、农用车可直达院内。村中那架曾经热闹非凡的石梯,也逐渐门可罗雀。偶尔有人走过,几声稀疏的脚步,几乎再也看不见昔日全村人坐在石梯上聊天吹牛,谈笑风生的情景。

最近我回了趟老家,沿着村子到处转转,人也越来越少,那架石梯两旁似心肝肺腑的老院子有的已经拆迁,已是残垣断壁。剩下为数不多的几间老房子,房屋门上挂着生锈的铁锁,房顶瓦砾上丛生的杂草已经枯萎。我一屁股坐在当年那块下棋的石板上,牛角棋、豆腐棋盘的线纹还清晰可见。我等了很久,想等一个村里人下棋,一直没有人来,只有一条狗伸长脖子向我汪汪狂吠。

时间深处的行走

苇青青

一

　　时间是一位出世不久的幼儿，满眼新奇，满树惊喜。新奇和惊喜的嘴未等合拢，却又哇哇大哭。生长的疑问和时间的不确定，使得季节在安分守己的同时，制造着那么多未可知。时间不断更迭发芽，不断繁华衰落，刚刚还是大地回春暖阳高挂，回转身却又漫天飞雪严寒刺骨。并非天寒地冻满目荒凉，而是时间深处的行走给了心不同的颜色，不同的瞩望。

　　我就是在这样一个冰天雪地的旷野中行走的，一路风景，让我经历着春夏秋冬。我的第一眼是深刻的，深刻至冬天里看穿一抹绿。我行走在风里，行走在风中的高速路上。阳光多么欢畅，欢畅的极致必然是鸦雀无声，阳光用这样一种独特的方式给大地送来温厚的庇护。树木也学着阳光的样子，无声无息地回报着一抹绿意。正值隆冬，枯瘦的树枝是看不到绿的，没有绿的叶子和丝条，没有婆娑的绿荫和摇曳。可只要认真望过去，会发现，那抹绿，是藏在盎然的意图中的，在树干和树枝间，一路远眺，会看到朦朦胧胧的绿雾，罩在时间的建筑之上，淡淡然然，缥缥缈缈。天空压制了这种欢畅，用冷静的残酷和接纳的慈祥，背负起时间的行走。我不敢大笑，好似一笑，那抹绿便会被吓跑。我不敢大哭，好似一哭，那抹绿便会被剥夺生机，我只能在时间的纵深处行走，并与时间歃血为盟。

二

　　时间在行走中迷失了。我被劫持到一座荒岛上。这是怎样的一座荒岛？到处风声厉厉，夜风哀哀。偶尔听到远处传来的狼嚎，夜发出绿色的凶光。看不到人影，听不到鸟鸣，没有来与去的帆帐。只有四面的风声夹紧荒凉的嘶叫，逼迫茫茫的四野。荒岛没有白天，没有黑夜，没有星星，没有透出月牙的迹象，太阳是早于荒岛的过客，早已被夜色吞没。时间在荒芜里一再跌落，翻着惨痛的跟头，无力爬起。它努力挣扎，想在荒凉中扶起自己，却难以站立，难以抵御巨大的黑暗合围。黑暗，以无形的力量，压住天幕，压住时间的行进。一切在此凝固。死亡时时围追堵截，阻碍万物醒来。我从一个鲜花盛开的村庄，在一座清澈荡漾的天鹅湖上划着船儿采摘星星，突然就被一阵飓风劫持，裹挟着闪电雷鸣被抛到这里。恐怖的跌落，惊飞了心中的燕子，那曾经的呢喃，被摔成鬼哭一样的凄厉。时间横在岛上，做着破败的梦，在破败里，时间的荒目巡顾着荒芜的茅根，是否在野火烧尽后抽芽破土。

三

一只巫鹰飞在上空，我看不清它的面孔。它黑色的羽毛混合在巨大的黑暗之中。用翅膀扑棱着咒语，它说未来的天空下刀，地长蒺藜，人类死后闭不上眼睛。我战栗，我不想成为闭不上眼睛的其中之一。于是，我修佛，修善，修德，修行，我谨小慎微、循规蹈矩，我恪守一个幼儿的天真，我用白兰花罩护一双明净的眼睛，但最终，还是没有逃过一场天灾人祸的劫掠。我像一个水缸被龙卷风卷起，以超速的声波旋于高空。在卷飞的途中，求生的本能始终扒紧缸的边沿，力争水流不被倾覆，并在惊恐万状中，仍然祈祷暴虐的风不要伤害了我的同类和亲人，我希望生灵不要受到惊吓，不要受到恶风的擦划。然而，再强烈的求生意念，再仁慈的祈祷，都没有逃过天灾的横行，最终，我的缸被时间毫不留情地摔地而碎，覆水难收。我开始醒来和死亡。当天灾过后的一片寂静浮现，时间开始了行走，在时间的行走中，我发现自己蜷曲在一座荒岛上。我看到了一条通向时间的路，路的尽头是黑暗，黑暗的尽头是深渊，深渊的尽头是死亡。我正沿着这样一条时间之路行走，像我的缸，那些碎掉的瓦砾。

四

时间无法沿时间之河溯流而上。我无法回到过去的时光。起初，我单纯地以为是时间的错位，倒置了时空，想象着这是一场梦，梦中的惊恐与荒诞只是经历的一些场景。等梦醒来，就会回到现实。现实毕竟能寻到一份安宁、阳光和鲜花的绽放，像我那个鲜花盛开的村庄，尽可以听到一片鸟语花香。可是，当梦醒来，醒后的一切却是黑暗密布，迷惘笼罩，时光的对岸已遥远得消失了。我被时光之船绑架到了这样一座死角之岛。未等揭下蒙布，时光之船便以一个闪电式回旋，撤退得无影无踪。我一个人孤零零地面对那些黑色的恐怖、绝望的荒凉。黑暗里，我无数次伸出手，想抓住救命的稻草，然而，即使一段枯枝都难以捕捉。这是一座没有生命的岛。来到这里，面临的只有被时间这把刀慢慢吞噬。起初，时间是一个振臂一呼万人响应的国王，当无数军队跟随征战沙场，时间是那么得心应手自得其乐。而当敌人大军压境，士兵丢盔弃甲四处奔逃时，时间的国王暴怒而谩骂，它实在接受不了这种惊吓和刺激，一改温善的面孔而翻脸成一个陌生的刺客。可是，当所有的士兵落荒而逃，只剩下国王孤零零一人时，时间的面孔由恐惧而变得悲哀和无助。我就是那个惊吓而暴怒、最后再也听不到哀号的奄奄一息的国王。我是时间的国王，我在时间中沦落为求生的乞丐。为了活下去，我开始在黑暗中寻找，寻找那座鲜花盛开的村庄，我童年的朋朋珍珍。

闭上眼睛，就能忆想 20 世纪那片烂漫的草坡，草坡上朋朋珍珍的身影，我用那些幼儿的稚声来驱赶身边冷飕飕的风，在心中燃起一支烛火取暖。童声刚刚咿呀响起，浓云却像山一样压过来。天幕四垂，万物悲摧，黑暗围笼。时间被一把大锁卡住了咽喉。

五

行走在时间的荒岛上，一切抗争都无济于事。与命运的搏击，显得多么势单力薄。一个鲜活的生命，于自然深处，面对风雨，已无缚鸡之力。生命的来与去，只能听凭时间摆布。命运，像一个砥砺完美的魔术师，手中的魔棒操纵得如此变幻莫测，天衣无缝，以至于明知是在过愚人节，命运之神却笃愿被其蒙蔽而惊喜开怀。但是，繁华的背后，终有觉醒的声音。生灵在思考。那是失去热情和泪水之后的思考。

悲哀，无望，号啕，这些目光的形态，已跟随时间之王远征。荒岛之上，苟延着一只进化的动物。温暖与寒冷，白天与黑夜，欢乐与痛苦，渐失对比的敏感。即将面临的，或是枯枝的消失。对于一个站立、端坐、行走、躺卧已无界限的动物，任何姿势都不会起到有助于生还的意义。命运绳索被当成橡皮筋一样地游刃有余、轻描淡写。再没有什么可以阻挡放弃抗争的勇气，再没有什么可以阻挡破釜沉舟决一死战的意志。一夜白了头的人，还惧怕死亡吗？一个被挟持的生命，流落成荒岛的土著野人，随时准备与荒岛一同赶赴沉于丘陵或谷底的命运。

但是，心有不甘的时间之王，却突然杀将回来，从远征之地风尘仆仆，一路披荆斩棘，杀声震天，一剑刺破天幕之湖，引来天上之水灌其铁树开花、枯木发芽。一夜间，太阳在黑夜劈开一道云缝。一丝光线，是射入荒岛的剑光。我被强光刺得睁不开眼，一只伏地的手从石岩下拖出，"啊啊"地向云缝打着哑语。我已失去语言，失去泪水，但，"啊啊"的手势，是羽毛生出的思想文字。硌嘭硌嘭的骨头，是我固体的泪。它们在一点一点蹦落出来，洒在荒岛的背上，向着云缝的光，像铁粒，"叮当叮当"地招手。我固体的泪，在招手，朝着时间的王。